BERNWARD SCHNEIDER

Der Teufel des Westens

Kriminalroman

GMEINER SPANNUNG

Dieses Buch wurde vermittelt durch
die Literaturagentur erzähl:perspektive, München
(www.erzaehlperspektive.de)

Besuchen Sie uns im Internet:
www.gmeiner-verlag.de

Im Ehnried 5, 88605 Meßkirch
Telefon 07575/2095-0
info@gmeiner-verlag.de

1. Auflage 2017

Lektorat: Dominika Sobecki
Herstellung: Julia Franze
Umschlaggestaltung: U.O.R.G. Lutz Eberle, Stuttgart
unter Verwendung eines Fotos von: © ullstein bild – Harry Croner
Druck: CPI books GmbH, Leck
Printed in Germany
ISBN 978-3-8392-2074-0

1. KAPITEL

Unvermutet beschlich mich das Gefühl, in eine Falle gelockt worden zu sein. Hinter den Lichtkegeln der Laternen, auf die ich durch die Windschutzscheibe meines Wagens blickte, war alles dunkel. Zu meiner Linken lag der Landwehrkanal. Sein Wasser schimmerte tückisch, wie stets in der Nacht. An dem hohen Gebäude zu meiner Rechten, vor dem ich mit laufendem Motor gehalten hatte, war kein Licht zu erkennen, auch nicht oben hinter den Fenstern von Lenis Wohnung.

Langsam rollte ich wieder an und sah im Weiterfahren, dass das Gitter des Tors, welches auf den Hinterhof des Gebäudes am Tirpitz-Ufer führte, offen stand. An der nächsten Straßenecke bog ich ab, fuhr an den Bordstein und stieg aus dem Wagen.

Mit hochgeschlagenem Mantelkragen, der mich davor schützen sollte, erkannt zu werden, schritt ich auf dem Bürgersteig zurück in die Richtung, aus der ich gekommen war. Unter dem finsteren Torbogen hindurch gelangte ich ans Ende der gepflasterten Einfahrt. Hohe Mauern ragten ringsherum wie steinerne Skelette in den schwarzen Himmel hinauf. Eine Hofbeleuchtung brannte nicht.

Die Finsternis brachte die Umrisse der größeren Gegenstände auf dem Gelände nicht völlig zum Verschwinden. Ich erkannte zwei Autos, die auf dem Hof geparkt waren, das eine stand nahe an dem Haus. Irgendwo dort in der Nähe musste sich der Hintereingang befinden.

Langsam bewegte ich mich auf das Gebäude zu.

Es war ein Mercedes 130, der bei der Mauer stand, Lenis Auto, von dem ich wusste, dass sie es von ihrem geschiedenen Mann, einem reichen Autohändler, bekommen hatte. Die Wohnung im obersten Stockwerk hatte sie auch von ihm. Alimente bekam sie keine, sie verdiente als Tänzerin ihr Geld.

Die Stille um mich herum schien mein Missbehagen Lügen zu strafen, trotzdem blieb ich stehen. Irgendjemand schien mich zu belauern, Schatten vor den drohenden Mauern. Leni war keine Frau, die es einem leicht machte, ihr zu vertrauen.

Ihr rätselhafter Anruf lag noch keine halbe Stunde zurück. Sie hatte mir nicht gesagt, was sie zu dieser mitternächtlichen Stunde von mir wollte, nur dass es eilig sei und mich besser niemand sehen sollte, wenn ich das Gebäude von hinten betrat. Die Sache war eher unheimlich als geheimnisvoll.

Aus der Dunkelheit der Septembernacht traten plötzlich die Umrisse einer Gestalt hervor. Eisige Kälte griff nach mir. Die Person hatte hinter dem Mercedes gestanden. Sie kam näher und um das Fahrzeug herum, dann erkannte ich sie, und der Schreck verschwand.

»Endlich bist du da«, sagte Leni leise.

Sie trug einen Mantel und hielt dessen Kragen mit den Händen zusammengedrückt, um den nackten Hals vor der kühlen Witterung zu schützen. Sie hatte halblange, blonde Haare, ein schmales Gesicht und schön geschnittene dunkelblaue Augen. Ihre anmutigen bloßen Unterarme sprangen hell aus den Ärmeln des Mantels hervor. Sie war ein reizendes Geschöpf, ein quälend reizendes Geschöpf, und das war auch der tiefere Grund, weshalb ich mich sofort auf den Weg gemacht hatte, als sie mich am Telefon zu sich gerufen hatte. Ich hatte ein Wiedersehen mit ihr herbeigesehnt, doch nun, da es soweit war, hielt sich meine Freude in Grenzen. Nichts war umsonst, dachte ich; eine Frau wie Leni hatte ihren Preis.

»Ich stecke in einer schlimmen Sache drin«, raunte sie mir zu und gab mir einen flüchtigen Kuss.

»Bei dir rechne ich immer mit dem Schlimmsten.«

Sie warf mir einen warnenden Blick zu. Eine Weile durchforschten ihre Augen die Dunkelheit hinter mir, als sei sie unschlüssig, wie sie sich weiter mir gegenüber verhalten sollte.

»Umso besser«, sagte sie und zwang sich zu einem Lächeln. »Mach dich trotzdem auf einiges gefasst.«

Durch den Kellereingang kamen wir in das Innere des Gebäudes. Es war das erste Mal seit drei Jahren, dass ich das Haus am Tirpitz-Ufer betrat. Damals hatte das Tirpitz-Ufer noch Königin-Augusta-Straße geheißen.

Der geräumige Lift, den wir bestiegen, bewegte sich in einem schwarzen Gitterkleid nach oben und verursachte kaum Geräusche. Es war ein elegantes Haus mit gut betuchten Mietern.

Leni öffnete die Wohnungstür und führte mich durch den Flur in einen Raum, dessen Fenster zum Landwehrkanal lagen, durch die schweren Vorhänge drang kein Licht nach draußen. Auf einem Schreibtisch stand eine kleine Lampe, die ein schwaches, orangefarbenes Licht verbreitete.

Der Schein der Lampe fiel auf eine regungslose Gestalt, die in einem rotledernen Sessel neben dem Schreibtisch saß. Die Augen des Mannes waren weit geöffnet und schienen im Licht zu glänzen, sie blickten mich starr an.

Eine Weile stand ich stumm da und starrte zurück.

»Er hat sich erschossen«, murmelte Leni.

Der Tote war in den Dreißigern, mit kurzem blondbraunen Haar und einem Gesicht, das bis zu diesem Tag wohl recht attraktiv gewesen war. An der Schläfe war eine saubere, kleine Einschusswunde zu erkennen.

Ich ging um den Stuhl herum. Auch auf der anderen Seite des Kopfes befand sich eine Verletzung, wahrscheinlich die Austrittswunde. »Wer ist das?«

»Michail Sapoznik, ein Mitarbeiter der russischen Botschaft. Wir waren befreundet.«

»Warum hat er sich erschossen?«

Leni zuckte mit den Achseln. »Ich war nicht dabei, als er es tat. Ich hatte meinen Auftritt im ›Mandarin‹. Als ich gegen Mitternacht nach Hause kam, saß er da – genauso wie er jetzt dasitzt. Ich habe nichts verändert und weder ihn noch etwas in seiner Nähe angefasst.«

Ich konnte riechen, dass irgendetwas nicht stimmte. »Auch wenn du nicht dabei warst, könntest du wissen, warum er es tat.«

»Ich weiß nur, dass er Angst hatte. Wahrscheinlich war das der Grund. Er ist aus dem Leben geflohen.«

»Vor wem hatte er Angst?«

»Neulich gab er an, er hätte das Gefühl, von zwei Agenten des sowjetischen Geheimdienstes beschattet zu werden. Stalin, so erzählte er mir, führt Säuberungsaktionen durch. Schon eine ganze Reihe von Diplomaten ist von ihm in die Sowjetunion zurückgerufen worden, um wegen Hochverrats vor Gericht gestellt und hingerichtet zu werden. Er befürchtete, dass ihm bald das gleiche Schicksal blühte. Er konnte es wohl einfach nicht mehr ertragen, mit dieser Aussicht zu leben.«

Die Pistole lag neben dem Stuhl. Ich ging in die Hocke, um sie zu betrachten. Es war eine kleinkalibrige Waffe, wie viele Offiziere sie als Privatwaffen benutzten. Der Lauf sah aus, als sei kürzlich damit geschossen worden. Ich suchte den Boden ab und entdeckte die Patronenhülse.

»Warum hat er sich ausgerechnet in deiner Wohnung erschossen?«

»Das hätte ich ihn auch gern gefragt.«

»Wie ist er hereingekommen?«

»Er kam am frühen Abend, später bin ich fort und habe ihn hier allein gelassen.«

»Hat niemand aus dem Haus den Schuss gehört?«

Sie zuckte die Achseln. »Es ist ein solides Haus mit dicken Mauern, und selbst wenn – hier geht jeder seine eigenen Wege.«

»Auch wenn geschossen wird?«

»Gerade dann! Vielleicht war auch nichts zu hören.«

»Kein schlechter Ort, um sich zu erschießen, was? Wenn er ein Mann mit Charakter wäre, hätte er es trotzdem nicht in deiner Wohnung getan.«

»Vielleicht habe ich ihn falsch eingeschätzt.« Sie schaute zum Fenster. »Nachdem ich Michail gefunden hatte, dachte ich, jetzt ist alles aus. Eine Stunde habe ich im Wohnzimmer auf dem Sofa gesessen und überlegt, was ich tun soll. Schließlich dachte ich an dich und fasste wieder Mut.«

Ich richtete mich auf. »Worauf hast du gewartet? Warum hast du nicht die Polizei gerufen?«

»Ich kann mich nicht an die Polizei wenden. Du musst mir helfen, ihn wegzuschaffen.«

Ich starrte sie an. »Das ist doch Unsinn! Wenn er sich selbst erschossen hat, hast du nichts zu befürchten.«

»Sie werden versuchen, mir einen Strick aus der Sache zu drehen«, sagte Leni. »Es gibt ein paar Leute, die schon sehnsüchtig auf eine Gelegenheit warten, um mich aufs Schafott zu bringen.«

Sie wich ein wenig zurück, als sie meinen finsteren Blick bemerkte.

»Wer will dich aufs Schafott bringen? Der russische Geheimdienst?«

Sie schüttelte den Kopf. »Wenn man Michail bei mir findet, bin ich geliefert.«

Ich trat vor sie und fasste sie bei beiden Schultern. »Hör mal zu, meine Schöne! Wenn ich dir helfen soll, einen Toten wegzuschaffen, musst du mir schon einen plausiblen Grund dafür nennen.«

Sie schüttelte mich ab. »Ich habe mich mit Leuten eingelassen, denen ich nicht gewachsen bin«, erwiderte sie. »Was ich vorhabe, ist die einzige Chance, mein Leben zu retten.«

»Was sind das für Leute?«

»Besser, du weißt es nicht. Ich kann dir nur so viel verraten, dass sie es verstehen, die Gestapo für ihre Zwecke einzuspannen.«

Das Telefon stand auf dem Sekretär. Ich ließ Leni los, trat hin und nahm den Hörer ab. »Wenn du die Polizei nicht anrufst, mache ich es.«

Sie sprang mich an wie eine Katze und riss mir den Hörer aus der Hand. »Idiot! Hau ab! Ich habe dich nicht gerufen, damit du meine Schwierigkeiten noch größer machst! Ich dachte, du bist ein Anwalt! Einen Denunzianten brauche ich nicht!«

»Ich bin Anwalt, kein Leichenbestatter.«

Sie legte den Hörer aus der Hand und machte ein paar Schritte von mir weg, dann wandte sie mir eine Weile den Rücken zu, bevor sie sich wieder zu mir herumdrehte.

»Ich weiß, was du denkst«, sagte sie und verschränkte die Arme vor der Brust. »Du denkst, dass ich eine Frau bin, die Männern nur Probleme macht.«

»Ich denke, dass du eine sehr schöne Frau bist, die den Männern sehr große Probleme macht. Als wir uns vor ein paar Wochen im ›Ciro‹ zufällig trafen, habe ich schon gewusst, dass ich Probleme bekommen würde, wenn ich mich von dir verführen lasse. Ich habe es trotzdem getan, denn ich konnte meinen Wunsch, dich zu vögeln, einfach nicht bezwingen. Dafür zahle ich jetzt die Zeche.«

Sie lächelte. »War es nicht ein reizendes Wochenende, das wir in deiner Wohnung verbracht haben? Wir haben es so oft gemacht, als wollten wir in zwei Tagen nachholen, worauf wir in den drei Jahren davor verzichtet haben. Ich habe es sehr genossen.«

»Trotzdem frage ich mich jetzt, ob es wirklich ein Zufall war, dass wir uns im ›Ciro‹ begegnet sind.«

»Was willst du damit sagen?«

Ich sah zu dem Toten. Etwas Gelöstes war in seinen Augen. Er schien nicht traurig darüber zu sein, dass er es hinter sich hatte. Beinahe beneidete ich ihn. »Hast du ihn erschossen?«

Sie zuckte mit keiner Wimper. »Nein!«

»Du lügst mich an, damit ich dir helfe!«

»Nein!«

»Woher kanntest du ihn?«

»Aus dem ›Mandarin‹, wo ich arbeite.«

»Hattest du ein Verhältnis mit ihm?«

Sie zuckte unwirsch mit den Schultern. »Blöde Frage.«

»Nein, blöde Antwort. Hat der Tod dieses Mannes etwas mit Liebe und Eifersucht zu tun?«

Sie funkelte mich an. »Rede keinen Quatsch! Er war kein dummer Junge mehr. Wenn ich hier gewesen wäre, hätte ich Michails Selbstmord verhindert.«

Mein Blick wanderte weiter und blieb an dem Schrankregal hinter Leni hängen. Ich suchte nach einem Hinweis, der mir helfen würde, die Situation richtig einzuschätzen. Gern hätte ich das hellere Deckenlicht angeschaltet, um besser sehen zu können. Aber es schien nicht ratsam zu sein, selbst wenn man das Licht von außen schlecht sehen konnte, und wahrscheinlich hätte ich dann auch nicht mehr erkannt.

Leni musterte mich. »Komm her«, sagte sie. Ihr Blick war unruhig. Irgendetwas schien ihr nicht zu gefallen.

Neben mir an der Wand stand der Schreibtisch, dessen oberste Schublade nicht vollständig geschlossen war. Ein kleiner, ganz schmaler Spalt war im Holz zu sehen.

Ich zog die Schublade unter der Ablage des Sekretärs auf und erblickte eine Pistole. Fast hätte ich sie angefasst, aber dann zog ich die Hand schnell wieder zurück.

»Was hast du?«, fragte Leni. Ohne dass ich es gemerkt hatte, war sie neben mich getreten.

Es war eine kleine Walther-Pistole, eine, die gut in eine Damenhandtasche passte.»Gehört sie dir?«

Sie schaute mich gleichmütig an. »Ja, es ist meine.«

Als ich mein Taschentuch in der Hand hatte, nahm ich die Waffe vorsichtig aus der Schublade und öffnete sie. Sie war geladen. Aber nicht nur das. Der Lauf roch, als ob er abgefeuert worden war. Ich nahm die andere Hand zu Hilfe, zog das Magazin heraus und zählte die Patronen. Eine fehlte. »Jetzt ist mir klar, weshalb man dir nicht glauben würde, dass er Selbstmord begangen hat. Du hast es getan! Mit deiner eigenen Pistole.«

Sie starrte auf die Waffe. »Unsinn! Ich war es nicht.«

»Mit dieser Pistole ist kürzlich geschossen worden. Ich wäre nicht erstaunt, wenn sich herausstellte, dass die Kugel, die deinen Besucher getötet hat, aus dieser Waffe stammt.«

Abrupt drehte sie sich fort, trat zu dem Toten und deutete mit der Hand neben den Sessel, wo die andere Waffe lag. »Und was ist damit? Wie will man denn feststellen, mit welcher Pistole geschossen wurde?«

»Ein Waffenexperte wird vermutlich herausfinden können, aus welcher Waffe die tödliche Kugel stammt. Wir haben die Patronenhülse, und die Kugel wird man finden, wenn man danach sucht, wo auch immer die steckt.«

Ihr schönes Gesicht war eine Spur bleicher geworden. Ich legte die Walther in die Schublade zurück.

»Man versucht, mir die Sache anzuhängen. Ich habe geahnt, dass etwas faul war. Es ist, wie ich sagte. Sie wollen, dass mich der Henker holt.«

»Vermutlich zu Recht!«

»Hör auf! Warum hätte ich ihn erschießen sollen?«

»Willst du damit sagen, dass einer der Leute, denen du angeblich nicht gewachsen bist, ihn erschossen hat?«

»Es muss so sein: Sie haben eine Pistole, aus der geschossen wurde, neben ihn gelegt, damit ich keinen Verdacht schöpfe, dass meine Pistole die Tatwaffe war, und die Polizei sie bei mir findet. Es war richtig, nicht die Polizei zu rufen.«

»Woher wussten sie von deiner Pistole?«

»Sie wussten es eben!«

»Mir kommt das seltsam vor.«

»Was ist daran seltsam? Dass eine Frau wie ich zu ihrem Schutz eine Pistole besitzt, ist doch selbstverständlich. Davon abgesehen – wenn ich es gewesen wäre, die ihn erschossen hat, hätte ich meine Pistole nicht in die Schublade gelegt, sondern in den Kanal geworfen.«

»Das hattest du sicher auch vor, ja! Du bist bloß noch nicht dazu gekommen.«

»Warum hätte ich warten sollen, ich hatte doch eine Stunde Zeit?«

Das klang zwar logisch, hieß aber nicht, dass es keine Erklärung dafür gab. Ich versuchte auch nicht, eine Erklärung zu finden. Mein Schweigen machte ihr klar, dass sie meine Zweifel an ihrer Geschichte nicht ausgeräumt hatte.

»So glaub mir doch, Eugen!«, rief sie und schluchzte

plötzlich auf. »Man will mir schaden! Michail ist in meiner Wohnung – und er ist tot! Er muss weg!«

»Warum haben Sie nicht dich, sondern ihn erschossen, wenn sie dir schaden wollen?«

»Sie sind Spieler, so einfach machen sie sich das nicht.«

»Wie sind sie hereingekommen?«

Sie zuckte mit den Schultern. »Michail muss sie hereingelassen haben. Wahrscheinlich haben sie an der Tür geklingelt und er hat gedacht, dass ich es bin.«

Schräg über dem Toten hing ein venezianischer Spiegel an der Wand. Dass es ein venezianischer Spiegel war, durch den jemand von der anderen Seite in das Zimmer blicken konnte, ohne selbst gesehen zu werden, wusste ich von meinen früheren Besuchen bei Leni. Damals hatte ich auf der anderen Seite gestanden und hatte Leni von dem kleinen Nebenraum dahinter beobachten können, während sie sich mit einem Liebhaber traf, der Böses gegen sie im Schilde führte. Ich wusste nicht, wie viele Liebhaber sie hatte, aber gewiss mehr als einen, in dieser Hinsicht war sie extrem – aber nicht nur in dieser Hinsicht, wie sich einmal mehr zeigte.

»Gemeinsam können wir es schaffen«, sagte sie. »Wenn du mir nicht hilfst, besteige ich das Schafott. Das ist so sicher wie das Amen in der Kirche.«

»Und wenn ich dir helfe, steige ich mit dir hinauf.«

»Nein, im Gegenteil: Wenn du mir nicht hilfst, sind die Chancen dafür größer.«

Es war die Art von weiblicher Logik, gegen die noch nie ein Mann angekommen war. »Willst du mir drohen?«

»Ach, Unsinn.«

Ich sah zu dem Spiegel. Der Gedanke, es könne sich dahinter jemand aufhalten, der uns zusah und uns belauschte, war so mächtig, dass ich kurz entschlossen aus dem Zimmer ging und im Flur die Tür aufmachte, die hinter den Spiegel führte. Es war niemand da.

»Es war nur zu meiner Sicherheit«, sagte ich, als ich zu Leni zurückgekehrt war.

»Traust du mir wirklich zu, dass ich dich reinlegen will?«

»Es wäre nicht das erste Mal, dass du mich hereinlegst.«

»Fühlst du dich jetzt besser?«

»Nicht viel besser, nur ein wenig.«

Sie trat zu dem Schreibtisch mit der offen stehenden Schublade.

»Ich gehe jetzt hinunter und werfe die Pistole in den Kanal«, sagte sie. »Dann ist die wenigstens weg.«

Wenn man ihr wirklich eine Falle gestellt hatte, schien es merkwürdig, dass noch keine Polizei aufgetaucht war. Andererseits war denkbar, dass ihre Gegner davon ausgingen, Leni würde die Schritte, die sie dem Schafott näher brächten, selbst in die Wege leiten, indem sie die Polizei verständigte.

»Es wird nicht reichen, die Pistole beiseitezuschaffen. Wenn eine Untersuchung ergeben sollte, dass die Kugel, die Michail tötete, nicht aus der Waffe stammt, die neben ihm liegt, hast du ein Problem.«

Sie sah mich an. »Das ist doch mein Reden! Deshalb muss der arme Michail auch in den Kanal. Hilfst du mir nun?«

Hatte ich eine Wahl? Lenis Geschichte überzeugte mich nicht, aber ich konnte sie auch nicht widerlegen. Wenn sie selbst den Mord begangen hatte, war es merkwürdig, dass es zwei Pistolen gab, wenngleich sie die Sache auch inszeniert haben könnte, um mich hereinzulegen. War sie nicht die Mordschützin, rechneten ihre Gegner gewiss nicht damit, dass sie es tatsächlich schaffen könnte, die Leiche heimlich zu entsorgen. Dann verhielt sie sich richtig, und dann war keine Zeit zu verlieren; der Tote und die falsche Pistole waren dann womöglich nur der erste Schritt, dem in Kürze ein zweiter folgen könnte, um sie des Mordes zu überführen.

»Eine Leiche beseitigt man nicht so leicht wie ein altes Möbelstück.«

»Doch, genauso muss man es machen, wie mit einem alten Möbel. Es ist sogar noch leichter. Michail ist kein großer und schwerer Mann.«

»Wie bekommen wir ihn in den Wagen?«

»Ich besitze einen großen Koffer, einen Schrankkoffer mit Rollen, darin bekommen wir ihn im Fahrstuhl nach unten. Um diese Zeit werden wir niemandem im Haus begegnen.«

Ohne ein weiteres Wort verschwand sie aus dem Zimmer, und als sie kurz darauf zurückkehrte, schob sie das Stück, von dem sie gesprochen hatte, neben den Sessel des Toten.

Was für ein Zufall, dachte ich, dass eine zarte Person wie sie einen solch voluminösen Koffer besaß.

»Es ist der Koffer für meine Kleider, wenn ich verreisen muss«, sagte sie, weil sie sich wohl dachte, dass sie mir besser eine Erklärung für den Besitz dieses Prachtstücks geben sollte.

»Und wenn uns jemand sieht?«

»Ich nehme alles auf mich. Aber wir werden es schaffen.« Sie legte den Koffer auf den Boden und klappte ihn auf. Es war wirklich ein Riesending, dachte ich, aber es würde gehen.

»Hilfst du mir nun?« Sie wartete, beobachtete mich.

Eigentlich konnte es nur schiefgehen, dachte ich. Aber ich saß bereits mit im Boot; Leni im Stich zu lassen, kam nicht in Betracht.

»Da ich nun schon einmal hier bin, wird mir kaum etwas anderes übrig bleiben, als dir zu helfen«, sagte ich. »Immerhin haben wir eine Chance. Sie werden nicht damit rechnen, dass du versuchst, dich der Leiche zu entledigen.«

»Frechheit siegt, das ist meine Devise, mit der ich stets weit gekommen bin«, sagte sie. »Wo bringen wir ihn hin?«

»Wir können ihn nicht in den Kanal werfen. Wer sich erschießt, springt hinterher nicht ins Wasser; er muss in einen Park oder besser noch in einen Wald. Finden werden sie ihn sowieso, egal, ob er im Wasser liegt oder im Wald.«

»Und die Pistolen?«

»Deine Pistole legen wir neben ihn, die andere muss weg! Bleibt nur zu hoffen, dass das Projektil, das in oder durch seinen Kopf gegangen ist, wirklich aus deiner Waffe stammt. Ist die Pistole irgendwo auf deinen Namen registriert?«

»Nein.«

»Los, dann greifen wir es an. Ich brauche Taschentücher für die Pistolen.«

Der Krieg war lange her, aber mit Waffen hatte ich Erfahrung. Ich nahm Lenis Walther und drückte sie dem Toten in die Hand, um seine Fingerabdrücke darauf zu platzieren, bevor ich die Waffe vorsichtig zusammen mit der Patronenhülse in eines der Tücher wickelte, die Leni mir gebracht hatte. Ich legte die Pistole in den Koffer und verstaute die andere in meiner Jackentasche; dann trat ich neben den Sessel und fasste den Toten kurz entschlossen unter den Armen. Leni ging zwischen seinen Beinen in die Hocke und hakte die Arme unter seine Knie.

Es klappte besser als erwartet, den Mann in das Behältnis zu legen, der Koffer schien geradezu für ihn angefertigt zu sein. Leni schlug den Kofferdeckel zu und schloss die Schnallen; dann stellten wir den Koffer auf seine Rollen und schoben ihn aus dem Zimmer in den Flur.

Leni legte ihr Ohr an das Holz und horchte durch die geschlossene Tür nach draußen. Doch da war nichts,

nichts als Schweigen in einem leeren Haus, das bis auf zwei unheimliche Gestalten im obersten Stockwerk von allen Menschen und allen guten Geistern verlassen schien.

Sie glitt in den Flur und ich folgte ihr, und dann ging es mit dem Koffer weiter bis zu dem Lift, in dem ausreichend Platz für uns und unser Gepäckstück war. Schweigend fuhren wir in die Tiefe hinab, und als der Lift im Keller zum Stehen kam, schoben wir unsere Fracht vorsichtig die wenigen Treppenstufen hinunter und dann weiter durch den Hinterausgang ins Freie.

Der Wagen war eine kleine zweitürige Limousine. Leni öffnete die Fahrertür, klappte die Sitze nach vorn und dann unternahmen wir es, den Koffer mit vereinter Anstrengung auf die Rückbank des Wagens zu hieven.

»Ich habe noch eine schwarze Plane zum Darüberlegen«, flüsterte sie, »dann wirkt alles dezenter und der Koffer fällt nicht weiter auf.«

Sie verschwand in den Keller und kam kurz darauf mit der Plane zurück.

»Am besten fahren wir in den Grunewald«, sagte sie. »Es passiert fast täglich, dass dort jemand Schluss macht.«

»Grunewald und Selbstmord, ja, das passt. Geht zwar durch die halbe Stadt, ist aber nicht zu ändern. So machen wir es!«

Leni kletterte hinter das Steuer, und nachdem ich mich neben sie gesetzt hatte, ließ sie den Motor an. Sie warf mir einen aufmunternden Seitenblick zu. »Viel Glück, Eugen.«

»Danke, Leni, das wünsche ich dir auch.«

Die Scheinwerfer des Mercedes suchten sich ihren Weg über den asphaltierten Hof, an dessen Seiten hoch die Mauern aufragten, dann trafen sie auf die Durchfahrt zur Straße und verschmolzen kurz darauf mit dem Licht der Lampen am Tirpitz-Ufer.

2. KAPITEL

Leni jagte den Mercedes am Ufer entlang, auf der Suche nach einer Stelle, an der wir uns der überzähligen Pistole entledigen konnten.

»Fahr nicht so schnell!«, rief ich ihr zu. »Sonst stoppen uns noch die Schupos. Außerdem kann ich nicht sehen, wo wir am besten anhalten können.«

Während sie durch den westlichen Teil des Tiergartens fuhr, drosselte sie die Geschwindigkeit. Hinter der Kanalbrücke am Zoologischen Garten gab ich ihr ein Zeichen und sie stoppte den Wagen am Straßenrand.

Ich stieg aus, überquerte die Fahrbahn und trat an einen Baum auf der Böschung, um zu pinkeln. Dann nahm ich die Pistole aus der Tasche, beförderte sie in den Kanal und kehrte zügig zum Wagen zurück.

Leni bog in die Budapester Straße ein und fuhr weiter nach Westen, bis wir hinter dem Zoobahnhof und der Gedächtniskirche den lichterglitzernden Kurfürstendamm erreichten. Trotz der vorgerückten Stunde war hier die Nacht schillernd und lebendig. Berlins Prachtstraße, die zur Kaiserzeit auf Bismarcks Anregung nach dem Vorbild der Pariser Champs-Élysées angelegt worden war, hatte sich einen sagenhaften Ruf als Straße der Eleganz, der Erotik und des Lasters erworben. Das vertraute Glitzern der gefälligen Leuchtreklamen gab mir ein Stück Sicherheit.

»Du hast vorhin die Gestapo erwähnt«, sagte ich, während wir über den Lichterboulevard weiter nach Westen rollten. »Was hat die Gestapo mit deinen Problemen zu tun?«

»Wenn es der russische Geheimdienst nicht war, könnte es die Gestapo gewesen sein, die Michail auf dem Gewissen hat.«

»Wie kommst du darauf?«

»Michail Sapoznik war nicht nur ein Diplomat, sondern auch ein Spion.«

»Es ist eine Binsenweisheit, dass viele Diplomaten auch Spione sind. Weder die Gestapo, noch der SD, noch der deutsche Geheimdienst hätten ihn deshalb erschossen.«

»Du kennst sie nicht.«

»Doch! Ich kenne sie – es sind deutsche Beamte, Polizeibeamte, so machen sie es nicht, auch die SD-Beamten gehen anders vor. Sie klingeln höflich an der Tür, wie deutsche Beamte das eben tun, selbst dann, wenn sie kommen, um einen ins KZ zu bringen. Nun gut, nichts bleibt, wie es war, mag sein, dass du sie besser kennst als ich.«

Sie warf mir einen schnellen Seitenblick zu. »Für wen hältst du mich?«

»Als ich dir vor drei Jahren begegnete, hattest du enge Verbindungen zu Offizieren von Gestapo und SS. Du bist eine schöne Tänzerin, die in Kreisen verkehrt, in denen vielerlei Nachrichten kursieren. Ich brauche nur eins und eins zusammenzählen.«

»Natürlich höre ich zu, wenn Männer mir etwas erzählen. Ich habe einen großen Bekanntenkreis und bekomme so manches mit. Aber ich entscheide selbst darüber, welche Informationen ich weitergebe.«

»Das glaubt jeder Informant, es ist aber Unsinn.«

»Du irrst! Ich habe Freunde in der SS, aber ich habe dort auch Gegner. Man weiß nie, wer am Ende die Oberhand behält. Daher muss ich eine Auswahl treffen.«

»Hast du dir die Gestapo zur Vertrauten gewählt?«

»Nein, Gott bewahre, aber die Gestapo ist nicht mein größtes Problem.«

Wir überquerten den Lehniner Platz, und Leni deutete auf ein Tanzlokal auf ihrer Seite hinter dem Fenster. »Das ›Mandarin‹, in dem ich arbeite, seitdem ich nicht mehr an der ›Scala‹ bin.«

Ich schaute hin, sah nur noch das Leuchtgesims über dem Eingang, dann waren wir schon an dem Vergnügungspalast vorübergerollt.

»Wer kann einem größere Probleme machen als die Gestapo?«, wollte ich wissen.

»Einige Herren, die im ›Mandarin‹ verkehren und noch mächtiger als die Gestapo sind. Meine Freunde stehen mit der Gestapo in Verbindung und haben mehr Macht, als ich für möglich gehalten hätte.«

»Wer hat dich auf Michail Sapoznik angesetzt?«

»Ich habe in den letzten Jahren viele Kontakte gepflegt. So mancher ist auf mich aufmerksam geworden. Dazu gehören auch die Russen. Im ›Mandarin‹ verkehrt ein internationales Publikum. Es gehört zu meinen Aufgaben, auf Annäherungsversuche zu reagieren, und sei es, um Falschinformationen zu verbreiten oder Gegenspionage zu betreiben.«

»Hast du Sapoznik mit Informationen versorgt?«

»Ich habe Michail gemocht und versucht, ihm zu helfen, damit er seinen Leuten etwas vorweisen kann.«

»Du hast also geheime Informationen an ihn weitergegeben?«

»Das wirft man mir vor, ja.«

»Wer wirft es dir vor?«

Konzentriert sah sie nach vorn. »Lass uns später darüber sprechen«, sagte sie.

Am schwarzen Himmel über den hohen Dächern war zwischen unruhigen Wolkenfeldern der Mond zu sehen. Der Kurfürstendamm lag hinter uns, und die steinerne Stadtlandschaft war wieder ein schwarzes, von Irrlichtern durchsetztes Schattenreich, das mir nicht verlässlich, sondern unter der friedlichen Oberfläche unruhig erschien. Seitdem die Fahrt begonnen hatte, wurde ich das Gefühl nicht los, dass irgendetwas sich unserem Vorhaben in den Weg stellen würde.

Über die Koenigsallee ging es an vornehmen Villen vorbei in Richtung Grunewald, und wir waren nicht mehr weit vom Forst entfernt, als das Befürchtete geschah. Es war hinter einer unübersichtlichen Kurve, als plötzlich grelle Lichter die Nacht durchzuckten, sodass der Wagen, der in einiger Entfernung vor uns fuhr, abbremsen musste und hielt.

»Ach du Scheiße«, sagte Leni, trat auf die Bremse und brachte unseren Mercedes ein paar Meter hinter dem Wagen vor uns zum Stehen.

Einige Momente lang blieb mein Kopf völlig leer. Es war die Art von atemloser Leere, die man erlebt, bevor man begreift, dass das Unglaubliche unvermeidlich ist und kurz davor steht sich zu ereignen. Es dauerte eine Weile, bis ich den Grund des Geschehens vor meinen Augen als real akzeptierte, und noch einige Augenblicke länger, bis ich erkannte, dass es vor der Straßensperre, auf die wir zugerollt waren, keine Möglichkeit zum Ausweichen für uns gab.

»Ruhig bleiben«, murmelte Leni. »Erst mal sehen, was die wollen. Keine Angst, wir kommen da schon durch.«

Ungefähr 20 Meter vor uns stand eine grüne Minna quer auf der Straße, sodass nur eine schmale Lücke zum Durchfahren blieb. Am Straßenrand sah ich zwei weitere Wagen, die anscheinend der Kripo gehörten, außerdem erblickte ich zwei Verkehrspolizisten in weißen Jacken auf ihren Motorrädern. Schwarze Uniformen sah ich keine, aber das war nur ein schwacher Trost. Wenn in Deutschland die Dinge ins Rollen kamen, dann rollten sie bis dahin, wo sie immer endeten: Irgendwann kamen die Schwarzuniformierten ins Spiel, ganz egal, womit es begonnen hatte.

In meinen Gedanken arbeitete es. War man uns schon auf der Spur? Doch wie hätte jemand in Voraus wissen sollen, was wir unternehmen und wohin wir uns wenden würden? Falls die Sache mit uns zu tun hatte, konnte es dafür nur die Erklärung geben, dass es sich um ein abgekartetes Spiel handelte, in dem Leni keine Unbeteiligte war.

Ihre Gesichtszüge waren unbewegt, konzentriert sah sie nach vorn. Nur in ihren Augen hatte es zu glimmen begonnen, und auch hinter ihrer Stirn arbeitete es, das konnte ich sehen. Ich wusste, dass sie riskante Situationen letztlich als eine Herausforderung empfand. Und wenn ich ihr tief in meinem Inneren auch zürnte, dass sie mich in eine solche Lage gebracht hatte, so war es doch beruhigend zu spüren, dass sie nicht kopflos reagierte. Nein, dachte ich, meine Verdächtigungen griffen zu weit. Sie war nicht weniger überrascht worden als ich.

Es waren sechs Uniformierte, die um die oder nahe bei der grünen Minna standen. Zwei von ihnen waren mit langen Taschenlampen ausgerüstet, mit denen sie ins Innere der Wagen leuchtete, die vor der provisorischen Sperre hielten. Zwei andere hatten Pistolen in der Hand. Ein fünfter schrieb in einen Notizblock, und der sechste war der Boss, ein schon älterer, vierschrötiger Mann, der eben von der geöffneten Fahrertür des Autos vor uns zurücktrat und einen Blick in unsere Richtung warf.

Winzige Schweißperlen traten auf meine Stirn, als der Wagen vor uns das Zeichen bekam, weiterzufahren und man uns zuwinkte, an die Sperre zu kommen. Leni kurbelte die Seitenfensterscheibe herunter und fuhr ein Stück vor.

Der vierschrötige Mann, der das Kommando zu haben schien, trat an das offene Fenster. Er trug eine weiße Schirmmütze und war älter als seine Kollegen. Unter der Mütze lugte silbernes Haar hervor. Sein rotes, fleischiges Gesicht trug einen Ausdruck stoischer Gelassenheit, und seine eng sitzende schwarze Dienstlederjacke betonte seine kräftige Gestalt. Er wirkte auf mich wie ein Straßenpolizist in New York, wie ich ihn vor ein paar Wochen in einem amerikanischen Kinofilm gesehen hatte, und ganz genauso benahm der Mann sich dann auch. Er riss nicht den Arm hoch, sondern legte seine Hand zum Gruß an die Mütze, was jedoch nicht wie ein Akt der Höflichkeit wirkte, sondern wie eine Demonstration von Macht.

»Eine reizende junge Dame am Steuer«, hörte ich ihn sagen. »Na so was! Heil Hitler und einen schönen guten Abend.«

»Heil Hitler«, gab Leni zurück.

»Da würde ich doch gern den Führerschein der jungen Dame sehen«, sagte Silberhaar.

Die Tatsache, dass eine Frau hinter dem Steuer saß, schien den Mann von Überlegungen, die sich ihm sonst in kriminalistischer Hinsicht hätten aufdrängen können, abzulenken. Leni war eine exzellente Fahrerin, aber auch in Berlin dachten noch viele Leute, dass eine Frau nicht hinter das Steuer eines Autos gehörte.

Leni öffnete das Handschuhfach und hielt ihm das Dokument unter die Nase.

»Helene Ravenov«, las er laut vor, und der Mann mit dem Notizblock, der neben ihn getreten war, kritzelte den Namen auf sein Papier.

»Der Wagen gehört dem Herrn Gemahl?«, fragte Silberhaar und richtete den Blick auf mich.

»Nein, mir selbst, Herr Wachtmeister«, antwortete Leni, bevor ich mich räuspern konnte. »Mein Mann hat ihn mir geschenkt.«

»Oho!«, sagte Silberhaar und trat einen Schritt von dem Fenster zurück, bevor er einen schrägen Blick am Wagen entlang warf, dann trat er wieder vor. »Wo soll es denn hingehen mit dem guten Stück?«

Noch ungewöhnlicher als eine Frau hinter dem Steuer war es, dass eine Frau ein Auto ihr Eigen nannte.

Leni warf ihm ein entzückendes Lächeln zu. Das Lächeln sah ich zwar nicht, las es aber am Gesicht des Polizisten ab, in dem es sich spiegelte.

»Ach wissen Sie, Herr Wachtmeister, ich will ganz ehrlich zu Ihnen sein. Der Herr neben mir ist nicht mein Mann, sondern ein Freund. Ich bin eine geschiedene Frau und ... nun, wir waren tanzen, sind nun aber müde und möchten ins Bett.«

»Aha, ich verstehe«, sagte Silberhaar, und sein Grinsen wurde breiter. »Ein nächtliches Abenteuer zu zweien.«

Silberhaar musterte mich ziemlich unverhohlen, und während ich das Gefühl hatte, den Strahl der Taschenlampe in meinem Nacken zu spüren, hoffte ich inständig, dass mir meine Furcht und mein schlechtes Gewissen nicht zu ausdrücklich ins Gesicht geschrieben standen. Was er sah, ließ ihn aber wohl weniger an das schlechte Gewissen eines Straftäters als an das eines heimlichen Geliebten denken oder daran, was mich vor ihm auszeichnete, dass eine Frau wie Leni sich mit mir auf ein Verhältnis einließ.

»Na, meinetwegen, wir sind ja alle aufgeklärte Berliner«, meinte er. »Wenn der Herr mir aber noch seinen Namen nennen könnte. Und einen Ausweis bitte.«

Ich nannte meinen Namen, reichte ihm meinen Anwaltsausweis, und der zweite Beamte kritzelte etwas auf sein Papier. Der Mann mit der Stabtaschenlampe kam auch ins Bild, und ich fühlte, wie eine eisige Kälte mir das Rückenmark heraufkroch, als ich registrierte, wie der Strahl seiner Funzel durch das Innere des Wagens glitt.

»Was ist denn passiert, Herr Wachtmeister?«, fragte Leni, bevor jemand fragen konnte, was sich unter der Plane auf der Rückbank befand.

Silberhaars Miene veränderte sich nicht. Ausdruckslos starrte er zum offenen Fenster herein. Doch offenbar sah er etwas in Lenis Augen, das ihn gewogen stimmte, denn schließlich spähte er schnell zu seinem Kollegen hinüber und befand anscheinend, dass noch Zeit für eine Antwort war. Er lehnte einen Arm leicht gegen den oberen Fensterrand, neigte den Kopf ein Stück tiefer und sagte zu ihr: »In der Kantstraße konnte ne alte Frau nicht schlafen, hat in ihrer Wohnung am Fenster gesessen, und da sieht sie, wie der Mercedes des alten Juweliers von gegenüber vorfährt, mit zwei Herren in seiner Begleitung. Nach einer halben Stunde kommen die beiden Kerle ohne den Mann wieder raus und fahren in seinem Wagen davon. Sie hatte einen Telefonapparat und hat gleich zum Hörer gegriffen, aber leider kam für den Herrn Juwelier jede Hilfe zu spät.«

»Mein Gott, wie entsetzlich«, sagte Leni, »ich dachte, so etwas gibt es heutzutage gar nicht mehr.«

»Tja, die neue Zeit«, brummte Silberhaar, »aber alles kann der Führer auch nicht richten. Noch nicht! Keine Sorge, wir werden die Kerle kriegen, da bin ich ganz sicher, und dann marschieren sie schnurstracks zum Schafott und verlieren ihre Köpfe. Das ist mal ganz sicher.« Er tippte mit dem Finger an die weiße Mütze, freundlicher als beim ersten Mal. »Wünsche noch eine angenehme Nacht – die Dame, der Herr!«

Silberhaar verschwand aus meinem Blickfeld, als Leni die Scheibe hochkurbelte, ohne Verzug den Wagen startete und stark beschleunigte. Kurz darauf rasten wir mit unserem unbeachtet gebliebenen Gepäckstück am Grunewald entlang.

»Um sich bei einer Frau noch Schlimmeres vorzustellen, als dass sie Auto fährt und einen Liebhaber hat, fehlt ihm die Fantasie«, sagte Leni und lächelte.

Eine schöne Frau konnte sich manches erlauben, was bei einem Mann nicht durchgehen würde, dachte ich, und verspürte so etwas wie Dankbarkeit für die Art, mit der Leni auf die Situation reagiert hatte.

»Was hättest du gesagt, wenn er gefragt hätte, was sich unter der Plane befindet?«

»Na, ein Kleiderkoffer natürlich, den ich von meiner Schneiderin geholt habe. Stimmt doch auch! Er hätte unter die Plane geblickt, den Koffer gesehen und mir geglaubt.«

»Besser, dass wir es nicht darauf ankommen lassen mussten.«

Sie lachte. »Die Feuerprobe haben wir bestanden. Jetzt geht nichts mehr schief. Wir haben es geschafft!«

»Dass er unsere Namen notiert hat, gefällt mir nicht. Wer weiß, wen die wirklich gesucht haben. Juwelenräuber? Möglich, kommt mir aber spanisch vor.«

»Wahrscheinlich suchen sie Kommunisten, die nen Bombenanschlag planen«, sagte Leni. »Aber egal, wir passten so oder so nicht ins Bild.«

»Trotzdem sollten wir einen Bogen nach Westen schlagen und eine Stelle suchen, die nördlich von hier liegt. Falls dann jemand eine direkte Verbindungslinie zwischen deiner Wohnung und dem Fundort der Leiche zieht und der

Polizist sich an uns erinnert, liegt die Koenigsallee, wo er uns kontrollierte, nicht auf dem Weg.«

»Spielt das eine Rolle? Sind wir deshalb weniger verdächtig? Aber meinetwegen, wenn du dann ruhiger schlafen kann, machen wir es so.«

An der nächsten Kreuzung bog Leni ab. Die Straße, auf die wir gerieten, führte an einer Wohnsiedlung vorbei und dann durch den Wald zum Teufelssee, und von dort ging es weiter in Richtung auf das Reichssportfeld zu und nach Norden zurück.

»Irgendwo hier müssen wir den armen Kerl loswerden«, sagte Leni, »sonst sind wir gleich wieder zwischen den Häusern.«

Ich kurbelte mein Fenster hinunter und spähte in die Nacht hinaus. Wolken trieben vom Wind bewegt über den Himmel. Die frische Luft tat gut und roch angenehm nach Wald.

»Da vorne, den Forstweg nehmen wir«, sagte Leni, die die Geschwindigkeit des Wagens verlangsamt hatte. Kurz darauf bog sie in einen holperigen Weg ein, der in den Wald eine Schneise schlug. Ein gutes Stück von der Straße entfernt hielt sie an und schaltete die Lichter aus, und ich stieg ins Freie, um die nähere Umgebung zu erkunden.

Alles war ruhig, kein Mensch war in der Nähe. Der Mond, der zwischen den Wolken erschien, gab etwas Licht. »Die Luft ist rein«, sagte ich zu Leni, die ihre Tür geöffnet hatte.

Sie kletterte aus dem Wagen und klappte die Sitze vor, dann schoben und zerrten wir das Behältnis mit vereinten Kräften aus dem Fahrzeug und bis an den Wegesrand. Leni öffnete die Schnallen, dann stellten wir den Koffer auf, sodass der tote Michail herausrollte.

Ich legte den Koffer in den Wagen zurück, streifte mir die Handschuhe über und holte die Waffe.

»Weiter in den Wald«, sagte ich.

»Sie finden ihn sowieso«, entgegnete Leni.

»Wir könnten Reifenspuren verursacht haben. Heute Morgen hat es geregnet. Wenn die Polizei schlau ist, stellt sie eine Verbindung her.«

»Ich werde den Wagen morgen waschen, wenigstens ein paar Eimer Wasser über die Reifen kippen«, sagte Leni. »Mehr können wir nicht tun. Ich glaube nicht, dass die Russen auf eine eingehende Untersuchung drängen werden. Die Polizei ist vermutlich unser geringstes Problem.«

Trotzdem bestand ich darauf, den Toten weiter in den Wald zu schleppen. Es wurde eine schweißtreibende Angelegenheit, aber es ging.

Als wir ihn abgelegt hatten, überlegte ich, wie es aussehen musste, damit glaubhaft war, dass Michail sich selbst erschossen hatte. Ich arrangierte den Körper in einer Lage, die zu einem Selbstmord passte. Dann nahm ich die Pistole aus dem Koffer, machte mir klar, wohin sie gefallen hätte sein müssen, wenn sich der Mann den Schuss in die Schläfe gesetzt hätte, und deponierte sie dort zusammen mit der Patronenhülse.

»Deine Freunde werden wissen, wer dafür verantwortlich ist, dass man die Leiche nicht in deiner Wohnung, sondern im Grunewald findet«, sagte ich, als wir wieder beim Auto waren. »Und dass dir jemand geholfen haben muss, werden sie natürlich auch wissen.«

»Sie werden nichts überstürzen«, sagte Leni, »es bleibt nichts, als auf ihren nächsten Schachzug zu warten, und ich habe vor, ihn zu kontern, wenn er kommt.«

Ich konnte nur hoffen, dass Leni mich nicht verraten würde. Es war eine schwache Hoffnung. Im Nachhinein schien es mir fast der genehmere Fall zu sein, wenn nicht ihre ominösen Freunde, sondern sie selbst für Michail

Sapozniks Tod verantwortlich wäre. Zwar wusste ich nicht, weshalb sie ihn hätte erschießen sollen, aber ihre augenfällige Sorglosigkeit, kaum dass der Tote sich nicht mehr in ihrer Wohnung befand, hätte mir, wenn ich ihr übel gesonnen gewesen wäre, als ein Indiz dafür gelten können, dass sie mich belogen hatte.

»Du hast Mut«, sagte ich, »keine Ahnung, woher du ihn nimmst.«

Mehr war nicht zu tun. Wir kehrten zum Waldrand zurück und traten unverzüglich die Rückfahrt an.

»Ich würde heute Nacht gern bei dir bleiben«, sagte Leni. »In meiner Wohnung fühle ich mich nicht sicher.«

Hätte sie es nicht gesagt, hätte ich selbst den Vorschlag gemacht. Wenn ich schon in der Patsche saß, wollte ich wenigstens wissen, warum. Ich musste ihr auf den Zahn fühlen und herausbekommen, was tatsächlich geschehen war, und wenn ich die Wahrheit aus ihr herausprügelte.

Eine Zeitlang kreuzten wir auf den Straßen, die den dunklen Forst durchschnitten, schließlich passierten wir die Deutschlandhalle und bewegten uns wieder stadteinwärts. Leni steuerte den Wagen am Westkreuz vorbei nach Norden und nahm dann die großen Straßen. Über die Bismarckstraße und die Charlottenburger Chaussee ging es schnurgerade nach Osten durch den Tiergarten und das Brandenburger Tor hindurch. Von der Allee Unter den Linden fuhr sie die Friedrichstraße hinunter, die nicht so mondän wie der Berliner Westen, aber einer der Hauptanziehungspunkte des Nachtlebens war. Auch zu dieser Stunde hatten viele Lokale noch nicht geschlossen. Hinter dem Belle-Alliance-Platz ging es über den Kanal und dann um ein paar Ecken, bevor Leni den Wagen vor dem Gebäude parkte, in dem sich meine Wohnung befand.

3. KAPITEL

Wir stiegen die Treppen hinauf und hängten die Mäntel an die Garderobe. Ich machte eine Flasche Wein auf und stellte sie mit zwei Gläsern zusammen auf den Tisch.

Leni trug ein ärmelloses schwarzes Chiffonkleid, in dem sie ganz reizend und mehr nackt als angezogen aussah. Ihr Anblick brachte mich sofort auf andere Gedanken, doch ich beschloss, meinem Vorsatz treu zu bleiben.

»Ich habe dir geholfen, den Toten fortzuschaffen«, sagte ich, nachdem ich Wein eingeschenkt hatte und wir in den Sesseln saßen. »Nun bist du dran! Wer hat Sapoznik getötet? Vor wem hast du Angst?«

Sie sah sich wie hilfesuchend um. »Ich will dir nicht ausweichen, Eugen, aber ich kann dir keine Namen nennen.«

»Dann versuch es ohne Namen! Weshalb musste der Russe sterben?«

Sie griff zu ihrem Glas und trank einen Schluck Wein. »Sicher erinnerst du dich noch an den Bankier Arnheim?«

»Arnheim?« Einen Moment lang war ich überrascht. »Natürlich, auf seiner Cocktailparty haben wir uns kennengelernt.«

»Er ist tot, wie du sicher weißt.«

»Ja, irgendjemand hat ihn erschossen.«

Wenn es eine Verbindung zwischen Arnheim und den Geschehnissen dieser Nacht gab, hatte meine Ahnung mich nicht getrogen. Leni hatte mich zwar nicht in eine Falle gelockt, aber es hatte mit meiner ganz persönlichen Vergangenheit zu tun, weshalb sie sich gerade an mich um Hilfe gewandt hatte, ohne mir den Grund dafür zu nennen.

»Er war ein übler Zeitgenosse«, sagte sie, »aber diejenigen, die seinen Platz eingenommen haben, sind noch schlimmer als er.«

»Mit seinem Namen verbindet sich für mich mehr als nur die Erinnerung an diese Cocktailparty«, erwiderte ich. »Er war ein Schurke, mit dem man reden konnte.«

Bei dem Gedanken an ihn stürzte die ganze alte Geschichte regelrecht auf mich ein: Arnheims Auftrag vom Herbst 32, als er mich gebeten hatte, nach New York zu reisen, um die Modalitäten der Scheidung von seiner Ehefrau Florence zu regeln, die ihn verlassen und in ihre amerikanische Heimat zurückgekehrt war. Der Tod von Florence und Arnheims dubiose Rolle in der okkulten Gesellschaft der »Brüder und Schwestern vom Licht«, deren Machenschaften in der Nacht des Reichstagsbrandes zu meiner Verhaftung geführt hatten. Arnheims Intrigen hatten mir mächtig zugesetzt, doch dann war es plötzlich vorbei gewesen; im Sommer 34 hatte er sich verkalkuliert und seinen Fehler mit einer tödlichen Pistolenkugel in den Kopf quittiert.

»Dass Arnheim vor zwei Jahren von einer jungen Frau erschossen wurde, kam nicht von ungefähr«, sagte Leni. »Arnheim hatte eine große Schwäche für schöne Frauen. Auch auf mich hatte er ein Auge geworfen. Damals – Anfang 33 – lebte ich schon von Hermann, meinem Mann, getrennt. Ich verkehrte in Arnheims Haus und hatte eine Liaison mit ihm. Nachdem Hitler Reichskanzler geworden war, waren sie alle Feuer und Flamme, die ganze Clique. Arnheim konnte einfach den Mund nicht halten, wenn er mit einer schönen Frau ins Bett wollte, er musste sich immer wichtigmachen. Ich selbst war hellwach, wenn er zu plaudern begann, insbesondere, als er davon sprach, dass die

Nationalsozialisten mächtige Unterstützung aus dem Ausland hätten. Bald würde etwas passieren, meinte er im Februar 33, und erst dann würde Hitler in Deutschland eine radikal neue Politik beginnen. Du weißt, von welchem Ereignis ich spreche.«

Sie konnte eigentlich nicht wissen, wer Arnheim erschossen hatte, überlegte ich. Es sei denn, einer der wenigen, die davon wussten, hatte es ihr gesagt. Offiziell war Arnheim eines der Opfer, die in der »Nacht der langen Messer«, wie man den Röhm-Putsch im Volksmund auch nannte, ihr Leben gelassen hatten – doch in Wahrheit hatte ein junges Mädchen die Schüsse auf ihn abgegeben, um Rache für den Mord an ihrem Geliebten zu nehmen, den Arnheim auf dem Gewissen hatte. Wer wusste davon? Wer außer mir und meinem Schwager Rudolf Mantiss?

»Du meinst vermutlich den Reichstagsbrand«, erwiderte ich. »Gehörte Arnheim nicht auch zu denen, die schon eine ganze Zeit vor Ausbruch des Feuers wussten, dass der Reichstag brennen würde?«

Leni starrte eine Weile vor sich hin. »Beim Reichstagsbrand geriet mehr in Brand als nur dieses Gebäude. Das Ereignis wird in seiner Bedeutung unterschätzt. Es lässt mich nicht los, ich muss immer wieder daran denken. Es war die Initialzündung, es fiel damit eine Entscheidung mit unabsehbaren Folgen. Der Reichstagsbrand hat eine Tür geöffnet.«

»Für mich nicht. Mir hat er alle Türen verschlossen. In jener Nacht hat man mich verhaftet. Von dem Tag an war alles anders. Welche Tür soll der Brand geöffnet haben?«

»Eine Tür, die man nie hätte öffnen dürfen. Die Tür, durch die das Böse ins Land gekommen ist. Die Folgen des Brandes werden das Land ins Verderben stürzen, am Ende vielleicht die ganze Welt.«

»Greifst du nicht ein bisschen weit?«

»Die Brandstifter haben den Teufel hereingelassen«, sagte sie und rieb sich die Augen. »Der Reichstagsbrand war der erste Schritt auf einem Weg, der uns alle ins Unheil stürzen wird.«

»Wen meinst du mit den Brandstiftern? Arnheim und seine damaligen Freunde bei der SA?«

Sie sah erneut eine Weile vor sich hin. »Arnheim war eigentlich nur eine Randfigur, er war nur wichtig, weil er Verbindungen besaß. Ich denke nicht an die SA und weniger an Arnheim als an seine Bank. Zu jener Zeit, also im Februar und März 33, kam sehr viel Geld aus dem Ausland auf den Konten der Nazis bei der Delbrück Bank an.«

»Von wem kam das Geld?«

»Aus London und New York. Vor allem aus New York.«

»Von amerikanischen Geldgebern?«

»Es kam von deutschen und amerikanischen Unternehmen, auf Umwegen, aber eigentlich kam es praktisch allein von den Amerikanern, denn die waren Mehrheitsgesellschafter auch in den deutschen Unternehmen.«

»Im Februar und März 33, sagst du? Der Reichstag brannte Ende Februar. Die Hälfte des Geldes kam also als Vorschuss und die andere Hälfte danach? So hört sich das an.«

»Genauso war es auch. Es gab schon lange vor Hitlers Ernennung zum Reichskanzler Verbindungen zwischen amerikanischen Bankiers und ihm. Diese Leute wollten eine Umwälzung der politischen Verhältnisse in Deutschland, und Hitler versprach ihnen, dass er dafür sorgen würde, natürlich nur, wenn er die Devisen bekäme, die erforderlich wären, um seine Pläne in die Tat umzusetzen. Er wollte es auf friedlichem Wege tun oder, wenn das nicht gelänge, durch eine Revolution. Zunächst gelang es ihm, auf friedlichem Wege Reichskanzler zu werden. Doch die absolute Macht besaß er am Abend des 30. Januar 33 noch nicht. Die musste er durch einen quasi revolutionären Akt noch an sich reißen. Dafür floss das Geld im Februar und März. Die Bankiers hielten ihr Versprechen, und die Nazis zündeten unter Benutzung des Holländers van der Lubbe den Reichstag an. Das Konto bei der Delbrück Bank wurde im April 33 geschlossen.«

»Wusste Arnheim nicht, dass du spionierst, als er dir von den Zahlungen erzählte?«

»Damals wohl noch nicht. Obwohl andere vorsichtiger gewesen wären. Aber bei Frauen war er eben blind. Er dachte sich nicht allzu viel, wenn er plauderte. Für Frauen wie mich sind das die besten Kunden. Solche Informationen konnte ich mir natürlich nicht entgehen lassen, zumal ich wusste, dass er einige Unterlagen besaß, die ihm wichtig waren. Er glaubte, dass er sie im Notfall schnell zur Hand haben müsse, und bewahrte sie in seinem Haus auf. Als die Gelegenheit günstig war, habe ich die brisanten Dokumente durchsucht und ein paar von ihnen fotografiert. Darunter war eines, das für mich sozusagen pures Gold wert war. Ich kopierte es aber nicht wegen des Geldes, sondern um mich zu schützen.«

»Ist das die Information, die du an Sapoznik weitergereicht hast?«

»Die Fotografie habe ich ihm nicht gegeben, aber ich habe ihm von dem, was die Fotografie zeigt, erzählt.«

»Warum hast du das gemacht? Die Weitergabe solcher Informationen kann unschwer als Hochverrat oder Landesverrat gewertet werden. War das von dir nicht genauso unvorsichtig wie damals Arnheims eigenes Geplauder?«

»Meine Tätigkeit ist nicht ungefährlich. Ich muss mich absichern. Wie andere Mitarbeiter von Nachrichtendiensten sammle ich Informationen, die nicht für meine Augen oder Ohren bestimmt sind, und manchmal tue ich es nicht für meine Auftraggeber, sondern weil ich denke, dass sie mir noch einmal nützlich werden können. Ich gab Sapoznik die Informationen nicht leichtfertig, sondern mit Bedacht.«

»Und das tatest du, um ihm zu helfen?«

»Auch darum, ja.«

»Und warum noch?«

Sie trank einen Schluck Wein. »Weil es weitergeht – weil der Reichstagsbrand nur der Anfang war. Sie wollen die ganze Welt anzünden. Es war mein Versuch, etwas gegen den Weltenbrand, den sie planen, zu tun. Dieser Grund wog für mich noch schwerer als der Wunsch, dem armen Michail zu helfen, damit er bei seiner Regierung in besserem Ansehen steht.«

»Man könnte noch auf einen anderen Gedanken kommen, nämlich auf den, dass du eine Doppelagentin bist, die mit beiden Seiten Geschäfte macht.«

Sie zuckte mit den Achseln, als sei das ein unwichtiger Punkt. »Das hört sich so abwertend an«, sagte sie. »Dabei sagte ich dir bereits, dass ich nicht nur für die SS arbeite, sondern auch für andere.«

»Hast du Geld von Sapoznik bekommen?«

»Ja, manchmal.«

»Und von den anderen auch?«

»Von irgendwas muss ich ja leben. Von Hermann, meinem geschiedenen Gatten, habe ich die Wohnung und das Auto. Ja gut, aber ich bin eine Frau mit Ansprüchen.«

»Wer sind diese anderen, die dich bezahlen?«

»Leute aus der Wirtschaft, keine Politiker, und auch nicht nur Deutsche. Internationale Geschäftsleute.«

»Dieselben Leute, die Hitler mit Devisen ausstatteten?«

Sie nickte. »Es gibt Verbindungen, ja.«

»Was verbindet sie – ich meine, diese Leute untereinander?«

»Geld und rassistische Überzeugungen.«

»Es ist die Sorte von Geschäftsleuten, die durch Kriege reich wird, nicht wahr?«

»Sie sind gefährlich, gefährlicher als die SS. Die SS untersteht dem Führer, aber diese Leute machen, was sie wollen.«

»So wie das Deutsche Reich seit ein paar Jahren organisiert ist, untersteht jeder dem Führer.«

»Diese Leute unterstützen ihn, aber sie unterstehen ihm nicht. Sie hängen nicht von ihm ab.«

»Was für Geschäften gehen sie nach?«

»Allem, was Geld und Macht bringt.« Sie sah mich an. Das Lampenlicht schimmerte golden auf ihrem zauberhaften Gesicht und ihren schönen Armen.

»Es wird einen Krieg geben«, sagte sie.

»Wer sagt das?«

»Sie sagen es – meine internationalen Bekannten.«

»Nenn mir einen Namen! Nur einen! Wer führt sie an?«

»Musst du denn alles wissen?«

»Nicht alle Namen! Nur einen!«

Sie griff zu ihrem Glas. »Wilhelm«, sagte sie und stellte das Glas wieder hin, ohne daran zu nippen.

»Wilhelm – und wie noch?«

»Nur Wilhelm – so nennen sie ihn. Er ist eine Art Geschäftsführer. Mehr weiß ich nicht über ihn.«

»Also ein Deutscher, kein Ausländer?«

»Frag mich nicht, ich habe keine Ahnung.«

»Ich kann nicht glauben, dass du seinen vollen Namen nicht kennst.«

»Dräng mich jetzt nicht.«

»Dieser Wilhelm hat also deinen Freund Sapoznik erschießen lassen und will dir diesen Mord in die Schuhe schieben? Er muss sich mächtig über dich geärgert haben, dass er so ein niederträchtiges Spiel mit dir treibt.«

»Sie sind Spieler, seine Leute und er, und mit einer schönen Frau …«, sie ließ die langen Wimpern sinken, »… spielt man gern.«

»Und um deine eigenen Spielchancen zu verbessern, hast du mich auf dein Spielfeld geholt – wie einen Bauern beim Schach.«

»Wenn du es so bezeichnen willst, meinetwegen.«

»Lieber opfert man die anderen im Feld, nicht wahr? Die Königin kommt erst zum Schluss, falls sie die Partie verliert. Nachdem Sapoznik tot ist, brauchst du einen neuen Mitspieler.«

»Ich will dich nicht opfern. Ich brauche Schutz, einen Anwalt und Freund, der mir zur Seite steht.«

Es war nicht das erste Mal, dass sie mich in ihre Pläne einbezog. Als ich sie kennenlernte, hatte sie sich aus freien Stücken auf ein gefährliches Abenteuer eingelassen, auf ein bizarres Spiel, von dem sie gewusst hatte, dass ein Teufel in Menschengestalt ein Mitspieler darin war. Sie war nicht das Opfer gewesen, das sie heute zu sein vorgab, und hätte das Spiel einen anderen Verlauf genommen, als es tatsächlich geschehen war, hätte sie sich nicht gescheut, mich auf dem Feld ihrer Ambitionen zu opfern. Schon damals war es um Politik und den Verrat von Geheimnissen gegangen, aber eine noch größere Rolle hatte die dunkle Seite des Eros gespielt, und ich wurde das Gefühl nicht los, dass es zwischen dem Spiel von damals und dem von heute einen Zusammenhang gab, der sich nicht in der Politik, dem Verrat von Geheimnissen und meiner persönlichen Verstrickung in die Ereignisse erschöpfte.

»Du spielst nicht nur mit dem Feuer, sondern auch mit dem Teufel, wie du sagtest. Es würde mich wundern, wenn Sex nicht mit zu deinem Spiel gehörte. Bezahlen Sie dich auch für Sex?«

Sie lächelte. »Ich bin ein Sexteufelchen, wie du weißt; ich spiele mit, weil ich es gern scharf hab und gern auch noch ein bisschen schärfer – ohne das macht es für mich keinen Sinn, Geld allein ist es bei mir nicht. Ich will niemandem schaden, und dass ich mir selbst schaden kann, nehme ich in Kauf. Trotzdem war es ein Fehler, sich auf dieses Spiel einzulassen, das Risiko war zu groß.«

»Damals ist jemand zu Schaden gekommen, eine Freundin von dir, wie hieß sie gleich? Ja, Alice Resow.«

Ihr Blick verdüsterte sich. »Es war nicht von mir beabsichtigt, sondern ein Unfall«, murmelte sie.

»Darüber kann man geteilter Meinung sein, aber ich will nicht in einer alten Wunde bohren. Nur eine Frage: Dein Mitspieler von damals ist nicht der Teufel von heute, oder?«

Sie schüttelte den Kopf. »Natürlich nicht! Mit dem Kerl habe ich nichts mehr zu tun.«

»Gibt es einen, der eine ähnliche Rolle spielt wie er?«

Sie zögerte und zuckte hilflos mit den Achseln, bevor sie sagte: »Der Teufel, von dem wir sprechen, ist keine bestimmte Person.«

»Sind es mehrere?«

»Er ist weniger eine Person als ein Prinzip. Es ist der ›Teufel des Westens‹!«

»Wie kommst du auf diesen Begriff?«

»Es ist der Titel eines Buches, in dem das Spiel beschrieben wird, auf das sich manche meiner Mitspieler verstehen. Ich werde dir das Buch einmal zu lesen geben, dann verstehst du alles besser.«

»Ich habe auch so meine Erfahrungen auf diesem Gebiet, wenn du dich erinnerst.«

»Es geht nicht nur um intensive Gefühle, sondern auch um den neuen Menschen.«

»Also zugleich um Politik?«

»Wenn du so willst, ja.«

»Gut, ich werde das Buch lesen. Sagt dir der Name Rudolf Mantiss etwas?«

»Nein, wer ist das?«

»Er ist mein Schwager, ein ehemaliger Reichswehrgeneral, der Verbindungen zu internationalen Finanzkreisen unterhält. Er war damals auch auf dem Empfang von Arnheim, auf dem wir uns begegnet sind.«

Von Mantiss wusste ich, dass er schon vor zwei Jahren begonnen hatte, seine Hände nach internationalen Bankiers auszustrecken, die er für die Verwirklichung seiner obskuren politischen Ziele zu gewinnen trachtete. Ich wusste nicht nur um seine finanziellen Bestrebungen, sondern auch darum, dass er ein Teufel war, ein Teufel der westlichen Welt, auch wenn er sicher keine erotische Beziehung zu Leni unterhielt. Er war ein Freund des Bankiers Arnheim gewesen, und außer mir eigentlich der Einzige, der wusste, wer den Bankier erschossen hatte.

»Mag sein, dass ich ihn kenne«, sagte sie, »aber im Augenblick sagt mir der Name nichts.«

»Außerdem schreibt er okkulte Romane.«

»Denkst du, dass er das Buch geschrieben hat, von dem ich dir erzählte?«

»Woher soll ich das wissen? Warum nicht? Bei ihm halte ich alles für möglich.«

Sie trank das Weinglas leer und stellte es hin. »Es ist ein Buch über die Forschungsergebnisse eines Orientalisten vom Völkerkundemuseum. Der Mann hieß Grünwedel und ist letztes Jahr verstorben. Wer der Verfasser dieses Buches über ihn ist, kann ich nicht sagen. Ich glaube, es ist unter Pseudonym erschienen.«

»Mantiss liebt es, im Verborgenen zu agieren, und ist jemand, der sich hinter einem Pseudonym verbergen würde.«

»Ich glaube, ich möchte ihm lieber nicht begegnen. Ich habe genug von diesen Leuten und von dem Leben, das ich führe. Ich hab nichts ausgelassen, was das Erotische angeht, aber nun reicht's. Ich will weg von all dem, will solide werden, einen netten Mann – nur einen, nicht mehrere.« Mit einer anmutigen Bewegung erhob sie sich aus dem Sessel.

»Wie stellst du dir es eigentlich vor, dass ich dich beschütze?«, fragte ich, indem ich mein Erstaunen über ihre guten Vorsätze abschüttelte.

Sie antwortete nicht sofort, sondern ließ die Träger ihres Kleides über die ellenlangen Arme gleiten und zog es dann ganz aus. Sie hatte nichts darunter an.

»Ein Anwalt unterliegt der Schweigepflicht«, sagte sie und legte ihr Kleid über einen Stuhl. »Wenn meine Freunde damit rechnen müssen, dass ich dir Unterlagen anvertraut habe, die Informationen über sie enthalten, welche nicht bekannt werden dürfen, werden sie vorsichtiger sein.«

»Na ja, dein Glaube in Ehren, aber seit ein paar Jahren ist man in diesem Land Methoden ausgesetzt, vor denen auch die anwaltliche Schweigepflicht schnell zurückweicht.«

»So weit wird es nicht kommen.«

»Wie soll es denn weitergehen? Michail Sapozniks Mörder werden ein Auge auf dich haben. Es wird nicht lange dauern, bis sie den Toten finden. Vermutlich rechnen sie damit, dass der Tod des Diplomaten öffentlich wird.«

»Sie werden sich nicht wundern, wenn von der Sache nichts in der Zeitung steht. Vor 33 wäre es anders gewesen, aber heute – ist es normal, dass die Zeitungen über solche Sachen schweigen. Morgen früh kehre ich in meine Wohnung zurück, als ob nichts geschehen sei. Alles Weitere wird sich finden. Ich kann sowieso nichts tun. Ich musste Polizei und Gestapo aus der Sache heraushalten, das war mir wichtig. Ich glaube, fürs Erste bin ich geschützt.«

Sie war unbeschreiblich schön. Eben noch war ich erschöpft gewesen und hatte mich nach Ruhe gesehnt, aber jetzt wäre ich am liebsten über sie hergefallen, nicht nur aus Begier, sondern auch aus Rache, um einen Ausgleich für das zu erlangen, was sie mir in dieser Nacht zugemutet hatte.

»Hoffentlich behältst du recht«, gab ich zurück.

»Komm morgen mit mir ins ›Mandarin‹. Ich stelle dir ein paar von meinen Freunden vor.« Sie streckte ihren Körper und die Arme in die Höhe, um sich zu dehnen. Unter ihrer glatten Seidenhaut traten ihre Rippen deutlich hervor.

»Kann ich mit in deinem Bett schlafen?«, fragte sie.

»Sicher, möchtest du einen Schlafanzug?«

Sie lachte. »Ich schlafe immer ganz ohne.«

»Du findest drüben mehrere Decken.«

»Prima.« Sie drehte sich fort. In der Tür schaute sie lächelnd zurück. »Kommst du zu mir? Ich weiß, wegen Michail ist es schlimm, dass ich schon wieder daran denke, aber ich bin nun mal, wie ich bin. Es würde mir nach all der Aufregung schwerfallen, darauf zu verzichten.«

In dieser Hinsicht war sie unschlagbar. Sie mutete einem eine Menge zu, aber sie verstand es auch, einen zu entschädigen und einem die Zumutungen köstlich zu versüßen.

»Bei mir brauchst du dich nicht zu entschuldigen«, erwiderte ich. »Es geht mir ganz ähnlich wie dir.«

»Schön, dass wir uns einig sind«, sagte sie. »Lass mich nicht zu lange warten.«

Einen Moment später war sie im Schlafzimmer verschwunden.

4. KAPITEL

Das »Mandarin« war ein Swing-Tempel, der sich über zwei Etagen erstreckte. Ein Gewirr von Menschen, Stimmen und Musik verbreitete gute Laune. Zahlreiche Paare tanzten. Die kleinen Tische waren mit Gästen besetzt, viele trugen Abendgarderobe. Eine weit geschwungene Freitreppe führte vor dem Hintergrund eines riesigen, mit bunten Spiegeln ausgeschlagenen Raums auf eine Galerie hinauf, wo an exponierter Stelle ein größerer Tisch stand, der für Stammgäste reserviert war, wie Leni mir erklärte. Wir nahmen daran Platz.

Es schien der beste Tisch im Lokal zu sein, denn man sah von hier aus die Treppe hinunter auf das ovale Tanzparkett, auf die Bühne rechts davon und auf die Bar auf der linken Seite des Saals.

Ein Ober kam herbeigeeilt, kaum dass wir uns hingesetzt hatten, und begrüßte Leni als eine alte Bekannte. Ich bestellte Fachinger und eine Flasche Champagner.

»Ein reizendes Lokal«, sagte ich. »Man fühlt sich an alte Zeiten erinnert. Die braune Spießbürgeratmosphäre wird von Jahr zu Jahr schlimmer, aber hier merkt man nichts davon.«

»Ich kenne eine Menge Nazis, die Swing-Musik und barbusige Tänzerinnen mögen«, sagte Leni.

An einigen Tischen saßen Männer in schmucken Wehrmachtsuniformen mit ihren Freundinnen oder Gattinnen. Schwarze Uniformen sah man keine, aber in einem Lokal, in dem nicht nur die bessere Berliner Gesellschaft, sondern auch Diplomaten, Botschaftssekretäre und ausländische Geschäftsleute verkehrten, war garantiert auch der Sicherheitsdienst der SS in Zivil vertreten. An der Bar erblickte ich ein paar hübsche, spärlich bekleidete Frauen, die wahrscheinlich Prostituierte waren.

»Die Nazis haben die öffentliche Prostitution geächtet«, sagte ich, »dafür scheint sie hier umso bunter zu blühen.«

Leni schaute zu der Bar hinunter. »Ja, die Hübschen werden mehr, genauso wie die Tanzlokale überall in der Stadt.«

Das Orchester spielte heiße Jazz-Nummern aus dem vergangenen Jahrzehnt, wie man sie anderenorts immer seltener hörte. Die Atmosphäre des Lokals ließ einen vergessen, dass Berlin seit Jahren unter der Knute der Nationalsozialisten stand. Das war nicht ganz ungefährlich, weil es manch einen leichtsinnig machen und zu Bemerkungen verführen konnte, die nicht von den falschen Leuten gehört werden sollten.

»Ich habe das Gefühl, dass wir beobachtet werden«, sagte ich, »und damit meine ich nicht die Gäste, die von den anderen Tischen zu schönen Frauen wie dir herüberschauen.«

»Wir müssen die Fassade wahren, gerade heute Abend«, erwiderte Leni leise, den Mund nahe bei meinem Ohr. »So tun, als sei nichts anders als sonst. Damit bin ich stets gut gefahren. Die Leute, die uns gefährlich werden können, sind nur mit ihren eigenen Mitteln, mit Tricks und Täuschungen, zu schlagen.«

Der Tag war ohne besondere Vorkommnisse verlaufen. Leni hatte am Morgen zusammen mit mir die Wohnung verlassen, um nach Hause zu fahren, während ich wegen eines Termins in mein Büro gegangen war. Wie verabredet hatte sie mich am Abend mit ihrem Wagen abgeholt, damit ich sie in das Tanzlokal begleitete. Die kommende Nacht wollten wir in ihrer Wohnung am Tirpitz-Ufer verbringen.

»Für mich nur Wasser«, sagte Leni, als der Ober mit den Getränken kam und uns einschenken wollte. »Wenn ich tanze, darf ich keinen Schwips haben.«

Sie hob ihr Glas. »Stoßen wir darauf an, dass sich weiterhin alles gut entwickelt.«

Wir ließen die Gläser klirren, aber mir war nicht recht wohl dabei.

»Willst du einen Rat hören?«, fragte ich.

»Ich bin gespannt.«

»Wir sollten aus der Stadt verschwinden«, sagte ich leise, aber mit Nachdruck, »am besten gleich ganz aus dem Land.«

»Oho, ist das dein Ernst?«

»Ich habe den ganzen Tag darüber nachgedacht. Die Ruhe täuscht. Mir wäre es fast lieber, es wäre im Verlauf des Tages irgendetwas passiert. Es kostet deine Freunde nur einen Wink, dass die Gestapo vor deiner Tür steht, weil du Staatsgeheimnisse an einen russischen Diplomaten verraten hast. Von Sapozniks Tod mal völlig abgesehen.«

Leni schüttelte den Kopf. »Das tun sie nicht. Sie verstehen sich auf Manipulationen und Tricks, auf falsche Beschuldigungen und darauf, die Wahrheit zu verschleiern. An der Aufdeckung der Wahrheit haben sie kein Interesse. Was hätten sie von einer Anzeige bei der Polizei? Sie bringen sich nicht selbst aus dem Spiel.«

Selbst nach unserem Gespräch vom vergangenen Abend war ich mir nicht sicher, dass sie mir keinen Bären aufgebunden und Sapoznik selbst erschossen hatte. Es spielte bloß keine Rolle: So oder so hing ich in der Sache drin und hatte Anlass, an Flucht zu denken.

»Mein Rat bleibt der gleiche. So wie du die Dinge schilderst, hast du die Wahl zwischen Pest und Cholera.«

»Kannst du denn selbst alles hier stehen und liegen lassen?«

»Es fällt mir gewiss nicht leicht, aus Berlin so mir nichts, dir nichts zu verduften. Aber ich kenne auch die andere Seite. Wir haben keine guten Karten, und der Preis, den wir zahlen müssen, wenn wir das Spiel verlieren, auf das du dich eingelassen hast, erscheint mir zu hoch. Ich habe keine Familie, und wenn ich die Wahl zwischen KZ und Flucht habe, fällt mir die Entscheidung leicht.«

Sie sah mich an, ihre Augen schimmerten dunkel, aber auch ein Ausdruck von Leidenschaft und Sympathie war darin.

»Es gibt da noch etwas anderes … was zu berücksichtigen wäre«, sagte sie zögernd. »Wir müssen darüber sprechen, weil es unsere Zukunft betrifft.«

»Was ist es?«

»Bisher ist es nur eine Vermutung, es ist noch nicht ganz sicher.« Sie sah mich an, mit diesem eigenartig schimmernden dunklen Blick, in dem viel Zuneigung, aber auch etwas Anderes, Zurückhaltendes lag.

»Worauf willst du hinaus?«

Sie warf den Kopf zurück, als hätte sie sich zu etwas entschlossen. »Bleibst du bei mir?«, fragte sie.

»Du meinst, heute Nacht? Ja, natürlich.«

Sie lächelte schelmisch. »Nein, ich meine, auf Dauer.«

Das letzte Wort ließ mich aufhorchen. Dauerhafte Verhältnisse passten nicht zu ihr. Die Ereignisse der vergangenen Nacht hatten wohl doch ein paar Spuren hinterlassen.

»Nichts lieber als das, Leni. Ich weiß, was ich an dir habe. Mein Vorschlag, aus der Stadt zu verschwinden, war eine vorweggenommene Antwort auf deine Frage.«

Sie schaute zur Treppe. »Im Moment können wir nicht weitersprechen. Wie ich sehe, kommen da schon zwei meiner Freunde. Nicht mehr lange, dann wirst du mich tanzen sehen. Später, wenn wir allein sind, reden wir weiter.«

Als ich zur Seite schaute, erblickte ich zwei Männer, die auf unseren Tisch zusteuerten, beide elegant gekleidet und beide von mittlerer Größe, der eine dunkel, der andere blond.

»Oh, Leni«, hörte ich den Blonden sagen, »wie schaffst du es nur, jeden Abend so wundervoll auszusehen.«

Leni erhob sich, um die beide mit knappen Umarmungen zu begrüßen, und ich stand ebenfalls auf.

»Konrad Frank und Frederic Lammert«, stellte Leni mir die Herren vor. »Sie sind Geschäftsleute und mit Schwerpunkt in der Filmbranche tätig.«

Sie deutete auf mich. »Mein Freund Eugen Goltz, er ist auch mein Anwalt. Wir sind schon seit Jahren miteinander bekannt, und er wollte meinen Auftritt einmal sehen.«

»Ich würde mir Lenis Auftritt am liebsten jeden Abend ansehen«, sagte der blonde Frederic Lammert. »Leni ist eine Tänzerin von unvergleichlichem Reiz. Sie werden in Berlin keine zweite von ihrem Kaliber finden.«

Er war Mitte oder Ende 40, hatte ein kantiges Kinn, eine breite Stirn ohne Falten und war mit einem Smoking bekleidet.

Auch Frank, der andere Mann, war elegant gekleidet. Er trug zu seinem Anzug ein Hemd mit Fliege und war ein paar Jahre jünger als Lammert, musste etwa in meinem Alter sein.

»Ich habe eine Reihe von Kolleginnen, die das Publikum nicht weniger mag als mich«, sagte Leni, als wir alle am Tisch Platz genommen hatten. »Denk nur an meine Namensvetterin, die heute Filme dreht. Ihr Ausdruckstanz hat mich stark inspiriert.«

»Leni Riefenstahl lasse ich noch durchgehen«, meinte Lammert. »Aber die wenigsten Frauen, selbst wenn sie schön sind, besitzen deine Verwegenheit.«

»Außerdem scheinst du nie einen schlechten Tag zu haben«, schloss sich der dunkle Konrad Frank der Litanei der Komplimente an. »Du siehst stets zauberhaft aus. Das ist das Besondere an dir.«

Irgendwie hatte ich das Gefühl, dass die Komplimente der beiden Herren mehr für meine Ohren als für die von Leni bestimmt waren, als hätten sie eine andere Art von Gespräch geführt, wenn ich nicht dabei gewesen wäre.

»Es liegt an meiner vegetarischen Ernährung, dass es mir immer gut geht«, erwiderte Leni charmant.

»Und an den Sachen, die du außerdem gerne machst«, sagte Frank mit einem Lächeln.

»Tanzen und Sex, wolltest du sagen, oder?«

»An das Tanzen habe ich gar nicht gedacht«, erwiderte Frank und grinste nun breit.

Er war ein sehr schlanker Mann mit glatt gekämmtem schwarzem Haar und einem hageren, aber gut geschnittenen Gesicht, dessen Attraktivität durch einen düsteren Zug noch verstärkt wurde. Sein Teint war bronzefarben und so makellos wie der einer Frau.

»Fehlt nur noch der Film zu deinem Glück«, sagte Lammert und grinste. »Es wird nicht so einfach sein, eine passende Rolle für dich zu finden. Ein schöner Wuchs allein macht noch keine Schauspielerin.«

»Willst du damit sagen, dass ich nicht schauspielern kann?«, sagte Leni mit einem Schmunzeln.

»Viele hübsche Frauen denken, dass sie es können, aber die meisten irren sich. Schönheit ist gut, aber Talent ist wichtiger. Sieh dir nur die Dietrich an, die jetzt in Hollywood ihre Filme macht. Sie ist keine wirklich schöne Frau – jedenfalls nicht, wenn man sie mit dir oder der Riefenstahl vergleicht –, trotzdem hat sie die Rolle der Lola im ›Blauen Engel‹ gekriegt.«

Der Kellner unterbrach die Unterhaltung, indem er ein kleines Wägelchen mit einem Sektkühler und einer Flasche Champagner an den Tisch schob, das Lammert offenbar schon bestellt hatte, bevor er zu uns gekommen war.

»Sternberg brauchte keine schöne Frau für die Rolle«, meinte Frank, während wir dem Ober dabei zusahen, wie er routiniert die Flasche öffnete, sie in ein Tuch wickelte und die Kristallkelche vollgoss. »Er wollte eine Animierdame, keine Femme fatale, wie die Franzosen die äußerst verführerischen Frauen nennen.«

»Die Rolle einer Femme fatale wäre mir auf den Leib geschrieben«, erwiderte Leni und strich mit der Hand über ihren nackten Arm.

»Auch in die Rolle einer Tänzerin oder Kokotte würdest du dich hineinfinden können«, erwiderte Lammert grinsend, während der Kellner den Tisch verließ. »Da wärst du unschlagbar.«

»Oh, danke für das Kompliment.«

»Es war wirklich eines.« Lammert sprach mit einem amerikanischen Akzent. Er war offensichtlich kein Deutscher, daher besaß er wohl auch eine etwas andere Art von Humor.

»Sie sind aus Hollywood?«, fragte ich ihn aufs Geratewohl.

»Aus New York, aber ich habe ein Jahr in Los Angeles verbracht«, sagte er.

»Ihr Deutsch ist ausgezeichnet.«

»Ich bin Deutsch-Amerikaner. Der Vater hat zu Hause die deutsche Sprache gepflegt und, so oft es ging, Deutsch mit mir gesprochen.«

»Was hat Sie nach Deutschland geführt?«

Lammert lachte. »Die Geschäfte – und die schönen deutschen Frauen natürlich.«

»Ich nehme an, der zu besetzenden Filmrollen wegen«, sagte ich. »Sicher gibt es eine Menge Bewerberinnen.«

»Es wären noch mehr, wenn nicht so viele Angst vor der Besetzungscouch hätten«, sagte Lammert jovial.

»Ist die Sorge begründet? Ich dachte, dass sei nur ein Gerücht.«

»Sie haben recht. Wenn man das Filmgeschäft professionell betreibt, kommt man nicht weit, wenn man nur Frauen engagiert, mit denen man ins Bett will.«

»Schöne Frauen, die kein Interesse am Film haben, sind am ehesten dafür geschaffen, vor der Kamera zu stehen«, sagte Konrad Frank. »Dank ihnen haben Leute wie ich eine Aufgabe.«

»Sie sind eben ein Frauenheld, Frank«, sagte Lammert, »Sie lieben es, den Widerstand der Damen zu brechen.«

Konrad Frank lächelte. »Was könnte reizvoller sein.«

Irgendetwas interessierte mich an dem Mann. Es hatte nicht allein mit seinem guten Aussehen zu tun, aber ich merkte, dass ich begann, in ihm einen Konkurrenten um Lenis Gunst zu sehen.

»Sie vermitteln also Herrn Lammert die schönen Frauen. Hört sich nach einem Beruf an, den man gerne ausübt.«

»Oh, wenn Sie wüssten«, sagte Frank. »Der Beruf hat nicht weniger Nachtseiten, als sie der Ihre vermutlich auch hat.«

Leni erhob sich von ihrem Stuhl und spähte über die Balustrade. »Ich muss mich für die Bühne fertig machen. Ich bin schon spät dran. Ihr müsst eine Weile ohne mich auskommen.«

»Wir sind nicht ohne dich, wenn du für uns tanzt«, sagte Lammert.

Leni lächelte ihm zu, dann schritt sie zielstrebig auf ihren langen Beinen zur Treppe hin und davon. Die Gäste an den anderen Tischen sahen ihr nach.

»Sie lässt nichts aus«, gab Lammert zum Besten. »Bei

einer Frau mit ihrem Aussehen ist es kein Wunder, dass sie mehr als einen Liebhaber hat.«

Er sah mich an, als ob er eine Zustimmung oder Erwiderung erwartete, aber ich hütete mich, seine seltsame und für meinen deutschen Geschmack unangebrachte Bemerkung zu kommentieren. Es ging ihn nichts an, ob ich in einem Liebesverhältnis zu Leni stand.

»Leni sollte wirklich als Schauspielerin arbeiten«, sagte ich. »Bei ihrem Aussehen hat sie eine Rolle verdient.«

»Leni ist keine Schauspielerin«, erwiderte Lammert, »sondern sie selbst. Sie werden es gleich sehen.«

Das Swing-Orchester spielte »Heute tanzt die Lou« und Lammert summte mit. Der Mann verbreitete die Aura des erfolgreichen Amerikaners, der auf seinem Weg von Erfolg zu Erfolg eilte, aber irgendetwas störte das Bild. Ich hatte das Gefühl, dass er jemand war, bei dem man auf der Hut sein musste.

Als das Orchester eine Pause machte, kündigte unten auf der Bühne jemand Lenis baldigen Auftritt als den Höhepunkt des Abends an. »Lassen Sie sich gleich von unserer jungen und schönen Ausdruckstänzerin Leni Ravenov überraschen«, sprach der Conférencier in ein Mikrofon, »mit ihrer Choreographie, die sie selbst geschaffen hat und die sie den ›Tanz der Befreiung‹ nennt.«

Lammert lachte. »›Tanz der Befreiung‹, das ist treffend, Frank, nicht wahr?«

»Unter dem Mantel der Kunst ist für Leni alles erlaubt«, grinste Frank, »selbst wenn sie nichts darunter anhat.«

»Oder wenn gar kein Mantel da ist«, ergänzte Lammert.

Die Band spielte ein Potpourri von Berliner Schlagern: »Heinrich, wo greifst du denn hin?«, »Fräulein, wolln Sie nicht ein Kind von mir?« und ähnlich schlüpfrige Sachen. Doch dann stoppte die Musik mit einem Schlag.

Gleichzeitig gingen reihum die Lichter aus, nur ein einzelnes Scheinwerferlicht fiel auf einen Vorhang im Hintergrund, der auseinanderrollte und den Blick auf einen Tänzer freigab, der im Kostüm eines Mandarins auf die Bühne und von dort sogleich hinunter auf das Tanzparkett sprang, sein Gesicht war bemalt, und er sah aus wie ein chinesischer Clown. Doch er war kein Tollpatsch, das sah man sofort, sondern ein behänder, gut gebauter Artist. Er machte eine Reihe von Sprüngen und Tanzbewegungen, dann hatte das Scheinwerferlicht kein Interesse mehr an ihm und ließ ihn im Abseits stehen. Stattdessen suchte der Schweinwerfer ein neues Objekt und fand Leni, die ganz in Schwarz auf das Tanzoval vor der Bühne glitt, in einem Kostüm, das dem von Fechtern ähnelte und ihre langen Gliedmaßen eng umschloss.

Bereits mit den Sprüngen des Mandarins hatte die Musik wieder eingesetzt, die Band spielte einen hart klingenden Swing, zu dem Leni in rotierende Tanzbewegungen fiel, so rasant, dass das Licht über der Tanzfläche Mühe hatte, ihr zu folgen. Auf schwarzen Spitzenschuhen wirbelte sie über das Parkett, schnell, schneller, fast atemlos. Der Hintergrund war dunkel und die Bühne in Schwarz gehalten, daher traten im Licht oft nur Lenis helles Gesicht und ihr blondes Haar in kontrastierender Deutlichkeit hervor, beides ständig in Bewegung, helle Blitze in einem bestrickenden Staccato.

Ihre Bewegungen wurden noch rasanter, peitschender, bis sie zu einer Art wirbelndem Höhepunkt kam, auf dem sie energisch innehielt. Sie streckte die Arme nach oben, wie um die Zurufe aus dem Publikum aufzunehmen, das mit tosendem Beifall reagierte.

Im nächsten Moment machte sie sich mit ein paar Bewegungen von ihrer Kostümjacke frei und warf sie dem Mandarin zu, der in der Nähe der Bühne im Dunkeln geblieben war, nun aber vorsprang, um ihr Jäckchen aufzufangen. Als er es in den Händen hatte, warf er es noch einmal in die Luft, machte Leni eine Kusshand und fing es wieder auf, wobei sich im Licht sein clownhaft bemaltes Gesicht zu einem breiten, lüsternen Grinsen zu verziehen schien. Dann war er mitsamt der Jacke wieder verschwunden.

Erneut stieg Leni in die Rotation ihres Tanzes ein, auf flinken Füßen, mit sportlicher Verve, den Oberkörper nun nackt bis auf zwei Bänder, die ein schwarzes X auf den reizenden Rücken zeichneten und ihre kleinen Brüste kaum bedeckten.

»Ist sie nicht fantastisch?«, meinte Frank neben mir. »Sehen Sie, wie sich ihr Körper entfaltet, wie ihre schönen Arme die Luft zerteilen und ihre langen Beine zum Davonfliegen ansetzen! Was für eine Vollkommenheit, was für eine Gnade des Blutes! Sehen Sie es?«

»Es ist kaum zu übersehen.«

Ihre Bewegungen waren fordernd, selbstbewusst bis zum Hochmut und rätselhaft androgyn. Ihr Körper entsprach dem weiblichen Ideal, wie es aus dem verlorenen Krieg hervorgebrochen war: einem Ideal, das die schlanke Silhouette, den durchtrainierten, schmalgliedrigen Körper feierte, während es die weichen und üppigen Formen negierte, die erst langsam wieder in Mode kamen. Mit ihrer körperlichen Gewandtheit, ihrem fast artistischen Geschick drückte Leni die Art von gesteigertem Lebensgefühl aus, für das die nationalsozialistische Weltanschauung stand. Bei aller Frivolität passte ihr Tanz gut in die neue Zeit.

»Ein vollkommener Tanz setzt die vollkommene Nacktheit der Tänzerin voraus«, sagte Lammert. »Anders kann ein vollkommener Befreiungstanz nicht gelingen.«

»Befreiung? Wozu?«, fragte ich.

Er schaute mich an, als hätte ich eine törichte Frage gestellt. »Befreiung zu einem gesteigerten Menschentum«, sagte er und blickte auf die Bühne zurück. »Wie es den besten Vertretern des arischen Rassevolkes geziemt.«

Wie sich zeigte, war der Teil von Lenis Tanz, während dessen sie Kleidung trug, nur ein Vorspiel zu dem folgenden Ausdruckstanz. Plötzlich vollführte sie einen Sprung und war dann auf der Bühne, verschwand hinter einer schwarzen Wand, und der Mandarin sprang hinter ihr her, als wollte er sie packen.

Das Publikum lachte laut, und als der Mandarin wieder hinter der Wand hervorkam, hielt er noch ein paar von Lenis Kleidungsstücken in der Hand, warf sie hoch, um mit ihnen zu jonglieren, und führte sie dem applaudierenden Publikum wie erbeutete Trophäen vor.

Unter dem tosenden Beifall der Gäste kam Leni ins Licht, bis auf ihre Spitzenschuhe und einem kleinen schwarzen Lendengürtel hatte sie nichts mehr am Leib. Praktisch nackt sprang das schön gewachsene Geschöpf von der Bühne auf das Parkett und wirbelte auf dem Oval vor den Gästen umher. Von allen Einschränkungen befreit, die der Gesundheit und der Schönheit, der Kraft und der Erotik im Wege standen, tanzte sie frei und unbeschwert und war völlig sie selbst.

»Ich beneide Sie, Herr Goltz!«, sagte Konrad Frank zu mir, nachdem wir wie alle andern dem Tanz eine Weile fasziniert zugesehen hatten. »Ich beneide Sie wirklich sehr.«

Woher er wohl wusste, dass ich Lenis neuer Liebhaber war? Wahrscheinlich war es nur eine Vermutung, zum Glück eine, die zutraf. Die Gefühle, die Lenis reizender Anblick bei ihm auslöste, schienen zwiespältig zu sein. Natürlich hatte er recht, mich zu beneiden, denn von all den vielen Männern im Lokal, die es gelüsten mochte, mit

Leni die Nacht zu verbringen, hatte ich die besten Aussichten. Doch seine Schmeichelei hatte in meinen Ohren wie eine heimliche Drohung geklungen, als ob er mich davor warnen wollte, mein Glück zu genießen.

Als der Tanz vorüber war, verschwand Leni nicht schamhaft von dem Tanzparkett, sondern stellte sich mit in die Höhe gestreckten Armen dem tosenden Jubel des Publikums, während der clowneske Mandarin sie mit leeren Händen ein paarmal umsprang, wie um den Gästen zu bedeuten, dass Leni nun endgültig nichts mehr zum Anziehen besaß.

Ein paar katzenhafte Sprünge, dann war die nackte Schönheit aus der Mitte des Lokals verschwunden und das Publikum blieb allein, erhitzt und mit einem gesteigerten Lebensgefühl an den Tischen zurück.

»Bringen Sie mal so etwas in einen Film«, sagte Lammert. »Jedes Mal, wenn ich sie tanzen sehe, muss ich das denken. Allerdings befürchte ich, dass diese Zensurtrottel die besten Szenen wieder zerstören würden. Ich mag das neue Deutschland, aber der Moralapostel sind wieder mehr geworden. Sie wollen nur noch das liebe, unbedarfte Mädel auf der Leinwand sehen. Wenn das nicht wäre, könnte man gewiss einen Star aus Leni machen.«

»Es wird nichts draus werden«, sagte Konrad Frank. »Leni ist auf dem Höhepunkt ihrer Schönheit, aber in ein oder zwei Jahren wird man die ersten Risse bemerken.«

»Ja, ich fürchte Sie haben recht.« Lammert schenkte Champagner nach und begann von Filmen zu erzählen, die ihm besonders gut gefallen hatten; vor allem die Filme Erich von Stroheims hatten es ihm angetan.

»Stroheim ist ein Verrückter, ein wahnsinniger Künstler, der keine Kompromisse eingeht«, schilderte er die Gründe, die ausschlaggebend für seine Bewertung waren. »Er hält sich nicht an die Vorgaben der Studios, viele amerikanische

Produzenten verstehen ihn nicht, aber das spricht nicht gegen Stroheim, sondern gegen die Produzenten.«

Er hätte wohl gern mit Stroheim gearbeitet, aber der war zu seinem Bedauern den umgekehrten Weg gegangen wie er, den von Deutschland nach Hollywood. »Sie verstümmeln seine Filme, diese Idioten«, sagte er. »Es ist zum Kotzen.«

»Wie Sie schon sagten: Nicht nur in Deutschland, auch in Amerika sind die wilden Jahre vorbei«, meinte Frank. »Die Filme werden überall unangenehm bieder.«

»Ich habe die Hoffnung nicht aufgegeben, dass es einmal wieder besser wird«, sagte Lammert. »Wie man hört, ist der Führer gegenüber der Darstellung weiblicher Schönheit recht aufgeschlossen. Leider sind jede Menge Idioten um ihn herum.«

»An welcher Art von Filmproduktion arbeiten Sie im Moment?«, fragte ich Lammert.

Die Frage schien ihn zu überraschen, denn er sah mich einen Moment lang mit zusammengekniffenen Augenbrauen an.

»Ich trage eine Reihe von Ideen mit mir herum«, antwortete er nach einer Weile, »zwei oder drei Projekte, die sich in der Planungsphase befinden, weshalb ich noch nicht darüber sprechen kann.«

Es schien mir nicht tunlich, ihn nach früheren Produktionen zu befragen. Ich hatte nicht vergessen, dass Leni ihre Freunde als gefährlich bezeichnet hatte. Der Eindruck, dass Lammert und Frank hinter einer Fassade etwas verbargen, das man besser nicht leichtfertig berührte, war mir von Anfang an gegenwärtig gewesen und hielt mich von weiteren Fragen zu ihrem Schaffen ab.

Seit dem Ende von Lenis Tanz waren 20 Minuten verstrichen und ich begann mich gerade zu fragen, wo sie blieb, als sie in ihrem Chiffonkleid oben an der Treppe auftauchte.

»Na, wie war ich?«, fragte sie und setzte sich mir gegenüber auf ihren Platz zurück.

»Du hast das Publikum scharfgemacht und verhext«, sagte Lammert. »Täusche ich mich, oder warst du heute noch nackter als sonst?«

»Euch zuliebe habe ich meinen knappsten Lendenschurz angelegt«, sagte Leni und legte ihre Hand auf die meine.

Lammert kniff die Augen zusammen, als er es sah.

»Mir zuliebe auch?«, fragte er.

»Vor allem für dich, Fredie.«

»Weil ich ein Filmproduzent bin?«

»Das hast du gesagt.«

Es war nicht nur ihre Hand, die die meine berührte. Ich spürte, dass etwas darin war, ein Stück Papier, das sie mir heimlich zukommen lassen wollte. Ich nahm es vorsichtig an mich, und Leni zog die Hand langsam zurück.

»Können Sie Ihren Beruf als Anwalt noch uneingeschränkt ausüben?«, fragte Konrad Frank mich unvermittelt, »ich meine, in einer Zeit wie dieser?«

Ich blickte ihn an. »Warum sollte ich es nicht können? Mietstreitigkeiten und Ehescheidungen gibt es zu jeder Zeit.«

»Wären Sie Jude, könnten Sie es nicht, soweit ich unterrichtet bin.«

»Nun, da ich keiner bin, trifft mich das nicht.«

Worauf wollte er hinaus? Hatte er befürchtet, mit einem Juden am Tisch zu sitzen? Oder hatte er das Thema nur angeschnitten, um sich wichtigzumachen?

»Immerhin! So haben die arischen Anwälte heute wieder ihr Auskommen«, sagte er.

»Mir ging es auch in der Systemzeit nicht schlecht.«

»Guten Anwälten geht es nie schlecht, das ist richtig«, schaltete sich Lammert ein. »Aber Sie werden einräumen, dass es heute – im Vergleich zu damals – schwieriger geworden ist, manchen Personen gegenüber selbstsicher aufzutreten?«

Es war nicht ratsam, über Politik zu sprechen, auch mit einem Amerikaner nicht.

»Ich bin wie jeder andere an die Gesetze gebunden.«

Er nickte. »Auch ich als amerikanischer Staatsbürger bin daran gebunden, habe es aber natürlich etwas leichter als Sie – in einer Zeit, in der die Verhältnisse in Deutschland so angespannt sind wie jetzt.«

»Angespannt fühlen sich nur wenige Menschen wegen der Politik«, sagte Leni. »Die meisten Deutschen lieben ihren Führer. Sein Ansehen steigt von Jahr zu Jahr.«

Lammert seufzte, sagte aber nichts, sondern sah nachdenklich zur Bühne, wo die Band einen Foxtrott intonierte. Zahlreiche Paare verließen die Tische, um zu tanzen.

»Ich bin gleich zurück«, sagte ich und erhob mich vom Tisch.

Die Freitreppe führte fast direkt zu den Garderoben, in deren Nähe sich die Toiletten befanden. Ich ging in eine der Kabinen und faltete den Zettel auseinander.

»Wir müssen sofort verschwinden«, las ich. »Geh raus und erwarte mich am Eingang oder am Wagen.«

Ich faltete den Zettel zusammen und benutzte das Klo. Leni würde mir schon noch erklären, was das Ganze sollte. Falls es Unsinn war, könnte ich immer noch an den Tisch zurückkehren. Ich durchquerte das Lokal, ohne nach oben zur Empore zu sehen, und trat durch den Ausgang ins Freie.

Die Straße hinauf und hinunter war die Nacht mit den blitzenden Leuchtreklamen von Schaufenstern und Werbetafeln durchsetzt. Irgendwann am Abend hatte es geregnet, sodass überall ein Schimmern und Glitzern herrschte. Obwohl viele Nazis den Vergnügungsboulevard nicht mochten, war der Kurfürstendamm mit seinen Kinos, Bars und Nachtschwärmern der Tummelplatz der Berliner Gesellschaft geblieben, wenn es galt, das großstädtische Leben zu genießen.

Eine Weile stand ich da und wartete, ohne zu wissen, auf was, dann drehte ich mich um und sah zurück zu dem Eingang des Lokals.

Die Tür öffnete sich und ein kleiner Mann mit dunklem Haar kam auf mich zu. »Entschuldigung. Sie sind mit Frau Ravenov bekannt, nicht wahr?«

Er hatte einen fremdländisch klingenden Akzent.

»Warum fragen Sie?«

»Ich habe eben nach ihr gesucht, konnte sie aber nicht finden. Sie saßen doch vor ihrem Auftritt mit ihr und ein paar anderen Herren zusammen an einem Tisch.«

Offenbar hatte auch Leni das Lokal inzwischen verlassen, wahrscheinlich durch einen Hintereingang irgendwo hinter der Bühne.

»Versuchen Sie es morgen Abend wieder«, sagte ich. »Sie ist schon gegangen. Eine gute Nacht!«

Ich ließ den Mann stehen und ging ein Stück die Straße hinunter, bog dann um die Ecke in die Seitenstraße, wo Lenis Mercedes geparkt stand. Nach ein paar Metern drehte ich mich noch einmal um. Niemand war mir gefolgt, auch nicht der kleine Mann. Eine Weile wartete ich, aber er tauchte nicht mehr auf. Falls er mir nicht geglaubt hatte, war er wahrscheinlich in die Bar zurückgekehrt, um dort weiter nach Leni zu suchen.

Schnell ging ich zum Wagen. Wie ich vermutet hatte, saß sie schon hinter dem Steuer. Ich schaute noch einmal zurück, dann machte ich die Beifahrertür auf und sprang auf den Sitz. »Ein Mann hat mich nach dir gefragt, klein, mit schwarzem Haar. Warum sucht er nach dir?«

Sie ließ den Motor an, ohne etwas zu sagen.

»Wer war der Mann?«, fragte ich.

»Ein Freund von Michail Sapoznik, deshalb müssen wir sofort weg. Ich mag nicht mit ihm reden.«

Sie startete und stieß vom Bordstein ab, bog um die Ecke und reihte sich in den Verkehr auf dem Kurfürstendamm.

»Was ist mit der Rechnung in dem Lokal?«

»Die geht aufs Haus, mach dir keine Gedanken. Ich habe Frank und Lammert eine Andeutung gemacht, damit es nicht unhöflich aussieht, dass du dich nicht von ihnen verabschiedet hast. Sie glauben, es geht um einen Nebenbuhler.«

»Gibt es etwas, worüber ich mir Gedanken machen müsste? Mir fällt ein, dass du mir noch etwas erzählen wolltest. Wir sind jetzt allein.«

Leni warf mir einen gespannten Seitenblick zu. »Hast du gesehen, was für einen schönen Bauch ich habe und wie gertenschlank ich bin?«

»Lammert hatte recht. Du hast das ganze Lokal scharfgemacht. Ich bin wirklich ein glücklicher Mann.«

Sie lächelte. »Es ist schön, dass du das sagst. Ich mag es auch gern, mit dir zu schlafen.«

»Ich weiß nicht, wie du es machst, Leni, aber wenn ich mit dir zusammen war, bin ich anschließend nie erschöpft, stattdessen ist es mir, als hätte ich einen Zuwachs von Energie erlebt.«

»Tja, ich bin eben eine Frau mit Geheimnissen«, sagte sie und lächelte. »Ich weiß, wie man Energien befeuert.«

»Das ist wirklich etwas Besonderes.«

Sie sah nachdenklich durch die Windschutzscheibe nach vorn auf den bunten, feucht glitzernden Asphalt.

»In zwei oder drei Monaten werde ich – wenn ich nichts dagegen unternehme – nicht mehr so rank und schlank sein wie jetzt. Zumindest für ein paar Monate nicht.«

»Was willst du damit sagen?«

»Die Hebamme, mit der ich heute darüber sprach, hat mir bestätigt, was ich seit ein paar Tagen vermutet habe. Sie glaubt auch, dass ich schwanger bin.«

Eine Weile blieb ich stumm. Ich fühlte mich merkwürdig betroffen, und mehr noch versetzte mir das, was sie gesagt hatte, einen Schreck. »Ist das wirklich sicher?«

»Ziemlich sicher.«

»Du hast eine kleine Tochter«, sagte ich mit belegter Stimme. »Ich habe immer geglaubt, du wolltest es bei diesem einen Kind belassen.«

»Im Leben kommt es manchmal anders, als man denkt. Ich sehe meine Tochter nur selten. Sie fühlt sich bei Hermann und seiner neuen Frau recht wohl.«

»Du hast nie einen Hehl daraus gemacht, dass du zu einer treuen Ehefrau und treusorgenden Mutter nicht taugst«, brachte ich heraus, als könnte ich ihre Schwangerschaft mit irgendwelchen Argumenten ungeschehen machen.

Leni umrundete die Kaiser-Wilhelm-Gedächtniskirche und fuhr die Budapester Straße hinauf. »Ich bin mir sicher, dass die Zeugung an dem Wochenende geschah, an dem wir uns so oft geliebt haben«, sagte sie. »Eigentlich wollte ich dir letzte Nacht schon von meiner Vermutung berichten, aber es gab so viel anderes. Außerdem hast du mir geholfen, ohne dass ich dir schon von meinem Verdacht erzählt hätte.«

Dieses Mal war der Schreck nicht unangenehm, jedenfalls nicht so unangenehm, wie es der vorherige bloße Hinweis auf eine Schwangerschaft gewesen war. »Bin ich wirklich der Vater?«

»Alle wollen mit mir schlafen, aber niemanden kümmert es, dass es Folgen haben kann.«

»So meinte ich es nicht. Bloß weiß ich, wie wichtig dir

dein sexuelles Wohlbefinden ist, und dass es außer mir andere Männer gab und wohl auch noch gibt.«

Ihr auf die Straße gerichteter Blick verfinsterte sich. »Soll ich das Kind wegmachen lassen?«

»Das habe ich nicht gesagt – auch nicht gedacht.«

»Dann denk jetzt darüber nach.«

Obwohl ich versuchte, mir nichts anmerken zu lassen, spürte ich einen inneren Aufruhr. Die Vorstellung, sie könne mich zum Vater machen, ließ mich nicht kalt.

»Wenn ich der Vater bin, stehe ich dazu und werde für das Kind die Alimente zahlen«, erwiderte ich mit Nachdruck. »Es geht mir finanziell nicht schlecht. Wenn ich ehrlich bin, habe ich mir immer gewünscht, Vater zu sein, nur nicht mehr damit gerechnet, dass es noch passiert.«

Leni lächelte. »Siehst du, ich sagte es doch – es kommt immer anders, als man denkt.«

»Diese Erfahrung habe ich seit gestern Abend, als du mich angerufen hast, mehrfach gemacht. Was du mir gerade erzählt hast, ist ein Grund mehr, aus der Stadt zu verschwinden. Ich hätte es bis gestern nicht für möglich gehalten, aber inzwischen bin ich dazu bereit, alles stehen und liegen zu lassen, um mit dir zusammen ins Ausland zu fliehen.«

»Deinen Rat von vorhin habe ich nicht vergessen«, erwiderte sie. »Allein, ich sehe es anders. Wir müssen nichts überstürzen. Ich kenne meine Freunde. Warten wir erst einmal, was die nächsten Tage bringen, verduften können wir immer noch.«

Sie fuhr über die Brücke und weiter am Landwehrkanal entlang nach Osten, dann bog sie in die Hofeinfahrt am Tirpitz-Ufer ein.

Vielleicht hatte sie recht, sagte ich mir. Überstürztes Handeln war stets gefährlich. Ich war ein berufsmäßiger Pessimist und sah die Dinge aus alter Gewohnheit gern schwarz.

»Hast du Champagner zu Hause? Damit wir auf das freudige Ereignis anstoßen können?«

Sie lächelte, den Blick auf die Straße gerichtet. »Hab ich. Ja, ich will auch mit dir anstoßen!«

Kaum dass wir aus dem Wagen gestiegen waren, lagen wir uns in den Armen. Wir standen am Hintereingang des Gebäudes, küssten uns und hielten uns eng umschlungen. Mit einem Mal war diese schöne, selbstbewusste und mit allen Wassern gewaschene Tänzerin eine zarte, schutzbedürftige Frau. Die Mutter meines Kindes. Mein Gott, wie sehr liebte und begehrte ich sie.

Der Fahrstuhl brachte uns nach oben. Wie in der Nacht zuvor wirkte das Haus verlassen und still. Es war nach Mitternacht, die Leute schliefen.

Leni öffnete die Tür und trat in den Flur. Sie legte den Lichtschalter um, zog den Mantel aus und hängte ihn an die Garderobe.

Es war herrlich, eine solche Frau zu haben, fühlte ich; es war herrlich, sie zu lieben und von ihr wiedergeliebt zu werden. Ein süßes, leidenschaftliches Verlangen durchströmte mich, nichts bloß Sexuelles, sondern ein Zauber, eine himmlische Süße, die mich mit einer Seligkeit erfüllte, die ganz ohne Wünsche war. Ja, ich liebte sie, das musste die Liebe sein.

Sie wandte sich zu mir herum. Ihre Augen schimmerten dunkel und feucht und sagten mir, dass es ihr ähnlich ging wie mir. Ich presste sie an mich, meine Hände strichen über ihren Rücken, griffen zwischen den nackten Schulterblättern unter den Saum ihres Kleides. Ihre Lippen fanden die meinen. Es war schöner als jemals zuvor. Wir konnten nicht voneinander lassen, und doch war bereits alles gut und konnte nicht mehr besser werden.

Endlich machte sie sich von mir los. »Ich will mich um den Champagner kümmern.«

Sie hatte sich noch nicht abgewandt, als sie erneut auf mich zutrat und sich in meine Arme drängte. Ihre Augen funkelten.

»Was ist das?«, flüsterte sie.

Hinter mir war ein Geräusch. Ein fremdes Geräusch, das nicht hätte da sein sollen, und ich fühlte die Anwesenheit von etwas Bösem. Ich sah zur Seite. Aus dem undurchschaubaren Hintergrund lösten sich zwei Schatten.

»Tut mir leid, dass wir stören müssen«, sagte eine fremde Stimme, »aber mit dem Schäferstündchen wird das jetzt nichts mehr.«

Lenis Körper erbebte in meinen Armen. Ohne sie loszulassen, wandte ich den Kopf herum.

Im Flur standen zwei Männer. Beide trugen Velourshüte und hielten Pistolen in der Hand, es waren Parabellum-Pistolen von Luger mit langem Lauf.

Leni machte sich los und sprang auf die Eindringlinge zu. »Haut ab! Ihr habt hier nichts zu suchen!«

Der erste der beiden Männer trat vor und setzte die Mündung seiner Luger auf die bloße Haut ihres Dekolletees. »Halt den Mund, Dirne! Los, nach nebenan.« Er packte Lenis Arm und riss sie ein Stück weiter von mir fort.

»Nimm deine dreckigen Finger weg von mir!«, schrie sie ihn an und versuchte sich loszureißen.

Sofort sprang der zweite Mann seinem Begleiter bei, packte Lenis anderen Arm und zielte mit seiner Pistole gleichzeitig auf meinen Kopf.

»Hören Sie auf!«, rief ich. »Nehmen Sie die Pistole weg!«

Der Arm mit der Waffe schoss auf mich zu, sodass ich direkt in die dunkle Mündung sah. »Maul halten! Sonst bist du ein toter Mann!«

Ein letzter Funke Verstand hielt mich davon ab, davonzuspringen oder mich auf ihn zu stürzen.

Der Mann, der mich in Schach hielt, ließ Lenis linken Arm los, als sie aufschrie, weil der andere Kerl ihr den rechten auf den Rücken gedreht hatte.

Sie war ihrem Peiniger hilflos ausgeliefert und gezwungen, sich dem Druck, den er ausübte, zu beugen. Er stieß sie brutal durch die geöffnete Tür in das Wohnzimmer. Leni jammerte vor Schmerzen.

»Du auch!«, sagte der andere Kerl, der mich bedrohte.

Ich leistete keinen Widerstand, sondern folgte Leni und dem Mann, der sie festhielt, in das dunkle Zimmer, in das nur das Licht des Flures fiel.

Der Kerl, der Lenis Arm verdreht hatte, ließ sie los und versetzte ihr einen groben Stoß, sodass sie in einen der Sessel fiel.

»Du dorthin!«, sagte mein Bewacher zu mir und deutete auf einen Stuhl, der einen knappen Meter vor dem Schreibtisch stand.

Was für ein Glück, dass sie mich nicht in dem rotledernen Sessel daneben platzierten, in dem in der vergangenen Nacht der tote Russe gesessen hatte, schoss es mir durch den Kopf, nachdem ich mich hingesetzt hatte. Aber es würde wahrscheinlich trotzdem nicht mehr lange dauern, bis ich genauso tot sein würde wie er.

Zu früh gefreut, dachte ich, als mir die Bilder der vergangenen Nacht in deutlicher Schärfe vor Augen traten, die Hölle hatte ihre Türen wieder aufgetan. Michail Sapozniks Mörder waren an den Ort ihres Verbrechens zurückgekehrt.

»Hände auf den Rücken!«, fauchte es hinter meinen Ohren, und nachdem ich der Aufforderung Folge geleistet hatte, schloss sich eine Fessel um meine Gelenke.

Das Licht der kleinen Lampe auf dem Sekretär ging an. Leni saß mit bleichem Gesicht in dem Sessel.

Ich hätte schreien können, vor Enttäuschung, vor Wut, vor Hass – vor allem aber deshalb, weil ich so hilflos war und nichts hatte tun können, um Leni zu beschützen.

»Damit kommt ihr nicht durch«, fauchte Leni die Männer an. »Das wisst ihr genau! Mich so zu behandeln werdet ihr Wilhelm büßen müssen.«

Der Mann, der bei ihr stand, hatte eine große Nase mit einem breiten Rücken und ein fliehendes Kinn, doch am meisten beeindruckten mich seine toten schwarzen Augen, die er starr und ohne mit der Wimper zu zucken auf Leni gerichtet hielt.

»Wir haben dich noch gar nicht behandelt«, sagte er kalt. »Nicht so, wie es sich für eine Hure wie dich gehört. Warte, bis ich damit beginne, bevor du dich beschwerst.«

Lenis Gesicht wurde noch bleicher. »Du Schuft! Wenn du dich an mir vergreifst, kostet es dich das Leben! Das wird Wilhelm dir nicht durchgehen lassen.«

»Was soll er mir nicht durchgehen lassen? Dass ich es einer stadtbekannten Dirne besorge? Warum sollte er etwas dagegen haben? Du bekommst von mir dasselbe, was du dir Nacht für Nacht von jemand anderem holst! So wie du es heute Nacht von dem da wolltest!« Er fuchtelte mit der Pistole in meine Richtung. »Hör zu, Dirne! Es gibt nichts zu büßen! Für mich nicht, wohl aber für dich!«

Lenis Blick flackerte in dem schönen weißen Gesicht. Sie hatte sich wieder gefangen.

»Wenn du denkst, dass ich nicht wählerisch bin, hast du dich geirrt«, sagte sie. »Von dir hole ich es mir bestimmt nicht! Typen wie du widern mich an.«

Der Kerl mit den toten Augen trat vor und schlug ihr mit dem Handrücken knallhart ins Gesicht.

»Ich weiß«, sagte er, »deine Nymphomanie hat elitäre Züge. Trotzdem bleibst du, was du bist – eine läufige Hündin. Bestimmt bist du schon ganz nass! Also los – runter mit dem Kleid.«

»He, Männer«, rief ich, da ich etwas versuchen musste, um dem Geschehen eine andere Wendung zu geben. »Erklärt erst einmal, weshalb ihr hergekommen seid. Wir werden schon eine Lösung finden.«

Die Kerle würden sich einen Scheißdreck um das kümmern, was ich von ihnen verlangte, das war mir klar. Falls ich laut wurde, würden sie mir vermutlich mit der Waffe die Zähne einschlagen, wenn sie mich nicht gleich erschossen. Diese Männer hatten bereits bewiesen, dass sie Totschläger waren. Trotzdem musste ich etwas tun.

»Wer ist der Klugscheißer?«, fragte der Mann, der Leni geschlagen hatte.

»Er ist mein Anwalt«, sagte Leni. »Lasst ihn in Ruhe! Er hat nichts damit zu tun.«

»Womit hat er nichts zu tun?«

»Mit Sapoznik, wegen dem seid ihr doch hier!«

Der Mann drehte sich zu mir herum. Sein Gesicht zeigte ein gequältes Lächeln, aber besser konnte er es wahrscheinlich nicht.

»Der Klugscheißer hat recht«, sagte er. »Erst das Geschäftliche, dann das Vergnügen.«

Er trat neben mich und stieß mir die Mündung seiner Parabellum an die Schläfe.

»He! Das hatten wir doch letzte Nacht schon«, rief Leni ihm zu.

»Du hast die Lektion von letzter Nacht bloß nicht verstanden«, erwiderte der Mann mit der Parabellum, »deshalb müssen wir sie leider wiederholen.«

Kalter Schweiß trat auf meine Stirn. Das also war das Ende.

»Nein, bitte nicht.« Meine Stimme war ein Krächzen.

»Sie müssen es sich von uns erklären lassen, sonst wird es für alle schlimmer.«

»Vor allem für dich wird es schlimmer«, erwiderte der Mann, »das ist mal sicher. Was willst du mir denn erklären? Ich denke, du hast gar nichts damit zu tun?«

Ich schloss die Augen und versuchte das Zittern, das mich befallen hatte, zu unterdrücken. Hatte ich nicht gewusst, dass es eines Tages so kommen würde?

»Von Sapozniks Tod weiß ich nichts. Aber wir mussten ihn wegbringen – wegen der Russen.«

»Wegen der Russen? Was für Russen?«

»Der russische Geheimdienst, sie haben Sapoznik verfolgt.«

Die Luger an meinem Kopf bewegte sich nicht. Ich machte die Augen wieder auf. Der furchtbare Mann schien mich anzustarren, wie ich mehr spürte als sah.

»Bist du wirklich so dämlich, oder tust du nur so?«

Irgendetwas sagen, notfalls auch Stuss, denn das war es, was ich bisher vorgebracht hatte, aber es spielte keine Rolle, die Hauptsache war, Zeit gewinnen. »Leni wird es Ihnen bestätigen. Sapoznik hatte Angst vor seinen eigenen Leuten.«

»Die Polizei konnten wir nicht rufen«, hörte ich Leni sagen, »die hätten uns für die Geschichte verantwortlich gemacht.«

»Die reden doch nur Mist«, sagte mein Peiniger. »Was meinst du? Bringen wir es hinter uns?« Die Frage galt seinem Begleiter.

»Was ist unser Auftrag?«, hörte ich den anderen Mann sagen, der weniger abstoßend wirkte als sein Kumpan. Er hatte glänzende blaue Augen, ein kräftiges Kinn und regelmäßige Gesichtszüge, die von der Sonne tief gebräunt waren.

»Wegen des Schlaumeiers hat mir keiner was gesagt«, erwiderte der Mann mit den toten Augen, »also entscheide ich das selbst.«

»Wir sollten nichts überstürzen«, sagte der andere leise. »Wir haben Zeit.«

Der Mann mit den toten Augen ließ die Hand mit der Pistole sinken und wandte sich zu Leni herum. »Wenn du gern möchtest, dass er dir zusieht, während wir es mit dir treiben, kann ich auch noch etwas warten, bevor wir ihn auf die Reise schicken. Möchtest du es so? Gefällt es dir dann mehr?«

Lenis Gesicht war kreideweiß. Ihre Nase blutete. Aber ihre Augen blitzten in entschlossenem Trotz.

»Atme erst einmal tief durch, bevor du einen Fehler begehst, den du nicht wieder ungeschehen machen kannst«, sagte sie.

Der Angesprochene trat zu Lenis Sessel, ergriff den Träger ihres Kleides, als ob er ihn entzweireißen wollte, was er aber nicht tat. Stattdessen zog er Leni ein Stück vor und stieß sie dann wieder in das Kissen zurück.

»Du hast meine Frage nicht beantwortet, Dirne!« Er hob erneut die Hand, um sie zu schlagen. »Soll er dir zusehen?«

»Ja, er soll zusehen«, sagte Leni.

Der zweite Halunke trat neben seinen Kumpan und flüsterte ihm etwas ins Ohr.

Der Mann mit den leblosen Augen machte eine unwillige Bewegung mit der Hand, wandte sich aber von Leni ab und starrte zu dem Spiegel über dem Sekretär, als müsste er sich auf etwas besinnen.

»Wo habt ihr den Russen hingebracht?«, fragte er nach einer Weile und wandte sich wieder der Tänzerin zu. »Wo ist er?«

»Draußen im Wald«, erwiderte Leni. »Ich konnte ihn nicht hierlassen, das wirst du sicherlich verstehen. Er hätte sonst angefangen zu stinken.«

Der grobe Kerl lachte. »Eine Dirne mit Humor. Du bist nicht schlecht.« Er zeigte mit der Pistole in meine Richtung. »Er hat dir also dabei geholfen?«

»Ich sagte doch schon, dass er mein Anwalt ist.«

Hohnlachend blickte der Kerl mich an. »Ein schöner Anwalt bist du! Eurem Berufsstand scheint es ja wirklich schlecht zu gehen, dass ihr solche Aufträge übernehmen müsst. Dabei seid ihr die Juden als Konkurrenten doch inzwischen los.«

»Sie sind gut informiert«, sagte ich und musste sofort an Konrad Franks Bemerkung über das Berufsverbot gegenüber jüdischen Anwälten denken.

»Kerl, glaub bloß nicht, dass ich blöde bin, weil ich einen Beruf habe, für den ich keine höhere Schule besuchen musste.«

»Als Anwalt unterliegt er der Schweigepflicht«, sagte Leni. »Deshalb habe ich ihn doch engagiert. Er darf nichts verraten über die letzte Nacht.«

»Wahrscheinlich muss er auch darüber schweigen, dass er dich vögelt! Oder warum sonst hast du ihn heute Nacht wieder hergebracht? Zum Vögeln, wozu sonst!«

Leni sagte nichts.

»Schweigepflicht oder nicht – es ist besser, er schweigt, weil er nicht mehr reden kann«, sagte der schreckliche Mensch.

Er bewegte sich und ich spürte, dass er hinter mich trat.

»Was gewesen ist, ist gewesen«, sagte Leni. »Darüber wird er nichts sagen, und über das, was noch kommen wird, kann er nichts sagen, wenn er es nicht mehr mitbekommt. Erschießen musst du ihn deshalb nicht. Er muss mir auch nicht mehr helfen. Was alles Weitere angeht, entbinde ich ihn von seiner anwaltlichen Pflicht, damit solltet ihr zufrieden sein.«

Der Mann lachte. »Du bist auch so eine Schlaue, was? Pflichten! Dass ich nicht lache! Sag ihm lieber, dass er dich von der Pflicht befreien soll, sich uns gegenüber unfreundlich zu verhalten. Wenn du uns freiwillig zu Willen bist, müssen wir keine Gewalt anwenden. Möglicherweise erschieße ich ihn dann nicht. Du hast es in der Hand.«

Leni betrachtete eine Weile den anderen Mann. Sein braun gebranntes, kantiges Gesicht erinnerte mich an den Schauspieler Luis Trenker. Man hätte ihn sich auch in kurzen Lederhosen vorstellen können. Sie hätten ihm besser gestanden als Mantel und Velourshut.

»Dein Freund gefällt mir besser als du«, sagte Leni zu dem Mann, der hinter mir stand. »Du benimmst dich einfach zum Kotzen. Aber wenn ihr den Anwalt unversehrt lasst, denke ich mal darüber nach, was ich für dich tun kann.«

»Aha, du denkst darüber nach«, erwiderte der Mann, »vielleicht kann dein Freund vorher noch einen Vertrag aufsetzen, was? Denkst du, wir haben Zeit bis morgen früh?«

»Ihr sichert mir zu, dass er unversehrt bleibt, das Weitere findet sich.«

»Unversehrt?«, sagte der Wortführer hinter mir. »Als ob es nicht genug wäre, ihn am Leben zu lassen, wenn du uns zu Willen bist! Für eine Dirne verlangst du ziemlich viel.«

In meinem Nacken spürte ich das kalte Metall der Pistolenmündung. Unwillkürlich zog ich den Kopf zwischen die Schultern. Mein Atem wurde schwer, und ich merkte, dass ich sein böses Spiel mit meiner Angst nicht mehr lange aushalten würde. Ich blickte wieder Leni an, und sie erwiderte meinen Blick, was mir für den Augenblick half, die Nerven zu behalten.

Es herrschte plötzlich Schweigen im Raum. Die Zeit stand irgendwie still, und es war mir, als befände ich mich in einem Traum. Dann gab es einen schmerzhaften Schlag, eine gewaltige Erschütterung, die den Traum zum Verschwinden brachte, und gewiss hätte ich diese Erschütterung für einen Schuss gehalten, der mir das Lebenslicht ausblies, wenn ich noch bei Bewusstsein gewesen wäre. Aber das war ich nicht. Die große dunkle Leere hatte mich zu sich genommen, mein Ich versank in tintenschwarzer Nacht.

5. KAPITEL

Überall gewahrte ich wabernde Schwärze, dann Schatten und ein graues Schimmern, während ich aus unergründlichen Tiefen wieder ins Leben kam. Zunächst wusste ich nicht, wo ich mich befand, schließlich verstand ich, dass ich auf dem Fußboden lag. Stück um Stück kehrte die Erinnerung zurück. Neben mir stand der Stuhl, in dem ich irgendwann vor langer Zeit mit auf den Rücken gefesselten Händen gesessen hatte. Mein Schädel brummte und in meinem Mund war ein ranziger Geschmack. Als ich mich auf dem Ellbogen aufzurichten versuchte, wurde mir schwindlig, und ich sank wieder zurück. Eine Weile wartete ich, fünf oder zehn Minuten, dann hob ich vorsichtig den Kopf etwas an; dieses Mal war es möglich, ohne dass mir schwindlig wurde.

Zu meiner Erleichterung konnte ich Hände und Arme frei bewegen. Sie hatten mir gnädigerweise die Handfessel entfernt. Ich tastete nach meinem Hinterkopf. Eine Schwellung war vorhanden, sie tat ziemlich weh, aber es hätte schlimmer kommen können – nicht nur, was die Folgen des Schlags auf meinen Hinterkopf anging, ich konnte froh sein, dass ich diese überhaupt noch erlebte.

Mehr und mehr graues Licht drang zwischen den Vorhängen hervor, die vor die Fenster gezogen waren. Schließlich richtete ich mich auf. Der Nacken schmerzte, aber davon abgesehen schien ich in Ordnung zu sein. Etwas beschädigt, aber im Kern unversehrt. Zum Glück hatte ich schon immer einen recht harten Schädel besessen.

In der Wohnung war alles ruhig. Anscheinend war ich allein.

An der Lehne des Stuhls, neben dem ich gelegen hatte, zog ich mich hoch und setzte mich hin. Es gelang mir, die Ziffern auf meiner Armbanduhr zu erkennen. Es war halb sieben, früh am Morgen. Und dann saß ich da und sah zu, wie es langsam heller wurde. Die Umrisse der Tür waren bald auszumachen, dann auch der Lichtschalter an der Wand. Schließlich wagte ich es aufzustehen. Ich tastete mich durch das Zimmer, drückte auf den Lichtschalter, das Licht war peinigend hell, die Wirklichkeit mit ihrem grellen Griff hatte mich wieder eingefangen.

Der Spiegel über dem Sekretär warf mir mein Bild zurück. Meine Augen wirkten umschattet, aber sonst sah mein Gesicht weniger schlimm aus, als ich befürchtet hatte. Gut genug, um mich auf die Straße zu wagen. Blut war keines zu sehen. Alles in allem schien ich intakt zu sein und hatte einen Arzt wohl nicht nötig. Die Schmerzen in meinem Nacken würden bis zum Ende des Tages abgeklungen sein.

Ich ging durch alle Räume und überzeugte mich davon, dass meine Vermutung richtig war: Niemand sonst war in der Wohnung. In der Küche fand ich eine halb volle Flasche Fachinger und trank sie leer. An der Garderobe im Flur hatte Lenis Mantel gehangen, er war nicht mehr da. Ich drückte die Klinke der Wohnungstür hinunter; sie war verschlossen. Rechts von der Tür hing ein Brett mit ein paar Schlüsseln; ich probierte einen nach dem anderen, bis ich den passenden fand.

Eine Weile starrte ich in das leere Treppenhaus und überlegte, wie die Männer in die Wohnung gekommen waren. Entweder sie hatten einen Dietrich benutzt oder sie hatten sich, was wahrscheinlicher war, nach ihrem Besuch in der Nacht, in der Sapoznik gestorben war, einen Schlüssel vom Brett in die Tasche gesteckt, genauso, wie ich es nun auch tun würde.

Zurück im Wohnzimmer machte ich das Licht aus und setzte mich in einen Sessel. Die Kerle hatten Wort gehalten, indem sie mir das Leben gelassen hatten, aber ich wollte nicht daran denken, welcher Gegenleistung Lenis ich dieses Geschenk verdankte. Es rührte mich tief ans Herz, als ich daran dachte, wie mutig Leni gewesen war und wie tapfer sie sich dafür eingesetzt hatte, mich zu beschützen. Wer waren diese gemeinen Halunken gewesen, die sie gequält und entführt hatten? Wer hatte sie geschickt? Natürlich waren es keine Russen gewesen, und sie hatten auch nicht den Eindruck erweckt, als ob sie von der Gestapo gekommen waren. Sicher schien nur eines: Es waren die Männer, die Sapoznik getötet hatten, der Mann mit den toten Augen hatte es selbst eingeräumt.

Ein Name kam mir in den Sinn: Wilhelm. Nicht nur die beiden Halunken, auch Leni hatte den Namen im Munde geführt. Offenbar war dieser Wilhelm nicht nur der Auftraggeber für Lenis Entführung, sondern auch für den Mord an Michail Sapoznik, einer, der die Fäden zog, sich aber selbst die Hände nicht schmutzig machte.

Unschlüssig ging ich durch alle Räume. Im Schlafzimmer über dem Bett hing eine großformatige Zeichnung, an die ich mich erinnerte, weil sie dort auch vor drei Jahren schon gehangen hatte. Die Zeichnung zeigte den »Gelben Kaiser«, einen mythischen Herrscher aus unvordenklicher Zeit, der angeblich das Geheimnis der Unsterblichkeit entdeckt hatte, wie Leni mir erzählte. So wie ich sie damals erlebt hatte, war sie okkulten Geheimlehren gegenüber nicht abgeneigt. Nicht der tote Kaiser, wohl aber seine reale Verkörperung im Hier und Jetzt hatte eine Rolle in ihrem Leben gespielt, und Leni hatte am Vortag angedeutet, dass es eine Gestalt gab, die erneut eine solche Rolle in ihrem Dasein einnahm. Ein dunkler Herrscher des Ostens, seine europäische Entsprechung war anscheinend der »Teufel des Westens«. Das Lampenlicht, das an dem Bild emporstieg, ließ die Züge des Kaisers heimtückisch wirken. Die Erinnerung an ihn gefiel mir nicht.

Noch einmal ging ich über den Flur ins Wohnzimmer und betrachtete die Regalreihen mit den zahlreichen Büchern. Ein Buch über den »Teufel des Westens« war nichts zu entdecken, jedenfalls nicht auf den ersten, oberflächlichen Blick. Weder in dem Regal noch anderswo in den Räumen stieß ich auf augenfällige Hinweise, die mich auf die Spur von Lenis Entführern hätten bringen können. Es wäre zweckmäßig gewesen, mich gründlich in der Wohnung umzutun, die Schränke und Schubladen zu durchsuchen, aber im Moment fühlte ich mich dazu nicht in der Lage. Der Schlüssel, den ich hatte, würde mir Zutritt zu der Wohnung verschaffen, wenn ich zu einer Stunde wiederkam, die für ein solches Unterfangen besser geeignet war als der gegenwärtige, unerquickliche Morgen.

Niemand begegnete mir, als ich die Wohnung am Tirpitz-Ufer verließ und die umlaufenden Treppen hinunterstieg.

Draußen auf der Straße begrüßte mich ein grauer Himmel, ein trüber, wenn auch nicht kalter Frühherbstmorgen, aber ich war dankbar, dass mich überhaupt noch ein Tag empfing. Ein grauer Himmel war mir im Moment ohnehin lieber als strahlender Sonnenschein.

Mein Roadster stand noch dort am Straßenrand geparkt, wo ich ihn in der vorletzten Nacht abgestellt hatte. Ich stieg ein und startete den Motor. Trotz meiner Kopfschmerzen war ich in der Lage, den Wagen durch den Verkehr zu steuern.

Ich fuhr durch Berlin an einem geschäftigen Morgen, begleitet von Privatwagen und rumpelnden Lastern, von Straßenbahnen und Verkehrspolizisten mit weißen Mützen, von Menschen, die zur Arbeit hasteten, und Gruppen von Kindern, die mit ihren geschulterten Ranzen die Bürgersteige unsicher machten. Busse rauschten vorbei, deren Oberdecks für Zigarettenmarken Werbung fuhren.

Es ging alles zu schnell, dachte ich, während ich durch in östliche Richtung führende Straßen fuhr. Die Geschwindigkeit, mit der das Unheil auf mich zugestürzt kam, kaum dass ich es unternommen hatte, mich aus der Deckung zu wagen, überraschte mich. Ich hatte geahnt, dass eine neuerliche Affäre mit Leni dort ihren Fortgang nehmen würde, wo die von vor drei Jahren geendet hatte. Aber dass es so gefährlich werden würde, wie es sich nun abzeichnete, hätte ich nicht für möglich gehalten, als ich in den Tagen der Olympischen Spiele meine Ausflüge in die Bars des Berliner Westens begann, um eines Abends Leni im »Ciro« zu begegnen.

Vor dem Eingang zu meinem Büro am Belle-Alliance-Platz wartete Frau Reinert auf mich. Sie blickte auf ihre Armbanduhr und sah mich vorwurfsvoll an.

»Ich weiß, ich bin 20 Minuten über die vereinbarte Zeit«, sagte ich, »kann aber nichts dafür. Ich bin gestürzt und leide noch unter den Folgen.«

»Haben Sie sich verletzt? Wo denn?«

Ich zeigte ihr die Stelle am Hinterkopf, und sie schaute sie sich an.

»Oh ja, das ist ganz ordentlich, wie haben Sie das denn angestellt, auf den Hinterkopf zu fallen?«

Ich gab ihr keine Antwort, brummte nur etwas Unverständliches, und sie gab sich damit zufrieden und berührte vorsichtig die Schwellung. »Sehr schlimm sieht es nicht aus«, sagte sie und trat wieder beiseite.

»Dann bin ich beruhigt. Es tut noch weh, deshalb machen wir heute ganz langsam, am besten, Sie setzen erst einmal einen Kaffee auf, ich bezahle Sie ohnehin für die hier verbrachte Zeit, egal, womit Sie beschäftigt sind.«

Ihre Miene erhellte sich. »Gern koche ich uns Kaffee, Herr Goltz. Solange die Kinder in der Schule sind und ich noch kein Essen kochen muss, bin ich immer dabei, das wissen Sie, und heute …« Sie redete erst über ihre Kinder, dann über ihren Mann, und ich ließ sie reden und unterbrach sie nicht, hörte aber kaum hin.

Wohl wusste ich zu schätzen, was ich an ihr hatte. Sie kam zweimal oder dreimal in der Woche, je nach Bedarf, und ich diktierte ihr ins Stenogramm. Meist kam sie am Vormittag, am späten Nachmittag holte ich dann die von ihr postfertig gemachten Schreiben und Schriftsätze ab, die sie zu Hause auf der Maschine schrieb. So konnte sie sich nebenher um die Kinder kümmern. Für mich war es so fast ideal. Wenn es ihr passte, tippte sie das eine oder andere Schreiben auch auf der Schreibmaschine in meinem Büro, und wenn etwas ganz eilig war und sie nicht zur Verfügung stand, tippte ich es selbst.

Während Frau Reinert den Kaffee kochte, suchte ich die Akten zusammen, in denen ich handschriftliche Entwürfe gesammelt hatte, die mir als Vorlage für meine Diktate dienten. Heute Morgen brauchte ich etwas länger als sonst, um mich in den Zetteln zurechtzufinden, aber nachdem ich eine Tasse Kaffee getrunken hatte, bekam ich mich einigermaßen in den Griff.

»Sie haben wohl eine anstrengende Nacht hinter sich, Herr Goltz?«, sagte Frau Reinert, als hätte sie noch einmal kritisch über die Ursache der Schwellung an meinem Hinterkopf nachgedacht.

»Wie kommen Sie darauf?«

»Na, Ihre Verletzung. Sie sind ein gut aussehender Mann. Obendrein ein Junggeselle, kein Wunder, dass die Damenwelt ein Auge auf Sie geworfen hat. Es wird wirklich Zeit, dass Sie einmal die Richtige finden.«

Vermutlich glaubte sie, ich hätte mich mit einem Nebenbuhler geprügelt oder etwas in dieser Art, womit sie nicht ganz falschlag, wenn ich es einmal unter diesem Blickwinkel sah. Was das andere anging, lag sie nur insoweit daneben, als ich die Richtige schon gefunden hatte, was auch für mich eine neue Erkenntnis war. Leider hatte ich sie nur gefunden, um sie sofort wieder zu verlieren.

»Sie brauchen mir nichts zu erklären, Herr Goltz«, sagte sie, da ich nichts sagte, und lächelte süß. »Ich werde es ja doch als Erste erfahren, wenn es etwas Ernstes ist.«

»Sie sagen es, Frau Reinert, also dann – machen wir uns an die Arbeit!«

Irgendwie schaffte ich es, mich auf das Diktieren zu konzentrieren, ohne an etwas anderes zu denken. Nach einer guten Stunde waren wir fertig und Frau Reinert verabschiedete sich. Endlich war ich allein.

Meine Kopfschmerzen hatten während des Diktierens nachgelassen, wurden aber wieder schlimmer, als ich mir darüber klar zu werden versuchte, was als nächstes zu unternehmen war. Wo steckte Leni? Wie bekam ich sie zurück?

Mich an die Polizei zu wenden, hätte die Gestapo auf den Plan gerufen und mich vom Regen in die Traufe versetzt. Da die Verbrecher Leni mitgenommen hatten, rechnete ich nicht damit, dass eine unmittelbare Lebensgefahr für sie bestand. Der Gedanke, dass man sie geschändet haben könnte, quälte mich, andererseits musste ich mir sagen, dass ich es nicht mehr verhindern konnte, wenn es geschehen war. Leni war zum Glück keine Frau, die durch ein solches Ereignis, so schlimm es auch war, aus der Bahn geworfen würde. Sie verstand die Sprache ihrer Entführer, und in gewisser Weise hatte sie es bei ihnen mit ihren eigenen Leuten zu tun. Es war nicht einmal auszuschließen, dass sie im Laufe des Tages in ihre Wohnung zurückkehren oder sich bei mir melden würde. Mir fiel ein, dass sie regulär am späteren Abend im »Mandarin« ihren Tanzauftritt haben würde.

Mehr als alles andere setzte mir der Gedanke zu, dass Leni von mir schwanger war. War es wirklich mein Kind? Konnte ich ihren Beteuerungen Glauben schenken? Leni war zwar mit allen Wassern gewaschen, aber trotzdem traute ich ihr nicht zu, dass sie mir wissentlich das Kind eines anderen Mannes unterschob. Sie hielt mich für den Vater des Kindes, das schien sicher. Und wenn ich es denn war, dann war es schon von Rechts wegen nicht allein ihre Sache, mit den Problemen, die sich uns in den letzten beiden Nächten gestellt hatten, fertigzuwerden.

Die Stunden gingen dahin, ohne dass etwas passierte. Einmal klingelte der Postbote, aber er brachte nur den üblichen Kram. Ich quälte mich durch ein paar Akten, in denen etwas zu erledigen war, kam aber nur mühsam voran. Um 15.00 Uhr am Nachmittag erschien ein Mandant zu einem in der vergangenen Woche vereinbarten Besprechungstermin. Es ging um einen Erbschaftsstreit mit seiner Schwester, und es fiel mir schwer, für sein Anliegen Interesse aufzubringen. An einem Tag wie diesem war es eine verdammte Last, sich um Dinge kümmern zu müssen, die einen persönlich nichts angingen.

Als der Mandant wieder verschwunden war, notierte ich mir den Entwurf für ein Schreiben, das ich Frau Reinert diktieren würde, auf ein Blatt Papier. Ich war gerade vom Schreibtisch aufgestanden, um das Büro zu verlassen, als die Türklingel ging.

Sofort keimte die Hoffnung, es könnte Leni sein, und ich eilte über den Flur und machte auf.

Vor mir stand ein kleiner Mann mit dunklem Haar. Er kam mir bekannt vor, und noch bevor er etwas sagte, hatte ich die Erkenntnis: Es war der Mann, der mich letzte Nacht vor dem »Mandarin« abgepasst hatte und dem Leni nicht hatte begegnen wollen.

»Entschuldigen Sie die Störung, Herr Rechtsanwalt Goltz, ich hoffe, Sie erinnern sich an mich.«

»Es ist ja noch nicht lange her, dass wir uns begegnet sind.«

»Inzwischen ist viel passiert, deshalb bin ich hier.«

»Wer sind Sie überhaupt?«

»Mein Name ist Leew Kogan. Ich bin ein Freund von Michail Sapoznik. Mein Freund ist tot. Ich habe es gerade erfahren. Haben Sie ihn gekannt?«

Es war also ein russischer Akzent, den ich in der vergangenen Nacht nicht hatte einordnen können. Auch der fremdländische Zug in seinem Gesicht war mir in der Nacht entgangen.

»Ich habe Ihren Freund nicht gekannt. Aber kommen Sie einen Moment herein.«

Er folgte mir über den Flur, und ich wies auf einen der Stühle gegenüber meinem Schreibtisch.

»Michail war mit der Tänzerin Leni Ravenov befreundet«, erklärte er. »Sie erinnern sich. Wir sprachen letzte Nacht über sie.«

»Sie konnten also noch nicht mit ihr sprechen?«

»Es ist mir nicht gelungen, sie zu erreichen. Ich weiß, dass Michail vorgestern Abend mit ihr verabredet war. Schon gestern Abend war ich beunruhigt, weil er verschwunden war, und heute …«, er schüttelte den Kopf, als wollte er verhindern, dass ihm die Tränen kamen, »… fand man ihn im Grunewald. Es heißt, er hätte sich erschossen.«

Eine Weile war es still.

»Etwas stimmt nicht«, sagte er. »Ich kann nicht glauben, dass Michail so plötzlich Selbstmord beging.«

»Ich kann gut nachvollziehen, dass Sie erschrocken sind, aber so wie Sie sagen, verhält es sich oft. Man erfährt von dem Selbstmord eines nahestehenden Menschen und ist fassungslos, man kann es einfach nicht glauben.«

Er sah mich geradeweg an. »Ich bin nicht fassungslos.«

»Sondern?«

»Traurig und wütend darüber, dass jemand ihn erschossen hat.«

Eine Zeitlang sagte ich nichts. »Nun ja, wenn es so ist – was denkt denn die Polizei?«

Kogan lachte, aber es klang bitter. »Wenn ich die Polizei fragen könnte, wäre ich nicht hier. Michail hat an der russischen Botschaft gearbeitet, aber an die kann ich mich auch nicht wenden.«

»Stattdessen kommen Sie zu mir.«

»Es gibt niemanden sonst, jedenfalls nicht im Moment.«

»Was kann ich für Sie tun?«

»Ich habe die Hoffnung, dass Sie mir einen Besuch bei der Tänzerin Ravenov vermitteln können. Sie scheint die Einzige zu sein, von der ich etwas über die Hintergründe des Geschehens in Erfahrung bringen kann.«

»Warum ist es so wichtig für Sie, diese Hintergründe zu kennen?«

»Ich kann nicht ausschließen, dass mich jemand danach befragen wird, zum Beispiel jemand von der Botschaft oder – vom russischen Geheimdienst. Ich war Michails bester Freund in Berlin. Natürlich hatte er nicht nur mich; er war nicht verheiratet, hat aber Angehörige in der Heimat, die auch einmal erfahren möchten, was geschehen ist, und weshalb – er gestorben ist.« Er sah mich an, als erwartete er, dass ich einen Kontakt zwischen Leni und ihm augenblicklich zustande bringen könnte.

»Mal sehen, ob Leni Ravenov zu erreichen ist«, sagte ich und griff zum Telefonhörer.

Es war nicht mein erster Versuch an diesem Tag, Leni ans Telefon zu bekommen, in der Hoffnung, dass man sie wieder freigelassen hatte, doch auch der erneute Versuch erwies sich als vergeblich.

»Würden Sie es weiter versuchen, mit ihr in Verbindung zu treten, und ihr mitteilen, dass ich sie gern sprechen würde, und auch, dass es eilig ist?«, fragte Kogan. »Ich könnte dann morgen nochmals bei Ihnen nachfragen. Ich meine, falls Sie keine bessere Idee haben.«

»Wenn Sie noch etwas auf dem Herzen haben, können Sie es auch bei mir loswerden«, sagte ich. »Ich bin nicht nur ein Freund, sondern auch der Anwalt von Leni Ravenov und beruflich zur Verschwiegenheit verpflichtet.«

Er sah mich zweifelnd an. »Werden Ihre beruflichen Verpflichtungen von den Behörden akzeptiert?«

Er hatte einen wunden Punkt berührt, weshalb ich nicht sogleich antwortete.

»Sie könnten es heute Abend im ›Mandarin‹ probieren«, sagte ich. »Ich werde dort sein und könnte Ihnen ein Gespräch vermitteln, ich meine, falls Frau Ravenov mit Ihnen sprechen will – und kann.«

Leni hatte den Mann zwar nicht treffen wollen, aber seit dem vergangenen Abend war viel passiert. Vor allem jedoch lag mir selbst daran, mit dem kleinen Russen in Kontakt zu bleiben. Ich hoffte, in Erfahrung zu bringen, was er über Sapozniks Rolle in Lenis Leben wusste.

Leew Kogan nickte. »Ich war zuversichtlich, dass Sie mir helfen würden. Gestern Abend gewann ich den Eindruck, dass die schöne Dame mir aus dem Weg ging, obwohl es keinen Grund dafür gab …«, er blickte auf, »… jedenfalls nicht soweit ich das einschätzen konnte.«

»Ich kann Ihnen natürlich nichts für heute Abend versprechen, aber versuchen sollten Sie es.«

»Wann werden Sie dort sein?«

»So wie gestern. Ab 22.00 oder 23.00 Uhr.«

»Ich darf dann zu Ihnen an den Tisch kommen?«

Ich zögerte einen Moment. War es denn unbedenklich, wenn man Kogan und mich zusammen sah? Könnte nicht jemand, der ihn kannte, mich deshalb mit dem Tod des Diplomaten in Verbindung bringen? Vorsicht war angezeigt. Den unmittelbar Beteiligten, auf die es allein ankam, war meine eigene Verbindung zu Sapoznik allerdings ohnehin seit der vergangenen Nacht bekannt. Die beiden Halunken, die Leni entführt hatten, würden ihr Wissen nicht für sich behalten haben.

»Meinetwegen, aber nur kurz. Wir können dann verabreden, wo Leni und ich Sie treffen.«

Es war ein Lavieren, wie ich es als Anwalt oft praktizierte. Die Vorsichtsmaßnahme diente nicht nur meinem, sondern auch seinem Schutz. Natürlich konnte ich Kogan schlecht erklären, dass ich gleichfalls nicht an den Selbstmord seines Freundes glaubte und bemüht war, unnötige Risiken zu vermeiden.

»Vielen Dank, dass Sie Geduld mit mir hatten«, sagte er und erhob sich aus seinem Stuhl. »Lassen Sie uns den heutigen Abend abwarten, bevor ich Ihnen die Gründe für meine Zweifel an Michails Selbstmord darstelle. Ich hoffe noch, die Dame zunächst selbst sprechen zu können.«

6. KAPITEL

Als ich im »Mandarin« eintraf, spielte das Orchester »Mein Bruder macht beim Tonfilm die Geräusche«. Es herrschte eine ausgelassene Stimmung, ein Durcheinander von hübschen Mädchen und Jungs, von feinen Damen und Männern, die wie Diplomaten oder internationale Bankiers aussahen. Offiziere in Uniform sah ich keine.

An dem Stammtisch auf der Empore saßen Konrad Frank und ein weiterer, mir unbekannter Mann, der mit seinem vollen, grau melierten Haar und seinem hager geschnittenen Gesicht wie ein altgedienter Offizier in Zivil aussah. Leni selbst war nirgendwo zu sehen.

Konrad Frank erblickte mich von weitem, erhob sich und winkte mir zu. »Herr Goltz, kommen Sie zu uns«, sagte er, als ich näher trat.

Die beiden Männer trugen Smoking. Mein Straßenanzug wirkte daneben etwas schäbig, was mich aber nicht störte. Wir begrüßten einander mit Handschlag.

»Herr Goltz ist Rechtsanwalt und ein enger Freund von Leni Ravenov«, sagte Frank, bevor er mir seinen Tischnachbarn als einen Herrn Walter Ardent vorstellte. »Herr Ardent arbeitet eng mit unserer Gesellschaft zusammen und ist dort für die Finanzen zuständig. Er hat noch vielfältige andere Aufgaben, seine Bank ist ein Haus von großer Bedeutung.«

Es war eine eigenartige Gesellschaft, der sie alle zuarbeiteten, dachte ich; sie hatte Produzenten, Agenten und Leute, die für die Finanzen zuständig waren, nur Filme drehte sie offenbar keine.

»Hat sich die schöne Schauspielerin in spe auch schon sehen lassen?«, fragte ich, indem ich den Unbedarften spielte. »Ich nehme an, sie ist schon in der Garderobe.«

»Fall Sie Leni Ravenov meinen«, sagte der Finanzmann Walter Ardent, »die tanzt heute nicht.« Er schaute mich an, mit einer Spur Neugier in den blauen Augen, als sei er gespannt, wie ich auf die Nachricht reagierte.

»Wie kommen Sie darauf?«

»Der Geschäftsführer hat es mir erzählt, als ich ihn nach Leni fragte«, antwortete er. »Er meinte, sie hätte heute ihren freien Tag.«

»Merkwürdig, dass sie mir nichts von ihrem freien Tag erzählt hat. Wer ist dieser Geschäftsführer?«

»Ein Ägypter. Ich kann mir seinen Namen nicht merken. Fragen Sie am besten unten an der Bar nach ihm.«

Konrad Frank lächelte mir aufmunternd zu. »So sind die Frauen, Herr Goltz. Kaum denkt man, das Glück ist geschmiedet, da versetzen sie einen schon wieder. Jetzt verstehe ich, weshalb Sie so ratlos aussahen, als Sie die Treppe heraufkamen.«

»Sie ist eine exzentrische junge Dame, die ihren eigenen Kopf hat«, meinte Walter Ardent. »Wirklich jammerschade, dass sie nicht tanzt. Hat man sie einmal tanzen gesehen, will man keine andere mehr auf dem Parkett haben. Keine zweite Tänzerin hat ihre Klasse.«

»Schön, dass Leni hier so viele Freunde hat«, sagte ich.

»Es kommen täglich mehr hinzu, wie Ihr Beispiel beweist«, sagte Konrad Frank. »Sie wird anscheinend von allen geliebt.«

Ein Ober kam des Weges und ich bestellte eine Flasche Champagner. Konrad Frank drehte ein unbenutztes Glas um und schob es mir zu, griff zu einer noch halb vollen Flasche auf dem Tisch und schenkte mir ein.

»Dass Leni von allen geliebt wird, muss ich doch bezweifeln«, sagte ich. »Sie sprach kürzlich davon, dass sie bedroht würde.«

Ardent betrachte mich mit hochgezogenen Augenbrauen. »Was Sie nicht sagen? Wer bedroht sie denn?« Es klang, als hätte ich etwas völlig Absurdes gesagt. »Nannte sie einen Namen?«

»Einer der Bedroher heißt offenbar Wilhelm.«

Ardent begann zu grinsen. »Wilhelm? Hm! Und weiter?«

Ich zuckte mit den Achseln. »Das weiß ich nicht. Kennen Sie ihn vielleicht?«

»Jeder Dritte heißt Wilhelm«, sagte Ardent.

»Von uns dreien heißt keiner so.«

Ardent lächelte. »Dann wohl nur jeder Zehnte.«

»Es könnte auch ein Nachname sein«, sagte ich, »oder – wahrscheinlicher – der Mann heißt ganz anders und der Name Wilhelm ist ein Pseudonym.«

»Ein Pseudonym, oh, interessant. Leni kannte seinen richtigen Namen also nicht?«

»Möglicherweise nicht.«

Walter Ardent schüttelte den Kopf. »Nein, da kann ich Ihnen nicht weiterhelfen, Herr Goltz, ich kenne keinen solchen Wilhelm.« Er sah zu dem anderen Mann. »Kennen Sie diesen Wilhelm, Herr Frank?« Es klang, als hätte er es bei mir mit einem Idioten zu tun

Frank grinste. »Wilhelm, Wilhelm? Nein, dieser seltsame Mann, von dem Sie sprechen, ist leider ein Unbekannter für mich.«

Ich fragte: »Warum ist der Mann seltsam?«

Walter Ardent sah zur Treppe und begann gleichfalls zu grinsen. »Wilhelm muss gar kein Mann sein. Es könnte auch das Pseudonym einer Frau sein, nicht wahr?«

»Das scheint mir wenig wahrscheinlich.«

Er schaute mich an. »Aber ausgeschlossen ist es nicht, oder?«

Irgendwie gefiel mir der Mann nicht. Möglich, dass er mir unter anderen Umständen weniger unsympathisch gewesen wäre, aber an diesem Abend hatte ich keine Lust, jeden zu mögen.

»Streng logisch betrachtet ist es natürlich nicht ausgeschlossen«, erwiderte ich ärgerlich, »aber warum beharren Sie darauf, dass Wilhelm eine Frau sein könnte, wo Sie doch wissen, dass es unwahrscheinlich ist?«

»Sie irren sich«, entgegnete Ardent. »Ich sah soeben eine Frau, bei der es mich kaum wundern würde, wenn sie unter einem männlichen Pseudonym agiert. Sie kommt an unseren Tisch, wie mir scheint.«

Sein Blick ging an mir vorbei zu der Freitreppe hinüber, wo man die heraufkommenden Gäste sah. Als ich den Kopf herumwandte, um der Richtung seiner Augen zu folgen, und die Person erfasste, von der er gesprochen hatte, glaubte ich im ersten Moment, nicht richtig zu sehen. Dann aber, als ich mich davon überzeugt hatte, dass mein erster Eindruck keine Täuschung war, erschrak ich so tief wie selten zuvor in meinem Leben.

Die Frau, die sich unserem Tisch näherte und dann stehen blieb, hatte kastanienfarbenes Haar, grüne Augen, eine klassisch gerade Nase und einen makellosen Teint. Sie trug ein knappes, schillerndes Kleid, das ihren erstklassigen Gliederbau freimütig entblößte. Bei unserem ersten Aufeinandertreffen war sie mir wie eine Pharaonenprinzessin erschienen, wie sie in den längst vergessenen Zeiten von Atlantis, als die Menschen noch schön gewesen waren, existiert haben mochte. Doch es war nicht ihre schockierende Schönheit, die mich erschreckte, sondern die Drohung, die in ihrem schlichten Auftreten, in ihrem bloßen Erscheinen lag.

Kein Ereignis der vergangenen beiden Tage war besser geeignet, den Boden unter meinen Füßen schwankend zu machen, als das Erscheinen dieser Frau. Gelegentlich hatte ich mich gefragt, was wohl aus ihr geworden war, doch zu keinem Zeitpunkt hatte ich den Wunsch verspürt, ihr noch einmal zu begegnen. Ihr erotischer Reiz, ihre betörende Schönheit, all das mochte für die anderen Gäste im »Mandarin« beeindruckend sein. Für mich aber stand sie für alles Schreckliche, das ich vor ein paar Jahren erlebt hatte und das seither wie ein dunkler Schatten auf meiner Existenz lastete.

Ihr Name lautete Irene Varo.

Ein ganzes Kaleidoskop von Erinnerungen stürzte auf mich ein. Irene Varo, die Frau, der ich im Herbst 32 an Bord des Ozeandampfers »Bremen« zum ersten Mal begegnet war, die Frau, die mit einem Mordauftrag des Bankiers Philipp Arnheim nach New York gereist war und die durch mich Zugang zu Florence Arnheim erhalten hatte, für deren Tod sie nach meiner Überzeugung verantwortlich war. Sie war die Frau, die in der Nacht des Reichstagsbrandes dafür gesorgt hatte, dass meine geplante Flucht aus Berlin am Anhalter Bahnhof endete und ich, anstatt den Zug nach Paris zu erreichen, in einen Folterkeller unter einem unheimlichen Gebäude am Spittelmarkt geraten war.

Sie war eine Frau, bei der ich an Dantes berühmten Ausspruch denken musste, dass es Situationen gibt, in denen man am besten jegliche Hoffnung fahren lässt. Und ein weiterer Gedanke fuhr mir durch den Kopf, nämlich der, dass diese Begegnung alles andere als ein Zufall war. Nach allem, was ich über Irene Varo wusste, lag die Vorstellung nahe, dass sie auf irgendeine Weise in die Geschehnisse der vergangenen Nacht verwickelt war. Sie war nicht wegen Konrad Frank oder Walter Ardent in das Lokal gekommen, sondern wegen mir. Wer auch immer den Auftrag gegeben hatte, Leni zu entführen, hatte geahnt, dass ich heute Abend ins »Mandarin« kommen würde, in der Hoffnung, Leni anzutreffen, und er hatte sie deshalb hierhergeschickt.

Sie sah uns der Reihe nach an – auch mich, ohne mit der Wimper zu zucken oder sonst irgendwie zu erkennen zu geben, dass sie mich kannte. Es war auch nicht anders möglich: Wenn man einem Menschen wiederbegegnet, an den man Erinnerungen hat, wie ich sie mit dieser Frau teilte, heißt man ihn nicht willkommen, begrüßt man ihn nicht, sondern übt sich in Zurückhaltung. Daher tat ich, gleich ihr, als sähen wir einander zum ersten Mal.

»Meine liebe Irene«, sagte Walter Ardent zu ihr, »nehmen Sie doch Platz.«

»Ich wünsche den Herren einen guten Abend«, sagte Irene Varo charmant mit ihrer hellen Stimme und setzte sich ohne Umschweife auf den freien Platz an meiner Seite.

»Ich nehme an, Sie kennen Herrn Goltz noch nicht«, sagte Walter Ardent zu ihr. »Er ist ein guter Bekannter von Leni Ravenov. Ihr gegenwärtiger Begleiter und Beschützer, nicht wahr, Herr Goltz?«

»Sehr angenehm«, sagte Irene und schenkte mir ein rätselhaftes Lächeln, ohne sich sonst etwas anmerken zu lassen. Varo war ihr Künstlername, den sie sich als Tänzerin zugelegt hatte, richtig hieß sie Irene Olden.

»Freut mich sehr«, sagte ich, indem ich meine wahren Gefühle ignorierte, und nickte ihr zu. »Ein alter Freund, das ist richtig, und wie es scheint, muss ich nun auch ihr Beschützer sein.«

Es kostete mich eine gewaltige Anstrengung, mich in höflichen Floskeln zu üben und meine Erregung, die ich mir äußerlich nicht anmerken ließ, auch innerlich zu bezwingen. Dass diese Frau mit dem kastanienfarbenen Haar und den grünen Augen neben mir saß, als sei nie etwas gewesen, machte mir so sehr zu schaffen, dass ich kurz davor war, aufzustehen und den Tisch zu verlassen, um das Weite zu suchen.

»Eine schöne Dame wie Leni Ravenov hat natürlich einen Begleiter«, sagte sie. »Aber braucht sie auch einen Beschützer?«

»Warum fragen Sie mich das?«

»Es interessiert mich eben.«

»Herr Goltz macht sich offenbar Sorgen um die schöne Tänzerin«, sagte Walter Ardent. »Sie hat ihn heute Abend versetzt. Er glaubt, es könne Leute geben, die ihr nicht wohlgesonnen sind.«

»Ach, tatsächlich?« Sie sah mich durchdringend an. Ihre tiefgrünen Augen spiegelten ihre Erinnerungen, und es war völlig klar, dass sie mich keineswegs vergessen hatte.

»Ich würde mir wünschen, Leni wäre hier«, erwiderte ich, »nicht nur, weil ich sie gern bei mir hätte, sondern auch, damit sich ihre Ängste, ihr Gefühl des Bedrohtseins, als unbegründet erweisen könnten. Ob ich ihr Beschützer bin oder nicht, jedenfalls bin ich ihr Anwalt.«

»Der Beschützer einer Dame zu sein, ist eine ehrenvolle Sache«, sagte Irene Varo. »Doch gibt es Hilfestellungen, die auch dann zu weit gehen, wenn man die Dame als Anwalt vertritt.«

Ich sah in die grünen Augen. »Woran denken Sie?«

Sie schaute gleichmütig zurück, ihr Gesicht war kalt wie Marmor. »An strafbare Handlungen, an Schutzhandlungen, die eine Beihilfe zu einer Straftat darstellen, sodass Polizei und Gestapo Anlass hätten, Ermittlungen gegen einen Beschützer solcher Art aufzunehmen.«

»Als Anwalt bin ich ein Helfer und kein Straftäter.«

»Sie wären nicht der erste Anwalt, der verhaftet wurde,

weil er an einem kommunistischen Umsturzversuch beteiligt war.«

Wenn Irene Varo zu den Personen gehörte, die Michail Sapoznik getötet und Leni entführt hatten, war alles ganz anders, als ich angenommen hatte. Dann war die Gefahr, in der ich steckte, noch viel größer, als ich befürchtet hatte, dann hatte ich es mit Gegnern zu tun, denen ich wohl schwerlich gewachsen war. Wenn Irene Varo in Lenis Entführung verstrickt war, drohte der ein ähnliches Schicksal wie seinerzeit Florence.

Walter Ardent lachte. »Aber meine liebe Irene, Herr Goltz ist doch sicher kein Kommunist.«

»Nein«, sagte sie und lächelte. »Er ist kein Kommunist, aber was jemand ist, spielt keine Rolle. Es kommt darauf an, was jemand tut – woran jemand sich beteiligt. Der Helfer ist nicht anders zu beurteilen als der Täter.«

Ihre Bemerkung über den Kommunismus war eine Art Willkommensgruß gewesen, ein geheimer Gruß, da nur ich ihn verstehen konnte. Sie hatte mit ihrer Äußerung auf den Reichstagsbrand angespielt, den man den Kommunisten angelastet hatte und der auch meine eigene Verhaftung in jener denkwürdigen Nacht zur Folge gehabt hatte.

»Was werfen Sie Herrn Goltz vor?«, fragte Walter Ardent und schaute Irene in die finster glänzenden Augen. »Was für eine Straftat soll Leni Ravenov begangen haben, an der Herr Goltz teilgenommen haben könnte?«

»Einen Mord«, erwiderte Irene Varo kalt.

Walter Ardent fuhr ein Stück zurück, starrte zuerst mich und dann Irene an, aber ich hatte sogleich den Verdacht, dass seine Reaktion nicht sehr tief begründet war. Es schien mir, als ob sie mich alle gemeinsam verschaukeln wollten, Irene Varo, Walter Ardent, und auch Konrad Frank, der dabeisaß, nichts sagte, aber grinste, als dächte er sich seinen Teil.

»Leni begeht keine Morde«, sagte ich.

»Auch mir fällt diese Vorstellung schwer, muss ich zugeben«, sagte Walter Ardent und bewegte seinen Kopf einige Male zweifelnd hin und her. »Leni ist eine allseits geschätzte und beliebte Tänzerin.«

»Ihnen sehe ich es nach, dass Sie so über die Dame denken«, sagte Irene Varo zu Ardent. »Herr Goltz hingegen weiß sehr gut, dass diese Tänzerin mit allen Wassern gewaschen ist.«

Es fiel mir immer schwerer, ruhig zu bleiben. Ausgerechnet diese Frau, von der ich wusste, dass sie an wenigstens zwei Morden beteiligt gewesen war, und die dafür gesorgt hatte, dass man mich in der Nacht des Reichstagsbrandes in einen Folterkeller verschleppt hatte, wagte es, eine andere Frau des Mordes und mich der Beihilfe dazu zu bezichtigen. Gern hätte ich meiner Empörung Luft gemacht, doch in den glorreichen Zeiten, in denen wir lebten, konnte ich es mir nicht leisten, die Beherrschung zu verlieren, und so blieb mir nichts übrig, als zu dem bösen Spiel eine gute Miene zu bewahren.

»Ich habe mich noch nie an einem Mord beteiligt«, sagte ich, und hätte am liebsten hinzugefügt: Im Gegensatz zu anderen hier am Tisch.

»Spielen Sie nicht den Dummen, Herr Goltz!«, sagte Irene Varo in einem unaufgeregten Ton, wobei sich ihr Blick auf mich fokussierte. »Ich kann nicht zu Ihren Gunsten unterstellen, dass Sie es nicht besser wissen.«

Diesen Worten brauchte sie nichts hinzuzufügen. Sie wusste Bescheid über das, was mit Leni geschehen war.

Ich erwiderte nichts, und zum Glück kam gerade der Kellner und brachte den Champagner, den ich bestellt hatte.

»Was ist mit Leni passiert?«, fragte ich Irene Varo, als der

Kellner wieder gegangen war. »Welchen Grund gibt es dafür, dass sie heute ihren Auftritt absagen musste?«

»Noch ist gar nichts passiert«, antwortete sie. »Was passieren wird, hängt auch von Ihnen ab, Herr Goltz – nicht *nur* von Ihnen, aber auch von Ihnen.« Sie schaute zu Konrad Frank. »Willst du dem Anwalt nicht näher erklären, was das bedeutet?«

In Konrad Franks dunklem Gesicht zeichnete sich ein Lächeln ab. »Es bedeutet, dass Sie sich nicht länger als Lenis Beschützer aufspielen sollten, Herr Goltz. Legen Sie Ihr Mandat nieder und machen Sie auch privat einen Bogen um die Dame.«

»Warum sollte ich das tun?«

»Weil Sie nicht im Spiel sind, und es auch nie waren.«

Sie sind Spieler, hatte Leni in Bezug auf ihre Widersacher gesagt, ich erinnerte mich wieder daran.

»In was für einem Spiel?«

»In einem Spiel, dessen Regeln wir bestimmen.« Er beugte sich ein Stück vor. »Und wir bestimmen auch, wer mitspielen darf.«

Frank betrachtete mich, und ich bemerkte den düsteren, fast dämonischen Zug in seinem Gesicht, der mir gestern weniger deutlich aufgefallen war als an diesem Abend. Verwunderlich war, dass dieser Zug Franks Attraktivität nicht beeinträchtigte, sondern sie eher verstärkte. Ich spürte, dass ich den Mann unterschätzt hatte.

»Um nicht unfair zu sein, will ich Sie gern fragen, ob Sie bei uns mitspielen möchten?«, fragte Irene Varo.

»Was soll ich sagen, wo ich Ihr Spiel doch nicht kenne.«

»Das ist Ihr Risiko, Herr Goltz, und es lässt sich nicht umgehen. Wer sich zum Mitmachen entschließt, ist drin, für den gibt es kein Zurück mehr, das muss man sich vorher klarmachen.«

Es schien sich um dasselbe Spiel zu handeln, von dem Leni inzwischen bereute, dass sie sich darauf eingelassen hatte.

»Das Spiel wird mir wahrscheinlich nicht gefallen.«

»Sich in unser Spiel einweihen zu lassen, ist der beste Weg, um am Ende einer der Sieger zu sein«, sagte Irene Varo, plötzlich ganz freundlich. »Lehnen Sie unser Angebot nicht leichtfertig ab. Im Moment kämpfen Sie auf verlorenem Posten.«

Die kleinen quadratischen Glasflächen, die die Wand im Hintergrund der Freitreppe bedeckten, schillerten in herrlichen Farben, von kupfern und bronzen, purpurn und smaragden bis rosafarben und grün. Es waren Spiegel, die nichts spiegelten, aber dafür betörend glitzerten, als wollten sie Auge und Gemüt der Gäste mit ihren Illuminationen blenden.

»Es scheint ein Spiel zu sein, das die eigene Seele berührt«, sagte ich. »Das lässt mich zögern. Aber ich denke einmal darüber nach.«

Hätte ich auch nur im Ansatz geahnt, welche unangenehmen Folgen dieser beiläufig dahingesprochene Satz noch für mich haben sollte, hätte ich geschwiegen oder eine Teilnahme rundweg abgelehnt.

»Überlegen Sie es sich gut«, sagte Irene Varo, »aber überlegen Sie nicht zu lange.«

Ich sagte nichts.

»Solange Sie kein Eingeweihter sind«, fügte Konrad Frank hinzu, »täten Sie gut daran, dieses Lokal, Lenis Wohnung und überhaupt alle Orte, wo sie ihr begegnen könnten, strikt zu meiden.«

Mir fiel erneut das Buch ein, von dem Leni mir erzählt hatte, das Buch über den »Teufel des Westens«, dessen Inhalt mir helfen könne, die Regeln des gefährlichen Spiels, auf das sie sich eingelassen hatte, besser zu verstehen. Ich musste es schnellstens in meinen Besitz bringen, überlegte ich, am besten noch in dieser Nacht.

»Leni ist also unversehrt?«, fragte ich. »Wann kommt sie wieder nach Hause?«

Weder Konrad Frank noch Irene Varo gaben mir eine Antwort, stattdessen sagte Walter Ardent: »Ich habe Sie erst heute Abend kennengelernt, Herr Goltz, muss mich daher auf das Urteil meiner geschätzten Freunde verlassen. Ich habe die Tänzerin Ravenov bisher nur von ihrer liebreizenden Seite kennengelernt, wenn sie aber eine böse Seite hat, kann niemand ihr die Konsequenzen verbrecherischer Taten ersparen, und dann sollten Sie Obacht geben, sich von der Dame nicht mit in einen Abgrund ziehen zu lassen.«

Sie wussten alle ganz genau, was gestern Nacht in Lenis Wohnung geschehen war, und das galt auch für Walter Ardent. Der Mann war ein Heuchler. Er hatte den Freundlichen gespielt, ließ aber langsam die Maske sinken.

»Sie scheinen mehr zu wissen als ich, Herr Ardent«, sagte ich. »Weshalb machen Sie sich zum Sachwalter von Interessen, die gegen Leni Ravenov gerichtet sind? Man könnte denken, Sie seien von ihren angeblich verbrecherischen Taten betroffen?«

Die Maske fiel herunter, als sein Lächeln verschwand.

»Ich halte mich für einen freundlichen Menschen, aber wenn Gefahr besteht, dass man mir ein Geschäft beschädigt, kann ich sehr ungehalten werden, Herr Goltz«, zischte er mich an. »Herr Frank wird Ihnen das bestätigen können. Erkundigen Sie sich bei ihm, wenn Sie Einzelheiten zu hören wünschen. Was er Ihnen sagen wird, ist meine Warnung an Sie.«

»Ihre Geschäfte gehen mich nichts an.«

»Sie irren sich sehr, Herr Goltz. Auch Ihnen steht es keineswegs zu, meine Interessen zu ignorieren.«

»Ich kann nicht erkennen, wodurch ich Ihren Interessen in die Quere gekommen bin.«

»Wenn Sie es bisher nicht erkannt haben, so nehmen Sie zur Kenntnis, dass es sich so verhält. Sie können froh sein, dass ich Ihnen noch Warnungen und Ratschläge gebe. Mir stehen auch andere Mittel zur Verfügung.«

»Ich musste eben an diesen Regisseur denken, der seit zwei Jahren in Dachau lebt«, meldete Konrad Frank sich zu Wort. »Der Arme kann einem wirklich leidtun. Er hätte unsere Kreise nicht stören sollen.«

Walter Ardent griff zu der Champagnerflasche und schenkte mein Glas voll. »Sie werden zugeben, dass alles sehr einfach ist, was Frau Varo, Herr Frank und ich Ihnen erklärt haben«, sagte er und schenkte dann auch den anderen nach. »Weiterer Erläuterungen bedarf es nicht. Was Schutzhaft bedeutet, wissen Sie, und ganz egal, ob diese in einem der größeren Lager stattfindet oder andernorts – die für die Anordnung Verantwortlichen entscheiden, wann der Zeitpunkt gekommen ist, sie wieder aufzuheben.« Er blickte auf. »In einigen Fällen kommt es gar nicht dazu, und es gibt sogar Fälle, in denen die Haft mit einer Hinrichtung endigt. Der Schutz der Sicherheit des deutschen Volkes vor seinen Feinden ist ein hohes Gut.« Er stellte die Flasche ab und nahm sein Glas in die Hand. »Stoßen wir darauf an, Herr Goltz, dass das deutsche Volk in sicherem Schutz vor seinen Feinden leben kann.«

Irene Varo und Konrad Frank griffen zu ihren Gläsern. Nur meins stand noch unberührt auf dem Tisch.

»Nehmen Sie Ihr Glas«, sagte Irene und legte ihre Hand auf die meine, ähnlich wie Leni es am Vortag getan hatte.

»Zögern Sie nicht, uns die Versicherung zu geben, dass Sie unseren Interessen nicht zuwiderhandeln werden.«

Gut, dass sie mich nicht auf die Bibel schwören ließen, sondern das Ganze mit Champagner besiegelten, dachte ich, indem ich meine Hand wegzog und das Glas ergriff.

»Denken Sie an unser Angebot«, sagte Konrad Frank. »Noch besteht die Möglichkeit, ein vollwertiges Mitglied unserer Gemeinschaft zu werden. Nicht mehr lange, dann ist es zu spät.«

Walter Ardent lächelte jovial. »Sollten Sie einer der Unsrigen werden, sind Sie im ›Mandarin‹ wieder ein gern gesehener Gast.«

Die Art, wie wir alle unsere Gläser über dem Tisch zueinander führten, ohne sie klingen zu lassen, wirkte wie ein merkwürdiges Ritual.

»Guten Abend«, sagte jemand. »Fräulein Ravenov ist nicht hier?«

Hinter Irene Varos Gestalt, ihrer fein gebogenen Nase, ihren nackten Schultern, war plötzlich ein Mann zu erkennen, der an unseren Tisch getreten war. Zu meiner Bestürzung erblickte ich den kleinen Russen Leew Kogan, an den ich seit meinem Eintreffen in dem Lokal überhaupt nicht mehr gedacht hatte.

»Sie müssen mit mir vorliebnehmen«, sagte ich und stellte mein Glas wieder ab. »Warten Sie unten an der Bar auf mich. In ein paar Minuten bin ich bei Ihnen. Bis gleich!«

Er starrte einige Momente lang Irene Varo an, dann murmelte er etwas, das ich nicht verstehen konnte, wandte sich ab und ging davon.

Ardent sah ihm hinterher. »Wer war das?«, fragte er.

»Einer von Lenis zahlreichen Verehrern«, sagte ich, da mir auf die Schnelle nichts Besseres einfiel. »Er hatte mich darum gebeten, ihm ein Autogramm von ihr zu beschaffen.«

»Dafür brauchte er Sie?«

»Ja, offenbar.«

Er schüttelte den Kopf. »Es gibt seltsame Leute.«

Ich trank mein Glas halb leer und schob es dann fort. Mir war nicht danach, das Gespräch fortzusetzen, schon gar nicht, mich ausfragen zu lassen.

»Ich will Ihren Kreis nun nicht länger stören«, sagte ich und stand vom Tisch auf. »Ich bin auch nur auf eine Stippvisite hergekommen.«

»Mir scheint, es hat sich für Sie gelohnt, Herr Goltz«, sagte Ardent. »Ich hoffe, dass wir uns verstanden haben.«

»Ich verstehe, was Sie wollen, ja.« Mit diesen Worten ließ ich die Dame und die beiden Herren allein und stieg die geschwungene Treppe hinunter.

Der Mann hinter der Bar hatte den dunklen Teint und die Gesichtszüge eines Ägypters.

»Sie sind der Geschäftsführer des Lokals?«, fragte ich ihn.

Er nickte. »Der bin ich.«

»Sie haben heute mit Leni Ravenov gesprochen?«

»Nein.« Er schüttelte den Kopf.

»Sie müssen mit ihr gesprochen haben. Sie hat Ihnen mitgeteilt, dass sie heute Abend nicht auftreten wird.«

»Sie irren sich, mein Herr«, sagte er und richtete den dunklen Blick seiner Augen auf mich. »Ich sprach nicht mit ihr, sondern mit einem Herrn Goltz, der für sie angerufen hat.«

»Diesen Namen hat der Anrufer genannt?«

»So sagte er, ich erinnere mich genau.«

»Was hat Herr Goltz gesagt?«

»Sie sind von der Polizei?«

Ich antwortete nicht direkt darauf. »Sagen Sie mir, was der Anrufer sagte.«

»Ich weiß nicht, ob es Sie ein Recht auf eine Antwort haben, aber warum soll ich es verschweigen. Schließlich ist es kein Staatsgeheimnis. Dieser Herr Goltz sagte, dass Frau Ravenov ein paar Tage Urlaub nehmen müsse.«

»Sie waren damit einverstanden?«

»Nein, war ich nicht. Aber Herr Goltz fertigte mich kurzerhand ab.«

»Hat er gesagt, wann Frau Ravenov wieder auftreten wird?«

Der Geschäftsführer lächelte traurig. »Ich habe ihn das auch gefragt.«

»Und?«

»Ich muss wohl froh sein, wenn Frau Ravenov überhaupt wiederkommt«, sagte er leise. »Dieser Herr Goltz sagte nämlich, sie mache Urlaub in einem KZ, und wenn es nach ihm ginge, für immer.«

»Hat er das wirklich gesagt: KZ?«

Der Geschäftsführer nickte. »Ja. Es wäre sehr schlimm für mich, wenn ich meine Hauptattraktion verlieren würde.«

»Für Frau Ravenov wäre es wohl noch etwas schlimmer.«

Er sagte nichts mehr, was verständlich war, denn er wusste nicht, wer ich war.

Leew Kogan stand auf der anderen Seite der rechtwinklig abknickenden Bar und blickte in meine Richtung. Ich machte ihm ein Zeichen, mir nach draußen zu folgen, und wollte mich gerade zum Gehen wenden, als ich etwas wahrnahm, das mir ein leises Grausen einjagte, ohne dass mir klar wurde, was der Auslöser des unbehaglichen Gefühls gewesen war.

Was hatte ich gesehen? Hatte ich überhaupt etwas gesehen?

Ich blickte mich um, warf einen Blick auf die feiernden, gut gelaunten Frauen und Männer an den Tischen und auf dem Tanzparkett, schaute wieder zurück und erblickte unter anderen Gestalten, die den Bartresen umlagerten, das zu einem Grinsen geschminkte Gesicht des Mandarins.

Es war der frivole Tänzer aus der vergangenen Nacht. Der Mann schien eine Art Hausmaskottchen zu sein. Sein Gesicht war genauso grotesk bemalt wie am Vorabend. Von seiner sportlichen Gestalt sah ich genug, um zu erkennen, dass nicht jemand anderer in dem Kostüm steckte als der Tänzer vom Vorabend. Mit der Figur eines chinesischen Hofbeamten, wie man sie sich vorstellte, hatte er nicht viel gemein.

Der Mandarin grinste mich an, und meine Nackenhaare sträubten sich. Er schien um alles zu wissen, was mir das Leben schwer machte, und mir all den Hohn und Spott, den er darüber empfand, direkt ins Gesicht lachen zu wollen. Mir war, als müsste ich auf ihn zuspringen, um ihn zur Rede zu stellen, aber ich tat es nicht, weil es keinen rechten Grund dafür gab.

Kogan kam auf mich zu. Der Mandarin grinste nicht mehr, sondern hatte sich zur Seite gewandt, und in diesem Moment, beim Anblick seines Profils, hatte ich das Gefühl, ihn zu kennen; nicht erst seit dem vergangenen Abend, nicht erst aus diesem Lokal, sondern aufgrund einer weiter zurückliegenden Begegnung an einem ganz anderen Ort. Es war, als verhindere nur die Schminke in seinem Gesicht, dass ich ihn wiedererkannte.

Im nächsten Moment sah ich ihn nicht mehr. Er war in Richtung der Bühne verschwunden.

Kogan war schon zum Ausgang weitergegangen, und ich folgte ihm nach draußen.

Das diffuse Licht der Laternen entlang des Kurfürstendamms war mit bunten Farbmustern durchsetzt. Meine Erlebnisse in der Bar hatten mich etwas benommen gemacht, aber die Nachtluft tat mir gut.

»Konnten Sie etwas erreichen?«, wollte Leew Kogan wissen, während wir in die Richtung meines Wagens gingen.

»Sie können nicht mit Leni sprechen, heute nicht, morgen nicht und in den nächsten Tagen auch nicht. Vergessen Sie es einfach. Ihr Freund Michail ist tot. Sie kriegen ihn nicht wieder lebendig.«

»Ich muss mit der Tänzerin sprechen, um Ruhe zu finden und um eine Erklärung zu haben, wenn man mir Fragen stellt. Auch dafür, um ich mich glaubhaft verteidigen zu können.«

»Niemand wird Ihnen Vorwürfe machen.«

»Sie kennen den russischen Geheimdienst nicht.«

Ich ging um den Wagen herum und öffnete die Fahrertür. Ich dachte an den Mandarin, der Kerl ging mir nicht aus dem Kopf. Wer war er? Wo hatte ich den Clown schon einmal gesehen?

»Möchten Sie ein Stück mitfahren?«, fragte ich Kogan. »Wo wohnen Sie?«

Er wohnte hinter dem Alexanderplatz. Es war nicht meine Richtung, aber das machte nichts, dann würde ich eben einen Umweg fahren. »Steigen Sie ein!«

Der Roadster rollte auf dem Kurfürstendamm nach Osten. Die Lichter der Stadt, die vorüberglitten, erschienen mir grell, unwirklich und fremd.

»Warum kann ich nicht mit Fräulein Ravenov sprechen?«, fragte Kogan.

»Sie ist kein Fräulein, sondern eine geschiedene Frau. Sie ist im Urlaub.«

Ich hätte ihm sagen können, dass sie verhaftet worden war, doch das hätte seine Misstrauen im Hinblick auf die Umstände des Todes seines Freundes nur verstärkt.

»Ganz plötzlich, oder wie?«

»Frau Ravenov ist mir keine Rechenschaft schuldig.«

»Ich verstehe, sie ist eine Frau, die tut, was sie will. Wie sagt man – eine moderne Frau.«

»Ja, das ist sie wohl.« Ich hatte ihn nicht nur aus reiner Freundlichkeit mitgenommen, sondern auch weil es eine Gelegenheit war, in Erfahrung zu bringen, ob er über Informationen verfügte, die mir nützen könnten.

»Woher kennen Sie Sapoznik und seit wann?«

»Ich bin russischer Emigrant und kam 1922 zusammen mit meinen Eltern und Geschwistern nach Deutschland. Michail und ich waren Schüler des russischen Gymnasiums und wurden enge Freunde. Berlin war damals die einzige Stadt, in der weiße und rote Russen einigermaßen einvernehmlich miteinander leben konnten. Später machten Michails Eltern ihren Frieden mit dem Sowjetregime und die Familie kehrt in die Sowjetunion zurück. Seinen guten Deutschkenntnissen hatte er es zu verdanken, dass er vor zwei Jahren die Stelle an der Botschaft erhielt. So kamen wir wieder zusammen.«

»Wissen Sie, in welchem Verhältnis er zu Leni Ravenov stand?«

»Sie hatten miteinander eine Affäre.«

»Weiter nichts?«

»Ist das nicht genug? Aber es stimmt, es war noch mehr.« Er lachte. »Es war Rassenschande.«

»Rassenschande?«

»Wir sind Juden, ich bin einer und Michail war auch einer. Die Tänzerin hat Rassenschande mit ihm begangen.«

Eine Weile sagte ich nichts. Die Gedächtniskirche kam in Sicht.

»Glauben Sie, dass Sapozniks Tod etwas damit zu tun hat?«

»Es ist möglich. In diesem Lande mögen es viele Leute nicht, wenn eine schöne blonde Frau mit einem Juden verkehrt, und machen sogar abscheuliche Gesetze, um es zu verbieten. Verstehen Sie nun, weshalb ich nach einer Erklärung für Michails Tod suche?«

Das Gesetz, das nicht nur Ehen, sondern auch den Geschlechtsverkehr zwischen Ariern und Juden verbot, gab es seit dem vergangenen Jahr.

»Wegen Rassenschande kann nur der Mann bestraft werden«, fiel mir ein. »Aber als Angehöriger einer ausländischen Botschaft ist er vor Verfolgung geschützt.«

»Michail hat seine Strafe bereits erhalten«, erwiderte Kogan, »er wurde erschossen.«

Obwohl dem Gesetz nach die beteiligte Frau straflos gestellt war, wusste ich, dass auch diese mit gewaltigen negativen Folgen rechnen musste, zu denen sogar gehörte, dass man sie mit der hinterhältigen Begründung, es bestünde sonst Wiederholungsgefahr, in Schutzhaft nehmen konnte. Walter Ardent hatte in Bezug auf Leni ausdrücklich von Schutzhaft gesprochen, und ich fragte mich, ob nicht auch Lenis Entführung – und gar Sapozniks Ermordung – in einem Zusammenhang mit der geschlechtlichen Beziehung der beiden stand. Dass eine schöne blonde Tänzerin mit einem Juden Geschlechtsverkehr hatte, war in den Augen bestimmter Leute das größtmögliche Unrecht.

»Sagen Sie mir, was Sie an Michails Freitod zweifeln lässt.«

Kogan schaute mich von der Seite an. »Kann ich Ihnen trauen? Mein Gefühl sagt mir, dass Sie kein schlechter Mensch sind, aber auch Gefühle können täuschen.«

»Wie ich Ihnen heute Nachmittag schon sagte, bin ich als Anwalt zur Verschwiegenheit verpflichtet. Ich bin auch kein Parteimitglied. Gut, ich bin im NS-Juristenbund, das Fehlen einer Mitgliedschaft wird als Hinweis auf mangelnde nationalsozialistische Gesinnung angesehen. Aber wer Mitglied im Berufsverband ist, muss nicht in die Partei eintreten.«

Hinter der Gedächtniskirche fuhr ich auf der Budapester Straße am Zoologischen Garten entlang. Es war angenehm, nicht mehr von grellen Reklamen und Geglitzer begleitet zu werden.

»Ist schon gut, meine Frage war überflüssig, ich habe sowieso nicht mehr viel zu verlieren, ein Jude wie ich hat in Deutschland nichts zu lachen. Wenn auch Michail sich nicht selbst getötet hat, ich habe schon oft an Selbstmord gedacht.«

»Hören Sie auf, so zu reden!«

»Es ist aber so.«

»Sind Sie Kommunist?«

»Würde ich einer sein, wäre ich nicht hier.«

»Woran glauben Sie?«

»Daran, dass der Tod das bessere Leben ist«, sagte er. »Religiöse Gründe sind es, die mich hindern, Michail zu folgen.«

Als ich den Kanal überquert hatte und in Richtung Großer Stern abbog, fielen mir beim Blick in den Rückspiegel die Scheinwerfer auf, die uns schon eine Zeitlang folgten. Auf dem Kurfürstendamm und der Budapester Straße hatte ich nichts darauf gegeben, aber inzwischen kam es mir merkwürdig vor.

»Michail brauchte geheime Informationen über das Reich, um bei seinen Leuten besser dazustehen«, sagte Kogan. »Deshalb war er den Finanziers der Hitlerpartei auf der Spur, und die Tänzerin hat ihm dabei geholfen. Michail hat mir keine Geheimnisse verraten. Das wäre zu gefährlich gewesen, aber er sprach davon, wie merkwürdig es doch sei, dass jemand wie Adolf Hitler, der bei Kriegsende nichts als ein einfacher Soldat war, innerhalb von 14 Jahren zum mächtigsten Mann in Deutschland habe aufsteigen können. Dass er aus dem Nichts eine Massenbewegung aufbauen und eine Hunderttausende zählende private Armee, die SA, ausrüsten konnte, dass er seine gewaltige Propagandamaschinerie finanzieren, zwei Flugzeuge kaufen und eine Tageszeitung herausgeben konnte. Michail hatte nicht Hitler, sondern die Leute, die ihn an die Macht gebracht hatten, im Visier – vor allem solche, die über viel Geld verfügten und aus dem Ausland kamen, genauer gesagt: Engländer und Amerikaner.«

»Glauben Sie, dass Michail etwas herausgefunden hat, von dem andere wollen, dass es nicht bekannt wird?«

»So wie er vor einigen Tagen redete, hatte ich den Eindruck, dass er sich auf einer Spur befand – und dass er nun plötzlich tot ist, lässt mich vermuten, dass das eine mit dem anderen zusammenhängt.«

Wir rollten auf der Chausseestraße durch die undurchschaubare Nacht. Ich blickte in den Rückspiegel. Die Scheinwerfer des Wagens, den ich beobachtete, folgten uns noch immer. Mir schien, dass es ein eher kleiner Wagen war, der uns folgte, ähnlich dem meinen, wahrscheinlich ein Opel.

»Mehr weiß ich nicht«, sagte Kogan. »Falls ich aber noch auf etwas stoßen sollte, würde ich mich gern an Sie wenden, sofern Sie einverstanden sind.«

»Seien Sie vorsichtig. Was immer Sie auch herausfinden mögen, es ändert nichts an meinem dringlichen Rat, den Tod Ihres Freundes auf sich beruhen zu lassen.«

Auf der Allee Unter den Linden waren zahlreiche nächtliche Spaziergänger unterwegs, von denen die meisten Touristen waren. Der Wagen war immer noch hinter uns, als ich in den Rückspiegel sah. Es konnte kein Zufall sein, dazu dauerte die Fahrt schon zu lange.

»Sind Sie selbst religiös?«, fragte mich Kogan.

»Ich lehne die Religion nicht ab. Wohin mein Weg mich führt, weiß ich nicht, aber es gibt einen Weg.«

»Religion war in letzter Zeit ein häufiges Thema zwischen Michail und mir«, fuhr er nach einer Weile fort. »Er hat mich zuletzt besser verstanden als früher, er war auf dem richtigen Weg. Seit ich weiß, dass er tot ist, gibt es Momente, in denen ich ihn beneide.«

Mehr, als Kogan gut zuzureden, blieb mir nicht. Ich konnte ihm schlecht sagen, was ich wusste, und wünschte mir, dass er an einen Selbstmord seines Freundes glauben würde. Ermittlungen, von welcher Seite auch immer, würden nicht die wahren Mörder treffen, sondern Leni und mich.

»Sie dürfen sich nicht aufgeben, Herr Kogan, anderenfalls sind Sie schnell verloren. Viele Ihrer Freunde sind ins Ausland gegangen. An Ihrer Stelle würde ich überlegen, es auch zu tun.«

»Meine Mutter ist sehr krank, ich kann sie nicht so einfach verlassen. Ein Bruder und eine Schwester sind schon fort.«

»Wenn Sie tot sind, können Sie Ihrer Mutter auch nicht mehr helfen.«

»Das sagen Sie, weil es logisch klingt, aber wer weiß das schon.«

Hinter dem Lustgarten fuhren wir nach Norden. Eine Zeitlang hörte man nur die Geräusche, die der Roadster machte.

»Tun Sie nichts Unüberlegtes«, sagte ich. »Es kommen wieder bessere Tage. Ich sage das nicht nur zu Ihnen, sondern auch, um mir selbst Mut zu machen. Wir müssen es aushalten.«

»Vielen Dank für Ihren Zuspruch«, erwiderte Leew Kogan. »Ich werde mir Mühe geben, alles auszuhalten und nicht aufzugeben. Noch bin ich nicht am Ende. An der nächsten Straßenecke können Sie mich absetzen. Den Rest des Weges gehe ich zu Fuß. Ich habe es nicht mehr weit.«

100 Meter weiter hielt ich am Straßenrand. Der Wagen hinter uns stoppte kaum mehr als 20 Meter entfernt. Den Fahrer schien es nicht einmal zu bekümmern, ob ich ihn bemerkte oder nicht.

»Warten Sie«, sagte ich, nahm Zettel und Stift aus dem Handschuhfach und notierte die Nummern der Telefonanschlüsse meiner Kanzlei und meiner Privatwohnung auf dem Papier. »Es ist besser für Sie, wenn Sie nicht mit Leni Ravenov sprechen. Sie vergrößern Ihre Schwierigkeiten, wenn Sie zu viele Fragen stellen.«

Leew Kogan sagte nichts und nahm den Zettel, gab mir die Hand und kletterte aus dem Fahrzeug, dann sah ich ihn durch den Lichtkegel einer Straßenlampe huschen, und kurz darauf war er im Gewirr der Nacht verschwunden.

Ich überlegte, ob ich aussteigen und den Fahrer des Wagens hinter mir zur Rede stellen sollte, entschloss mich aber, damit zu warten, bis wir meine Wohnung erreichten. Kaum dass ich den Roadster wieder gestartet hatte, leuchteten hinter mir die Frontscheinwerfer auf. Mein Verfolger würde mich nicht mehr aus den Augen lassen, bis ich am Ziel meiner Fahrt war. Offenbar wollte er sicherstellen, dass ich mich nicht auf Abwege begab.

Meinetwegen, es war mir egal. Meinen Plan, Lenis Wohnung noch in der Nacht einen Besuch abzustatten, um nach dem Buch vom »Teufel des Westens« zu suchen, hatte ich aufgegeben, als ich den Verfolger hinter mir entdeckte. Die Nacht war ohnehin nicht die beste Zeit für die Durchführung des Vorhabens. Manches, was heimlich vonstattengehen musste, war in der Dunkelheit gut aufgehoben, aber Lenis Wohnung ließ sich bei Tage unauffälliger durchsuchen.

Ich fuhr geradeaus, ohne mich weiter um meinen Verfolger zu bekümmern, aber als ich nach einer kurzen Fahrtstrecke erneut in den Spiegel blickte, bemerkte ich zu meiner Überraschung, dass der Opel nicht mehr hinter mir war.

Sofort fuhr ich an den Bordstein. Eine schlimme Ahnung stieg in mir auf. War etwa Leew Kogan der Grund gewesen, weshalb der Wagen uns verfolgt hatte? Irene Varo und die anderen hatten Kogan gesehen, hatten gehört, dass ich mich mit ihm an der Bar des »Mandarin« treffen wollte. Es war nicht auszuschließen, dass jemand beobachtet hatte, wie er zu mir in den Wagen gestiegen war. Irene war ein Profi und fasste Entschlüsse schneller, als andere denken konnten. Sie hatte es damals in New York eindrucksvoll bewiesen.

Ich wendete den Roadster an der nächsten Abzweigung und fuhr zurück zu der Stelle, wo Kogan ausgestiegen war, dann bog ich in die Straße ein, in die ich ihn hatte verschwinden sehen. Es ärgerte mich, dass ich mich bei ihm nicht nach seiner Adresse erkundigt hatte.

Langsam strich ich die dunkle Straße entlang. In manchen Fenstern brannten Lichter, aber es war ruhig. Weder Leew Kogan noch ein auffälliger Wagen waren zu sehen. Ich fuhr an den Straßenrand und wartete eine Weile, beobachtete die Umgebung, ob sich irgendwo etwas Ungewöhnliches tat, aber die Minuten verstrichen ereignislos. Es lief alles falsch, dachte ich und fuhr wieder an, kreuzte durch die umliegenden Straßen, konnte aber auch dort keinen der Gesuchten finden. Wahrscheinlich war Kogan längst zu Hause, sagte ich mir, wenigstens hoffte ich, dass er es war.

Ich fuhr zurück zu Unter den Linden und dann auf der Friedrichstraße nach Süden, vorbei an den lichterglitzernden Vergnügungsstätten und den Flaneuren der

Nacht. Hinter dem Halleschen Tor überquerte ich den Landwehrkanal und hielt kurz darauf vor dem Haus, in dem ich wohnte.

Nachdem ich den Motor ausgemacht hatte, schaute ich zurück; kein fremder Wagen war hinter mir. Dann sah ich nach vorn, und mir wurde klar, dass ich mich geirrt hatte. Der fremde Wagen war schon da.

Auf der anderen Straßenseite, zehn Meter von dem Hauseingang entfernt, stand im Licht einer Laterne ein Opel, ein 1,2-Liter-Modell der Reihe, die sich seit ein paar Jahren in Deutschland wie geschnittenes Brot verkaufte.

Hinter dem Steuer des Wagens saß ein Mann. Sein Gesicht war in dem Licht, das schwach bis zu ihm drang, nur undeutlich zu erkennen, aber deutlich genug, dass ich die unheimliche Fratze des Fahrers sah. Beim nochmaligen Hinsehen war ich mir sicher – hinter dem Steuer des Opels saß der Mandarin.

Ich stieg aus, überquerte die Straße und trat auf die Fahrertür zu. Die Augen des Mandarins begleiteten gleichmütig meine Schritte. Als ich bei ihm war, sah er mit einem Grinsen zu mir auf. Er war nicht mehr ganz der Mandarin, als den ich ihn im Lokal kennengelernt hatte, aber man sah noch, dass er der Kostümierte gewesen war. Er hatte wohl nicht ausreichend Zeit gehabt, die Schminke vollständig von seinem Gesicht zu wischen, als man ihm den Auftrag gegeben hatte, mir zu folgen. Doch nun wusste ich, woher ich den Mann kannte.

Es war Roland Olden, der Bruder von Irene Varo.

»Herr Olden, welche Überraschung«, sagte ich, als er die Tür geöffnet hatte.

»Ganz meinerseits, Herr Goltz«, begrüßte er mich und glitt mit einer geschmeidigen Bewegung aus dem Wagen. »Ich hatte gedacht, Sie seien längst tot.«

»So weit war ich noch nicht. Nett, Sie wiederzusehen.«

»Ich hätte Sie früher hier erwartet. Sie haben offenbar nicht den direkten Weg vom Alexanderplatz nach Hause genommen.«

»Sie sagen es. Ich habe unterwegs eine Pause gemacht.«

Er nickte. »So? Nun gut! Wie geht es Ihnen? Verdienen Sie sich Ihre Brötchen noch als Anwalt?«

»Es hat sich nichts geändert. Sie selbst arbeiten als Eintänzer, wie ich gestern Abend feststellen konnte.«

Er lächelte so charmant, wie er es irgend konnte, und er konnte es gut, trotz der Reste von Schminke. Er hatte hohe Wangenknochen und ein Paar undurchdringlich blickender, schmaler, dunkler Augen.

»Ich finde mich schnell wieder hinein, wenn ich als Tänzer gebraucht werde, es ist mein erlernter Beruf.«

»Hat Ihre Schwester nicht auch als Tänzerin begonnen? Es ist wirklich schade, dass sie ihre Talente nicht mehr zum Tanzen nutzt.«

Seine Züge glätteten sich. Er hatte verstanden, worauf ich anspielte.

»Sie ist im Moment eine vielbeschäftigte Frau, sodass sie nur noch selten dazu kommt, sich als Tänzerin zu zeigen. Ja, es ist schade, bei ihrer Schönheit und ihrem Talent. Aber die Zeiten ändern sich, Irenes Talente lassen sich vielfältig zum Einsatz bringen.«

»Wo sind Sie in den letzten Jahren gewesen? Ihre Schwester und Sie?«

Er versuchte, überrascht auszusehen. »Wir waren nie fort – die Zeiten ausgenommen, in denen wir auf Reisen waren, was nicht selten geschah.«

»Hängen diese Reisen mit der neuen Beschäftigung Ihrer Schwester zusammen? Was ist es für eine Tätigkeit?«

Er lächelte wieder. »Sie wissen doch Bescheid, Herr Goltz.

Ich muss bei Ihnen kein Geheimnis daraus machen. Was 1932, als wir uns kennenlernten, einen privaten Anstrich hatte, geschieht heute mit der Billigung höchster Stellen. Irene und ich übernehmen gelegentlich Missionen für das Deutsche Reich.«

»Im Ausland?«

»Vor allem im Ausland, aber nicht nur. Im Moment sind wir in der Heimat tätig.«

Nazi-Agenten, die dorthin gingen, wo man sie brauchte, dachte ich, nach New York, London oder Paris, und manchmal waren sie zu Hause. Irene Varo war als Auftragsmörderin besser geeignet als die meisten Männer; sie war skrupellos und schreckte vor keiner Tat und keinem Tabubruch zurück. Ihre Fähigkeiten wurden benötigt, heute noch mehr als vor drei oder vier Jahren.

»Weshalb sind Sie mir gefolgt?«

»Nun, um Ihnen Guten Abend zu sagen, Herr Goltz, damit Sie sehen, dass es mich auch noch gibt. Im ›Mandarin‹ waren Sie so schnell, dass ich keine Zeit fand, Sie zu begrüßen. Ich freue mich, dass Sie noch am Leben sind, und hoffe, Sie werden es noch eine Weile bleiben.«

»Ja, das wünsche ich mir auch.«

Bei dem längeren Gespräch, das ich im November 32 mit ihm geführt hatte, war er mir nicht unsympathisch gewesen. Doch es schien, als wenn der dunkle Zug in seinem Wesen, der damals nur ein Teil seiner Persönlichkeit gewesen war, sich verfestigt hatte. Er hatte den bereits früher eingeschlagenen Weg fortgesetzt, mit allen damit verbundenen Konsequenzen.

»Sie waren heute Abend als Mandarin ganz allein, ohne die reizende Tanzpartnerin, der Sie gestern Abend assistierten. Können Sie mir sagen, wie es ihr geht?«

»Warum interessiert Sie das?«

»Weil ich mir wünsche, dass auch Leni Ravenov noch lange schön und gesund bleibt, um das Publikum so zu erfreuen, wie sie es gestern bei ihrem reizenden Auftritt tat.«

»Man hat so seine Wünsche, bloß hat jeder Mensch sein eigenes Schicksal«, entgegnete Olden. »Sie sollten das Ihre nicht von dem der blonden Dame abhängig machen.«

»Was ist ihr Schicksal?«

Er zuckte mit den Achseln. »Der Mensch trägt das Schicksal, das er sich selbst bereitet hat. Ein Unrecht muss vergolten werden. So sagte schon der alte Immanuel Kant. Sie wissen, die Philosophie ist mein Steckenpferd.«

»Welche Strafe hat Leni zu erwarten?«

»Ich habe nicht darüber zu befinden. Es wird eine gerechte Strafe sein.«

»Sicher können Sie ihren Einfluss geltend machen.«

Er antwortete nicht, sondern blickte zum Himmel, als stünde alles in den Sternen.

»Es ist spät in der Nacht, Herr Goltz, ich will Sie nicht länger aufhalten.«

»Wir können unsere Plauderei gerne noch ein wenig fortsetzen. Wenn Sie mögen, auch oben in meiner Wohnung.«

»Vielleicht ein andermal«, sagte er und glitt hinter das Steuer seines Wagens zurück. »Meine Schwester und meine Freunde erwarten mich im ›Mandarin‹ zurück. Schlafen Sie gut und leben Sie einstweilen wohl.«

Er warf die Tür zu, startete den Motor und rollte zügig, aber ohne Eile davon.

7. KAPITEL

Es war Sonnabend. Nach einem kargen Frühstück verließ ich meine Wohnung und verbrachte die Vormittagsstunden mit Aktenarbeit in meiner Kanzlei. Als die Sonne im Zenit stand, machte ich mich zu Fuß auf den Weg. Zwar rechnete ich nicht damit, dass ich zu dieser Stunde beobachtet wurde, aber es schien mir sicherer, den Roadster vor der Kanzlei stehen zu lassen. Nach einem Umweg durch eine Parkanlage stieg ich in einen Omnibus, den ich eine Station vor meinem Ziel wieder verließ.

Die Toreinfahrt am Tirpitz-Ufer war geöffnet und ich ging schnurstracks hindurch. Dass der Wohnungsschlüssel auch in das Schloss der Hintertür passen würde, schien mir zweifelhaft, aber wie sich zeigte, musste ich ihn gar nicht benutzten, da die Tür, wie häufig bei Mietshäusern, nicht verschlossen war und sich durch bloßes Niederdrücken des Türgriffs öffnen ließ.

Im Treppenhaus war es still, das Sonnenlicht fiel durch die hoch gelegenen kreisrunden Fenster. Ich nahm nicht den Lift, sondern stieg die Treppe hinauf, um leichter ausweichen zu können, falls mir jemand begegnete, der mich in diesem Gebäude nicht sehen sollte. Es passierte nichts. Als ich oben auf den Klingelknopf neben der Wohnungstür drückte, blieb alles still. Mit dem Schlüssel öffnete ich die Tür. Angestrengt horchte ich ins Innere der Wohnung, nichts. Niemand kam auf mich zugesprungen, um mich niederzuschlagen. Zügig schritt ich durch alle Räume. Die Wohnung war leer. Keine Leni war da, aber auch keiner von ihren Feinden.

Durch die halb geöffneten Vorhänge fiel die Mittagssonne herein. Ich sah den Staub, der in der Luft schwebte. Es hatte den Anschein, als ob seit gestern Morgen niemand hier gewesen war. Ich trat zu der hellen Schrankwand aus Kirschbaumholz, in der sich Bücherreihen zu beiden Seiten einer Glasvitrine erstreckten.

Vor den Büchern standen kleine Statuetten und Figuren aus Keramik oder Holz. Die Bücher waren nach Kategorien geordnet, Romane und Sachbücher, Bildbände aus den Feldern Kunst und Geschichte und eine vierundzwanzigbändige Brockhaus-Ausgabe. Auch der Okkultismus war vertreten, und das war der Bereich, dem das Buch, nach dem ich suchte, am ehesten zuzuordnen war. Ich las die Titel der Buchrücken, sah alle Reihen durch, fand aber kein Buch, das »Teufel des Westens« hieß. Ich trat zu dem Sekretär und zog ein paar Schubladen auf, schaute mich im Raum um, konnte aber nichts finden.

Im Schlafzimmer gab es kein Bücherregal. Das Bett war mit einer champagnerfarbenen Satindecke überzogen und wurde von zwei kleinen, weißen Nachttischen flankiert. Auf keinem von beiden lag ein Buch. Ich zog die Schubladen auf; auch da war nichts.

An der Wand über dem Bett hing die Zeichnung des »Gelben Kaisers«. Ich betrachtete ihn, als könnte er mir einen Hinweis geben, wo zu finden war, wonach ich suchte. Im Gesicht des Herrschers aus weit zurückliegender Zeit war kein Ausdruck von Weisheit und Güte zu erkennen. Sein Lächeln erschien mir wie das eines Spötters, der die Bemühungen der Menschen belächelte, den Stein der Weisen zu erlangen oder Unsterblichkeit zu finden.

Doch der »Gelbe Kaiser« hatte an mich gedacht. Denn als ich auf die Knie ging, um unter das Bett zu sehen, entdeckte ich ein Buch, das mit den aufgeschlagenen Seiten nach unten auf dem Boden lag. Ich zog es hervor und blätterte es auf. Es war ein Volltreffer. »Teufel des Westens – eine Darstellung von Albert Grünwedels Werk« lautete der Titel.

Das Buch war in braunes Leder gebunden und schien ein Privatdruck zu sein, ein seltenes Exemplar, das man nicht in einer Buchhandlung erwerben konnte. In der Titelei war angegeben, dass das Buch in einer Auflage von 200 nummerierten Stücken erschienen war, die Schrift war nur für einen speziellen Kreis von Lesern bestimmt.

Als Verfasser war ein C. Wilhelm genannt, mehr gab die Schrift über den Urheber des Werkes nicht her. Ob es ein Zufall war, dass der Chef der Verbrecher, die Leni entführt hatten, auch Wilhelm hieß? Die Vorstellung, so jemand könne ein Buch wie dieses geschrieben haben, fiel mir schwer, aber auszuschließen war es nicht.

An der Innenseite des hinteren Umschlagdeckels klebte ein Fach, eine Tasche, in der ein zusammengefaltetes Schriftstück steckte. Ich zog das Papier heraus und faltete es auseinander.

Es war die Fotografie einer Zahlungsanweisung, offenbar die eines Originaldokuments. Austeller war die Elektrizitätsgesellschaft AEG, die am 20. Februar 1933 per Reichsbankgirokonto eine Summe von 120.000 Reichsmark auf das Konto der Nationalen Treuhand bei der Berliner Delbrück Bank überwiesen hatte.

Das Geldhaus, bei dem das Konto eingerichtet war, war mir nicht unbekannt. Einer der Inhaber der Delbrück Bank war Philipp Arnheim gewesen, in dessen Auftrag ich damals über den Atlantik gereist war, derselbe Mann, den Leni ausspioniert und von dem sie in Erfahrung gebracht hatte, dass es enge Verbindungen zwischen den Nationalsozialisten und ausländischen Geldgebern gab. Das Konto der Nationalen Treuhand gehörte vermutlich der Nationalsozialistischen Partei, und die deutsche AEG war, wie ich wusste, ein multinationales Unternehmen, das eng mit der amerikanischen General Electric verbunden war. Die Amerikaner waren Miteigentümer der AEG, die eigentlich nichts anderes als die deutsche General Electric war.

Der Geldbetrag auf der Überweisung war keine exorbitant große Summe, wahrscheinlich kein Darlehen, sondern eine Spende, die Anweisung folglich ein Beweis dafür, dass die nationalsozialistische Partei auch amerikanische Geldgeber besaß.

Merkwürdig war, dass Leni ein solches Dokument in einem Buch versteckte, wo es recht leicht zu finden war. Andererseits konnte es gerade in ihrer Absicht gelegen haben, dass es leicht zu finden war, nicht für jedermann, wohl aber für mich. Leni hatte mir von dem Buch erzählt, mein Interesse daran geweckt und könnte es an dem Tag nach Michails Tod dorthin getan haben, für den Fall, dass sie keine Gelegenheit haben sollte, es mir zu geben. Sie könnte sich vorgestellt haben, dass ich nach dem Buch suchen würde.

Wie auch immer: Nicht nur die Zahlungsanweisung, sondern auch der Inhalt des Buches schienen eine Bedeutung zu haben und mit den Ereignissen, in die es mich hineingezogen hatte, in einer Verbindung zu stehen.

Ich schob den Beleg in die Umschlagtasche zurück. Nachdem ich gefunden hatte, wonach ich suchte, wollte ich schleunigst aus dem Haus verschwinden. Ich steckte das Buch in meine Aktentasche und verließ die Wohnung. Als ich durch den Hintereingang schlüpfte, bemerkte ich ein paar spielende Kinder, die mich nicht beachteten. Sonst blieb ich allein. Kurz darauf war ich ein Mensch, der wie so viele andere im Sonnenschein am Landwehrkanal entlangflanierte.

Auf demselben Weg, auf dem ich hergekommen war, kehrte ich in meine Kanzlei zurück. Nachdem ich ein paar Arbeiten erledigt hatte, die liegen geblieben waren, verließ ich das Büro, setzte mich in den Roadster und fuhr nach Hause, um dort die eigenartige Schrift über den »Teufel des Westens« zu lesen.

Der Inhalt des Buches war ungewöhnlich, aber angesichts dessen, was ich über Lenis Vorleben wusste, überraschte er mich nicht. Es ging um dunkle, satanische Rituale, vor allem solche sexueller Natur. Im Mittelpunkt der umfangreichen Essays standen die Werke des Orientforschers Albert Grünwedel, eines Geheimen Regierungsrats und ehemaligen Direktors am Museum für Völkerkunde, der die dunklen und abgründigen Seiten des Eros in uralten Kulturen erforscht hatte. Ohne mein Vorwissen um Lenis dunkle erotische Ambitionen und ihre Bereitschaft, Grenzen und Tabus zu überschreiten, wäre es mir wohl schwergefallen, mich in den Theorien, die Grünwedel anhand der Untersuchung von alten Inschriften aufgestellt hatte, zurechtzufinden, aber nachdem ich eine Weile in der Schrift gelesen hatte, verstand ich, worum es ging.

Ritualmord war das Thema und die Erlangung ewigen Lebens durch die Opferung eines anderen die Grundidee. Die Ermordung des Opfers geschah auf dem Höhepunkt eines sexuellen Akts. Ziel des sexualmagischen Experiments war die Vereinigung der Geschlechter in der Person des Adepten, die Erschaffung des Übermenschen, der nach der Verschlingung des Weiblichen zum unsterblichen Herrn über die beiden Geschlechter geworden war. Als Ursprungsland des von ihm als Teufelswerk beschriebenen Systems hatte Grünwedel das alte Ägypten entdeckt, wo nach seiner Ansicht ein sexueller Kult praktiziert worden war, bei dem sich ein dunkler Priester im Feuer des Sexualakts die Seele der geopferten Frau zueignete und auf diese Weise eine Art Lichtkörper in sich selbst schuf, mittels dessen er Unsterblichkeit erlangte. Nur schöne und sexuelle Frauen galten den Priestern als für die Opferung geeignet. »Der Geist der Toten ist in den Mörder hinübergefahren«, lautete einer der alten Texte, die Grünwedel entziffert hatte. »Er hat all seine Eigenschaften, Erneuerung ist eingetreten, vollendet ist die Finsternis seines Wesens.« Und irgendwann später las ich: »Eine magische Person, ein Priester, ein maskierter Opferer oder Schlächter; zur Macht gelangt durch die erotische Erregung des Opfers.«

Der Mörderpriester war für Grünwedel identisch mit dem europäischen Teufel. Der Wissenschaftler empörte sich in seinen Schriften, dass seine Forscherkollegen nur die folkloristische Seite von Texten wie den von ihm kommentierten beachteten, anstatt sie für das zu nehmen, was sie seiner Ansicht nach tatsächlich waren: Anleitungen, die jedes Wort genauso wörtlich meinten, wie sie es sagten. Der Verfasser des Buches über Grünwedel schien allerdings gewisse Zweifel daran zu haben, ob die Forschungsergebnisse des Orientalisten ernst zu nehmen waren und ob der Professor sich nicht in einen Wahn verstrickt hatte, aufgrund dessen er zwischen Fakten, Spekulationen und Erfindungen nicht mehr hatte unterscheiden können.

Ich legte das Buch aus der Hand. Was war von all dem zu halten? Schwarze Priester, die sich im Geschlechtsakt der Seele ihrer Partnerin zu bemächtigen suchten? Nicht nur in lange vergangenen Zeiten, sondern im Hier und Jetzt? Leni hatte nicht an Ereignisse gedacht, die Jahrtausende in der Vergangenheit lagen, als sie mir von dem Buch erzählte. Die Sache war genauso abstrus wie ungeheuerlich. Aber was gab es nicht alles? Mir war bekannt, dass schwarzmagische Logen existierten, die mitten in Deutschland sexuelle

Kulte praktizierten. Einem der Rituale, das von der Loge der »Brüder und Schwestern vom Licht« veranstaltet worden war, hatte ich vor ein paar Jahren widerwillig beigewohnt. Es war nicht zu leugnen, dass Menschenopfer keine Erfindungen von Mythologen waren und dass diese grässlichen Veranstaltungen nicht nur in alten Kulturen stattgefunden hatten, aber galt das auch für die Frauenopfer, die Grünwedel beschrieb?

Über meiner Lektüre war es Abend geworden, und ich begann gerade, darüber nachzudenken, wie ich am besten mit Irene Varo in Verbindung treten könnte, als das Telefon ging.

Der Anrufer war Leew Kogan. »Ich habe etwas entdeckt, Herr Goltz. Einen Bericht, sehr interessant.«

»Was haben Sie gefunden?«

»Michail hat in einem Bericht niedergeschrieben, was er in den vergangenen Monaten über die Zusammenarbeit von einigen deutschen und amerikanischen Wirtschaftsmännern herausgefunden hat.«

»Der Bericht liegt Ihnen vor?«

»Er liegt neben mir.«

»Wo haben Sie ihn her?«

»Von Michail. Er gab ihn mir schon vor ein paar Tagen in einem verschlossenen Umschlag zur Aufbewahrung. Da er tot ist, habe ich den Umschlag heute aufgemacht. Mein Verdacht, dass Michail ermordet wurde, hat sich erhärtet.«

»Sie wissen schon länger davon, nicht wahr? Der Bericht ist der Grund für Ihre Zweifel an seinem Selbstmord?«

»Ich musste erst sicher sein, dass ich Ihnen trauen kann.«

»Gut, Sie trauen mir also. Ich würde den Bericht gern lesen.«

»Deshalb rufe ich Sie an, weil ich Ihnen den Bericht zeigen möchte. Wahrscheinlich wäre es wichtig, eine Abschrift oder einen Abzug anzufertigen, damit nicht nur dieses eine Exemplar existiert. Können Sie das nicht übernehmen? Ich würde Sie als Anwalt damit beauftragen, eine Abschrift zu verwahren, dann hätte alles seine Richtigkeit.«

»Das können wir so machen. Wo wollen wir uns treffen?«

»Besser nicht in Ihrer Wohnung, sondern an einem neutralen Ort. Ich weiß, wo Sie wohnen. Wenn Sie einverstanden sind, komme ich in den Viktoriapark, das ist nicht weit weg von Ihnen.«

Obwohl Kogan nichts davon wusste, schien der Verfolger der vergangenen Nacht seiner Vorsicht recht zu geben, und deshalb stimmte ich zu.

»In einer Stunde werde ich am Fuße des Wasserfalls an dem Teich mit der Bronzeskulptur auf Sie warten«, sagte Kogan. »Nicht an der Straße, sondern auf dem Weg hinter dem Teich, wenn man von der Möckernstraße oder der Großbeerenstraße her kommt.«

Ich kannte den Park gut und wusste, wo sich der Teich befand. »In Ordnung, so machen wir es. Ich werde pünktlich dort sein!«

Nachdem wir aufgelegt hatten, nahm ich noch einmal das Buch über den »Teufel des Westens« zur Hand.

Ein Mordmotiv wie das von Grünwedel beschriebene hatte es vermutlich in der gesamten deutschen Strafrechtsgeschichte noch nicht gegeben. Aber das musste nichts heißen. Manche Motive eigneten sich nicht dafür, dass ein Gericht sie näher erforschte. Leni hätte die Schrift mir gegenüber kaum erwähnt, wenn sie nicht geglaubt hätte, dass es Menschen in ihrer Umgebung gab, die sich zu Untaten getrieben fühlten, wie Grünwedel sie beschrieb. Eines war gewiss: Sie war eine ausgezeichnete Kandidatin für die dargestellten Praktiken und Experimente.

Doch wer waren die dunklen Priester? Wer waren die Mitspieler, deren böse Intentionen oder magische Fähigkeiten Leni unterschätzt hatte? Spontan tauchten ein paar Gesichter in meinem Geiste auf. Roland Olden und Konrad Frank waren beide dunkle Verführer, die eine machtvolle sexuelle Ausstrahlung besaßen, sie passten gut in das dunkle Bild. Aber es gab auch noch ein anderes Gesicht: eines, das Leni möglicherweise nicht hatte sehen können, denn es war nicht das Bild eines Mannes, sondern das einer Frau.

Um im Zusammenhang mit dunklen Verführern an Irene Varo zu denken, brauchte es ein Wissen, das Leni nicht besitzen konnte und das auch sonst kaum jemand besaß. Roland Olden hatte das Wissen, aber der zählte nicht, und der Barbesitzer Frank Shannon aus New York hatte das Wissen auch, aber der war weit weg. Shannon war ein Freund von Florence Arnheim gewesen und hatte ihren Tod nicht verhindern können, doch er war einer der Wenigen, die wussten, dass ihr Tod Teil eines morbiden sexuellen Geschehens gewesen war. Florence war keinem dunklen Priester zum Opfer gefallen, sondern einer schönen, mit allen sexuellen Finessen begabten Frau, und ihr Tod war der Höhepunkt eines Aktes gewesen, der als Liebesspiel begonnen hatte.

Ich stellte das Buch über Grünwedels Forschungen in ein Regal, dann schlüpfte ich in meine Jacke, um das Haus zu verlassen und pünktlich am Viktoriapark zu sein.

8. KAPITEL

Zügig schritt ich auf der Großbeerenstraße in südliche Richtung. Die Straßenlampen legten blasse Lichtteppiche auf das Pflaster. Der Viktoriapark lag auf dem Kreuzberg, der höchsten Erhebung Berlins, der Wasserfall inmitten des Parks unterhalb von Schinkels Nationaldenkmal. Der Park wurde auf der nördlichen Seite von der finsteren Kreuzbergstraße begrenzt. Der Teich, in den der Wasserfall mündete, war von der Straße aus gut zu erreichen.

Unter den Bäumen war es dunkel. Das Gewirr der dicht angelegten Wege wurde von Laternen nur schwach und unregelmäßig erhellt. Ich nahm den Weg, der sich hinter den Bäume am Teich auf den Wasserfall zubewegte. Der Wasserfall war inmitten von Baumbestand wie eine Gebirgslandschaft angelegt, die den Park bis zu dem Teich an seinem Fuße durchzog. Unweit des Teichufers zeigte eine Bronzeskulptur eine Wassernixe, die sich im Netz eines Fischers verfangen hatte.

Ich konnte die Skulptur im Schummerlicht ausmachen, weil ich wusste, wo sie stand. Wenn ich Kogan richtig verstanden hatte, war dies der Ort, an dem wir uns treffen wollten.

Das Rauschen des Wasserfalls übertönte die leiseren Geräusche in dem Schattenreich, von dem ich umgeben war. Es war ein einsamer Ort, und zu dieser Stunde schien ich der einzige Parkbesucher zu sein. Leew Kogan, von dem ich angenommen hatte, dass er vor mir am Park eintreffen und mich erwarten würde, war nirgendwo zu sehen.

Mir wurde beklommen zumute. An diesem Abend war hier alles dunkler und abseitiger, als ich angenommen hatte. An einem Weg, der nicht weit entfernt hinter den Bäumen verlief, brannte eine Laterne, deren Licht das Buschwerk am Wegesrand erhellte. Die nächtliche Menschenleere, die das Licht hervorhob, hatte etwas Unwirkliches und machte einen unheimlichen Eindruck auf mich. Die Dunkelheit eines Parks bot Schutz vor neugierigen Blicken, aber in diesem Moment kamen mir Zweifel, ob es eine gute Idee gewesen war, sich in einer solchen Einsamkeit und Finsternis zu verabreden.

Ein Abzweig des Weges, den ich nahm, führte bis nahe an den Teich heran. Seine Wasseroberfläche, die bei Tag einen friedvollen Eindruck machte, wirkte bei Nacht wie ein großer Schlund. Wäre kein Wasser in der Nähe gewesen, hätte ich mich besser gefühlt. Es hieß zwar, dass es unter der nationalsozialistischen Regierung kaum noch Verbrechen in Berlin gab, aber trotzdem ging in der Dunkelheit niemand gern im Park spazieren. Niemand außer mir. Leew Kogan hätte längst hier sein müssen.

Ob man mich in eine Falle locken wollte? Konnte ich denn ausschließen, dass man den Russen als Lockvogel benutzte, um mich hierher zu lotsen? Was, wenn jemand hinter ihm gestanden hatte, während er mit mir telefonierte, und ihn mit einer an die Schläfe gesetzten Pistole gezwungen hatte, den Park als Treffpunkt vorzuschlagen.

Bei kühlerer Überlegung ergab die Befürchtung wenig Sinn. Wenn Lenis Feinde mir an den Kragen wollten, konnten sie das leichter und vor allem ohne einen Lockvogel zustande bringen. Fünf Minuten würde ich warten, sagte ich mir, länger aber nicht.

Angestrengt starrte ich in die Finsternis. War ich wirklich allein? Mir war plötzlich, als ob höhnische Augen jeder meiner Bewegungen folgten. Nichts bewegte sich, aber dann hörte ich hinter mir ein Geräusch. Wahrscheinlich ein Tier, ein Kaninchen oder nur eine Maus, sagte ich mir, ging aber trotzdem in die Richtung, in der ich den Ursprung des Geräusches vermutete, den Abzweig zurück und dorthin, wo der Weg hinter dem Teich etwas breiter war und von Lampen bruchstückhaft erhellt wurde.

Die Büsche und Sträucher am Rande des Weges standen dicht an dicht, doch es gab eine größere Lücke, durch die man hinter die Hecken treten konnte. Etwas zog mich dorthin, ich hatte etwas gesehen, etwas, das sich gegen den Boden abhob. Ich beugte mich vor, und als meine Augen sich an die Dunkelheit gewöhnt hatten, konnte ich erkennen, was es war. Ich hatte mich nicht getäuscht. Dort lag jemand auf der Erde.

Ich ging in die Hocke und erkannte einen Mann, der mit dem Gesicht nach unten lag. Er bewegte sich nicht, war völlig regungslos und reagierte nicht, als ich seine Schulter berührte. Der Mann hatte schwarzes, krauses Haar, und es bestand für mich kein Zweifel daran, wen ich vor mir hatte: Leew Kogan hatte die abendliche Verabredung eingehalten, doch es war das Letzte gewesen, was er in seinem Leben unternommen hatte.

Ich griff nach seiner Hand, sie war schlaff und warm. Kein Wunder, denn vor einer halben Stunde hatte er gewiss noch gelebt. Ich tastete an seinem Handgelenk nach einem Puls, nur um ganz sicherzugehen, doch war es so, wie ich befürchtet hatte: Dem jungen Russen war nicht mehr zu helfen.

Vorsichtig tastete ich seine Jacke ab. In den Taschen war kein Schriftstück zu finden. Kogan konnte mir nichts mehr erzählen, aber mir auch nicht mehr zeigen, was in dem Bericht seines toten Freundes geschrieben war.

Ich sah den Hut neben Kogans Kopf und dann auch die Einschusswunde an der rechten Schläfe. Das Loch war an derselben Stelle wie bei Sapoznik. Meine Augen suchten den Boden ab. Da ich nichts fand, nahm ich ein Taschentuch und wickelte es um meine Finger, dann tastete ich auf der Erde herum, bis ich auf etwas Hartes stieß.

Es war die Pistole, die anscheinend das Einschussloch verursachte hatte.

Selbstmord? Ja, so sollte man wohl denken, aber in Wahrheit war es das nicht, ebenso wenig wie bei Sapoznik. Davon war ich trotz des hoffnungslosen Geredes, in das der junge Russen am vergangenen Abend verfallen war, überzeugt; es war ein weiterer Mord, der wie ein Selbstmord aussah.

Ich richtete mich auf. Gut, dass es so düster und einsam war, dachte ich, wenigstens hatte mich niemand gesehen. Ich musste schleunigst von hier verschwinden. Dem jungen Mann konnte niemand mehr helfen. Sollten doch die Spaziergänger vom nächsten Morgen die Polizei herbeirufen.

»Haben Sie ihn erkannt?«, hörte ich hinter mir eine Stimme.

Die Stimme gehörte einem Mann, und ich hatte sie schon einmal gehört. Ein Frösteln lief mir über den Rücken, und langsam drehte ich mich um.

Er stand nahe einer Laterne, die hinter den Büschen leuchtete. Auf seinem Kopf saß ein Hut, und seine Gesichtshaut war von toter Blässe. Seine Augen sahen wie Mantelknöpfe aus, dahinter war nichts als Kälte. Ein Typ, der zu allem fähig war, das sah ich ihm noch deutlicher an als an dem ersten Abend, an dem ich ihm begegnet war. Es war der Mann mit den toten Augen, einer der Männer, die Leni entführt und mich niedergeschlagen hatten.

Meine Kehle war wie zugeschnürt, während sich das abstoßende Gesicht, in das ich starrte, zu einem Grinsen verzog.

»Sie müssen die Polizei verständigen«, sagte ich, nachdem ich mich ein wenig gefangen hatte. »Der Mann da ist tot.«

Hoch über den dunklen Bäumen lag das Leuchten der Stadt, die für mich unerreichbar war. Nicht anders als die Straße, nicht anders als die Wege; weglaufen konnte ich nicht. Es war zu spät. Das Böse war da und belauerte mich mit hämischer Macht.

»Wenn er tot ist, kann ihm die Polizei auch nicht mehr helfen«, sagte der Mann mir gegenüber.

»So weit, so richtig.«

Er warf den Kopf herum und blickte einen Moment lang hinüber in Richtung der Straße, von wo das Geräusch eines Autos zu vernehmen war.

»Haben Sie ihn erschossen?«, fragte er, indem er die stumpfen Augen wieder auf mich richtete, und nickte mit dem Kopf zum Boden hin.

»Wieso? Ist er erschossen worden?«

»Sind Sie blind? Sie haben ihn sich doch genau angesehen.«

»Und Sie? Woher wissen Sie es denn?«

»Ich habe ihn durchsucht, bevor Sie kamen.«

»Wenn er tot war, bevor ich kam, kann ich ihn kaum erschossen haben.«

Ich sah ihn schwach lächeln. »Sie könnten wiedergekommen sein. Außerdem – wer weiß schon, wann Sie kamen.«

Eine Zeitlang war nur das Rauschen des Wasserfalls zu hören, und ich überlegte, was er wohl von mir wollte. Ob er sich noch an das Versprechen gebunden fühlte, mein Leben zu schonen, das er Leni gegeben hatte, für den Fall, dass sie ihn an sich heranließ? War das der Grund, weshalb er nicht auch mir sofort in die Schläfe schoss?

»Wollen Sie wirklich, dass die Polizei Ihnen Fragen stellt? Unangenehme Fragen?«

Das hatte nicht der Mann gefragt, sondern eine Frau.

Im Lichtschein der Laterne wurden zwei weitere Gestalten sichtbar, die langsam hinter den Büschen hervortraten. Ein Mann und eine Frau, Konrad Frank und Irene Varo.

Konrad Frank trat dem Mann mit den toten Augen an die Seite.

»Wenn Sie ihn nicht erschossen haben, muss er es wohl selbst getan haben«, sagte Frank. »Eine andere Möglichkeit gibt es nicht.«

Die dritte Möglichkeit war die Wahrheit, aber die ließ er natürlich unerwähnt. Gern hätte ich ihn gefragt, weshalb er und die anderen hier waren, aber natürlich tat ich es nicht.

»Womit wir wieder bei der Polizei wären«, sagte Irene, die einen Schritt näher kam. »Sollte sich herausstellen, dass er es nicht selbst getan hat, hätten Sie ein Problem, Herr Goltz.«

Das Spiel, das sie schon mit Leni probiert hatten, spielten sie nun mit mir, mit dem Unterschied nur, dass ich keine Möglichkeit hatte, die Leiche wegzuschaffen oder abzuhauen.

»In letzter Zeit gibt es viele Selbstmorde in Berlin«, sagte Konrad Frank und schüttelte wie bedauernd den Kopf. »Schlimm, sehr schlimm.«

»Die meisten Opfer sind Juden«, sagte der Mann, der mich in Lenis Wohnung niedergeschlagen hatte. Er seufzte. »Natürlich gibt es auch ein paar andere.«

»Wie heißt der Mann, der da liegt?«, fragte Irene Varo und sah mich an. »Was hatten Sie mit ihm zu tun?«

Ihr Lächeln war überaus reizend. Man musste schon einen Blick dafür haben oder mein Wissen besitzen, um das unheimlich Berechnende zu erkennen, das sich hinter ihrem Charme und ihrer machtvollen Ausstrahlung verbarg. Sie hatte sich nicht verändert – nicht nur äußerlich, sondern auch in ihrem Wesen war sie sich gleich geblieben, ein dunkler Engel, extrem schön und radikal böse.

»Er hat mich angerufen und mich gebeten, dass ich ihn hier treffe«, gab ich ihr zur Antwort und nannte ihr seinen Namen. »Er wollte mir etwas zeigen, aber er sagte nicht, was es war.«

»Sie lügen«, sagte der Mann mit den leblosen Augen.

Ich erwiderte seinen leeren Blick. »Sie müssen es ja wissen.«

Der Mann nahm eine Zigarette aus der Tasche, ohne das Päckchen hervorzuziehen, und steckte sie in den Mund. Ein Feuerzeug blitzte auf und dann nahm er gemächlich zwei, drei Züge. Es wirkte, als hätte er alle Zeit der Welt.

»Sie werden lachen, aber ich weiß es wirklich«, erwiderte er, »wir haben gefunden, was er Ihnen zeigen wollte.«

»So wissen Sie mehr als ich.«

»Er hat Ihnen geschildert, was in dem Bericht geschrieben steht«, behauptete Irene Varo.

»Nein, ich sollte den Bericht lesen.«

Im Gegensatz zu mir schien es den dreien völlig egal zu sein, ob jemand sie in der Nähe eines Toten entdecken könnte, der einem Mord zum Opfer gefallen war. Aber es war wohl auch egal. Wir lebten in einer Zeit, in der manche Leute ungestraft Morde begehen konnten, nicht jeder natürlich, aber Leute wie Irene und ihre Männer durchaus. Sie gehörten anscheinend zu denen, die sich in der neuen Zeit alles erlauben durften, ohne Konsequenzen befürchten zu müssen. Mir selbst war es inzwischen egal, ob man mich bei dem Toten entdeckte. Ich hatte ein anderes Problem, eines, das viel größer war.

Der Mann sah zu seiner Chefin. »Was machen wir mit ihm?«

Die Schöne betrachtete mich. Ihr langer nackter Hals bildete eine gefällige Linie. Sie trug einen grünen Regenmantel und sah mit ihrem kastanienfarbenen Haar sehr schön aus. Es wunderte mich, dass ich in der unerfreulichen Situation, in der ich mich befand, ihr Aussehen so deutlich registrierte.

»Was denkst du, Arno?«, sagte sie zu ihrem unheimlichen Schergen.

»Am besten, ich knipse ihn ab«, antwortete Arno, der Mann mit den toten Augen.

»Ich haben eine Vereinbarung mit Ihnen«, sagte ich. »Ich habe mir nichts vorzuwerfen.« Selbst in meinen eigenen Ohren klang es wie der verzweifelte Versuch einer Flucht nach vorn.

»Ich hätte Sie nach unserem gestrigen Gespräch für schlauer gehalten, Goltz«, sagte Konrad Frank. »Hätten Sie ein bisschen Verstand, wären Sie nicht hergekommen, sondern hätten dem Kerl erklärt, er solle sich zum Teufel scheren.«

Alles, was ich darauf hätte erwidern können, behielt ich besser für mich.

»Sie werden uns begleiten, Herr Goltz«, sagte Irene Varo.

»Wohin?«

Sie betrachtete mich eine Weile mit ihren glänzenden Augen, dann lächelte sie amüsiert und zuckte mit den Achseln. »Ins Nachtleben von Berlin. Eine Reise von der Art ›Was man in Berlin nach Mitternacht erleben kann‹. Sie wissen schon.«

Die hohen Schuhe betonten ihre langen Beine. Ihre Schönheit war so extrem und ungewöhnlich, dass sie etwas

Bizarres, Fremdartiges, Unheimliches besaß. Sie sah nicht nur aus wie eine Amazone, sondern war auch eine, sportlich und gewalttätig, eine böse Göttin.

»Vor fünf Jahren hätte man eine solche Reise noch unternehmen können«, sagte ich. »Aber heute gibt es die meisten Ausflugsziele nicht mehr.«

Irene Varo lachte. »Es gibt sie noch immer. Im Gegensatz zu früher sind sie bloß noch besser verborgen. Man muss wissen, wo man sie finden kann.«

»Aus dem grellen Licht gingen sie in die Schattenwelt«, sagte Konrad Frank und lachte.

»Ich werde Ihnen nichts nützen können«, erwiderte ich. »Ebenso wenig, wie ich Ihnen schaden könnte. Um den Toten braucht sich niemand zu kümmern.«

Keiner sagte etwas. Selbst Arno schwieg. Sie sahen mich nur an.

»Auf geht's!«, befahl die Chefin ihren Männern.

Sie nahmen mich in ihre Mitte, Frank und Arno, Irene blieb hinter uns. Es ging auf einen Abzweig nach Westen, der zu einem anderen Ausgang führte. Irene Varo hatte eine Taschenlampe in der Hand, deren Strahl in der Dunkelheit um unsere Füße tanzte.

Was hatten sie mit mir vor? An einen Ausflug ins Nachtleben mochte ich nicht glauben. Ging es darum, mich an einen anderen Ort zu verbringen, weil zwei Selbstmörder im Park in derselben Nacht zu auffällig gewesen wären? Arno, der Mann mit den leblosen Augen, würde mich, ohne mit der Wimper zu zucken, erschießen, wenn man es ihm befahl, daran zweifelte ich nicht. Warum sollte er sich an ein Versprechen, das zwei Tage alt war, noch gebunden fühlen? Erschießen und dann in den Landwehrkanal werfen, es kostete ihn nichts. Dass im Kanal Tote angeschwemmt wurden, war tägliche Normalität. Falls die Staatsanwaltschaft Mordermittlungen anstellte, würde das Verfahren eingestellt werden. Notfalls auf Anweisung von oben. Ein Mann auf der schwarzen Liste war Freiwild; mit dem hielt man sich nicht lange auf, nicht länger als mit einem russischen Juden, der sich im Viktoriapark erschossen hatte.

Wir verließen den zweifelhaften Schutz der Bäume und traten an den Straßenrand, wo eine schwarze Limousine geparkt stand, ein viertüriger Mercedes mit langem Fahrgestell und drei Sitzpaaren, dessen Lack unheilvoll im Lampenlicht glitzerte.

Der Fahrer, der aus dem Wagen stieg, war der Vierte im Bunde. Er war der Mann, dessen kantiges Gesicht mich bei dem Überfall in Lenis Wohnung an den Schauspieler Luis Trenker erinnert hatte. Er trug eine Wildlederjacke und eine Schnürsamthose und sah tatsächlich aus, als ob er geradewegs von einer Bergtour kam.

Ich musste hinten im Wagen Platz nehmen, zwischen Frank und dem schrecklichen Arno. Irene Varo sprang auf den Beifahrersitz. »Fahr nach Norden, Sepp, zur Schönhäuser Allee«, rief sie dem Mann hinter dem Steuer zu. »Wir besuchen Martha.«

Der Eindruck von den Bergen hatte also nicht getäuscht, der Fahrer schien aus dem Süden Deutschlands zu stammen. Er startete den Motor, rollte bis zur nächsten Straßenecke und fuhr die Großbeerenstraße hinauf. Eine Weile ging es hinter einem Omnibus her, dann überquerte der Wagen die Möckernbrücke, und ich gewann ein Stück Zuversicht zurück, als der tückisch glitzernde Kanal hinter uns lag.

Es konnte mir nicht behagen, dass Irene Varo die Richtung vorgab, aber der Umstand, dass sie jemanden besuchen wollten, ließ mir ein Quäntchen Hoffnung, dass die Sache trotz aller dunklen Anzeichen noch ein erträgliches Ende für mich nehmen könnte. Die Frau schien einen Plan zu verfolgen, den ich zwar nicht durchschaute, in dem ich im Moment aber nicht als Selbstmörder galt. Wenngleich ich nicht daran zweifelte, dass ich schnell in diese Rolle geraten konnte, wenn sich herausstellen sollte, dass sich ihr Plan nicht wie vorgestellt verwirklichen ließ.

Wir passierten den Anhalter Bahnhof und erreichten kurz darauf die Wilhelmstraße. Vorbei an den alten Prachtbauten des deutschen Kaiserreichs und den neuen Stätten der Macht, den Ministerien und der Reichskanzlei, ging es nach Norden.

Als wir in die Allee Unter den Linden eingebogen waren, beschleunigte Sepp den Wagen und brauste mit hoher Geschwindigkeit in Richtung Alexanderplatz.

»Mich wundert, dass sie Martha den Laden noch nicht dichtgemacht haben«, sagte Arno, als der Wagen jenseits des Alexanderplatzes in die dunkleren Gefilde der Stadt vorstieß. »Alles wird verboten, aber in dem Bumsladen machen sie weiter wie eh und je.«

»Erlaubt oder nicht erlaubt«, erwiderte Konrad Frank. »Solche Stätten gibt es immer, sie haben ihre Berechtigung. In Berlin würde etwas fehlen, wenn ein Klub wie der von Martha dichtmachen müsste.«

»Mir würde der Laden nicht fehlen«, sagte Arno. »Mir gefällt das Bumslokal nicht.«

Die Straßenlampen wurden weniger, je weiter in den Berliner Norden wir kamen. Es wurde zunehmend dunkel, die undurchschaubaren Schatten wuchsen bedrohlich an, und das Terrain, auf dem ich mich bewegte, schien brüchiger zu werden. Die weitläufige Berliner Stadtlandschaft war eine erstklassige Brutstätte des Bösen, und an diesem Abend befand ich mich in der Hand von Individuen, die dieser Brutstätte entsprossen waren.

Ich erinnerte mich an die Nacht, als Irene Varo und zwei SA-Schläger mich vom Anhalter Bahnhof zum Spittelmarkt entführt hatten. Die Männer waren heute andere, aber Typen vom gleichen Kaliber, vermutlich ehemalige SA-Männer, die nicht damit aufhören konnten, so weiterzumachen, wie sie es aus jahrelanger Gewohnheit kannten. Heute machten sie es nicht mehr für eine Organisation der Partei, sondern im Auftrag einer schönen und furchtbaren Frau.

Sepp hielt in einer Seitenstraße der Schönhäuser Allee, die in einem finsteren Viertel mit vielen dunklen Straßen und alten hohen Häusern lag. Wir stiegen alle aus.

Die Männer nahmen mich in die Mitte, und unter Irenes Führung ging es durch ein byzantinisch anmutendes Labyrinth von Durchgängen und Hinterhöfen. Schließlich hielt unser Trupp vor einer Kellertreppe, die zu einem Eingang unter Straßenniveau führte. Kein Schild, kein Licht wies auf irgendetwas hin. Die Metalltür hatte keine Klinke, dafür aber ein Guckfenster.

Sepp klopfte gegen das Metall. Ein halbnacktes Mädchen machte uns auf. Sie war gertenschlank und hübsch und hatte ein bleiches Gesicht. Neben ihr tauchte eine andere, ältere Frau auf, eine Garderobiere, die uns die Mäntel und Jacken abnahm. Niemand stellte uns Fragen, Sepp und Irene schienen hier bekannt zu sein.

Vor uns lag ein schummerig beleuchteter Gang. Ich hatte das Gefühl, mich in einer weitläufigen Höhle zu befinden. Das Mädchen ging voran und öffnete am Ende des Ganges eine weitere Tür. Dahinter betraten wir ein Lokal, in dem es schattig, fast finster war. An den Wänden brannten Lichter, und auf den Tischen standen Kerzen. Auf der anderen Seite gab es eine kleine Bühne, die etwas besser ausgeleuchtet war. Der Ort erinnerte an eine der Opiumhöhlen, wie es sie nach dem Krieg in der Friedrichstadt reihenweise gegeben hatte. Es war ein Lokal, das noch verborgener als verborgen lag.

Eine pummelige Frau unbestimmten Alters begrüßte uns. Sie sah aus wie eine Puffmutter auf einem Bild von Toulouse-Lautrec.

»Ah, die Herrschaften geben uns wieder einmal die Ehre«, krächzte sie mit metallener Stimme. »Ich bin entzückt. Da werde ich gleich einmal die jungen Leute …« Sie sah zu dem reizenden Mädchen, das uns die Tür geöffnet hatte. »Wo ist Fabi? Ab auf die Bühne, ihr beide!«

Sie klatschte in die Hände und führte uns dann zu dem größten der Tische, wo sie zwei Gestalten verscheuchte, die dort bei Flaschenbier zusammensaßen. Mit einem Lappen wischte sie den Tisch ab und wies auf die frei gewordenen Stühle.

Sie wirkte vulgär, eine vom Leben gezeichnete Frau, die ständig die Augen verdrehte oder mit den Lidern klimperte. Ihre Frisur erinnerte an einen Schrubber.

Sie merkte, dass ich sie betrachtete. »Was starrst du mich so dämlich an, Kerl«, fuhr sie mich an. »Gefalle ich dir nicht? Muss ich etwa einen schönen Busen haben? Kann er nicht auch mal ein bisschen hängen?« Sie griff in ihre Bluse und hob ihren linken Busen ein wenig an, sodass ich schon befürchtete, sie könnte ihn ganz herausholen, um zu zeigen, wie schlaff er über der Bluse hing. Zum Glück unterließ sie es, und dann marschierte sie murmelnd davon.

An den andere Tischen waren Gestalten zu sehen, von denen schwer zu entscheiden war, welchem Geschlecht sie angehörten: Vermeintliche Frauen mit nackten Schultern, Rouge und Schönheitspflästerchen, die sich bei näherem Hinsehen als Männer entpuppten, wohl gar Herren der SS, die ihre geheimen Leidenschaften auslebten. Es war ein

Klub, der vermutlich mit Wissen der Gestapo existierte. Konrad Frank hatte recht: Lokale wie dieses gab es zu allen Zeiten, manchmal offen, zumeist aber geheim.

Die Wirtin brachte Gläser und eine Flasche Sekt.

»Der Herr neben mir bezahlt«, sagte Arno und deutete auf mich.

»50 Mark, weil Sie es sind«, sagte die pummelige Alte und deutete mit dem Kopf zur Bühne. »Für das, was Sie hier geboten kriegen, ist das fast geschenkt.«

Ich sagte nichts, sondern gab ihr die 50 Mark.

»Für mich ein Bier«, sagte Sepp und drehte seinen Stuhl zu der Bühne. »Und Arno braucht einen Schnaps, damit er die Vorstellung unbeschadet übersteht.«

Das Bier und den Schnaps würde ich bei diesen Preisen wohl nicht mehr bezahlen können, dachte ich; meine Geldbörse war so gut wie leer. Doch ich hatte andere Probleme, als mich über die unverschämt hohen Preise in diesem zeitlosen Etablissement zu ärgern.

Fast alle Gäste hatten ihren Blick der Bühne zugewandt. Das schöne Mädchen, das uns Einlass gewährt hatte, hatte sich entkleidet und auf eine Matratze gesetzt, die dort lag. Gleich darauf trat aus einem Nebenraum ein nackter, gut gewachsener Junge zu ihr und streckte sich neben ihr aus. Zärtlich und fast verhalten, in einer gespielten Schüchternheit, begannen die beiden, einander zu liebkosen.

»Sind die beiden nicht süß?«, fragte Konrad Frank, nachdem wir eine Weile zugeschaut hatten, und stieß mich mit dem Ellbogen an. »Eigentlich viel zu schade für dieses finstere Loch.«

»Leni beim Tanzen zuzusehen, gefiel mir besser.«

Frank lachte. »Alles zu seiner Zeit.«

Irene Varo beobachtete mich. Im Licht der Lampe wirkten ihre Augen kalt. Ihre Haare waren hochgesteckt. Glitzernde Ohrringe, ihre Fingernägel rot lackiert. Sie trug ein schwarzes Kleid aus Chiffon.

»Mir gefällt es nicht«, sagte Arno. »Die machen einen scharf, und selber kommt man nicht zum Zuge. Ich will das nicht sehen.«

»Du wirst es müssen«, sagte Frank. »Schließlich wirst du dafür bezahlt.«

Arno seufzte. »Ich will mich nicht beklagen«, erwiderte er. »Der Job ist schon gut, aber manche Sachen müssten nicht sein.«

Wir nippten an den gefüllten Sektgläsern, die vor uns standen, Irene Varo, Konrad Frank und ich. Arno hatte einen Schnaps bekommen und Sepp ein Bier.

»Es gibt keine Arbeit, die nur Freude macht«, gab Frank zum Besten. »Trink noch nen Schnaps, Arno, der wird dir helfen.«

Die beiden Künstler auf der Bühne agierten geschickt, und so jung sie waren, schienen sie über einiges an Erfahrung auf diesem Gebiet zu verfügen. Die Art, wie sie miteinander umgingen, machte immerhin den Eindruck, dass sie einander gern mochten.

»Der Bursche ist nicht schlecht«, sagte Sepp, während er gebannt zur Bühne starrte. »Das musst du zugeben, Arno.«

»Als ich in seinem Alter war, habe ich das nicht schlechter gemacht«, erwiderte Arno, ohne zur Bühne zu sehen. Seine Augen hatten sich auf sein Schnapsglas konzentriert.

»Du hast nur nicht so gut ausgesehen wie der Junge, was?«, sagte Sepp.

»Oh doch«, sagte Arno. »Du glaubst nicht, was für ein hübsches Kerlchen ich einmal war. Sie haben mir alle nachgestellt. Die Schlimmste war meine große Schwester, sie war fünf Jahre älter als ich.«

Sepp wandte einen Moment den Blick von der Bühne ab und starrte seinen Kollegen an. Er schien amüsiert, aber auch überrascht.

Arno starrte weiter auf sein Glas. Er schien weder den Anblick auf der Bühne noch Sepps Blick ertragen zu können.

»Böse Schwester«, ließ sich Konrad Frank vernehmen. »Kopf hoch, Arno. Ich sage es ja immer, der Teufel ist eine Frau.«

Arno warf Frank einen bösen Blick zu.

»Nicht jede Frau«, sagte er leise.

Konrad Frank lachte. »Die da auf der Bühne gewiss. Die hat das Talent dazu. Man sieht es ihr an.«

»Du musst es ja wissen«, sagte Arno. »Du bist der Experte im Verführen von Frauen.«

Das Liebesspiel der beiden jungen Akteure zog sich noch eine ganze Weile lustvoll hin, dann bezogen sie einander gegenüber Stellung, um sich zu vereinigen.

Es ging mir wie Arno – die Darbietung auf der Bühne, so reizend sie war, behagte mir nicht. Das Mädchen und der Junge taten mir leid. Wenn sie nicht untergingen und jung starben, würden sie selbst zu solchen Hyänen werden wie diejenigen, die dieses Bumslokal betrieben. Das war nichts Neues, aber dennoch war es schlimm. Ich musste daran denken, dass Irene Varo und ihr reizender Bruder ganz ähnlich begonnen hatten wie das schöne Pärchen dort. Auch sie waren einst Opfer von Leuten gewesen, die sie für ihre Zwecke und Experimente missbraucht hatten.

»Was denken Sie, Goltz?«, fragte Frank. »Denken Sie auch, der Teufel ist eine Frau?«

Ich dachte an das Buch über Grünwedels seltsame Schriften. »Der Teufel ist beides, Mann und Frau.«

Irene, die bis dahin kein merkliches Interesse für den Wortwechsel der Männer gezeigt hatte, sah zu mir her.

»Sie haben recht«, sagte sie. »Der Teufel ist beides, aber in einer Person.«

Von der Bühne war das Wimmern und Jauchzen der beiden jungen Akteure zu hören. Man sah, dass alles echt war und nichts daran gespielt.

»Mannomann«, meinte Sepp, als es auf der Bühne wieder ruhig geworden war, »die beiden sind die Preise der Alten wirklich wert.«

Als hätte sie es gehört, trat die Wirtin an den Tisch.

»Schade, dass ich mir bald einen neuen Jungen für das Mädchen suchen muss«, sagte sie. »Ist ja richtig, dass der Führer die Wehrpflicht wieder eingeführt hat. Aber nun hat auch der Bursche seine Einberufung gekriegt. Zum nächsten Ersten ist er weg.«

Sie redete, als ob sie einen Zuchtstall für edle Tiere betrieb.

»Vielleicht kann ich etwas für dich tun, Martha«, sagte Frank und betrachtete die beiden Bühnenakteure, als ob er darüber nachdachte, was ihm die Information, die er von der Alten erhalten hatte, nützen könnten. »Gib mir mal die Adresse des Mädchens. Mag sein, dass ich Verwendung für sie habe. Dein finanzieller Schaden wird es nicht sein.«

»Wäre mir auch recht«, meinte die Alte.

Frank war der dunkle Verführer par excellence. Seine gefällige Art hatte mich über seine Bosheit hinweggetäuscht, aber an diesem Abend begann ich, ihn klarer zu sehen. Mir fielen seine schwarzen Augen auf. Von ihnen ging eine merkwürdige Strahlkraft aus, sodass man das Gefühl bekam, er sei in der Lage, einen bis in den letzten Winkel der Seele auszuloten. Er schien sich seiner auffallenden Wirkung bewusst zu sein und zu versuchen, sie zu verbergen, aber es gelang ihm oft nicht. War er einer von denen, vor denen die alten Texte warnten? Hatte Grünwedel an Gestalten wie ihn gedacht, als er sein Buch über alte

Kulte niederschrieb? Frank wirkte nicht unsympathisch, aber so wirkte der Teufel eigentlich nie. Er könnte sonst wohl kein guter Verführer sein. Die wahren Bösen waren keine ungehobelten Gesellen, sondern wie die furchtbaren Priester in Grünwedels Texten, die ihre Opfer mit der eigenen Anziehungskraft zu locken verstanden. Ich erinnerte mich an den Bankier Arnheim, der auf der Suche nach schönen Mädchen durch die Kaschemmen des Berliner Nordens gezogen war, und an Veronika, seine nette Hausangestellte; an die junge Violet, deren Geliebten mein Schwager Rudolf Mantiss, Arnheims Bruder im Geiste, hatte hinrichten lassen; auch Leni Ravenov und selbst Arnheims Gattin Florence gehörten zu der Gruppe von Frauen, die sich für die Zwecke von Männern wie Arnheim, Frank und Mantiss missbrauchen ließen. Sie waren einander ähnlich: jung, schön und sexuell, so wie die Frauen in Grünwedels dunklen Kulten. Wenn die Frauen einmal durchschaut hatten, wes Geistes Kind ihre Verführer waren, war es meist zu spät. Versuchten sie, sich von den Teufeln zu lösen, um ihrer eigenen Wege zu gehen, sprachen ihre Verführer von Verrat, drohten ihnen mit dem Tode und machten, wenn die Frau sich nicht fügte, die Drohung wahr. Das Mädchen von der Bühne würde angetan sein, wenn Frank zu ihr kam und ihr Versprechungen machte, von der Bühne oder von Filmen, in denen sie mitwirken sollte, von schönen Jungen und anderem mehr. Sie würde sein nächstes Opfer sein, und bei dem Gedanken daran bekam ich das Grausen.

»Was denkst du, wie lange er braucht, bis er wieder kann?«, fragte Arno, der erstmals der Szene auf der Bühne seine Aufmerksamkeit schenkte.

Der Junge und das Mädchen hatten sich voneinander gelöst. Der Junge lag auf dem Rücken, hatte die Arme unter dem Kopf verschränkt und die Augen geschlossen, während das Mädchen zärtlich seinen Bauch und seine Lenden streichelte.

»Eine halbe Stunde«, meinte Sepp.

»Ach was, das schafft er schneller«, meinte die Puffmutter, »wollen wir wetten?«

»Ich kenne dich, Martha!«, sagte Sepp. »Wenn ich mit dir wette, gehst du zu ihm hin und versprichst den beiden eine Beteiligung, und dann dauert es keine zehn Minuten, bis sie ihn wieder hart gemacht hat.«

Die alte Kupplerin grinste und wandte sich fort.

Sie war eine üble Person, doch im Vergleich zu Typen wie Konrad Frank war sie mir fast sympathisch. Nicht die Alte, sondern Konrad Frank und Irene Varo hatten das pikante Bühnenschauspiel für mich arrangiert. Irene hatte mich hergebracht, um mir zu bedeuten, dass die gottlose Welt dieses Hintertreppenlokals nicht nur die ihre, sondern auch die meine war. Sie hatte nicht einmal unrecht; nicht von ungefähr hatte ich mich mit den beiden jungen Menschen auf der Bühne verbunden gefühlt. Das Paar wiederholte etwas schon Bekanntes, eine Existenz, die nicht nur der von Irene und ihrem Bruder Roland ähnelte, sondern auch der von meiner Schwester Doris und mir.

»Ich werde jetzt gehen«, sagte ich. »Ich habe genug gesehen.«

»Wollen Sie weglaufen?«, fragte Frank.

»Nein, einfach aufstehen und gehen.«

Frank lächelte nachsichtig. »Tun Sie, was Sie mögen, Goltz«, sagte er. »Es hält Sie niemand fest. Ihr Problem wird nur sein, dass Sie nicht weit kommen können. Selbst wenn Sie sich irgendwo in der Stadt verstecken – ein Mann, den Polizei und Gestapo wegen zweifachen Mordes suchen, hat keine Chance, dem Tod zu entgehen. Ohne uns sind Sie verloren.«

Und mit euch verliere ich meine Seele, dachte ich.

»Da ich niemanden getötet habe, muss es nicht so weit kommen«, sagte ich, weil ich mich schützen musste. »Die Männer, von denen Sie sprechen, haben Selbstmord begangen. Polizei und Gestapo suchen keinen Mörder.«

»Sie sind also auch der Ansicht, dass der Russe Selbstmord begangen hat?«, fragte Frank.

»Ich sagte es gerade schon.«

Arno lachte. »Ein ziemlich stümperhafter Versuch, die eigene Haut zu retten.« Seine Augen starrten mich an. »Wer nicht für uns ist, der ist gegen uns und muss verschwinden, damit er uns nicht schaden kann. So ist das nun einmal.« Er nahm die Zigarette aus dem Mund und drückte sie aus.

»Hör mit dem Gerede auf«, sagte Irene Varo, die Chefin, zu Arno. »Nicht du entscheidest, was mit ihm geschieht.«

Seitdem es auf der Bühne ruhig geworden war, hatte sie nicht ein einziges Mal zu mir herübergeblickt, doch nun tat sie es.

»Santor wird über Ihr weiteres Schicksal entscheiden«, erklärte sie.

»Santor?« Ich war überrascht, aber auch etwas erleichtert. »Lebt er denn noch?«

»Dumme Frage«, kommentierte Arno.

»Ich wollte sagen: Kann er noch Entscheidungen treffen?«

»Er ist 87, aber noch rüstig«, antwortete Irene Varo. Leitung. »Er ist ein alter, weiser Mann, der nachts nicht mehr viel schläft. Es gibt hier ein Telefon. Ich werden ihn anrufen, ob er Zeit für uns hat.«

Santor war Irenes Förderer, letztlich auch einer ihrer ersten Verderber gewesen. Er war aber auch jemand aus der okkulten Loge der »Brüder und Schwestern vom Licht«, der mir ein wenig gewogen gewesen war.

Irene stand von ihrem Stuhl auf und entfernte sich in Richtung der kleinen Bar im hinteren Teil des Lokals.

»Ich hoffe, er gibt dich zum Abschuss frei«, sagte Arno in einem Tonfall zu mir, als ginge es darum, ob er einen neuen Schnaps bekam.

Der Kerl war schwer zu ertragen. Aber er hatte nur seine Meinung gesagt. Mehr war es nicht.

»Was hast du gegen den Advokaten?«, fragte Sepp. »Immerhin hat er die Rechnung bezahlt.«

»Er ist ein Klugscheißer, hält sich für was Besseres als unsereins. Aber macht, was ihr wollt. Es liegt sowieso nicht an dem Alten, sie hat ihn in der Hand.«

»Halt die Klappe, Arno«, sagte Frank. »Du hast gehört, dass Goltz gehen kann, wohin er will.«

Arno sagte eine Weile nichts, dann gab er nach. »Na denn! Hauptsache, die Kasse stimmt. Warten wir ab, was der alte Quatschkopf sagt.«

»So solltest du Santor gegenüber Irene nicht bezeichnen, Arno«, sagte Frank.

»Jaja, ist schon gut.«

Irene Varo kehrte an den Tisch zurück, gefolgt von der Wirtin. »Santor freut sich auf unseren Besuch«, sagte sie. »Machen wir uns auf den Weg zu ihm.«

Sie warf der pummeligen Frau einen Blick zu. »Lass uns raus, Martha! Es war nett, wieder einmal bei dir zu sein.«

»Behaltet uns in guter Erinnerung, Irene«, sagte die Wirtin. »Am liebsten würde ich den Laden schließen. Dieselben Herren, die das Rumgemache auf der Bühne sehen wollen, drohen mir mit einer Anzeige wegen Kuppelei, falls ich den Laden dichtmachen sollte.«

»Lass die Kneipe wie sie ist«, erwiderte Irene. »Das bist du uns schuldig. Wir wissen, was wir an dir haben, und es wird dein Nachteil nicht sein, wenn du so weitermachst wie bisher.«

Wir standen alle auf, und die Alte ging uns voran, während es zurück durch den dunklen Gang ging und dann weiter über den unheimlichen Hof.

Das volle Mondlicht und der Anblick unserer Schatten verursachten mir den Eindruck, von Dämonen umgeben zu sein, die des Nachts aus der Unterwelt, ihrer Heimat, in die obere Stadt gekommen waren, um sich für ein paar Stunden unbehelligt in den dunklen Straßen zu bewegen. Ich konnte nur hoffen, dass ich mit meiner Einschätzung richtiglag und diese Teufel mich nicht ihren finsteren Göttern opfern würden, oder mich mit in die Unterwelt nahmen, aber das Letztere war ja eigentlich schon passiert.

Es ging zurück in die glitzernde Nacht der Berliner Straßen. Sepp steuerte die Limousine geschmeidig durch die unheimliche Stadt. An manchen Ecken, an denen wir vorüberkamen, war ich noch nie gewesen, wenigstens kam es mir so vor. Erst als wir das Oranienburger Tor passierten, wurden mir die städtischen Gefilde, durch die wir streiften, wieder vertraut. Sepp überquerte die Spree und die Kreuzung am Großen Stern, bevor es auf der breit ausgebauten Charlottenburger Straße schnurgerade weiter nach Westen ging.

Am Kaiserdamm, wo Santor wohnte, stoppte der Wagen vor einer dunklen Häuserfront. Der Eingang war nur ein paar Schritte entfernt. Es gab einen elektrischen Türöffner mit Fernbetätigung, sodass niemand uns aufschließen musste. In der Halle machte einer Licht, dann stiegen wir die Treppe ins erste Stockwerk hinauf.

Der alte Mann erwartete uns an der Tür. Er sah noch genauso aus wie vor drei Jahren. Scheinbar war er in den Besitz des Lebenselixiers gelangt, nach dem die Anhänger der schwarzen Magie beständig suchten. Er gab jedem von uns die Hand, schien aber nur Irene Varo und mich wahrzunehmen.

»Herr Goltz«, sagte er zu mir. »Wer hätte gedacht, dass wir uns in diesem Leben noch einmal wiedersehen.«

Er machte ein freundliches Gesicht, aber ich wusste, dass ich allen Anlass hatte, auf meiner Hut zu sein.

»Das Leben ist voller Überraschungen«, sagte ich. »Es hört nie auf.«

»Das ist wahr«, entgegnete er. »Sogar in meinem Alter erlebt man noch Neues, obwohl es zum Glück recht selten passiert.«

Das Zimmer, in das Santor uns vorausging, war mit dunklen Möbeln vollgestellt, die Wände mit schimmerndem schwarzem Holz und rotem Damast bedeckt. Auf dem emaillierten Sims eines alten Kamins standen Figuren, die auf den ersten Blick menschlich, in Wahrheit aber Dämonen waren, wie man sie auch an den Portalen alter Kirchen fand. Vor dem Kamin stand eine Chaiselongue mit Kissen und Decken, auf der Santor sich niederließ.

»Ich habe eben ein wenig meditiert«, sagte er. »So komme ich über die Nacht, ich schlafe nicht mehr viel.«

Er blickte mich an, danach Irene Varo, schließlich wies er mit der Hand auf die Sessel, die um ein Tischchen bei dem Chaiselongue standen. »Nehmt Platz.«

Ich setzte mich in einen der Sessel, Irene in einen anderen. Frank, Sepp und Arno verteilten sich im Raum. Hinten bei dem Fenster standen noch weitere Sessel.

»Ich erinnere mich, dass wir schon einmal aus einem ähnlichen Anlass wie heute zusammenkamen, Herr Goltz«, sagte Santor nach einer Weile zu mir. »Auch damals ging es um diese Tänzerin. Die Dame neigt zu gefährlichen Eskapaden und macht immer wieder Ärger. Warum halten Sie sich nicht von ihr fern?«

Sie ist die Mutter meines Kindes, hätte ich am liebsten gesagt, aber da ich nicht wusste, wie er und insbesondere Irene Varo, darauf reagieren würden, zögerte ich. »Sie bedeutet mir sehr viel. Sie ist verschwunden, nicht aus freien Stücken. Ist es nicht mein gutes Recht, um eine Freundin besorgt zu sein?«

»Es verschwinden heutzutage viele Personen«, sagte Santor. »Haben Sie eine Spur?«

»Meine Begleiter sind meine Spur.« Ich sah mich zu den Sesseln am Fenster um. »Zwei der Herren dort hinten waren unmittelbar an den Ereignissen beteiligt, die zu Lenis Verschwinden geführt haben.«

Arno grinste zu uns herüber, sagte aber nichts. Sepp starrte dumpf vor sich hin.

Santor machte eine müde Geste mit der Hand und wandte sich zu den beiden Spitzbuben herum, um sie mit erhobener Stimme zu fragen: »Wissen Sie, wie es der Dame geht?«

»Ich bin nicht für das Wohlergehen der Dame zuständig«, kam es von Arno zurück.

Santor blickte zu Irene Varo.

»Die Tänzerin wurde in Schutzhaft genommen«, sagte diese. »Sie war im Begriff, einen schweren Geheimnisverrat zu begehen.«

Santor sah mich an. »Sie haben es gehört«, sagte er, »nichts geschieht ohne Grund.«

»Mir ist unergründlich, welche Geheimnisse Leni verraten haben soll«, erwiderte ich.

»Wenn wir Herrn Goltz in die Einzelheiten einweihen würden, hätten wir ein weiteres Problem«, sagte Irene zu dem Alten und fügte nach einer kleinen Pause hinzu: »Und er selber auch.«

»Geben Sie mir Leni zurück und behalten Sie Ihre Geheimnisse für sich«, sagte ich. »Ich will sie gar nicht kennen.«

»Herr Goltz treibt ein doppeltes Spiel«, erklärte Irene Varo. »Er ist nicht so unschuldig, wie er tut. Seine Handlungen sind geeignet, eine Verräterin zu unterstützen.«

Ich schüttelte den Kopf. »Das sind nichts als Unterstellungen.«

»Bleiben Sie bei der Wahrheit«, sagte Santor. »Haben Sie sich rausgehalten, oder haben Sie die Tänzerin unterstützt?«

»Unterstützt? Wobei? Man wirft mir vor, mit für den Tod eines russischen Botschaftsangehörigen verantwortlich zu sein und geschäftliche Interessen mir unbekannter Personen verletzt zu haben. Beides trifft nicht zu. Es besteht kein Grund, mich für irgendetwas zur Rechenschaft zu ziehen.«

Irene Varo ließ ein Lachen hören. »Wenn Herr Goltz die Bedeutung seiner Handlungen nicht erkennt, liegt es nur daran, dass er sich weigert, auf den Grund der Dinge zu sehen.«

Santor wackelte mit dem Kopf, das erste sichtbare Zeichen seines Alters. »Spielen Sie nicht den Unbedarften, Herr Goltz. Wer mit dem Feuer zündelt, kann sich verbrennen, selbst wenn er nur das Streichholz hält. Das wissen Sie als Jurist. Es hilft nicht zu sagen, man hätte von nichts gewusst.«

»An Zündeleien habe ich kein Interesse, ich habe mir oft genug die Finger verbrannt.«

Santor seufzte, als ob er des Themas langsam überdrüssig wurde, und so war es wohl auch.

»Wie geht es Ihrer Schwester?«, fragte er.

Wahrscheinlich wusste er das selbst besser als ich.

»Doris und ich haben uns lange nicht gesehen. Ich wünsche ihr aufrichtig, dass sie mit ihrem Leben zurechtkommt.«

Was ich sagte, war ehrlich gemeint, aber ich bezweifelte, dass es meiner Schwester gelingen würde, auf einen guten

Weg zu kommen, solange sie mit dem Mann an ihrer Seite verbunden blieb. Der unheilvolle Einfluss von Rudolf Mantiss, ihrem Gatten, hatte ihr Leben zerstört. So sah ich es. Doris dachte anders darüber.

»Sie müssen uns davon überzeugen, dass Ihre Schwester ähnlich gute Wünsche hegt, was Ihr Fortkommen angeht, Herr Goltz«, sagte Santor. »Ich fürchte, es ist eine zu späte Stunde, um sie heute Nacht noch zu fragen, wie sie über die Sache denkt.«

Da Doris nichts ohne ihren Gatten entscheiden würde, konnte es mir nicht behagen, wenn man ihr den Spruch über mein Schicksal überließ. Dass man sie heute Nacht nicht mehr befragen konnte, verschaffte mir zum Glück etwas Zeit.

»Zwei russische Spione sind tot«, sagte Irene Varo. »Sicher, sie mögen Selbstmord begangen haben, aber Herr Goltz ist in die Ereignisse um ihren Tod verwickelt. Zu unserem Schutz ist es notwendig …«

»Nur einer war ein Spion«, unterbrach ich sie. »Für den anderen interessiert sich niemand.«

Santor hob die Hand.

»Wie wollen Sie sich verhalten, falls man an Sie herantreten sollte?«, fragte er und sah mich an.

»Wer sollte an mich herantreten?«

»Zum Beispiel Angehörige der russischen Botschaft.«

»Ich war nicht dabei, als der Spion starb. Etwas anderes könnte ich den Russen auch nicht sagen. Der Mann stand überdies in keinem guten Ansehen bei seinen Leuten, wie mir Leni erzählte. Er hatte Angst davor, als Verräter vor Gericht gestellt zu werden. Wahrscheinlich sind sie ganz froh, ihn losgeworden zu sein. Es droht aus dieser Ecke keine Gefahr – und auch von woanders nicht.«

Santor wackelte wieder ein paar Male mit dem Kopf.

»Ihre Hartnäckigkeit bei der Verfolgung eigener Ziele ist mir gut bekannt«, sagte er. »Diese Hartnäckigkeit ist eine Charaktereigenschaft, die Ihnen als Anwalt gute Dienste leisten mag, in persönlicher Hinsicht aber zum Schaden gereichen kann. Sie haben uns schon einmal großen Ärger beschert.«

»Ich bin ein Opfer einer Verleumdung, Herr Santor. Nicht erst jetzt, auch damals war ich es.«

»Herr Goltz hat gegen uns gearbeitet«, sagte Irene Varo. »Das scheint er vergessen zu haben.«

Ich schaute zu der eiskalten Schönen. »Sie selbst haben etwas vergessen … nämlich, dass ich Ihnen damals in New York das Leben gerettet habe. Das habe ich nicht gegen Sie, sondern für Sie getan.«

»Sie haben mir das Leben gerettet, als dieser Gangster mich aufknüpfen wollte«, sagte Irene. »Aber Sie selbst sind nur noch am Leben, weil ich mich ein paar Monate später dafür einsetzte, dass Sie dem Kerker, in den man Sie in der Nacht des Reichstagsbrandes steckte, wieder entrinnen konnten und Sie eine zweite Chance erhielten. Diese Chance haben Sie nicht genutzt. Sie haben nichts mehr von mir zu erwarten.«

Dass sie mir das Leben gerettet hatte, war in meinen Augen blanker Unsinn. Wäre es nach ihr gegangen, hätte man mich in dem Keller unter dem Hotel am Spittelmarkt zu Tode gefoltert. Vermutlich hatte ich es Doris zu verdanken, dass ich diesem grässlichen Schicksal entgangen war.

»Dieses Mal müssen Sie in Vorleistung gehen«, sagte ich, »dann haben Sie bei mir etwas gut.«

Sie betrachtete mich amüsiert. »Denken Sie wirklich, ich könnte nochmals auf Sie angewiesen sein?«

»Ich halte es für möglich.«

»Ich habe keine Grund, Ihnen zu trauen.«

»Ist nicht die Tatsache, dass ich Ihnen in New York geholfen habe, Beweis genug, dass ich es wieder tun würde?«

»Die Umstände damals waren andere. Sie wussten nicht, wer ich war. Inzwischen ist viel passiert.«

Santor räusperte sich. »Es ist nie gut, etwas zu übereilen«, sagte er, »besonders dann nicht, wenn es dabei um eine Entscheidung geht, die sich hinterher nicht oder schwer korrigieren lässt.«

Sein dunkler Blick fokussierte sich auf mich. »Wir sind keine Unmenschen, Herr Goltz, aber wenn Sie nicht bereit sind, mit uns zusammenzuarbeiten, wird man Sie so behandeln müssen, wie es seit ein paar Jahren mit allen Staatsfeinden geschieht. Fassen Sie meine Worte nicht als die leere Drohung eines alten Mannes auf.«

Langsam erhob er sich von der Chaiselongue. Eine Zeitlang betrachtete er einen der steinernen Dämonen, die auf dem Kaminsims standen, ohne einen von uns auch nur einen Moment lang anzusehen. Mir fiel ein, dass sein Vorname Wilhelm lautete. War Santor der obskure Wilhelm, von dem die anderen gelegentlich gesprochen hatten?

Er schaute zu der Schönen. »Kümmere dich darum, dass man Herrn Goltz nach Hause bringt, Irene. Ich werde mit seiner Schwester sprechen. Bleib du selbst noch ein Weilchen bei mir, wir müssen etwas miteinander bereden. Ich bin sehr alt und werde nicht mehr lange leben. Die Herren sind sämtlich entlassen.«

Irene wandte sich zu ihren Männern herum. »Bringt ihn hinaus«, sagte sie. »Er kann vorerst nach Hause.«

Konrad Frank und seine Helfer Sepp und Arno erhoben sich, kamen auf mich zu und umringten mich.

»Vielen Dank«, sagte ich zu Santor und reichte ihm die Hand. Sein Händedruck war erstaunlich fest.

»Sie haben keinen Grund mir zu danken«, sagte er. »Noch ist nichts entschieden.«

Arno und Frank drängten mich von Santor fort, und kurz darauf stand ich mit den Männern meines Begleitkommandos im Treppenhaus.

»Da hast du ein verdammtes Glück gehabt«, sagte Arno, als wir die Treppe in die Halle hinuntergingen. »Ohne den Alten wärst du über den Jordan gegangen, genauso wie der Russe.«

Die dunkle Stadt war noch nicht zum Leben erwacht, als wir ins Freie traten, außer uns war kein Mensch auf der Straße zu sehen. Die Scheinwerfer von zwei oder drei Autos glitten vorbei.

»Ich gehe zu Fuß«, sagte ich.

»Wie du nach Hause kommst, bestimmen wir«, sagte Arno.

Sie schoben mich zum Bordstein, wo der Wagen stand, und es blieb mir nichts anderes übrig, als meinen alten Platz wieder einzunehmen.

»Warum bist du so schlecht auf ihn zu sprechen, Arno?«, fragte Konrad Frank, während wir vom Kaiserdamm abbogen und in Richtung Kantstraße fuhren.

»Er glaubt, dass er was Besseres ist«, antwortete der Gefragte und blinzelte mit den leeren Augen in meine Richtung.

»Wie kommst du darauf?«, fragte Frank.

»Die blonde Dirne vögelt mit ihm.«

»Bist du neidisch?«

Arno warf ihm einen bösen Blick zu. »Was ist denn mit der Chefin? Von Sepp und dir lässt sie sich umlegen. Ich bin jedes Mal der Dumme.«

Anscheinend war er bei Leni doch nicht zum Zuge gekommen. Es erklärte seinen Hass, aber nicht, dass ich noch lebte.

»Sie mag es nicht, dass du deine Pistole so gern benutzt«, meinte Frank.

»Rede keinen Quatsch«, erwiderte Arno. »Die kennt noch weniger Skrupel als ich. Sei's drum: Die Chefin will ich nicht vögeln, aber die blonde Nutte ist mir was schuldig.«

Über Savignyplatz und Gedächtniskirche fuhren wir zum Landwehrkanal, den wir nahe dem Anhalter Bahnhof überquerten. Da ich südlich des Kanals wohnte, war es ein Umweg, den wir nahmen, und während es in gemächlichem Tempo am nördlichen Ufer des Kanals weiter nach Osten ging, fragte ich mich mit aufsteigendem Unbehagen, ob meine Bewacher dem Befehl des alten Santor wirklich nachkommen wollten.

Noch bevor wir beim Halleschen Tor ankamen, fuhr Sepp den Wagen neben dem Kanal an den Straßenrand. Arno stieg aus, riss den Wagenschlag zum Fond auf. »Raus!«

Mir blieb nichts übrig, als zu gehorchen.

Kaum stand ich neben dem Wagen an der Böschung, da stießen sie mich die paar Treppenstufen zum Kanal hinunter. Weglaufen war nicht möglich, der einzige Fluchtweg, den ich hatte, war das Wasser. Sepp und Arno näherten sich mir grinsend, Frank blieb oben an der Böschung zurück. Mir war etwas flau.

»Dreh dich um«, sagte Arno.

Ich tat es und stand mit dem Rücken zum Wasser.

»Ganz kommst du uns nicht davon«, grinste Arno. »Was denkst du, Sepp?«

Der Angesprochene fragte: »Können Sie schwimmen, Goltz?«

Wie die anderen besaß Sepp etwas Dunkles, verfügte aber auch über eine gewisse Gewandtheit, eine sportliche Gestalt und ein jungenhaft verwegenes Gesicht, sodass er von der Bande der Einzige war, der keinen schrecklichen Eindruck auf mich machte.

»Ja«, erwiderte ich, denn hätte ich die Frage verneint, hätten sie sich vermutlich eine andere Gemeinheit ausgedacht.

»Dann schwimmst du das letzte Stück nach Hause«, sagte Arno.

Es war nicht schön, aber es gab Schlimmeres als das, was mir blühte, dachte ich.

»Alter Freund«, sagte Arno. »In der Wohnung der Tänzerin haben wir uns zum ersten Mal getroffen, heute Nacht schon das zweite Mal. Sollten wir uns ein drittes Mal sehen, werden wir dafür sorgen, dass es kein viertes Mal geben kann. Hast du das verstanden?«

Ich nickte. »Ist ja nicht so schwer.«

»Geh weiter zurück!«

Mit den Füßen tastend machte ich einen vorsichtigen Schritt nach hinten. Kaum stand ich meinem Gegner wieder aufrecht gegenüber, hob er das rechte Bein und trat mir gegen den Bauch.

Die Luft blieb mir weg, während ich den Halt verlor und die Arme verzweifelt in die Höhe riss, dann spritzte es um mich herum auf und ich versank, ohne dass ich noch hätte aufschreien können, in dem kalten dunklen Kanal.

9. KAPITEL

Der schwarze Himmel und ein paar Sterne waren das Erste, was ich sah, als ich wieder auftauchte und Luft bekam. Ich schaute zurück. An der Böschung des nördlichen Ufers standen drei Männer und lachten. Prustend und keuchend schaffte ich es ans andere Ufer. Es kostete mich eine gewaltige Anstrengung, mich mit den schweren, nassen Klamotten auf die Uferböschung zu hieven. Nachdem ich ein, zwei Minuten verschnauft hatte, richtete ich mich auf. Das Licht des Mondes schimmerte über dem dunklen Wasser. Die Limousine mit Irene Varos Männern war verschwunden.

Die Luft war mehr lau als kalt, und nach einem Fußmarsch von fünf Minuten erreichte ich mein Zuhause. Ich ließ heißes Wasser in die Wanne laufen und nahm ein Bad, dann legte ich mich ins Bett. Der Schlaf kam schnell, aber endete bereits, als die Morgendämmerung begann. Da Sonntag war, konnte ich liegen bleiben, aber Ruhe fand ich nicht. Die Gedanken liefen Amok in meinem Kopf.

Es war schlimmer als jemals zuvor. Die Schatten der Vergangenheit hatten mich eingeholt und drohten mich zu verschlingen. In den letzten Jahren hatte ich alles vermieden, was mich in die Ränke von Santor, Mantiss und anderen Gestalten, die mit ihnen verbunden waren, hätte verstricken können, doch damit war es vorbei. Mir standen Schutzhaft oder der Tod bevor, wenn ich mir irgendetwas, das Lenis falschen Freunden missfallen könnte, zuschulden kommen ließ. Santors Warnung ließ sich nicht ignorieren, aber sie zu befolgen würde bedeuten, Leni die Hilfe zu verweigern, auf die sie so dringend angewiesen war. Was sollte ich tun?

Die Begegnung mit Irene Varo hatte mir ein altes Bild vor Augen gerufen: das Bild eines Kellers unter dem Hotel »Aranerhof«. Es war der Keller, in dem ich nach dem Reichstagsbrand zwei grässliche Tage und Nächte hatte verbringen müssen, nachdem mich Irene mit ihren Schergen auf dem Anhalter Bahnhof abgepasst und meine geplante Flucht aus Berlin verhindert hatte. Angeblich gab es in der Stadt keine wilden Konzentrationslager mehr, aber es lag auf der Hand, dass das nicht stimmte. Der Keller unter dem Hotel nahe dem Spittelmarkt war wie kein zweiter geeignet, jemanden unterzubringen, den man in privater Schutzhaft halten wollte.

Ob ich der Polizei einen Hinweis geben konnte, in der Hoffnung, dass sie dort unten nach Leni suchen würden? Leider konnte man sich auf die Polizei nicht mehr verlassen. Sicher gab es ehrenwerte Polizisten in Berlin, aber man wusste nie, mit wem man es zu tun bekam, wenn man sich an die Kripo wandte. Das Wirrwarr von Zuständigkeiten, das seit einiger Zeit zwischen den Organisationen der Polizei und denen der Partei mit ihren polizeiähnlichen Machtbefugnissen herrschte, machte es nicht leichter. Wenn ich zu schnell vorpreschte, stand zu befürchten, dass ich mehr verdarb als gewann. Leni hatte die Gefahr unterschätzt, in die sie sich gebracht hatte, aber sie hatte nicht ganz falschgelegen: Es ging um ein Spiel, und ob und für wen es tödlich enden würde, musste sich noch erweisen.

Es fiel mir nicht leicht, die Gefahr einzuschätzen, in der sich Leni befand. Wenn man sie hätte töten wollen, hätte man sie nicht zu entführen brauchen, sagte ich mir. Irene Varo war gefährlich, aber sie war nicht dumm; sie beging keinen Mord, den sie nicht für notwendig hielt. »Im Zweifel«, hatte mal jemand gesagt, »setz dich hin und warte darauf, dass etwas geschieht.«

Wer steckte dahinter? Wer hatte ein Interesse daran, dass ich mich in äußerster Zurückhaltung übte, damit nicht Dokumente an die Öffentlichkeit gelangten, die Rückschlüsse darauf zuließen, wem Adolf Hitler seinen Aufstieg zur unumschränkten Macht über Deutschland verdankte? War es Santor, in dessen Händen alle Fäden zusammenliefen? Ich bezweifelte es. Der Mann war zu alt. Walter Ardent hatte davon gesprochen, es könne sich eine Frau hinter dem Pseudonym des ominösen Wilhelm verbergen, doch ich glaubte nicht, dass es Irene Varo war. Die eiskalte Schöne war eine Auftragsmörderin. Sie mochte befugt sein, einige Entscheidungen über Leben und Tod selbst zu treffen, aber sie handelte nicht nach dem eigenen Gusto, sondern im Auftrag eines Dritten.

Die Tatsache, dass ich nicht als Toter aus dem Landwehrkanal gefischt werden würde, sondern lebend daraus aufgetaucht war und ans Ufer kriechen konnte, ließ durchaus ein paar Rückschlüsse zu. Ungern, fast mit Widerwillen, sah ich auf das Verhältnis zu meiner Schwester Doris zurück. Die Zuneigung, die wir in jungen Jahren füreinander empfunden hatten, stand im krassen Gegensatz zu unserer heutigen Feindschaft. In unserer Jugend hatten wir uns stärker zueinander hingezogen gefühlt, als es für Geschwister gut war, und der Teufel hatte die offene Tür bemerkt und war hindurchgeschlüpft. Auf leisen Sohlen war das Böse in mein Leben getreten und, ohne dass ich es recht bemerkt hatte, groß und größer geworden, bis es mir schließlich in den Gestalten des Bankiers Philipp Arnheim und meines Schwagers Rudolf Mantiss leibhaftig entgegengetreten war.

Immer waren es wenige Personen, denen viele andere ihr Unglück verdankten; auch in meinem Fall verhielt es sich so. Die Ursache von allem lag lange zurück. Irene Varos Einschätzung, dass ich mich weigerte, den Problemen, die mich bedrängten, auf den Grund zu gehen, war nicht ganz falsch – wenn auch in einem weiteren Sinne, als die Frau vermutlich dachte.

Philipp Arnheim war tot, aber Rudolf Mantiss lebte. Seit den schrecklichen Tagen im Sommer vor zwei Jahren war ich ihm nicht mehr begegnet. Als ich im Auftrag des Bankiers Arnheim nach New York gereist war, um mit seiner Frau Florence eine Scheidungsvereinbarung auszuhandeln, hatte Mantiss in der Loge der »Brüder und Schwestern vom Licht« die Fäden gezogen. Nach Hitlers Ernennung zum Reichskanzler war er zu einem heimlichen Femerichter aufgestiegen, bevor ihn die Umstände dazu gezwungen hatten, die Seiten zu wechseln. Vom Anführer eines Femekommandos war er zu einem gnadenlosen Häscher der SS geworden und hatte sich so in der »Nacht der langen Messer«, wie man die Nacht des 30. Juni 1934 heute nannte, der großen Abrechnung entziehen können.

Nicht nur eingedenk einiger Bemerkungen, die der alte Santor in dieser Nacht gemacht hatte, hielt ich es für möglich, dass es eine Verbindung zwischen Rudolf Mantiss und Lenis Feinden gab. Mantiss hatte mir einmal von seinen amerikanischen Bekannten erzählt, die im internationalen Finanzgeschäft tätig waren. Die Kreise, denen er angehörte, agierten im Verborgenen und waren auch mit dem Ausland gut vernetzt. Einem Mann wie Mantiss konnte es nicht behagen, wenn die Verbindungen zwischen deutschen Okkultisten und amerikanischen Bankiers in Diplomatenkreisen und im Ausland bekannt werden würden. Möglicherweise wusste Mantiss auch um Inhalt und Bedeutung des Dokuments, von dem Leni eine Kopie besessen hatte. Es war nicht auszuschließen, dass er selbst am Ende der

Befehlskette stand, die in die Morde an den beiden Russen und Lenis Entführung gemündet hatte.

Das Dokument war der einzige Trumpf in meiner Hand. Wie könnte ich ihn einsetzen, um Leni zu helfen? Ob es eine Möglichkeit gab, mit ihren Widersachern ins Geschäft zu kommen, in ein Tauschgeschäft, dessen glücklicher Ausgang Leni und mich wenigstens so lange vor Verfolgung, Haft oder Tod schützen könnte, bis es uns gelingen würde, ins Ausland zu fliehen?

Es war gefährlich, sich Mantiss zu nähern. Mir grauste davor, mit einem Mann zu sprechen, mit dem ich am wenigsten auf der Welt zu tun haben wollte. Der Gedanke, ihm gegenübertreten zu sollen, bereitet mir einen beinahe körperlichen Schmerz. Doch es half nichts, ich musste es wagen und den Schritt ins Ungewisse tun.

Um die Mittagszeit hatte der Plan, den ich in meiner Vorstellung entwickelte, hinreichend klare Gestalt angenommen. Seine Umsetzung duldete keinen Aufschub, und so fasste ich mir ein Herz, schlug die Nummer von Mantiss im Telefonbuch nach und betätigte die Wählscheibe.

»Mantiss!« Es war die Stimme von Doris.

»Goltz, Eugen.«

Eine Zeitlang herrschte Schweigen, und es hätte mich nicht gewundert, wenn sie abrupt aufgelegt hätte.

»Was willst du?«

»Mit euch sprechen.«

»Worüber?«

»Nicht am Telefon.«

Wieder war Stille. Dann hörte ich Getuschel, ein Raunen. Ihr Göttergatte schien in der Nähe zu sein.

»Warte einen Moment!«, sagte Doris.

Fast eine Minute verstrich, dann war sie wieder in der Leitung. »Du willst zu uns kommen? Wann?«

»So schnell wie möglich. Heute Nachmittag.«

Wieder hörte ich das Raunen.

»Gut! Komm um vier«, sagte sie knapp und legte auf.

Rudolf und Doris Mantiss wohnten in einer großbürgerlichen Wohnung unweit der Charité, wo Doris in der Verwaltung des Krankenhauses arbeitete.

Die Eingangstür des eleganten Mietshauses war nicht verschlossen, und ich stieg mit einem Gefühl der Beklemmung im Magen die Treppenstufen bis ins dritte Stockwerk hinauf.

Oben betätigte ich den Türklopfer. Nach einer Weile hörte ich Schritte. Die Tür ging auf, und Doris erschien.

»Wenigstens bist du pünktlich«, sagte sie, bevor sie mich eintreten ließ und die Wohnungstür hinter mir schloss.

»Wie geht es euch?«, fragte ich, da ich nicht unhöflich sein wollte.

»Danke, gut«, erwiderte sie einsilbig und wies mit der Hand in das Innere der Wohnung. Langsam und gelassen, beinahe so, als wäre ich nicht vorhanden, schritt sie an mir vorbei.

Sie hatte noch immer eine gute Figur, etwas hager, genauso das Gesicht, aber alles in allem war sie auch mit Anfang vierzig eine attraktive Person.

Ich folgte ihr ins Wohnzimmer, wo der Kaffeetisch für drei Personen gedeckt war. Geblümte Kaffeegedecke, eine geblümte Kaffeekanne und eine geblümte Schale mit Keksen.

Der Mann mit dem gebräunten Gesicht, der am Tisch saß, blickte nur kurz zu mir her, um mich eintreten zu sehen. Da er nichts sagte und augenscheinlich keinen Wert darauf legte, dass ich ihn begrüßte, blieb ich ebenfalls still.

»Nimm Platz«, sagte Doris. »Ich nehme an, du möchtest einen Kaffee.«

»Ja, danke. Gern.«

Sie schenkte die Tassen voll, und ich setzte mich auf den von ihrem Gatten am weitesten entfernten freien Stuhl.

Mantiss war Ende fünfzig, hatte silbern schimmerndes Haar, markante, gut geschnittene Züge und kalte, stahlblaue Augen. Ein heller Anzug kleidete seine drahtige, hoch gewachsene Gestalt. Er war mindestens fünfzehn Jahre älter als Doris, aber der Altersunterschied zu ihr fiel äußerlich kaum ins Gewicht. Für ihn war es die zweite Ehe. Seine erste Frau war verstorben, die Kinder waren erwachsen. Früher war er ein hoher Offizier in der Reichswehr gewesen, aber er machte auch in Zivil keine schlechte Figur. Seit ein paar Jahren hatte er sich als Verfasser von okkulten Romanen, die im untergegangenen Atlantis spielten, einen Namen gemacht. Wahrscheinlich ahnte kaum einer seiner zahlreichen Leser, womit er sich noch so beschäftigte, wenn er gerade keine Bücher schrieb.

»Du hast Mut herzukommen«, sagte er nach einer Weile und wandte mir seine Aufmerksamkeit zu.

»Es ist mir nicht leichtgefallen.«

Er betrachtete mich mit seinen kalten, blauen Augen.

»Was willst du?«

»Ein klärendes Gespräch führen.«

Er nahm einen Schluck Kaffee. »Mach es zügig und verschwende nicht meine und deiner Schwester Zeit!«

»Wie du willst. Es geht um den Selbstmord eines russischen Diplomaten und dessen Folgen. Vielleicht habt ihr beide von dem Ereignis gehört?«

Mantiss blickte nicht mich, sondern seine Frau an.

»Ich habe in der Zeitung davon gelesen«, sagte Doris. »Jemand von der russischen Botschaft soll sich Mittwochabend im Grunewald erschossen haben.«

»Ich wusste nicht, dass es schon in der Zeitung stand«, sagte ich.

»Es stand gestern im ›Völkischen Beobachter‹«, erwiderte Doris. »Wahrscheinlich liest du ihn nicht.«

»Selten.«

»Heute Morgen sprach ich mit Wilhelm Santor und erfuhr von ihm, dass du in die Geschichte verwickelt bist«, sagte Rudolf Mantiss. »Der ›Völkische Beobachter‹ hatte Unrecht. Der Mann wurde nicht im Grunewald, sondern in der Wohnung einer Tänzerin erschossen, die mit dir befreundet ist. Santor ist überzeugt, dass ihr – die Tänzerin und du – für den Tod des Russen verantwortlich seid.«

»Hat Santor die Gründe genannt, die ihn zu seiner Überzeugung brachten?«

Mantiss lächelte böse. »Die Einzelheiten hat er mir erspart. Aber er ist stets gut informiert.«

»In diesem Fall offenbar nicht. Ich habe nichts mit dem Tod des Russen zu tun.«

Seine Lider senkten sich halb über die eisblauen Augen. »Aha! Aber du weißt, wer den Mann erschossen hat?«

»Hat jemand ihn erschossen? Ich war nicht dabei, als er starb. Was Santor angeht, so glaubt er nicht ernstlich an meine Schuld.«

Mantiss' Gesicht nahm einen spöttischen Ausdruck an. »Wen kümmert es, ob er an deine Schuld glaubt oder nicht. Wenn er eine Verbindung zwischen dir und dem Mordgeschehen erhellen kann, wird er es tun. Man wird dich zusammen mit dieser Tänzerin vor Gericht stellen und zum Tode verurteilen.«

»Du hast eine rege Fantasie, leider keine gute!«

Mantiss lächelte. »Wenn Santors Überzeugung keinen wahren Kern hätte, wärst du nicht hergekommen, um uns auf die Geschichte anzusprechen.«

»Diese Logik nennt man einen Zirkelschluss.«

Er richtete den Blick der kalten Augen auf mich. »Ich verlasse mich lieber auf Santor als auf dich.«

Es war ein schmaler Pfad, auf dem ich mich bewegte. Ich musste vorsichtig sein. Wenn ich den Bogen überspannte, würde er dichtmachen und mich hinauswerfen.

Irgendwie musste es mir gelingen, einen schwachen Punkt in dem Panzer zu finden, mit dem er sich umgeben hatte. »Santor ist alt. Nicht er ist es, der die Entscheidungen trifft oder Verbindungen erhellt, von denen du gesprochen hast.«

»Sondern?«

»Du bist es!«

Ein Anflug von Ärger huschte durch sein Gesicht.

»Hüte dich!«, fauchte er mich an. »Versuch nicht, den Spieß umzudrehen und mich in die Sache hineinzuziehen. Ich habe nichts mit diesem Russen und seinem Tod zu schaffen. Der Kerl ist mir völlig fremd. Ich treffe keine Entscheidungen. Wenn man dich zur Rechenschaft zieht, geschieht es nach Recht und Gesetz.«

»Mich wundert es nur, dass Santor dich angerufen hat.«

»Ein Freund hat das Recht, um Rat zu fragen.«

Eine Weile betrachtete ich das Bild des Führers an der Wand. Es war größer als die Bilder, die in den Amtstuben und Wohnstuben der Parteigenossen hingen.

»So geht es mir auch«, gab ich zurück. »Es ist mein gutes Recht, einer Freundin zur Seite zu stehen.«

Er griff zu seiner Kaffeetasse und lehnte sich zurück. »Es gibt kein Recht, einen Täter der gerechten Strafe zu entziehen.« Er trank von seinem Kaffee und stellte die Tasse wieder hin. »Ich habe Santor geraten, sich in dieser Angelegenheit an die Gestapo oder die Kripo zu wenden.«

»Es gibt kein Verbrechen, das die Polizei aufklären müsste«, sagte ich. »Der ›Völkische Beobachter‹ hatte in diesem Falle einmal recht.«

Mantiss machte eine wegwerfende Handbewegung. »Spar dir die Mühe, mich von deiner Unschuld überzeugen zu wollen. Ich werde keinen Finger für dich rühren.«

»Ich will dich nicht von meiner Unschuld überzeugen, sondern nur ein paar Fakten geraderücken.«

»Genieße lieber den Sonntag«, entgegnete Mantiss eisig. »Es ist wohl der letzte in deinem Leben, den du in Freiheit verbringen wirst. Nach allem, was ich hörte, kann nicht zweifelhaft sein, wie das Urteil gegen die Frau und dich ausfallen wird. Auf die Tänzerin und dich wartet der Henker.«

Ich versuchte, einen Blick von Doris aufzufangen, aber sie sah mich nicht an.

»Bisher habe ich dich nicht für jemanden gehalten, der unbewiesenen Gerüchten Glauben schenkt.«

»Deine Verstrickung in das Verbrechen der Tänzerin wird sich erweisen. Du machst es nicht dadurch besser, dass du den Ahnungslosen spielst.«

»Gut, dass es Leute in deinem Umfeld gibt, die nicht auf Ahnungen angewiesen sind, was die Ursachen um den Tod des Russen angeht.«

Aus dem Blick, den Mantiss mir zuwarf, sprach erstmals so etwas wie Interesse. »Was willst du damit sagen? Von wem sprichst du?«

»Ich bin vorgestern Abend Fräulein Irene Varo begegnet. Du kennst sie. Sie wusste von Michail Sapozniks Tod, als darüber noch nichts in der Zeitung stand. Diese Frau geht über Leichen. Sie hat früher für dich gearbeitet.«

Eine Zornesfalte erschien auf seiner Stirn. »Ich warne dich nochmals!«, sagte er. »Solltest du es unternehmen, mich – bei wem auch immer – in Misskredit zu bringen, werde ich dafür sorgen, dass man die Tänzerin und dich einer Sonderbehandlung unterzieht.«

»Du weißt nicht, wovon du sprichst, Rudolf.«

»Was geht dich diese Tänzerin eigentlich an?«, meldete Doris sich zu Wort. »Warum setzt du dich für eine Mörderin ein?«

»Weil sie keine Mörderin ist!« Ich zögerte einen Moment, gab mir einen Ruck und fügte leiser hinzu: »Und weil ich sie liebe!«

Mantiss sagte: »Woher weißt du, dass sie keine Mörderin ist? Vorhin hast du behauptet, du wüsstest nicht, wie der Russe starb.«

»Es gibt keinen Beweis für einen Mord. Wie in allen anderen Fällen gilt auch in Lenis Fall die Unschuldsvermutung.«

Doris starrte mich an. Irgendetwas schien sie aus ihrer Gleichgültigkeit gerissen zu haben.

»Du liebst sie, sagst du?«, wunderte sich Doris. »Du kannst nicht lieben. Du kannst eine Frau vielleicht schwängern, aber lieben kannst du sie nicht.«

Woran dachte sie gerade? Wusste sie etwa von Lenis Schwangerschaft? Oder hatte sie ihr eigenes Schicksal vor Augen, das tote Kind in ihrer Vergangenheit? Ich musste etwas riskieren.

»Es war stets mein Wunsch, eine Familie zu gründen«, sagte ich.

»Ist die Tänzerin von dir schwanger?«, fragte Mantiss.

Ich schluckte und sagte: »Und was, wenn es so wäre?«

Doris ließ ein Lachen hören. »Womöglich willst du diese Dirne auch noch heiraten? Wann und wo soll denn die Hochzeit stattfinden? Vor eurer Hinrichtung im Gefängnis? Sind wir auch eingeladen?«

»Wenn dir daran gelegen ist, dass Blut und Anlagen unserer Familie nicht aussterben, solltest du dich besser dafür einsetzen, dass dem Kind die Eltern erhalten werden.«

Ich wusste, dass sie tief in ihrem Inneren darunter litt, dass sie ihr arisches Erbgut nicht weitergeben konnte. Wenn ich einen leiblichen Nachkommen hätte, würde die Blutlinie, der sie angehörte, mit ihrem Tod nicht enden. Für einen Menschen mit ihren Überzeugungen war das kein unwichtiger Punkt.

Rudolf Mantiss blickte seine Frau an. »Ich kenne die Tänzerin. Von ihren moralischen Eigenschaften abgesehen, hat sie gute Erbanlagen. Das Kind sollte in eine arische, nationalsozialistische Familie gegeben werden, die gewährleistet, dass es die richtige Erziehung erhält.«

Ich griff zu meiner Kaffeetasse, aber ich hätte es nicht tun sollen, denn nun konnten sie beide sehen, dass meine Hand begonnen hatte zu zittern. Sie zitterte in einem plötzlichen Anflug von Verzweiflung, Angst und Wut. Vor allem war es die Wut darüber, dass ich der Ohnmacht, die ich empfand, nichts entgegenzusetzen hatte.

»Du redest Unfug, Rudolf«, sagte ich, setzte die Tasse an den Mund und schluckte den Kaffee hinunter. Lange würde ich die Nähe der beiden nicht mehr ertragen. Es war vor allem diese Gefühllosigkeit, die mir Doris und ihren Gatten so unheimlich machte.

»Sieh dich vor!«, sagte Rudolf Mantiss. »Vor zwei Jahren hast du ein junges Mädchen auf mich gehetzt, damit es mich ermordet – sie sollte nicht nur mich umbringen, sondern auch Arnheim. Bei Arnheim, meinem guten Freund, ist es ihr gelungen. Nur durch Glück bin ich selbst der frevelhaften Tat entgangen. Du verkennst deine Lage, Eugen Goltz. Meine Geduld mit dir neigt sich dem Ende zu.«

Ich sah das Glimmen in seinen Augen, das bösartige Leuchten in seinem Gesicht; ich kannte beides nur allzu gut. In meiner Erinnerung sah ich ihn vor mir, wie er auf der Lichtung eines Waldes im Abendlicht stand, als ein Herr über Leben und Tod, der seinen Leuten den

Befehl gab, den Freund des jungen Mädchens, von dem er gesprochen hatte, als Verräter an einem Baum zu erhängen. Es war im Juni vor zwei Jahren gewesen. Ich hatte den Schwager beschworen, es nicht zu tun, aber Mantiss hatte sich durch nichts von seinem Vorhaben abbringen lassen.

»Du irrst dich heute genauso wie damals«, antwortete ich. »Niemals habe ich einen Menschen zu einem Mord angestiftet oder ihn bei einer solchen Tat unterstützt.«

»Sag mir, wo das Mädchen ist? Wie hieß sie gleich – Violet Halder. Es ist das Einzige, was du tun kannst, um mich zu bewegen, ein gutes Wort für dich einzulegen – einmal angenommen, dass mich tatsächlich jemand nach meiner Meinung fragen sollte.«

»Ich weiß nicht, was aus ihr wurde«, sagte ich. »Ich habe sie nie wiedergesehen.«

»In ganz Berlin ließ ich nach ihr suchen, in ganz Deutschland! Wo ist sie? Wohin ist sie gegangen?«

Seine Äußerungen machten mir klar, dass es Violet gelungen sein musste, aus Deutschland zu fliehen. Ich hatte es zwar geahnt, aber bis zu diesem Moment nicht sicher gewusst. Mantiss hatte sich der Rache des Mädchens entziehen können, aber solange er nicht wusste, was aus Violet geworden war, konnte er nicht sicher sein, dass sie es nicht eines Tages noch einmal versuchen würde, ihren Racheplan in die Tat umzusetzen. Es war ein Umstand, der mich mit einer gewissen Befriedigung erfüllte.

»Violet Halder hat geäußert, dass sie ins Ausland wollte«, antwortete ich ihm.

Er schien sich etwas zu entspannen. »Wohin genau?«

Mit meiner Antwort musste ich vorsichtig sein. Wenn Irene und ihr Bruder mörderische diplomatische Missionen in anderen Ländern für die Partei erledigten, wären sie wohl auch in der Lage, Violet ausfindig zu machen, falls Mantiss sie hinter ihr her hetzen ließ.

»Nach Frankreich, nehme ich an.«

»Hat sie von Frankreich gesprochen?«

»Nein! Sie wollte einen Zug nehmen, der zur Schweizer Grenze fährt.«

Sie hatte mir gegenüber geäußert, nach Paris gehen zu wollen, aber das würde ich für mich behalten.

»Du hättest diese Informationen längst an die Gestapo geben müssen«, sagte er.

»Es war alles sehr vage. Du kannst aber beruhigt sein. Die Zeit ist über diese Geschichte hinweggegangen. Welche Pläne Violet Halder damals auch hatte, es gibt sie nicht mehr. Sie ist fort. Kein Weg führt sie ins nationalsozialistische Deutschland zurück.«

»Das alles kann ich glauben oder nicht. Was dich angeht, hat dich die Gestapo längst im Visier, da habe ich keinen Einfluss darauf.« Seine Stimme klang verbindlich, aber ich hörte den Unterton von Grausamkeit.

»Die Tänzerin ist des gleichen Geistes wie diese Violet Halder«, fuhr er fort. »Wie ich von Santor hörte, soll sie dem russischen Diplomaten, der tot ist, Geheimnisse verraten und ihm Einblick in geheime Dokumente gegeben haben.«

»Nachdem der Russe tot ist, spielt es keine Rolle mehr, was sie ihm verraten hat«, sagte ich leise. »Er kann nichts mehr weitergeben.«

Seine Miene blieb ausdruckslos. Er schien über etwas nachzudenken.

»Geheime Dokumente«, wiederholte er nach einer Weile sinnend. »Wie verhält es sich damit? Gibt es welche, die herausgegeben werden können?«

Michail Sapozniks Bericht über das Ergebnis seiner Erkundungen hatten meine Widersacher sich bereits verschafft, blieb also noch die Kopie der Banküberweisung, die ich besaß. Ich fand meine Ahnung bestätigt, dass er von dem Dokument wusste.

»Ich weiß nicht, ob weitere Dokumente existieren«, sagte ich. »Ich könnte aber versuchen, es herauszufinden.«

Zum Glück bohrte Mantiss nicht nach, sondern starrte eine Zeitlang stumm auf seine Kaffeetasse. Schließlich blickte er auf.

»Ich weiß selbst von nichts«, sagte er, »von keinem Geheimdokument und von keinen geheimen Geschäften. Ich bin auf die Berichte anderer angewiesen, doch werde ich nochmals mit Santor sprechen. Die ganze Sache interessiert mich eigentlich nicht!«

Um die Möglichkeit einer Übereinkunft auszuloten, hatte ich Mantiss aufgesucht, und trotz der Missstimmung, die unter uns herrschte, hatte ich das Gefühl, meinem Ziel ein Stück nähergekommen zu sein.

»Was geschehen ist, lässt sich bereinigen«, sagte ich, »sodass einem Fortgang der Geschäfte von Herrn Santor nichts im Wege stehen muss.«

Er starrte mich an wie jemand, der sich nicht entschließen kann, ob er seinem Gegenüber mit gespielter Höflichkeit oder offener Verachtung begegnen soll.

»Gibt es sonst noch etwas?«, fragte er, ohne seinen Gesichtsausdruck zu verändern. »Oder war das alles?«

»Von meiner Seite war es alles.«

Mantiss blickte zu seiner Frau. »Hast du ihm noch etwas zu sagen?«

Doris schüttelte den Kopf.

»Gut, dann geh jetzt!«, sagte Rudolf Mantiss zu mir. »Auch ich bin mit dir fertig.«

»Dann will ich nicht länger stören«, sagte ich, stand auf und ging mit einem kurzen Abschiedsgruß, den niemand erwiderte, aus dem Zimmer, über den Flur und aus der Wohnung hinaus.

Draußen stieg ich in den Roadster und fuhr nach Süden. An einer Tankstelle hielt ich an und ließ den Wagen volltanken. Als ich hinter dem Landwehrkanal um die Ecke bog, parkte vor dem Haus, in dem ich wohnte, die dunkle Limousine aus der vergangenen Nacht. Ein Ausweichen schien mir nicht angezeigt, und deshalb hielt ich direkt hinter dem Wagen am Straßenrand.

Im Dämmerlicht erkannte ich Arno, den Mann mit den toten Augen. Er stand an den Wagen gelehnt, trug Filzhut und langen Mantel und rauchte eine Zigarette. Er schien bis eben mit Sepp geplaudert zu haben, der bei offenem Fenster auf dem Fahrersitz saß und gleichfalls eine Zigarette rauchte, sein linker Arm hing über der Tür.

Arno grinste mich höhnisch an, als ich ausgestiegen war. »Da kommt der dritte Mann zum Skat, auf den wir so sehnsüchtig gewartet haben«, sagte er. »Schade, dass es schon dunkel wird.«

»Ich dachte, Sie wollten mich nicht mehr wiedersehen«, erwiderte ich.

Arnos Grinsen wurde breiter. »Dieses Mal zählt nicht«, sagte er. »Wir sind schließlich keine Falschspieler.«

»Warum sind Sie hier?«

»Damit Sie mich nicht vergessen, Goltz«, lachte Arno. »Außerdem wollte ich mal sehen, wie Ihnen das Bad bekommen ist. Wie ich feststelle, hat es Ihnen nicht geschadet.«

»Mit so viel Anteilnahme Ihrerseits hätte ich gar nicht gerechnet. Vielen Dank.«

»Danken Sie der blonden Dirne, Goltz, falls Sie sie noch einmal sehen. Sie hat ihr Versprechen gehalten.«

Ich starrte ihn an. »Was soll das heißen?«

»Denken Sie mal darüber nach«, sagte er und schien plötzlich gut gelaunt. »Sie hatte mächtig Spaß, genauso wie ich.«

»Lass es gut sein, Arno«, sagte Sepp, der den Kopf herumgedreht hatte und einen Schwall Rauch in meine Richtung stieß. »Über solche Sachen spricht man nicht.«

»Ich schon«, sagte Arno, »oder sagen wir mal – nur ausnahmsweise, so oft komme ich ja nicht zum Zug.«

Er schnipste mir den Stummel seiner Zigarette vor die Füße. »Jetzt, wo ich Sie sicher zu Hause weiß, können wir Feierabend machen. Aber keine Sorge, wir kommen wieder. Wir passen auf Sie auf, damit Ihnen nichts passiert. Fühlen Sie sich gut behütet.«

Er ging vorne um den Wagen herum, riss die Beifahrertür auf und kletterte auf den Sitz. Ein paar Bemerkungen wechselten zwischen den beiden Männern im Wagen hin und her, deren Wortlaut ich trotz des geöffneten Fensters nicht verstehen konnte, dann hörte ich, wie sie beide laut lachten. Kurz darauf wurde der Motor angelassen und das schwarze Ungetüm brauste durch die Dämmerung davon.

10. KAPITEL

Das Hauptquartier der Gestapo befand sich in einer ehemaligen Kunstgewerbeschule und war das am meisten gefürchtete Gebäude der Stadt. Es gehörte zu einer Machtzentrale, die sich aus dem Geheimen Staatspolizeiamt, der Reichsführung SS sowie dem SD, dem Sicherheitsdienst der SS, zusammensetzte. Der Gebäudekomplex, in dem die drei Organisationen ihren Sitz hatten, umfasste außer der Kunstgewerbeschule in der Prinz-Albrecht-Straße noch das benachbarte Hotel »Prinz Albrecht« und das Prinz-Albrecht-Palais in der Wilhelmstraße gleich um die Ecke.

Im Palais an der Wilhelmstraße arbeitete Heiner Gempp, mit dem mich seit Studententagen eine Bekanntschaft verband. Gempp und ich hatten uns nach dem Examen aus den Augen verloren, ich hatte nur gewusst, dass er Amtsgerichtsrat geworden war. Als sich unsere Wege im vergangenen Jahr zufällig gekreuzt hatten, war er kein Richter mehr gewesen. »Es war nicht meine eigentliche Berufung«, erzählte er mir. Er sei lieber Ermittler, aber nicht bei der Staatsanwaltschaft, sondern bei dem neu gegründeten SD.

Nachdem ich meinen Anwaltsausweis vorgelegt hatte, erklärte der Pförtner mir den Weg zu Gempps Büro. Durch ein weitläufiges Treppenhaus im mittleren Teil des Gebäudes gelangte ich in einen der Seitenflügel, und dort fand ich im zweiten Stockwerk am Ende eines Ganges mit verblassten Wand- und Deckendekorationen aus der Zeit von Schinkel das Zimmer, das der Pförtner mir bezeichnet hatte.

Heiner Gempp wirkte freudig überrascht, mich zu sehen. Er hatte dunkle Haare und hellblaue Augen und war in Zivil gekleidet. Sein Gesicht war leicht gerötet, aber er machte nicht den Anschein, als ginge es ihm schlecht.

»Mit dir hätte ich am wenigsten gerechnet, als es klopfte«, sagte er und wies auf den Stuhl, der gegenüber seinem Schreibtisch stand. »Was führt dich zu mir? Ich hoffe, es hat nichts mit meinem Amt zu tun.«

Das Zimmer war kleiner und karger, als ich bei seiner Stellung erwartet hatte. Ein riesiger Aktenschrank an der Wand nahm den meisten Raum darin ein.

»Leider muss ich dir deine Hoffnung nehmen«, sagte ich. »Es gibt ein paar Leute, die mir übel wollen. Es könnte sein, dass sie SD oder Gestapo ins Boot geholt haben oder es versuchen werden, um mir zu schaden.«

Das Lächeln verlor sich aus seinem Gesicht. »Willst du, dass ich nachfrage, ob etwas gegen dich vorliegt?«, fragte er und seufzte, als müsste er sich ständig mit ähnlichen Anfragen wie der meinen herumplagen.

Ich schaute zu seinem Aktenschrank. »Ich möchte vorbeugen, falls es zu Anschuldigungen gegen mich kommt. Mein Problem ist ganz aktuell, daher muss noch nichts aktenkundig sein. Aber wenn du dich in den nächsten Tagen einmal erkundigen könntest, wäre ich dir sehr dankbar.«

Gempp war kein unangenehmer Mensch, und soweit mir bekannt, hatte er sich nie als überzeugter Nationalsozialist hervorgetan. Karriere zu machen schien ihm gleichwohl wichtig geworden zu sein, und dafür boten sich Männern seit dem Jahr 33 ausgezeichnete Möglichkeiten, jedenfalls dann, wenn sie bereit waren, sich in den Dienst der Regierung und der Parteiorganisationen zu stellen. Ich hielt ihn für integer, und das Gespräch, das wir bei unserer letzten Begegnung miteinander geführt hatten, hatte mich auf den

Gedanken gebracht, ihn mir gewogen zu stimmen. Wer so gefährdet war wie ich, brauchte Freunde, die auf der Seite standen, auf der die Macht zu Hause war.

»Ist es etwas Politisches oder etwas Privates?«, fragte Gempp.

»Es fällt mir schwer, das eine vom anderen zu unterscheiden. Spielt es eine Rolle?«

»Bei denen, die zu uns kommen, geht es meist nicht um Politik, sondern um persönliche Feindschaften und private Fehden. Ich sage deshalb immer: Leute, überlegt euch gut, was ihr uns meldet. In Deutschland wird so viel denunziert, dass sogar der Führer darüber geklagt hat, die Deutschen lebten ›in einem Meer von menschlicher Gemeinheit und Denunziation‹.«

»Ich habe mir nichts zuschulden kommen lassen, daher weiß ich nicht, was für Behauptungen man zu meinen Lasten aufstellen wird.«

Natürlich stimmte Letzteres nicht, da es vermutlich um die Tode von Sapoznik und Kogan gehen würde, aber mein Vertrauen zu Gempp war nicht so groß, als dass ich ihn in meine Erlebnisse hätten einweihen wollen.

Heiner Gempp lächelte. »Wahrscheinlich machst du dir unnötig Sorgen. Du wärst kein Einzelfall. Wir sind nicht so schlecht wie unser Ruf.«

»Warum machen sich die Leute dann Sorgen, wenn sie eine Vorladung von euch bekommen?«

Der Ausdruck seines Gesichts verfinsterte sich. »Ich hoffe, du willst nicht meine Arbeit infrage stellen.«

»Die Menschen haben heute Ängste, die sie in den Zeiten der Republik nicht hatten.«

»Dafür hatten sie damals andere Ängste«, entgegnete Gempp nicht ohne Schärfe in seinem Ton. »Die Zahl der Verbrechen hat sich in Deutschland deutlich verringert.«

»Persönlich habe ich es gerade anders erlebt.«

»Du hast Mut, Eugen! Gegenüber meinen Flurnachbarn solltest du solche Töne besser nicht anschlagen, und es wäre mir lieb, wenn du es auch mir gegenüber nicht tust.«

»Eines kannst du mir glauben: Die Schwierigkeiten, die ich habe, reichen mir vollauf«, erwiderte ich. »Tut mir leid, wenn ich dich verletzt habe. Wir sind immer gut miteinander ausgekommen, Heiner, und das ist der Grund, weshalb ich dich besuche.«

Der Ausdruck seines Gesichts entspannte sich. »Was sind das für Leute, mit denen du aneinandergeraten bist?«

»Was ich vorab gern loswerden will: Als Anwalt neige ich nicht dazu, mich als Denunziant zu betätigen. Gut, vermutlich hält jeder, der bei Gestapo oder SD vorspricht, sein Anliegen für ehrenwert, aber es ändert nichts. Ich muss mich schützen, wenn ich nicht unter die Räder kommen will.«

»Ich verstehe das schon. Aber Ross und Reiter musst du mir nennen.«

»Bleiben wir erstmal bei den Rössern. Manchen Typen ist es nicht gelungen, in halbwegs geordnete Verhältnisse zurückzufinden, nachdem der Führer in der ›Nacht der langen Messer‹ den Laden ausgemistet hat. Sie machen so weiter wie früher, nur dass jemand anderes sie bezahlt. So ist mein Eindruck.«

Gempp nickte, als sei ihm das Problem, von dem ich gesprochen hatte, gut bekannt. »Viele von denen, die bis 34 vorneweg marschiert sind, trauern den alten Zeiten nach. Aber wo sollen drei Millionen ehemalige SA-Männer auch unterkommen? Diese Leute sind uns ebenso wie dir ein Dorn im Auge.«

Die Gestapo war an sich keinen Deut besser als die SA, dachte ich im Stillen. Sie zog nicht weniger Sadisten und zweifelhafte Gestalten an als die SA es vormals getan hatte.

Nur hatte sich seit der »Nacht der langen Messer« eine Art Recht und Ordnung in den Organisationen durchgesetzt, die in das Machtvakuum eingedrungen waren, das sich vor zwei Jahren aufgetan hatte, als die SA in die zunehmende Bedeutungslosigkeit geriet.

»In meinem Fall handeln die, von denen ich spreche, nicht aus eigenem Antrieb«, erwiderte ich. »Sie scheinen Hintermänner zu haben, die einer ganz anderen Klasse zuzuordnen sind als die SA alten Schlags.«

»Womit wir bei den Reitern wären: Wer umgibt sich mit ehemaligen SA-Schlägern?«

»Kreise und Personen – auch außerhalb der Regierung –, denen die Gestapo nichts anhaben kann. Ausländische Geschäftsleute, die Verbindungen zu bedeutenden deutschen Unternehmen unterhalten, zählen offenbar auch dazu.«

Gempp zuckte die Achseln. »Wer ein Verbrechen begeht, wird belangt, gleichgültig, welcher Nationalität er angehört«, sagte er, aber mir war doch, als hätte seine Stimme einen vorsichtigen Klang bekommen.

»Angenommen, derjenige, der die Musik bezahlt, ist Direktor einer amerikanischen Firma, zum Beispiel der amerikanischen IG Farben oder der General Electric, nur so als Beispiel. Wie ist es dann?«

»Du greifst ziemlich hoch.«

»Nimm es nur einmal an.«

»In einem solchen Fall würde ich zur Vorsicht raten und versuchen, dich mit diesen Leuten gutzustellen. Es könnte schwierig werden, uns gegen sie in Stellung zu bringen. Aber warum sollte sich so jemand mit alten SA-Schlägern umgeben?«

»Für die Dreckarbeit, die stets anfällt, wo es um viel Geld geht. Amerikaner machen gern dicke Gewinne. Sie machen Geschäfte, weil sie einfach gern Geschäfte machen. Das ist da drüben so eine Art Volkssport, für manche fast eine Religion.«

Heiner Gempp grinste. »Davon habe ich auch schon gehört.«

»Angenommen nun, dass irgendjemand diesen gewinnträchtigen Geschäften in die Quere gekommen ist, dann fällt es doch nicht schwer sich vorzustellen, dass die Geschäftsleute Gegenmaßnahmen ergreifen und sich dafür solcher Typen bedienen, die nach der ›Nacht der langen Messer‹ arbeitslos geworden sind.«

Heiner Gempp nickte. »Diese Vorstellung fällt auch mir nicht schwer. Weißt du, um was für Geschäfte es geht?«

»Leider nein, und ich will im Moment keine Vermutungen äußern, die sich als haltlos erweisen könnten. Aber jemand, der mir nahesteht, könnte darum wissen und deshalb Schwierigkeiten bekommen haben, die nun auf mich zurückfallen. Es geht nicht allein um meine Person. Eine gute Freundin von mir ist seit ein paar Tagen verschwunden.«

Mit hochgezogenen Brauen sah er mich an. »Verschwunden? Was heißt das? Befürchtest du, dass man sie in Schutzhaft genommen hat?«

Da private Schutzhaft nicht auf behördlicher Anordnung beruhte, wollte ich die Frage schon verneinen, besann mich aber schnell anders und antwortete ihm: »Ich halte es nicht für ausgeschlossen.«

»Für gewöhnlich werden die Angehörigen benachrichtigt, wenn das geschieht.«

»Sie ist von ihrem Mann geschieden und wohnt allein in ihrer Wohnung.«

»Wie heißt sie?«

»Helene Ravenov.«

Er erhob sich hinter seinem Schreibtisch. »Warte einen Moment, ein Viertelstündchen kann es dauern.«

Er ging aus dem Zimmer und ließ mich allein. Es dauert keine zehn Minuten, dann war er wieder da.

»Deine Freundin befindet sich nicht in Schutzhaft«, erklärte er. »Es gibt keine Akte über sie. Allerdings kann ich nicht ganz ausschließen, dass in einer der örtlichen Dienststellen ein Schutzhaftbefehl ausgestellt wurde, von dem wir noch nichts wissen.«

Dass keine Akte über Leni existierte, konnte kaum stimmen. Aber möglicherweise war die Akte so geheim, dass auch Gempp als normaler SD-Beamter nicht ohne Weiteres Zugang zu ihr hatte.

»Was dich angeht, so gibt es einen Vorgang«, fuhr Gempp fort. »Es ist ein älterer Vorgang. Du bist hier im Hause gut bekannt.«

»Das wundert mich nicht.«

Eine Weile schwieg er und sah nachdenklich vor sich hin.

»Bevor wir weiter miteinander reden«, sagte er, »wie stehst du heute zu unserer nationalen Sache?«

»Ich war nie ein Kommunist, wie du weißt, bin aber auch kein Nationalsozialist. Wohl habe ich eine nationale Gesinnung.«

»Welche Partei hast du in der Systemzeit gewählt?«

»Meistens das Zentrum.«

»Zentrum?« Er rümpfte die Nase. »Die Katholiken.«

»In der Familie war man, was die väterliche Linie anging, katholisch. Etwas davon ist bei mir haften geblieben. Dagegen wird dein Amt nichts einwenden können. Du magst es als Makel betrachten, aber weiter gibt es nichts Belastendes gegen mich. Der Vorgang bei euch existiert, obwohl ich mir nichts habe zuschulden kommen lassen. Es würde zu lange dauern, dir zu erklären, wie es dazu kam.«

Es war in Wahrheit nicht der Katholizismus, der mich zum Zentrum geführt hatte, sondern der Zentrumspolitiker Joseph Wirth, der in den Jahren 1921 und 1922 das Amt des Reichskanzlers ausgeübt hatte. Nach der Ermordung seines Außenministers Walter Rathenaus, den die Rechte mit Hasstiraden verfolgte und als »Gerichtsvollzieher der Siegermächte« diffamierte, im Jahr 1922 hatte Wirth vor dem Reichstag eine Rede gehalten, die mit den Worten endete: »Da steht ein Feind, der sein Gift in die Wunden eines Volkes träufelt. Da steht der Feind, und darüber ist kein Zweifel: Der Feind steht rechts.« Wirth hatte sich redlich bemüht, die unselige Dolchstoßlegende zu widerlegen und den wahren Schuldigen an dem mörderischen Kriege ein Gesicht zu geben, doch es hatte nichts genützt. Ich dachte an die Reichspräsidentenwahl von 1925, als einer, der zu den Hauptverantwortlichen des Weltkriegs gehörte, als Gegenkandidat zu dem Zentrumspolitiker Wilhelm Marx angetreten war und die Wahl knapp gewonnen hatte. Am 30. Januar 33 hatte der damals gewählte Reichspräsident, ehemalige Generalfeldmarschall und Chef der obersten Heeresleitung Paul von Hindenburg der Republik den Todesstoß versetzt, indem er den Weltkriegsgefreiten Hitler zum Reichskanzler ernannte. Hätte der Zentrumsmann Marx 1925 die Wahl zum Reichspräsidenten gewonnen, würde der heutige Reichskanzler und Reichspräsident sonst wie heißen, nicht aber Adolf Hitler, und der Ermittlungsbeamte Heiner Gempp wäre kein Parteigänger der Nationalsozialisten geworden, sondern hätte womöglich die Sache des Zentrums vertreten.

»Ob man sich etwas hat zuschulden kommen lassen oder nicht, ist meist eine Frage der Wertung«, sagte Gempp.

»Aber wie man es selbst bewertet, spielt stets auch eine Rolle. Jedenfalls beruhigt es mich, zu erfahren, dass

Gestapo und SS keine Schutzhaft gegen Leni Ravenov verhängt haben. Es bestärkt mich in meiner Vermutung, dass ihr Verschwinden mit einem Verbrechen in Zusammenhang steht.«

»Für gewöhnliche Verbrechen sind wir nicht zuständig«, sagte Gempp. »Aber ich kann den ganzen Vorgang aufnehmen und an die Kripo weitergeben, wenn dir daran liegt.«

»Die heutigen Zuständigkeiten in der Polizei sind ein ständiges Wechselbad der Gefühle. Es wäre ärgerlich, wenn die Kriminalpolizei tätig würde, aber im entscheidenden Moment meine Gegner ihrer Einfluss geltend machen und die Kripo von der Gestapo zurückgepfiffen wird.«

Er rieb sich die Stirn. »Diese Gefahr ist nicht ganz von der Hand zu weisen.«

»Mir wäre es lieb, wenn du einen Aktenvorgang für deine Behörde aufnehmen könntest. Das ist einer der Gründe, weshalb ich mich an dich wende, sogar der Wichtigste. Was unser Gespräch angeht, bin ich als der anwaltliche Vertreter von Leni Ravenov zu dir gekommen, um ihre Interessen gegenüber den Ermittlungsbehörden wahrzunehmen und entsprechende Erkundigungen einzuziehen. Es gibt unseren Kontakten etwas Offizielles und macht es für dich leichter, die Sache zu bearbeiten.«

Heiner Gempp nickte. »Gib mir ein paar Namen, vielleicht liegt schon etwas gegen den einen oder anderen vor.«

»Habt ihr nur etwas über Staatsfeinde in der Kartei?«

»Auch über mögliche Staatsfeinde, von denen wir nicht wissen, ob sie mal welche werden könnten. Alle interessanten und bedeutenden Menschen in diesem Land gehören dazu.«

»Wahrscheinlich habt ihr auch über den Führer was.«

Heiner Gempp lächelte. »Vermutlich.« Er griff sich einen Stift und ein Blatt Papier.

»Die wichtigsten Namen sind: Wilhelm Santor. Irene Varo, mit richtigem Namen Irene Olden. Ihr Bruder Roland Olden. Konrad Frank. Rudolf Mantiss. Dann gibt es da noch einen Bankier oder Finanzexperten mit Namen Walter Ardent und einen amerikanischen Filmproduzenten namens Frederic Lammert.«

Gempp notierte sich die Namen. »Eine Dame ist also auch dabei. Interessant. Mir sagt keiner von den Namen etwas.«

»Sei froh, dass du keinen von ihnen kennst. Die Dame ist sogar ein ganz besonderes Kaliber. Sie hat eine ganze Reihe von Qualitäten, von denen nur eine, nämlich ihre äußere Erscheinung, eine angenehme ist. Die Frau ist anscheinend die unmittelbare Chefin von zwei ehemaligen SA-Schlägern, von denen ich nur die Vornamen Arno und Sepp kenne. Alle Genannten sind gefährlich, besonders Irene Varo und Rudolf Mantiss. Du musst schon beim Nachforschen vorsichtig sein. Mantiss ist jemand, der überall Freunde hat. Er war früher bei der SA. 34 hat er noch rechtzeitig die Kurve gekriegt und sich auf die Seite seiner Freunde bei Reichswehr und SS geschlagen. Obendrein ist er mein Schwager. Falls gegen keinen von ihnen etwas zu machen ist, sag es mir, dann weiß ich wenigstens, woran ich bin.«

»Halt den Kopf hoch!«, sagte Gempp, nachdem er sich alles aufgeschrieben hatte. »Es mag schon ein paar Leute geben, die an einem längeren Hebel sitzen als Gestapo oder SD, aber mit uns muss man immer rechnen. Falls man an die Hintermänner nicht herankommt, so kann man vielleicht doch die Handlanger schnappen und aus dem Verkehr ziehen.«

Ich dachte an Arnos tote Augen, sein höhnisches Grinsen und seinen schnellen Finger am Abzug seiner Pistole.

»Auch damit wäre mir schon geholfen.«

»Ich werde mir einen Vermerk machen, dass deine Freundin und du euch von ehemaligen und kriminell gewordenen SA-Männern bedroht fühlt«, sagte Gempp. »Sollte irgendetwas gegen einen von euch beiden vorgebracht werden, will ich gern versuchen, euch zu helfen. Natürlich kann ich dir nichts versprechen.«

»Das weiß ich. Trotzdem danke ich dir. Und dann …«, ich sah ihn einen Moment eindringlich an, »… man weiß nie, wie sich die Dinge entwickeln: Sollte es schiefgehen und ich verhaftet werden, Heiner, dann vergiss mich nicht. Im umgekehrten Fall würde ich es auch nicht tun.«

Mein alter Kommilitone nickte, ohne mich anzusehen. »Wir bleiben in Verbindung«, sagte er, »so oder so.« Und leiser fügte er hinzu: »Niemand ist sich seines Lebens sicher, keine Stunde lang, auch als Mitarbeiter dieser Behörde nicht.«

Kurz darauf verließ ich das Palais, um in meine Kanzlei zurückzukehren.

Ich fühlte mich etwas besser. Sollte ich verhaftet werden, gab es jemanden, auf den ich mich berufen konnte. Ob Heiner Gempp mich würde retten können, stand freilich auf einem anderen Blatt, aber ich hatte fürs Erste getan, was ich tun konnte. Man wusste schließlich nie, welcher von mehreren Rettungsankern, die man ausgeworfen hatte, sich im entscheidenden Moment als der hilfreiche erwies.

11. KAPITEL

Zurück in meinem Büro musste ich an etwas denken, und der Gedanke beschäftigte mich nicht zum ersten Mal.

Es war am Nachmittag vor dem Reichstagsbrand im Februar 33 gewesen, als ich auf der Suche nach dem Gebäude, in dem die Gesellschaft der »Brüder und Schwestern vom Licht« ihre geheimen Treffen abhielt, auf das Hotel Aranerhof gestoßen und dort der Fabrikantenwitwe von Tryska, einer glühenden Anhängerin Adolf Hitlers, begegnet war. Die Tatsache, dass mein Besuch für die Dame überraschend gekommen war, hatte mich eine Beobachtung machen lassen, die ich bei einem gewöhnlichen Verlauf der Dinge nicht gemacht hätte.

Unser Gespräch in ihrem Hotelzimmer hatte die spontane Bereitschaft der Fabrikantenwitwe ausgelöst, mir die über dem Hotel gelegenen Räume der Gesellschaft zu zeigen. Für den Weg dorthin hatten wir ein geheimes Hintertreppenhaus benutzt, in das man von einer der Etagen des Hotels gelangte.

Frau von Tryska war tot. Niemand außer ihr wusste, dass ich diesen geheimen Zugang zu den Räumen der Gesellschaft kannte.

Von den Geheimgesellschaften, über die es vor 33 so viel Geraune gegeben hatte, hörte man heute nichts mehr. Anscheinend war der Führer auf den magischen Spuk, den sie veranstalteten hatten, nicht mehr angewiesen, nachdem er Kanzler des Deutschen Reiches geworden war. Führende Gestalten der okkulten Loge waren tot, doch der

Schlimmste von allen, mein Schwager Mantiss, lebte. Und wenn auch zweifelhaft war, ob die Gesellschaft der »Brüder und Schwestern vom Licht« noch existierte, schien doch der Glaube an die Wirksamkeit sexueller Magie nicht aus der Welt verschwunden zu sein.

Sollte ich nicht versuchen, mir heimlich Zutritt zu den Räumen der Gesellschaft zu verschaffen? In meiner Erinnerung war das Haus am Spittelmarkt ein Labyrinth aus dunklen Gängen, düsteren Treppen, verschlossenen Türen und finsteren Kellern, in dem man Angst haben musste, wieder herauszufinden. Eines war klar: Das Risiko, das ich eingehen würde, wenn ich es versuchte, war nicht gering. Abgesehen von allen praktischen Schwierigkeiten könnte mein Verdacht, dass Leni in dem Gebäude festgehalten wurde, sich als falsch erweisen. Und sollte ich entdeckt werden, hätte ich die letzte Tür zugeschlagen, die Lenis Entführer noch davon abhielt, mir das gleiche Schicksal wie den beiden Russen angedeihen zu lassen.

Am Nachmittag kam Frau Reinert zum Diktat. Als sie fort war, suchte mich ein Mandant zur Rücksprache auf, den ich in einer Scheidungssache vertrat. Kurz nachdem er gegangen war, schellte es erneut an der Tür.

Da ich an diesem Tag niemanden mehr erwartete, befürchtete ich schon das Schlimmste, doch es war nicht die Gestapo und auch keiner von Irene Varos Männern, sondern der Filmproduzent Frederic Lammert, dessen grinsendes Gesicht im Rahmen der geöffneten Tür sichtbar wurde.

»Wie ich hörte, haben Sie im ›Mandarin‹ Hausverbot«, sagte Lammert. »Deshalb komme ich zu Ihnen. Wenn es Ihnen recht ist, können wir uns ein wenig unterhalten.«

»Kommen Sie herein«, erwiderte ich im Gefühl der Erleichterung, dass es nur er war. »Ja, ich hörte auch schon davon, dass ich in dem Lokal nicht mehr gern gesehen bin.«

Obwohl Lammert zum Dunstkreis von Irenes Männern gehörte, wirkte er nicht so bedrohlich auf mich wie die anderen Figuren, denen ich im »Mandarin« und an anderen Orten begegnet war. Ob er von den Morden an den beiden Russen wusste, blieb ungewiss, wenn ich es auch nicht für wahrscheinlich hielt. Was immer er von mir wollte, ich hatte nichts zu verlieren, so schien es mir. Möglicherweise konnte ich etwas in Erfahrung bringen, was mir von Nutzen war.

In Wahrheit wäre es besser gewesen, Lammert nicht die Tür aufzumachen. Wie sich noch erweisen sollte, lag ich mit meiner ursprünglichen Befürchtung nicht falsch. Mein Problem war nur, dass ich zu dieser Stunde nicht durchschaute, dass mir tatsächlich das Schlimmste widerfuhr und der Besuch von Lammert dessen Einleitung war.

»Ihr Kollege, der Filmagent Konrad Frank, gehört auch zu denen, die mir nicht wohl gesonnen sind«, sagte ich, als wir uns in meinem Büro gegenübersaßen.

»Herr Frank? Ja, da sind wir schon mitten im Thema!«, sagte Lammert. »Der Mann hat seine Eigenheiten, aber persönlich hat er nichts gegen Sie. Er erzählte mir, Leni hätte seinen Freunden und ihm so große Probleme gemacht, dass sie für eine Weile habe untertauchen müssen und bis auf Weiteres im ›Mandarin‹ nicht auftreten könne.«

»Hat Frank Ihnen auch gesagt, wo Leni untergetaucht ist? Das interessiert mich mehr als Herrn Franks Befindlichkeit.«

Lammert schüttelte den Kopf. »Für mich ist die Geschichte genauso rätselhaft wie für Sie, Herr Goltz, sodass ich auf Vermutungen angewiesen bin. Ich hoffe, die aufgetretenen Probleme sind vorübergehender Natur. Was Sie damit zu tun haben, ist mir ohnehin nicht klar. Wenn Sie mich fragen, ist diese Frau an allem schuld.«

»Von welcher Frau sprechen Sie? Wohl nicht von Leni, nehme ich an?«

Sein Grinsen kehrte zurück. »Ich spreche von Irene – von Irene Varo! Wenn Sie die Frau gesehen haben, wird es Sie sicher nicht verwundern, dass die Männer von ihr besessen sind. Frank ist ihr verfallen. Ich habe ihn vor ihr gewarnt, aber er hört nicht auf mich.«

»Was ich verstehen kann, weil ich selbst einmal von dieser Frau besessen war«, erwiderte ich. »Es ist ein paar Jahre her, inzwischen bin ich geheilt.«

Lammert lachte. »Sie sind mir sympathisch, Herr Goltz. Es ist unglaublich, welchen Einfluss die Männer dieser Frau auf sich zugestehen.«

»Sie meinen, es geht von der Dame aus, dass ich im ›Mandarin‹ schlecht gelitten bin.«

»Ich muss das annehmen. Die Dame führt das Kommando. Aber ich vermute, dass auch Eifersucht im Spiele ist.«

»Wer ist auf wen eifersüchtig?«

»Nun, die alte Geschichte – ein Mann zwischen zwei Frauen und solche Sachen.«

»Sie wollen sagen – Herr Frank zwischen Leni Ravenov und Irene Varo?«

Lammert nickte und machte ein betrübtes Gesicht. »Das Leben ist ungerecht, manch einer bekommt sie alle und andere gehen leer aus. Erfolg bei den Frauen führt bekanntlich nicht zu Genügsamkeit.«

»Soll das heißen, dass Leni Probleme bekommen hat, weil Fräulein Varo einer Konkurrentin einen Denkzettel verpassen will?«

Ich stellte die Frage, weil ich auf seine Antwort gespannt war. Was immer Irene an Schlimmem zuzutrauen war, Eifersucht war mit Sicherheit keine Krankheit, an der sie litt.

»Es ist nicht nur so, dass Frank zwischen zwei Frauen steht«, erwiderte er, »Leni steht auch zwischen zwei Männern.«

»Leni stand immer zwischen zwei Männern, wenn sie nicht zwischen mehreren Männern stand. Sie ist heiß begehrt. Wer ist denn Franks Konkurrent?«

Er zögerte mit der Antwort, als ob es mehrere Möglichkeiten für einen Antwort gab. »Dass gerade Sie mich das fragen, verwundert sehr.«

»So? Sie denken doch nicht etwa an mich?«

»Es scheint Herrn Frank nicht zu gefallen, dass Leni mit Ihnen etwas angefangen hat.«

»Wenn Frank wirklich Irene Varo verfallen ist, kann er kaum etwas dagegen haben, dass es zwischen Leni und mir etwas gab. Es wäre auch das erste Mal, dass ich höre, eine Frau sei in Schutzhaft genommen worden, weil sie ein Verhältnis mit jemand anderem begann.«

Es sei denn, es war ein Verhältnis, das als Rassenschande unter Strafdrohung stand, fiel mir ein, aber den Gedanken behielt ich für mich.

»Schutzhaft? Wollen Sie das wirklich so bezeichnen?« Er schüttelte den Kopf und fügte, ohne auf meine Antwort zu warten, hinzu: »Es geht nie gut, wenn Männer die Befehle von Frauen ausführen müssen, es verleitet sie zu törichten Handlungen. Das zeigt sich an den Problemen, die Sie gerade mit den Herren haben, die für diese Dame tätig sind. Es sind nicht meine Probleme, müssen Sie wissen. Mir liegt daran, mich mit Ihnen gut zu stellen.«

Die Leichtigkeit, mit der er alles nahm, was passiert war, empfand ich noch erstaunlicher als seine Bemerkungen zu Konrad Franks Eifersucht. Es schien tatsächlich von den Morden an den beiden Russen nichts zu wissen.

»Nun, das freut mich immerhin. Aber sagen Sie: Warum

lassen sich die Herren von Irene Varo eigentlich Befehle geben?«

An der Wand rechts vom Schreibtisch hing ein Druck des Gemäldes »Jäger im Schnee« von Bruegel. Lammert musterte es eine Weile, dann antwortete er: »Es ist die Aufgabe der Dame, Befehle zu geben. Sie ist sozusagen die Geschäftsführerin einer Handelsgesellschaft, der die Herren zuarbeiten.«

»Eine Handelsgesellschaft? Ich bin überrascht. Was für Geschäfte betreibt die Gesellschaft?«

»Sie ist im Grundstückshandel tätig.«

»Die Aktivitäten von Irene Varo und ihren Männern lassen einen an alles Mögliche denken, aber kaum an den Handel mit Immobilien. Wie kommt Irene Varo dazu, als Geschäftsführerin im Immobilienhandel tätig zu sein?«

»Wir haben sie dazu gemacht. Es war eine Entscheidung, mit der ich nicht mehr recht glücklich bin. Ich wurde gedrängt zuzustimmen. Ich bin an der Gesellschaft beteiligt.«

Es wurde immer seltsamer.

»Sie sind Filmproduzent und handeln mit Grundstücken?«

Lammert lachte. »Sie machen ein so erstauntes Gesicht, Herr Goltz. Ja, ich weiß, die Deutschen glauben, ein Mensch könne nur einen einzigen Beruf haben. Wir Amerikaner denken da anders. Ich bin Geschäftsmann. Wenn ein Amerikaner sagt, dass er Geschäftsmann ist, heißt das nicht, dass er – um beim Beispiel zu bleiben – nur mit Grundstücken handelt, weil er mit einer Immobilienfirma angefangen hat, sondern er kann auch Autos verkaufen oder eine Zeitung verlegen oder weiß der Teufel was unternehmen, das ihm Gewinne einträgt.«

»– zum Beispiel Filme produzieren.«

»Sie sagen es.«

»Da haben wir Deutsche tatsächlich etwas nachzuholen. Wir sind ein Ständestaat, solch eigenartige Traditionen wie wir haben Sie und Ihre Landsleute drüben nicht, darüber können Sie froh sein. Aber wären Irene Varos Fähigkeiten beim Film nicht doch besser aufgehoben?«

»Warum?« Er machte ein missmutiges Gesicht. »Weil sie so schön ist? Sie wäre noch weniger als Leni eine gute Schauspielerin. Sie könnte nur sich selbst spielen. Sicher, für weibliche Filmrollen ist Schönheit wichtig, aber doch nur bis zu einem gewissen Grad. Ihre Schönheit macht andere Defizite nicht wett. Meine Erfahrungen mit der Dame haben mich zu der Erkenntnis geführt, dass es besser ist, ihr aus dem Weg zu gehen.«

»Es erleichtert mich zu erfahren, dass ich nicht der Einzige bin, der schlechte Erfahrungen mit ihr gemacht hat.«

»Ich habe instinktiv gespürt, dass Sie auf meiner Seite sind, Herr Goltz. Die Dame schreckt vor nichts zurück, ihre Schönheit ist genauso extrem wie ihre Moral. Wo das eine zu viel ist, fehlt das andere ganz. Doch Sie können sich dem Einfluss Fräulein Varos entziehen, indem Sie selbst die Initiative ergreifen.«

»Worauf wollen Sie hinaus?«

Er beugte sich ein Stück vor, und dem Ausdruck seines Gesichts war anzumerken, dass er sich darüber freute, mein Interesse geweckt zu haben.

»Seien Sie auf der Höhe Ihrer Möglichkeiten, Herr Goltz! Setzen Sie sich über Beschränkungen hinweg, die Sie daran hindern könnten, gute Geschäfte zu machen.«

»Sie reden so, als wären wir in Amerika, Herr Lammert. Wenn Sie mit einem Geschäft scheitern, hat es keine weiteren Konsequenten für Sie als den Verlust, den Ihnen die Unternehmung beschert hat. Schlimmstenfalls können Sie in Hamburg oder Bremerhaven ein Schiff besteigen und nach Amerika fahren, wenn es eng wird, das kann ich nicht.«

Er wiegte den Kopf ein paar Mal hin und her. »Nun, es kommt immer darauf an, wie flexibel man ist. Ein Ausländer kann oftmals leichter die Möglichkeiten erkennen, die ein Land, in das es ihn verschlagen hat, bietet. Man kann nichts für die Zeit und den Ort, wo man geboren ist, aber man kann das Beste daraus machen. Kommen Sie zu uns! Zu mir! Grundstückshandel, Filmproduktion, Finanzierungen aller Art, das sind unsere Geschäftsbereiche. Ich brauche jemanden wie Sie, Herr Goltz. Einen Juristen, der in der Lage ist, die Lücken in den Gesetzen zu finden. Steigen Sie bei uns ein!«

»Und Irene Varo?«

»Wird die längste Zeit Geschäftsführerin gewesen sein. Dann geben andere die Befehle. Einer davon wären Sie.«

Ich schaute ihn eine Weile stumm an. Meinte er das im Ernst? Selbst wenn er als Teilhaber des Unternehmens weitreichende Befugnisse besaß, war es gewiss keine bloße Sympathie, die ihn bewog, mir ein Stellenangebot zu machen. Was wollte er wirklich? Wollte er mir tatsächlich eine Tür öffnen oder war das Ganze nur ein Ablenkungsmanöver, eine Täuschung?

»Mal im Ernst, Herr Goltz!«, fuhr er fort. »Können Sie als Anwalt in einem Land wie diesem erfolgreich arbeiten? Das ist im Moment doch ganz unmöglich! Sie müssen ständig aufpassen, dass Sie niemandem auf den Schlips treten. Im schlimmsten Fall droht Ihnen sogar die Einweisung in ein KZ. Wollen Sie sich das länger antun?«

»Ich habe diesen Beruf erlernt und es gibt schlechtere. Auch als Mitarbeiter Ihres Unternehmens lebe ich nicht ungefährdet. Sie können sich den Interessen von Personen, die in Deutschland Druck auf Sie ausüben, entziehen, ich kann es nicht, nicht in dieser Zeit, in die mich das Schicksal gestellt hat.«

»Hören Sie auf mit dem Schicksal – ich bin Ihr Schicksal!« Er hob die Brauen. »Herr Goltz, lassen Sie mich Ihr Schicksal sein – oder wollen Sie, dass diese Frau zu Ihrem Schicksal wird?«

Gewiss hatte die Sache einen Haken, sagte ich mir, vermutlich sogar einen ziemlich dicken. Andererseits musste ich den Tatsachen ins Auge sehen. Ich war auf Hilfe angewiesen. Wenn ich es mir mit allen Leuten aus Leni Ravenovs Umfeld verdarb, schwanden meine Chancen, das Dilemma, in dem ich mich befand, zu lösen. Wenn ich Glück hatte, war Lammerts Angebot eine Chance, die sich als der Rettungsanker erweisen konnte, nach dem ich suchte. Lammerts Hilfe in Anspruch zu nehmen, mochte mich in die Lage versetzen, etwas für Leni zu tun. Mein Wissen um den heimlichen Zugang zu den Räumen der Gesellschaft am Spittelmarkt gab mir noch eine weitere Chance, doch mir schien, dass ich sie nur ergreifen sollte, wenn alle anderen Stricke rissen.

»Dieser Grundstückshandel, was hat es damit auf sich? Manche der Leute, die für diese Gesellschaft tätig sind, erscheinen mir nicht besonders vertrauenerweckend. Bei dem, was sie tun, denkt man nicht unbedingt an Grundstückshandel, es sei denn, diese Grundstücksgeschäfte würden mit Gewalt zustande gebracht.«

»Sie hätten es in der Hand, der Gesellschaft zu einem besseren Ansehen zu verhelfen. Ihre erlernten Fähigkeiten sind es doch, die mich an Sie denken lassen.«

Das war natürlich Unsinn, da er von meinen Fähigkeiten nichts wusste, aber ich sagte mir, dass es besser war, nicht die Tür zuzuschlagen, bevor ich gesehen hatte, was sich dahinter befand. Es sah ganz so aus, als gebe es in der Gesellschaft interne Streitigkeiten, bei denen Lammert selbst Unterstützung brauchte. »Ich möchte wissen, worauf ich mich einlasse, wenn ich zu Ihnen komme.«

Eine Weile schaute er mich nachdenklich an. »Es macht den Fortgang unseres Gesprächs leichter, dass Sie ein Anwalt sind, denn Weiteres werden Sie von mir nur unter den Bedingungen eines anwaltliches Vertrauensverhältnisses erfahren, damit Sie zum Schweigen verpflichtet sind, falls wir uns wider Erwarten nicht einig werden sollten.«

»Gut, damit kann ich leben.«

Er lehnte sich zurück und verschränkte die Hände über dem Bauch. »Es gibt in Deutschland eine ganze Reihe bedauernswerter Menschen, die gezwungen sind, ihre Grundstücke schnell zu verkaufen.«

»Juden?«

»Die meisten sind Juden, aber auch ein paar andere. Wir kaufen die Grundstücke dieser Personen auf und verkaufen sie weiter.«

»Ich nehme an, der Preis, zu dem Sie die Grundstücke einkaufen, liegt deutlich unter dem Wert der Häuser.«

Er grinste unverwandt, aber seine Augen wurden schmaler. »Wir handeln nach den Gesetzen des Marktes, Herr Goltz, so kennen wir das in Amerika, aber diese Regeln gelten auch hier.«

»Und der Preis, zu dem Sie die Grundstücke weiterveräußern, liegt sicher erheblich höher als der Einkaufspreis.«

Er lächelte. »Wir sind eine Handelsgesellschaft, die Gewinne machen muss, Herr Goltz. Es geht alles nach Recht und Gesetz.«

»Und gelegentlich gilt es eine kleine Lücke im Gesetz zu finden, nicht wahr?«

Er lächelte zustimmend.

Handelsgesellschaft klang immer gut. Recht und Gesetz sowieso. Was eine Handelsgesellschaft tat, konnte nichts Schlechtes sein. So dachte man wenigstens in Deutschland.

»Seien Sie kein Narr, Herr Goltz!«, sagte er. »Was ich Ihnen anbiete, bedeutet, dass Sie wählen können, ob Fräulein Varo oder Sie selbst eine Führungsrolle innehaben.«

»Ich würde lieber einen Film mit Ihnen machen, Herr Lammert, wenn ich ehrlich bin.«

»Filme kosten Geld, und man weiß nicht, ob man die Investition wieder hereinbekommt. Dann diese dämliche Zensur. Das Risiko einzugehen, erfordert das Vorhandensein eines Risikokapitals. Aber natürlich! Wenn wir mit dem Grundstückshandel genug Gewinn gemacht haben, drehen wir einen Film.« Er lächelte breit. »Mit Leni in der Hauptrolle, na, ist das nicht ein Angebot?«

Im Normalfall hätte ich das Angebot als eine Zumutung empfunden, aber so wie die Dinge standen, gab es nicht viele Alternativen, zwischen denen ich mich entscheiden konnte, eigentlich gar keine. Es war ein Angebot, das besser war als Tod oder KZ. Auf den ersten Blick jedenfalls, und für einen zweiten Blick reichte es bei mir im Augenblick nicht.

»Was ist mit Leni?«

»Sie könnten helfen, dass sie alles unbeschadet überstehen wird.«

»Was genau wirft man ihr vor?«

Er zuckte mit den Achseln. »Sie soll geheime Informationen an einen russischen Freund weitergegeben haben, was ihr von Fräulein Varo und Herrn Frank sehr übel genommen wird. Auch einige andere Herren fühlen sich auf den Schlips getreten. Mehr weiß ich auch nicht. Ich halte mich da raus. Wenn wir uns einig werden, will ich gern das mir Mögliche dazu beitragen, dass Leni keinen Schaden nimmt. Sie liegt mir doch genauso am Herzen wie Ihnen.«

»Und wann werden Sie das Ihnen Mögliche tun?«

»Genauso bald, wie Sie für mich zu arbeiten beginnen. Heute oder morgen.«

»Sie brauchen mich sofort, nicht wahr?«

»Heute oder morgen.« Er erhob sich von dem Stuhl. »Kann ich mit Ihnen rechnen? Habe ich Ihr Wort? Ich frage jetzt, und Sie müssen sich jetzt entscheiden!«

Ich erhob mich ebenfalls. Es gab im Leben Situationen, in denen sich sogar ein recht großer Haken schlucken ließ. Wenn es helfen würde, Lenis Leben zu retten, musste ich nach dem Rettungsanker greifen, den er mir bot, obwohl ich nicht wusste, ob es wirklich einer war, und auch nicht, ob ich ihn lange würde festhalten wollen.

»Gut, ich bin Ihr Mann.«

Lammert strahlte mich an, als ob er endlich jemanden gefunden hatte, der gleichen Geistes mit ihm war, und hielt mir die Hand hin. »Schlagen Sie ein! Sofort!«

Ich ergriff seine Hand. »Was werden Irene Varo und ihre Männer zu unserer Vereinbarung sagen?«

»Sie werden keine Einzelheiten erfahren.«

»Wird mir damit geholfen sein?«

Lammert ließ meine Hand los und lächelte still. »Sie müssen schweigen, Herr Goltz; nur dann ist es sicher, dass die andere Seite nicht mit Gegenmaßnahmen vorprescht und unumkehrbare Verhältnisse schafft. Halten Sie sich zurück! Alles zu seiner Zeit! Nehmen Sie einstweilen alle Zumutungen hin und stellen Sie Ihre weiteren Nachforschungen ein.«

Er ging zur Tür und drehte sich noch einmal um. »So

viel für heute, Herr Goltz«, sagte er. »Ich lasse morgen von mir hören und freue mich auf unsere Zusammenarbeit.«

12. KAPITEL

Es dauerte nicht lange, bis ich mich fragte, ob ich nicht einen Riesenfehler begangen hatte. Mir war, als hätte nicht Lammert mir eine Tür geöffnet, sondern als hätte ich selbst jemanden hereingelassen, der nicht lange zögern würde, bis er sein Zerstörungswerk in meiner Seele begann. Die Sache mit Lammert war nur ein Versuch, die Dinge zum Besseren zu wenden, machte ich mir Mut, aber es fiel mir von Stunde zu Stunde schwerer, zuversichtlich zu sein.

Am Abend traf ich ein paar Vorsorgemaßnahmen für den Fall, dass ich Hals über Kopf würde fliehen müssen; es half mir, um mit der Bedrohung, die ein Stück näher an mich herangerückt war, fertig zu werden. Um schnell handeln zu können, ohne durch Knappheit an Mitteln daran gehindert zu sein, bewahrte ich seit Längerem einen größeren Geldbetrag in meiner Wohnung auf. Einen Teil des Geldes packte ich zusammen mit ein paar Kleidungsstücken in eine kleine Tasche und stellte die griffbereit in einen Schrank, das restliche Geld steckte ich in mein Portemonnaie. Auch meinen Anwaltsausweis nahm ich zu mir. Er war kein Pass, mit dem man sicher ins Ausland gelangen konnte, aber er reichte, um mich auszuweisen. Würde er bei mir entdeckt werden, könnte mir niemand vorwerfen, dass ich einen Ausweis mit mir führte, um mich abzusetzen.

Es war der zweite Abend in Folge, an dem ich meine Wohnung nicht mehr verließ. Ins »Mandarin« konnte ich nicht mehr, und ohne Leni zog mich auch nichts dorthin. Ich wusste nicht, was mir die nächsten Tage bringen würden, ahnte aber, dass irgendetwas geschehen würde. Es konnte nicht schaden, früh schlafen zu gehen.

In der Nacht sah ich sie alle in meinen Träumen: Irene Varo und Konrad Frank, Sepp und Arno, Wilhelm Santor und Rudolf Mantiss. Ich glaubte nicht an die Existenz von Dämonen, aber beim Anblick dieser Gestalten wurde ich schwankend und fragte mich in meinen halb bewussten Momenten ernstlich, ob es nicht doch welche gab. Es gab etwas, das diese Leute miteinander verband, etwas in ihren Gesichtern, das sie einander ähnlich machte, etwas Diabolisches, das man erst beim zweiten Hinsehen erkannte. Auf eine merkwürdige Weise schienen sie gefestigte Persönlichkeiten zu sein, als hätte das Böse, dem sie sich verschrieben hatten, sie stark gemacht. Der Teufel, mit dem sie einen Pakt eingegangen waren, ließ sie nicht im Stich.

Meine persönlichen Befindlichkeiten hatten leider keinen Einfluss auf meine beruflichen Termine. Am Morgen stand ein Verhandlungstermin in einer Mietstreitigkeit an, den ich bei Gericht wahrzunehmen hatte. Die Sache war nicht schwierig, aber zog sich lange hin, weil mehrere Zeugen vernommen werden mussten. Als ich mittags wieder hinter meinem Schreibtisch saß, klingelte das Telefon.

»Wo haben Sie gesteckt?«, fragte Lammert. »Seit zwei Stunden versuche ich, Sie zu erreichen.«

»Ich bin ein vielbeschäftigter Mann! Was haben Sie auf dem Herzen?«

»Sie haben nicht vergessen, dass Sie jetzt für mich arbeiten?«

»Wie könnte ich! Aber ich habe laufende Fälle, die ich nicht einfach hinwerfen oder liegen lassen kann.«

»Okay, Herr Goltz, es geht nicht um jetzt und gleich. Aber heute Abend gibt es Arbeit für Sie. Halten Sie sich bereit!«

»Wann heute Abend? Was für Arbeit?«

»Um 18.00 Uhr. Sie werden abgeholt.«

»Was muss ich tun?«

»Herrn Frank zu einem Verkäufer begleiten.«

»Moment mal! Gestern hieß es, dass niemand etwas von unserer Zusammenarbeit erfahren soll. Ich arbeite allein, nicht zusammen mit Herrn Frank.«

»Herr Goltz, werden Sie nicht komisch! Ganz ließ es sich natürlich nicht vermeiden, dass ich über Ihre neue Rolle ein Wort verliere. Schon um Sie zu schützen, wie Sie sich denken können. Wenn Sie nicht mitarbeiten, werden Sie bearbeitet, das ist doch klar.«

»Worum geht es genau?«

»Sie sollen helfen, den Eigentümer des Grundstücks, den Sie zusammen mit Herrn Frank besuchen werden, davon zu überzeugen, dass er unser Angebot akzeptieren muss.«

Der Haken, den man mir zu schlucken gab, schien noch größer zu sein als befürchtet.

»Gut, aber ich möchte mit Leni sprechen.«

»Dazu kann ich im Moment noch nichts sagen.«

»Dann wenden Sie sich an jemanden, der dazu etwas sagen kann. Eins ums andere, wie besprochen. Ich schaue mir mit Herrn Frank dieses Grundstück an, und Sie sorgen dafür, dass man mich mit Leni sprechen lässt.«

Lammert seufzte in die Leitung. »Gut, ich werde mal sehen, ob sich etwas erreichen lässt, aber versprechen kann ich Ihnen nichts.«

»Versuchen Sie Ihr Bestes. Ich habe nicht tagelang Zeit, auf Lenis Rückkehr zu warten.«

Einige Momente lang blieb die Leitung stumm.

»Herr Goltz, Herr Goltz«, drang es dann leise aus Lammerts Mund an mein Ohr, »Sie können froh sein, wenn man

Ihnen keine größere Kröte zu schlucken gibt, als dass Sie ein paar Tage auf Leni warten müssen.«

Wir legten auf, und ich wandte mich meinen Akten zu. Erneut hatte sich die Arbeit angehäuft, und wenn ich jetzt einen zweiten Beruf hatte, galt es umso mehr, den Tag zu nutzen. Die Stunden flogen dahin, während ich wie ein Berserker meine Akten abarbeitete, und als der Feierabend nahte, hatte ich das Gefühl, mit meinen Fällen auf Reihe zu sein.

Um 18.00 Uhr trat ich zum Fenster und blickte auf die Straße. Der Abend war noch hell. Es wurde fünf nach sechs, dann zehn nach sechs, da hielt eine dunkle Limousine vor der Tür der Kanzlei. Die Fahrertür wurde aufgemacht, und Sepp stieg aus dem Wagen.

Mich beschlich ein komisches Gefühl. Also nicht nur Frank, sondern auch Sepp! Nun gut, Sepp war der Fahrer, das ging noch an, aber war da noch jemand? Ich konnte niemanden sehen, war mir aber unsicher, ob nicht noch jemand in dem Wagen saß. Sepp trat zur Eingangstür und geriet aus meinem Blickfeld, im nächsten Moment hörte ich die Klingel.

»Heil Hitler, Chef«, sagte Sepp, als ich die Tür aufgemacht hatte.

»Warum nennen Sie mich Chef?«

»Weil man mir sagte, dass Sie heute Abend der Chef sind.«

Ich sagte nichts, zog die Tür hinter mir zu und folgte dem Fahrer auf die Straße.

Sepp öffnete mir die Tür zum Fond. Ich schaute in den Wagen und erblickte Arno auf der Rückbank. Er feixte mich an.

»Heute zählt es auch nicht, dass wir uns sehen«, sagte er. »Es zählt überhaupt nicht mehr, jetzt, wo Sie 'n Chef sind.«

»Ich brauche Sie heute Abend nicht.«

»Ohne mich geht's nicht«, erwiderte er. »Uns drei gibt es nur komplett.«

Vorne neben Sepp, der schon eingestiegen war, saß Konrad Frank. Er hatte den Kopf zu mir herumgewandt und nickte mir zu, dann grinste er und sagte: »Normal sind wir zu viert. Als Ersatz für die Chefin sind Sie heute Abend dabei.«

Das Fehlen von Irene Varo wog nicht die Tatsache auf, dass ich mich gegenüber den drei anderen in einer Minderheit fühlte. Da ich nur mit Frank gerechnet hatte, fühlte ich mich verschaukelt.

»Dann machen wir es heute eben mal zu dritt«, erwiderte ich. »Sie können aussteigen, Arno. Wie Sie selbst sagten, bin ich heute der Chef.«

Arnos leblose Augen strichen gleichmütig über mich hinweg.

»Mir wäre lieber, die Chefin hätte heute Abend das Kommando, das können Sie mir glauben. Mit einem Grünschnabel wie Ihnen zieht man sich nur Scherereien auf den Hals.«

»Machen Sie sich darüber keine Gedanken.«

»Muss ich auch nicht. Ich bleibe nämlich sitzen. Die Chefin hat befohlen, dass ich dabei bin. Sie sind erst ab jetzt der Chef und müssen den Trupp übernehmen, wie er ist.«

Dumm war er nicht. »An Ihnen ist ein Jurist verloren gegangen«, sagte ich. »Aber Sie haben von Scherereien gesprochen, an was für Scherereien denken Sie?«

»An gar keine! War nur 'n Spruch! Ich mache mir selten Gedanken. Wenn ich dabei bin, wird es schon gehen.«

»Arno bleibt«, sagte Konrad Frank.

»Mit mir fahren Sie besser«, grinste Arno. »Die Chefin hat das Kommando für ein paar Stunden an Sie übertragen, Goltz, aber auf mich verzichten will sie nicht. Sie sind der Schlaumeier, und ich bin der Mann fürs Grobe, nicht wahr? Hauptsache, wir kommen zum Ziel. Ist doch ne saubere Regelung.«

»Steigen Sie endlich ein, Goltz«, sagte Frank. »Arno hat recht.«

Seine dunklen Augen musterten mich. Die merkwürdige Strahlkraft, die von ihnen ausging, bannte mich, er schien sich meiner Seele bemächtigen zu wollen. Er war gefährlicher als Arno, wurde mir klar. In Wahrheit war er derjenige, der das Kommando führte.

»Wohin fahren wir?«, fragte ich ihn.

»Der alte Zausel wohnt im Grunewald«, sagte Frank. »Ganz feudal, wie es sich für so einen gehört.«

»Welche Anschrift?«

»Sepp weiß Bescheid.«

Ich tat es für Leni, sagte ich mir und kletterte in den Wagen. Mir war klar, dass keiner von den dreien sich um Befehle scheren würde, die ich einem von ihnen geben würde.

»Dann los, Sepp«, sagte ich, um meiner Rolle als Chef dennoch gerecht zu werden. »Fahren wir in den Grunewald.«

»In Ordnung, Chef«, sagte der Fahrer und im Rückspiegel konnte ich sein spöttisches Grinsen sehen.

Sepp startete den Motor, und die Limousine rollte an und strich in gemächlichem Tempo am Landwehrkanal entlang. Ich saß neben Arno und sah aus dem Fenster. Die Sonne war dabei, hinter den Dächern zu versinken, und schickte noch ein letztes Glimmen über den Horizont. Etwas Unheilvolles, das noch nicht sichtbar geworden war, hatte sich in das schwindende, gelbe Sonnenlicht gemischt, und je länger die Schatten wurden, die von Westen auf uns zurollten, umso mehr Kraft und Stärke schien es zu gewinnen.

Sepp fuhr langsam, auch als wir die größeren Straßen erreichten. Plötzlich hatten sie es nicht mehr so eilig. Nachdem sie mich mit im Boot hatten, schienen sie sich ihrer Sache sicher zu sein.

»Mit wem werden wir es zu tun bekommen, Frank?«, fragte ich den Anführer.

»Ein Bankier, ein alter Jude, der die Zeichen der Zeit nicht versteht.«

»Haben Sie einen Plan, wie wir ihn überzeugen können, sein Grundstück zu verkaufen?«

Frank lachte. »Machen Sie sich mal selbst ein paar Gedanken, Goltz«, gab es zurück. »Das ist Ihre Aufgabe.«

»Weil die Chefin nicht dabei ist, redet der Advokat so, als würden wir nen Ausflug in die Sommerfrische machen«, meinte Arno und sah zu mir herüber. »Du wirst dir noch wünschen, du hättest den Job nicht übernommen. Mit den Juden ist nicht zu spaßen.«

»In meinem Beruf habe ich oft mit schwierigen Fällen zu tun«, erwiderte ich. »Verlassen Sie sich auf meine Erfahrung.«

Arno lachte. »Na, ob die dir heute etwas nützen wird?«

Frank drehte sich um. Seine schwarzen Augen schimmerten kalt. »Halt jetzt den Mund, Arno! Sonst bist du es, der Scherereien kriegt.«

Keiner sagte mehr etwas, während wir die Budapester Straße entlangfuhren, die Gedächtniskirche umrundeten und auf dem Kurfürstendamm weiter in Richtung Grunewald rollten, zu dem Viertel, wo die Großbürger und Millionäre wohnten.

Einzig Arno neben mir schien guter Laune zu sein. Er begann eine Melodie zu summen, die ich nach einer Weile erkannte. Es war ein alter Gassenhauer, »Im Grunewald, im Grunewald ist Holzauktion«.

Hinter dem Bahnhof Halensee ging es die Koenigsallee hinunter, und einige Minuten später kreuzte Sepp durch die ruhigen Nebenstraßen der Grunewalder Villenkolonie, auf der Suche nach dem Anwesen, dem unser Auftrag galt. Frank gab gelegentlich eine Anweisung, wo Sepp abbiegen sollte.

Wir passierten die künstlichen Seen, mit denen man einst das sumpfige Gelände trockengelegt hatte und um die herum die vornehmen Villen entstanden waren. Die Ufer hatten privaten Charakter, waren befestigt und mit einer gewässertypischen Vegetation versehen. Ein Seegrundstück erwarb so mancher gern zu einem günstigen Preis.

Die Limousine fuhr um ein paar Ecken, rollte durch immer schmaler werdende Straßen, bis Frank auf eine Villa deutete, an der wir langsam vorüberfuhren. »Da ist es!«

Das Grundstück war durch eine hohe Hecke vor Blicken geschützt, sodass im Dämmerlicht nur ein paar Zinnen zu sehen waren. Sepp parkte den Wagen unter einer Kastanie, die zwischen zwei gelb schimmernden Straßenlaternen stand. Die Laternen waren angegangen, während wir durch die Straßen des stillen Viertels kreuzten.

Konrad Frank griff zu der Aktentasche, die unten am Sitz bei seinen Füßen lag. »Wir machen es wie besprochen«, sagte er. »Goltz und ich gehen zunächst allein.«

»Besprochen?«, sagte ich. »Mit mir haben Sie nichts besprochen.«

Frank musterte mich dunkel. »Wie ich gerade sagte – Sie und ich, wir gehen an die Haustür. Damit ist das doch klar!«

Es konnte mir nur recht sein, dass Arno und Sepp nicht mitkamen. Aber wozu waren sie dann hier? Sepp war der Fahrer, aber Arno? Wozu brauchten wir den Mann fürs Grobe?

Frank stieg aus, und auch ich kletterte aus dem Wagen. Sepp und Arno rührten sich nicht. Wir ließen die beiden allein und gingen die rund fünfzig Meter bis zum Grundstück, öffneten die Gartenpforte und betraten es. Im Haus brannte Licht.

Ein langer Kiesweg führte zwischen Blumenrabatten von der Pforte durch den Vorgarten. Ich sah einen Springbrunnen, der nicht angeschaltet war, und eine weiße Büste am Rande eines Rasens.

»Wir gehen hinten herum, schauen uns das Grundstück an«, sagte Frank. »Noch kann man alles einigermaßen sehen.«

Der Weg teilte sich, links führte er über eine Freitreppe zum Eingangsportal, rechts am Rande des Rasens um eine Terrasse herum, die sich in den Garten schwang. Hinter der Terrasse wuchsen Farnkraut und wilde Blumen. Der Rasen war lange nicht gemäht worden, und der Garten machte einen leicht verwilderten Eindruck, als hätte während des vergangenen Sommers niemand Zeit gehabt, sich um seine Pflege zu kümmern.

Hinten grenzte das Grundstück an den See. Es gab eine Bootsanlegestelle, aber kein Boot. Die Szenerie wirkte irgendwie verlassen, als ob alles fröhliche Leben auf dem Anwesen, das es an diesem Ort einmal gegeben hatte, schon seit Langem erloschen war. Wäre nicht das Licht im Haus gewesen, hätte ich gemutmaßt, mich auf unbewohntem, verlassenem Gelände zu befinden.

»Der Alte bewohnt das Haus ganz allein, nachdem seine Frau vor einem halben Jahr gestorben ist«, sagte Frank. »Die Tochter mit Mann und Kind haben Deutschland nicht lange danach verlassen. Wird Zeit, dass der Alte auch endlich verschwindet.«

»Der Mann wird Personal haben, wenigstens eine Frau für den Haushalt.«

Konrad Frank reagierte nicht, ließ den Blick hinunter zum Seeufer schweifen. Er sah aus, als ob er auf irgendetwas wartete. Die Dämmerung ging rasch auf die Dunkelheit zu, die Details vor meinen Augen begannen bereits zu verschwimmen.

»Die Zugehfrau kommt jeden Tag für ein paar Stunden, ist aber um diese Zeit schon gegangen. Weiteres Personal ist nicht mehr da. Sie können es sehen. Kein Gärtner, der sich um das alles kümmert. Es ist wirklich an der Zeit, dass sich hier etwas ändert.« Er sah mich an, als hätte er einen Entschluss gefasst. »Wir gehen auf die Terrasse«, sagte er bestimmt.

Mein Gott, was tat ich hier, durchfuhr es mich; wie war ich hierhergeraten, und wie kam ich hier wieder raus? Uns stand etwas Böses bevor, daran zweifelte ich nicht, und ich konnte nur hoffen, dass es sich in Grenzen hielt.

»Mir gefällt es nicht, hier herumzustromern«, entgegnete ich. »Gehen wir nach vorne zur Haustür und melden wir uns an. Dann sprechen wir mal mit dem Mann.«

Frank gab nichts auf meine Worte, er beachtete mich nicht einmal. Stattdessen marschierte er quer über den Rasen zu der Treppe hin, die aus dem Garten zur Terrasse hinaufführte und stieg die Stufen empor. Oben blickte er sich um und winkte mir zu, ihm zu folgen. Ich tat es nicht, sondern blieb unschlüssig stehen, wusste nicht recht, was ich von alldem halten sollte, aber bevor ich einen Entschluss fassen konnte, sah ich, wie die Terrassentür geöffnet wurde und ein älterer Mann ins Freie trat.

Widerstrebend folgte ich Frank nun auf die Terrasse und hörte beim Näherkommen, wie er zu dem Mann sagte: »Wir kommen wegen des Hauses, wegen des Kaufvertrags.«

Der Mann war mittelgroß und in den Sechzigern. Er trug eine Strickjacke über einem offenen Hemd. Sein Haar war grau, das Gesicht hager, doch machte er nicht den Eindruck eines Menschen, dem leicht Angst einzujagen war.

Eine Weile starrte er Frank stumm an. »Verschwinden Sie!«, sagte er bloß.

Er drehte sich fort und ging in das Haus zurück, doch bevor er die Terrassentür schließen und uns aussperren konnte, trat Frank dazwischen, indem er einen Fuß in den Türspalt schob.

»Lassen Sie uns eintreten!«, sagte er. »Draußen im Wagen sitzen zwei Gestapobeamte. Wir brauchen sie nur zu rufen, dann kommen sie, und was dann mit Ihnen passiert, können Sie sich ausrechnen.«

»Abhauen!«, zischte der alte Mann.

Frank packte ihn am Revers und schob ihn in das Innere des Hauses zurück.

»Frank, das reicht!«, rief ich, weil ich das Gefühl hatte, irgendetwas tun zu müssen. »So kommen Sie an keinen Vertrag. Lassen Sie den Mann los!«

Frank lachte böse. »Damit er uns abhaut, was? So weit kommt's noch. Nicht mit mir.«

Ich ging zwischen die beiden Männer und versuchte, Frank von dem alten Bankier zu trennen, doch dieser ließ den Alten nicht los, und ich trat zurück.

»Ich bin Rechtsanwalt«, sagte ich zu dem Mann, »wir wollen nur über die Vertragsbedingungen reden.«

»Gauner, Betrüger seid ihr!«, rief der Alte. »Mit eurer Sorte schließe ich keine Verträge.«

Frank löste die rechte Hand von dem Aufschlag der Jacke des Mannes und schlug ihm rechts und links ins Gesicht.

Der Mann schrie auf.

»Frank, sind Sie verrückt!«, rief ich.

Frank blickte wütend zu mir her. »Halten Sie den Mund!

Das Schlaugequatsche können Sie sich sparen, es gibt nur eine Sprache, die der Jude versteht.«

Wir standen in einem Raum, der mit antiken Möbeln, Gobelins und kostbaren Bildern ausgestattet war. Rechts in der Ecke stand ein Tisch mit mehreren Stühlen.

»Es dauert nicht lange«, versuchte ich, mit dem Hausherrn ins Gespräch zu kommen, in der Hoffnung, den Alten zu besänftigen und die Situation ein wenig zu beruhigen. »Setzen wir uns dort drüben an den Tisch und reden einmal, was Sie und was wir denken.«

Meine Worte kamen mir unpassend und unsinnig vor. Die Situation war eine ganz andere, als ich sie von anwaltlichen Verhandlungen mit den Gegnern von Mandanten kannte. Ich fühlte mich hilfloser als in einer aussichtslosen Sache vor Gericht und obendrein noch ziemlich mies.

»Verstehen Sie mich nicht?«, sagte der Bankier. »Ich verkaufe nicht. Ich bleibe hier.«

Sein Gesicht war fahl, aber der Ausdruck unnachgiebig, als ob es ihm ganz egal war, was mit ihm passierte.

Frank schlug erneut zu, doch im nächsten Moment gelang es dem Mann, sich loszureißen. Er stürmte zur Terrassentür und riss sie auf, doch dann blieb er stehen, erschrocken, fast panisch.

Im Rahmen der Tür wurden Schatten sichtbar, dann zwei Gestalten – Sepp und Arno hatten die Terrasse betreten und kamen nun zu uns in das Haus. Sepp, der als Letzter der beiden das Zimmer betrat, drehte sich sofort herum, um die Terrassentür von innen zu verschließen.

Arno war Frank beigesprungen und hatte den Alten gepackt. Er stieß ihn zu einem Lehnstuhl an der rechten Wand nahe dem Tisch. Er hatte die Situation blitzschnell durchschaut. Mir fiel auf, dass er Handschuhe trug.

»Setz dich auf den Stuhl!«, sagte er zu dem Bankier.

Der Mann hob wie zur Abwehr die Hände, als rechnete er damit, erneut geschlagen zu werden, folgte aber der Aufforderung, sich zu setzen. Er wirkte plötzlich müde, grau und resigniert.

»Warum gehen Sie nicht?«, sagte er. »Was Sie tun, ist doch sinnlos.«

Wie der Alte da saß, tat er mir leid. Trotzdem ärgerte ich mich über seinen Starrsinn. Warum gab er nicht nach, sondern leistete diesen trotzigen, unsinnigen Widerstand? Weil er sein Haus liebte, weil all seine Erinnerungen daran hingen und er nirgend anders mehr hin wollte? Etwas in dieser Art musste es wohl sein. Ich hätte ihm gern geholfen, wusste aber nicht, wie ich es machen sollte. Eigentlich wünschte ich mich auf und davon. Was gingen mich der alte jüdische Bankier und diese verdammte Villa an? Ich hatte hier nichts zu suchen.

»Lassen Sie mich einfach in Ruhe«, sagte der alte Mann.

»Gleich hast du Ruhe«, erwiderte Arno. Er blickte zu mir, dann weiter zu Frank. Letzterer machte eine Bewegung, die ich am Rande registrierte, ohne dass ich deren Bedeutung erfasste.

Arnos Hand wanderte in die Innentasche seiner Jacke, und als er sie wieder hervorzog, hatte er seine Parabellum-Pistole darin, und dann setzte er deren Mündung dem Mann im Sessel direkt an die Schläfe. Der blickte zu Arno auf, soweit es ihm möglich war, denn er konnte den Kopf kaum bewegen, sah die Pistole und wirkte weniger erschrocken als verwundert.

»Lassen Sie das, Arno«, sagte ich. »Wir kommen auch ohne solche Mätzchen zurecht.«

Der Blick von Arnos leblosen Augen wandte sich von dem Alten ab und ruhte einen Moment auf mir, dann wanderte er weiter zu Frank.

»Sagen Sie ihm, dass er damit aufhören soll, Frank«, sagte ich. »Auf mich hört er nicht. Arno soll hier verschwinden. Sagen Sie ihm, dass er rausgehen und im Wagen warten soll, wir können ihn im Moment nicht gebrauchen.«

Frank sagte nichts, und Arno bewegte die Mündung der Pistole keinen Millimeter von der Schläfe des Mannes weg. Der Alte versuchte den Kopf noch ein Stück weiter zu wenden, sein Gesicht war noch grauer geworden und schien immer mehr in sich zusammenzufallen.

Sepp, der Fahrer, sagte: »Ich gehe jetzt. Mir scheint, ich werde im Haus nicht mehr gebraucht.«

Er machte die Terrassentür einen Spalt auf, schlüpfte hindurch und drückte die Tür hinter sich wieder zu, bevor er über die weitgeschwungene Terrasse davoneilte und im Dunkel des Gartens verschwand.

Der Knall war laut und ließ mich zusammenfahren. Im ersten Moment wusste ich nicht, woher er gekommen war. Dann sah ich, dass der Mann im Stuhl zusammengesackt war und aus einer hässlichen Einschusswunde am Kopf das Blut auf seine Jacke herunterlief.

»Frank!«, schrie ich, während der Schuss noch in meinen Ohren nachhallte. »Sehen Sie nur! Was hat dieser Irre getan?«

Arno sprang auf mich zu. »Halt dein Maul, du Scheißadvokat, noch ein Wort und du bist der Nächste, dem ich das Lämplein ausblase!« Er sagte noch etwas, bevor er sich von mir entfernte, aber ich verstand es nicht mehr.

Ein seltsamer Film begann vor meinen Augen zu laufen. Frank und Arno redeten miteinander und schauten in meine Richtung, ihre Stimmen waren zu vernehmen, klangen aber merkwürdig fern, sodass ich den Sinn ihrer Worte nicht begriff. Es war mir auch gleichgültig, was sie redeten und taten. Die Welt um mich herum schien nichts mit mir zu tun zu haben, also ob ich in einem Kino saß und teilnahmslos eine stumme Leinwand betrachtete.

Erst als Arno nach einer gewissen Zeit, von der ich nicht sagen konnte, wie lange sie gedauert hatte, erneut auf mich zukam, hörte ich ihn wieder.

»Na, Chef«, meinte er. »Bist du immer noch der Meinung, du bräuchtest mich nicht?«

Auch Konrad Frank trat auf mich zu, mit gerötetem, zornigem Gesicht. »Viermal oder fünfmal haben Sie meinen Namen genannt, ich konnte gar nicht so schnell zählen, wie oft der Alte ihn hörte«, sagte er. »Man nennt keine Namen, während man eine Arbeit erledigt. Verstehen Sie das!?«

Ich starrte ihn stumm an. Nicht wegen seines Vorhalts hatte es mir die Sprache verschlagen. Ich fühlte mich wie am Boden zerstört, wie ein geschlagener Mann unter den Tritten von Stiefeln. Nein, noch anders, es war schlimmer, was ich fühlte, war schlimmer als ein körperlicher Schmerz.

»Bist etwas blass um die Nase rum, Chef«, sagte Arno. »Warst du nicht im Krieg? Hast du noch nie nen Toten gesehen? Doch, natürlich hast du – beinahe hätte ich es vergessen. Ist ja erst zwei Tage her, dass du oben im Park den Russen totgeschossen hast. Also, dann weißt du doch Bescheid, wo der Hase langläuft. Oder hast du gar nicht geschossen? War es doch der Russe selbst? War wohl auch so 'n Selbstmord wie bei dem Alten hier, was?«

»Halt keine Reden, Arno«, sagte Frank. »Wir haben keine Zeit. Mach alles so, dass man sieht, wie der Alte sich selbst erschossen hat.«

Arno nahm einen Lappen aus der Tasche und rieb den Griff der Pistole ab. »War er Rechtshänder oder Linkshänder?«, fragte er.

»Drück sie ihm in die Rechte und lass sie fallen«, gab Frank zurück. »Es spielt keine Rolle. Um den Selbstmord eines alten Juden kümmert sich kein deutscher Polizist.«

Arno machte es so, wie Frank es ihm aufgetragen hatte, und ich sah ihm teilnahmslos zu.

»So, dann wäre das erledigt«, sagte Arno und sah zu mir her. »Ich erwarte Lob von Ihnen, Chef! Haben wir unsere Sache nicht gut gemacht?«

Endlich hörte ich meine eigene Stimme, sie klang fremd und krächzend, eine Stimme wie aus einer anderen Welt.

»Warum habt ihr ihn erschossen? Ich habe das nicht befohlen. Es hätte gereicht, ihm Angst zu machen!«

»Hören Sie, Chef!«, sagte Arno. »Wir machen es so, wie wir es kennen und immer machen. Sie haben nicht befohlen, dass wir es anders machen sollen als sonst. Also gelten die alten Befehle von der Chefin.«

»Das ist Unsinn!«

»Arno hat recht, Goltz!«, sagte Frank. »Sie geben die Befehle, aber wenn Sie nichts befehlen, machen wir es wie immer. Was wollen Sie denn? Sie haben das Kommando, aber Sie können den Krieg nicht beenden, darüber befinden andere.«

Es war sinnlos, etwas darauf zu erwidern, dennoch tat ich es fast automatisch, wohl weil ich spürte, dass es mir mehr helfen würde, als still zu sein. »Sie verdrehen alles, Frank! Sie haben es geplant! Sie vor allem sind schuld! Alles geschah hinter meinem Rücken. Sie wussten Bescheid, was geschehen würde, ich wusste von nichts.«

Konrad Frank lächelte böse. »Vergessen Sie nicht, was ich Ihnen bereits sagte: Sie haben im Beisein des Alten meinen Namen genannt! Man nennt keinen Namen, wenn man Leuten bloß Angst machen will. Da Sie es taten, war es klar, dass wir die Sache ganz zu einem Ende bringen mussten.

Für den Alten ist es besser, er hat keine Angst mehr, oder? Wenn man tot ist, hat man seine Angst verloren.«

Frank drehte sich zu Arno herum. »Du gehst als Erster«, sagte er, »hinten rum, wie Sepp. Scheint alles in Ordnung zu sein, sonst wäre Sepp schon wieder hier. Goltz und ich warten ein paar Minuten und kommen dann nach.«

»Gut, dann verdufte ich jetzt nach draußen«, sagte Arno. »Bis später!«

Gleich darauf verschwand er durch die Terrassentür, die Frank hinter ihm schloss, in die Finsternis.

»Wir gehen durch die Haustür«, sagte Frank. »Ziehen Sie den Hut ins Gesicht. Nicht dass es so wichtig wäre, aber ich bin immer dafür, dass man auf die einfachen Vorsichtsmaßnahmen nicht verzichtet.«

»Ganz meine Meinung«, murmelte ich.

Konrad Frank hatte mich hereingelegt und mich bewusst in seine perfiden Pläne verstrickt, aber auf der anderen Seite hatte er recht: Es wäre an mir gewesen, meinen Einfluss geltend zu machen und die Pläne dieser Mordbuben zu durchkreuzen. Obwohl ich Böses befürchtet hatte, war ich dem Vorhaben meiner Spießgesellen nicht in den Weg getreten, sondern hatte sehenden Auges zugelassen, wie sie dem alten Bankier den Garaus gemacht hatten. Die Verzweiflung über die Erbärmlichkeit meines Verhaltens schnürte mir für einige Momente die Kehle zu.

»Warum das Ganze?«, fragte ich. »Jetzt, wo der Alte tot ist, können Sie das Grundstück nicht mehr kaufen. Nun haben Sie die Erben am Hals.«

»Oder die Erben uns«, sagte Frank. »Machen Sie sich deshalb keine Sorgen, Goltz. Die Erben werden verkaufen. So wie wir es gemacht haben, war es das Beste. Der Alte war ein Störenfried, er war nicht nur halsstarrig, sondern hat Briefe ins Ausland geschrieben, an seine Glaubensbrüder, in denen er sich über uns beschwert und uns verleumdet hat. Nein, er musste verschwinden. Wilhelm wird zufrieden mit uns sein.«

Frank trat neben mich und legte mir in einer versöhnlichen Geste die Hand auf die Schulter. »Auch mit Ihnen, Herr Goltz, mit Ihnen ganz besonders, denn Sie machen das schließlich zum ersten Mal! Ich denke, das mit den Namen kommt nicht wieder vor.«

»Nein, es kommt nicht wieder vor«, murmelte ich dumpf. »Es war sowieso das letzte Mal.«

»Das sagen sie nach dem ersten Mal alle«, sagte er und lächelte wie jemand, der es besser wusste, aber sein Wissen ganz gern für sich behielt.

In diesem Moment wurde mir etwas klar, und es war eine schmerzliche Erkenntnis. Es mochte sein, dass die Erben eher bereit waren zu verkaufen als der alte Bankier, und auch, dass meinen Begleitern die Briefe nicht gepasst hatten, die der alte Mann ins Ausland schrieb. Doch der eigentliche Grund, weshalb sie den Bankier getötet hatten, war der, dass sie einen Mord haben wollten, den sie mir in die Schuhe schieben konnten, einen Mord, für den ich mich verantwortlich fühlen musste, weil ich daran beteiligt gewesen war. Sie konnten zufrieden sein, denn sie hatten ihr Ziel erreicht. Ich hatte den feigen Mord an einem alten, wehrlosen Menschen nicht verhindert.

Frank nahm die Hand von meiner Schulter. »Kommen Sie, Goltz«, sagte er in fast freundschaftlich klingendem Ton, der sich anhörte, als ob wir alte Kameraden wären, und schaute sich im Zimmer um. »Alles in Ordnung! Die kleine Lampe lassen wir brennen.«

Am Ende des dunklen Flurs schlüpfen wir durch die Haustür und gingen auf dem Gartenweg zur Pforte. Ich war froh über die hohen Hecken, die uns vor jedem Blick beschirmten, der uns von außerhalb des Anwesens hätte treffen können. Der Mond, der sich am Himmel zeigte, warf ein blasses Licht auf unsere verlorenen Gestalten.

Frank vergewisserte sich, dass die Luft rein war, dann verließen wir das Grundstück und schritten die dunkle Straße hinunter, die genauso einsam und verlassen dalag wie das Villengrundstück, dessen Eigner an diesem Abend gestorben war. Weiter hinten stand die dunkle Limousine, der Lichtschein der Laternen erfasste sie nicht.

Sepp saß hinter dem Steuer, Arno auf dem Beifahrersitz, Frank und ich stiegen hinten ein. Sepp startete den Motor und streifte langsam zurück durch die einsamen Straßen der Grunewalder Villenkolonie.

Ich fühlte mich wie in einem Alptraum in finsterer Nacht, von dem ich wusste, dass ich nicht mehr daraus erwachen würde. Drei Jahre lang hatte ich mit mir gehadert, drei Jahre, in denen ich versucht hatte, mich aus allem rauszuhalten, was im neuen Deutschland vonstatten ging: Ich hatte geahnt, dass es auf Dauer nicht funktionieren würde, und nun war es passiert.

Ein Rest von Verstandeskraft verhinderte, dass ich den Fahrer bat, anzuhalten und mich aussteigen zu lassen. Es nützte mir nichts mehr. Ich brauchte nicht zu fliehen, denn jetzt gehörte ich dazu, und deshalb war es im Moment besser zu bleiben. Die Männer im Wagen waren meine Gefährten geworden, Kameraden in einem ganz üblen Krieg.

»Zum Glück ist uns kein Hund in die Quere gekommen«, sagte Arno, der vorn neben dem Fahrer saß. »Um so nen Hund tut es mir immer wahnsinnig leid. Was kann das arme Tier dafür, dass sein Herrchen so einen Mist verzapft?«

»Ja, mit einem Hund, das ist nichts«, stimmte Sepp ihm bei, während er den Wagen gelassen durch den abendlichen Verkehr lenkte. »Ich hab's mal erlebt, da hat sich so 'n Terrier in den Knüppel verbissen, mit dem einer von uns nach dem Köter schlug. Der Kerl war 'n Hundehasser und hat das arme Vieh am Stock in 'ne Astgabel gehängt. Was hat der arme kleine Kerl gejault! Ich weiß nicht, ob über sich selbst oder sein totes Herrchen. Hinterher, als der kleine Kerl wieder am Boden war, hatte dieser Sadist ihn mit dem Knüppel totgeschlagen. Es war zum Heulen, die Sache hing mir tagelang nach.«

»Konntest du nicht eingreifen?«, fragte Arno, seine Stimme klang ehrlich empört. »Konntest du es nicht verhindern?«

»Da war nichts zu machen. Die hatten mehr zu sagen als ich.«

»Der Mistkerl, der das getan hat, hätte mir zwischen die Finger geraten sollen«, sagte Arno. »Ich hätte ihn mit demselben Knüppel totgehauen, mit dem er den Hund erschlagen hat.«

Sepp murmelte etwas Zustimmendes.

»Ich bin kein Freund von Quälereien«, sagte Arno. »Nicht bei Tieren und nicht bei Menschen, ich sage immer: Nimm eine saubere Kugel und der Tod ist dein Freund. Wenn es mich eines Tages triff, wünsche ich mir, dass die anderen genauso fair mit mir sind, wie ich mit meinen Gegnern. Eine saubere Kugel muss ein Mann akzeptieren können.«

»Wenn seine Zeit um ist«, stimmte Sepp ihm zu.

»Du sagst es«, erwiderte Arno. »Irgendwann muss man gehen, und am besten, man wartet nicht bis zum letzten Moment.«

»Wir sind nur Gast auf Erden«, sagte Sepp. »Alles hat seine Zeit.«

»Nun werdet mal nicht religiös«, sagte Konrad Frank. »Wenn wir tot sind, ist es vorbei, da kommt nichts mehr.«

»Glaubst du das wirklich?«, fragte Arno. »Wenn man dich manchmal mit der Chefin reden hört, glaubt man, ihr wolltet unsterblich werden.«

»Mag sein, dass man es erreichen kann, aber es ist ein ziemlicher Aufriss, das Ganze, und ich frage mich immer öfter, ob es die ganze Anstrengung wert ist. Die große Ruhe ist vielleicht die bessere Wahl.«

»Es kommt beides«, meinte Sepp. »Zuerst kommt die große Ruhe, aber dann irgendwann geht es wieder los.«

Die Limousine bewegte sich durch ein Labyrinth von dunklen Straßen. Scheinwerfer von Autos, die uns entgegenkamen, blitzten in der Dunkelheit auf, glänzende Augenblicke, die aufflammten und vergingen. Zuweilen schloss ich die Augen und hatte den Wunsch, ich wäre tot. Ich sehnte mich nach dem großen weißen Nichts, in dem man angeblich so warm und geborgen war.

Der Wagen erreichte den Kurfürstendamm. Es schimmerte und glitzerte wie in jeder Nacht. Vergnügungssüchtige Berliner und Touristen aus der Provinz bevölkerten die breiten Bürgersteige des beliebten Boulevards. Der Anblick berührte mich nicht; der Lichterglanz ließ mich erschreckend kalt. Die Stadt, in der ich lebte, war mir fremd geworden.

»Ich mag diese Stadt nicht«, sagte Sepp. »Es wird mir immer klarer. Alles toter Beton, obwohl es viele Parks gibt. In München, wo ich herkommen, hatte ich nie dieses Gefühl.«

»Mir gefallen die Berge gut, die ihr da unten habt«, sagte Arno. »Bist du schon mal auf dem Watzmann gewesen?«

»Wie kommst du gerade auf den Watzmann?«

»Es ist der einzige Berg, den ich mit Namen kenne. Ist er nicht in der Nähe, wo der Führer seinen Berghof hat?«

»Obersalzberg, meinst du? Ja, das ist nicht weit davon weg.«

»Ich würde gerne mal hoch – nicht zum Führer, aber auf den Watzmann.«

»Ich war schon droben«, sagte Sepp nach einer Weile. »Nicht beim Gipfel, dafür musst du ein richtiger Bergsteiger sein, aber es hat dort auch schöne Wanderwege, zum Watzmannhaus hinauf, unterhalb des Gipfels. Du hast recht, es ist schön dort, besser als das Elend hier, ich möchte gern mal wieder hinauf. Dieses Jahr wird es nichts mehr werden, aber nächstes Jahr könnte es gehen. So im Frühsommer, denke ich. Magst du mit hinaufkommen? Dann könnten wir zusammen die Bergwanderung machen.«

Arno schaute den Fahrer dankbar an. »Das ist eine prima Idee, Sepp«, sagte er. »Ich bin auf jeden Fall dabei. Mir zwoar! So sagen sie doch bei euch da unten, gell?«

Sepp lachte. »Na ja, so ähnlich. Ist schon recht.«

13. KAPITEL

Die Limousine bog am Zoobahnhof nach Norden ab und fuhr über die Spree, tauchte dann in das dunkle Tiergartenviertel ein. Um zum Belle-Alliance-Platz zu kommen, wo sie mich abgeholt hatten, hätte Sepp nach Süden schwenken müssen, aber er tat es nicht, und ich verlangte auch nicht, dass er die Fahrtrichtung änderte, es war mir fast egal, wohin wir fuhren.

Am Potsdamer Platz ging es ein Stück hinter einer rumpelnden Straßenbahn her, dann bogen wir in die ruhige Bellevuestraße ein, wo das Hotel »Esplanade« in Sichtweite kam. Sepp bremste die Limousine und ließ sie in die Auffahrt rollen, die vor dem mondänen Portal einen kleinen Bogen beschrieb.

»Ihr könnt nach Hause fahren, Sepp und Arno«, sagte Konrad Frank, als der Wagen stand. »Bei dem Termin im Hotel werdet ihr nicht gebraucht.«

»Ist mir auch lieber so«, sagte Arno. »Ich mag diese Scheißfeudalkästen nicht, und die Leute, die sich da herumtreiben, noch weniger.«

Ein Portier in blauer Uniform mit goldenen Tressen trat an den Wagen und ließ erst mich und dann Konrad Frank aussteigen, und als die Türen zugeschlagen waren, schoss Sepp mit quietschenden Reifen und aufjaulendem Motor davon, was in meinen Ohren wie ein frivoler Abschiedsgruß klang.

Der Portier begleitete uns über einen Teppich in die hell erleuchtete Halle des »Esplanade«. Das Hotel war bekannt für seine mit Glasdach ausgestatteten Höfe, von denen einer, der »Palmenhof«, berühmt für seine Tanztees war. Hier hatten die Berliner zum ersten Mal Charleston getanzt. Rote Läufer auf dem Marmorboden führten zu einem Empfangstresen, der ebenfalls aus Marmor war. Wir hatten die Welt der Prunksäle und schweren Kristallleuchter betreten, wie sie einst für den Kaiser und seinen Hochadel errichtet worden war. Der Kaiser und seinesgleichen hatten sich davongemacht, heute waren die Diplomaten, der Finanzadel und die braunen Bonzen in dem Prunkbau zu Hause.

Frank blieb stehen und blickte sich zu mir um. Die meisten Gäste, die in der Halle umherflanierten, hatten entspannte Gesichter, Diplomaten, Offiziere samt Anhang, einige nickten uns sogar freundlich zu. Obwohl ich noch nie hier gewesen war, begann ich mich schon wie ein Stammgast zu fühlen und tat so, als wäre ich in dem Hotel daheim, so wie man es meistens machte, wenn man einen Ort wie diesen betrat.

»Lassen Sie sich ansehen, Goltz«, sagte Frank. »Ja, Sie sehen ganz akkurat aus. Oder wollen Sie sich noch frisch machen?«

»Für wen? Bin ich schlecht angezogen? Sieht man mir die Drecksarbeit an? Ich will niemanden beeindrucken, schon gar nicht das Pack, das sich hier herumtreibt.«

»Sie sehen gut aus, Goltz«, lächelte Frank. »Sie passen her. Ich zweifle nicht an Ihnen. Sie bekommen das schon hin.«

Aus einer eigentümlichen Distanz registrierte ich die Erscheinung meines Begleiters, seine nicht imposante, aber gefällige Gestalt, seine Gesichtszüge waren von angenehmer Regelmäßigkeit, und die Augen strahlten vor Lebendigkeit. Die Erlebnisse der vergangenen Stunden hatten in seinem Gesicht keine Spuren hinterlassen, anscheinend auch auf seiner Seele nicht, denn er wirkte regelrecht entspannt.

»Sie haben recht«, setzte er hinzu. »Die braunen Bonzen und der Geldadel, die hier ihre Suiten haben, machen sich die Hände nicht schmutzig.«

Er klärte mich mit keinem Wort darüber auf, was wir in dem Hotel wollten, genauso wenig, wie er es auf dem Weg zum Grunewald getan hatte. Mit der Hand wies er zu dem Aufzugsschacht und steuerte dann auf einen der Lifte zu, vor dem ein hübscher Hotelpage stand, der uns bereits zu erwarten schien, auch er in blauer Uniform. Der Page ließ uns in die Kabine treten, und Frank sagte etwas von der vierten Etage. Der Lift rauschte fast lautlos nach oben und erreichte in einem erstaunlich raschen Tempo sein Ziel. Frank steckte dem Pagen ein Geldstück zu, und dieser entließ uns in einen marmorglänzenden Flur, an dem mehrere Suiten lagen. Zielstrebig steuerte Frank auf eine der Türen zu und klopfte an das Holz.

Von drinnen war nichts zu hören, kein »Herein« oder dergleichen, doch dann wurde aufgemacht, und im Rahmen der geöffnete Tür wurde die mit einem Smoking bekleidete Gestalt von Frederic Lammert sichtbar. Er hatte sein typisches Grinsen auf dem Gesicht und gab beiden von uns die Hand. »Hat alles geklappt?«

»Der Alte hat sich ins gelobte Land davongemacht«, erwiderte Frank.

Lammert runzelte die Stirn. »Ist er tot?«

»Er hat sich 'ne Kugel in den Kopf geschossen, als er uns kommen sah.«

»Hm, wie bedauerlich. Wer sind die Erben?«

»Eine Tochter.«

»Wird es mit der Schwierigkeiten geben?«

»Nein, die will das Anwesen verkaufen.«

»Ist das schon geklärt?«

Konrad Frank nickte. »Die Herrschaften können mit unserer Arbeit zufrieden sein.«

»Gut, dann steht ja alles bestens.«

Aus einem goldumrandeten Spiegel an der Wand blickte mir mein Gesicht entgegen. Es war das erste Mal in meinem neuen Leben, dass ich mich in einem Spiegel sah. Meine Augen waren düster umschattet, das war anders als früher. Trotzdem hatte Frank recht mit der Bewertung meiner Erscheinung, ich sah einigermaßen gut aus, weit besser, als ich nach allem, was passiert war, erwartet hatte.

Die Suite, in die Lammert uns vom Foyer aus führte, war mit goldgerahmten Stuckverzierungen und einem Kristallleuchter geschmückt. Sie bildete ein passendes Ambiente für die eleganten Gestalten, die sich in dem Raum versammelt hatten. Es waren Irene Varo, Walter Ardent und ein weiterer Mann, der mir unbekannt war. Die Männer trugen elegante dunkle Anzüge und sahen aus, als käme der Kaiser zu Besuch. Irene hatte ein teures Kleid aus blauem Satin an, knielang und mit kurzen Ärmeln, ein langer nackte Hals, anmutig gezeichnete Glieder, ein rätselhaftes Lächeln lag auf dem schönen Gesicht.

»Herrn Frank kennen Sie«, sagte Lammert zu dem mir unbekannten Mann und deutete dann auf mich. »Herr Goltz, unser Jurist. Er erledigt gelegentlich einen anwaltlichen Auftrag für uns.«

»Oder das, was man so einen anwaltlichen Auftrag nennt«, bemerkte ich und ergriff die Hand, die Lammerts Gesprächspartner mir entgegenhielt.

Das Grauen hatte viele Väter, dachte ich. Der Weg, den man zurücklegen musste, um ein böser Mensch zu werden, war nicht so weit, wie man gewöhnlich dachte. Einer der

Wege war, mit den Verhältnissen zu gehen. Wenn sich die Politik einschneidend änderte, überlegten die Leute stets, ob sie früher etwas falsch gemacht hatten, was nun das Missfallen der neuen Herrscher erregen könnte, doch darauf kam es gar nicht an. Den neuen Herren war es egal, was jemand vorher gemacht hatte; wichtig war nur, was er unter den neuen Verhältnissen tat. Jeder durfte mitmachen, jeder bekam eine Chance, um sich zu bewähren, und in Zeiten wie diesen bewährte man sich am besten durch einen Mord. Ich hatte mich fürs Mitmachen entschieden und den Schritt über den Rubikon getan. Ich konnte nicht mehr zurück.

»Herr Bassett ist der Präsident unseres Konzerns«, sagte Lammert über den mir unbekannten Herrn. »Er kommt aus New York City, er ist kein seltener Gast in Berlin.«

»Es freut mich sehr, Sie kennenzulernen, Herr Goltz«, sagte Bassett mit starkem amerikanischen Akzent. »Ich bin Jurist wie Sie, war aber nie als Anwalt tätig. Mein Geschäft ist die Bank.«

Er war ein etwa sechzigjähriger Mann mit silbergrauem Haar, dunklen Augenbrauen und einem kurz gestutzten grauen Schnauzbart. Er musterte mich, wobei sein Gesicht völlig ausdruckslos blieb, ein »Pokerface«, wie sie es wohl in Amerika nannten.

»Ich bin immer wieder überrascht, wenn ich höre, dass ein Unternehmen aus New York City oder Amerika in Deutschland tätig ist«, sagte ich und fügte der Höflichkeit halber hinzu: »Es freut mich, dass Sie so erfolgreich sind.«

»Gegenwärtig haben mehr als 100 amerikanische Unternehmen Tochterfirmen in Deutschland oder arbeiten mit hiesigen Firmen zusammen«, sagte Bassett. »Wir sind kein Einzelfall.«

Sein Deutsch war nicht perfekt wie das von Lammert, aber er schien der Sprache leidlich mächtig zu sein.

»Herr Lammert vergaß zu erwähnen, dass ich ganz neu in Ihrem Unternehmen bin«, sagte ich. »Ich muss noch manches lernen. Sie sprachen vom Bankgeschäft. Ist daraus zu schließen, dass der Konzern in Amerika nicht im Immobilienhandel tätig ist?«

»Mit dem Immobilienhandel sind wir groß geworden«, erwiderte Bassett. »Das Bankgeschäft kam später hinzu. Auch das internationale Geschäft. Wir machen in Deutschland gute Gewinne, aber letztlich reichen wir die einen Großteil dieser Gewinne an das Deutsche Reich zurück.«

Um sie später um ein Vielfaches vermehrt wieder einzustreichen, dachte ich mir: Geld und Macht, es war immer das Gleiche.

»Sie gewähren dem Deutschen Reich Kredite?«

Bassetts Blick wurde nachdenklich und schweifte zu Walter Ardent, als erhoffte er sich von dem Mann einen Hinweis, ob ich vertrauenswürdig war.

»Wie ich hörte, steht Herr Goltz fest auf unserer Seite?«, sagte Walter Ardent und sah mich mit hochgezogenen Brauen an. »Ist dem nicht so?«

Ich nickte. »Sie haben ganz recht gehört.«

Was sollte ich sonst sagen, zumal es nach allem, was an diesem Abend geschehen war, sogar stimmte.

Bassett machte ein gleichmütig zufriedenes Gesicht. »Wer groß werden will, benötigt keine Flotten und Armeen, sondern investitionsfreudige Financiers. Banken und Aktiengesellschaften, die mit staatlichen Privilegien und Souveränitätsrechten ausgestattet sind. Wir vermitteln Finanzierungen aller Art, in Amerika und in Deutschland. Wir wollen kein schwaches Deutschland, wie die Franzosen es sich wünschen, sondern ein starkes Land.«

»Herr Bassett hilft der Politik, Deutschland wieder groß

zu machen«, sagte Walter Ardent »Nicht nur als Kreditgeber, sondern auch als Vermittler. Wenn Gespräche zwischen der Regierenden der Staaten festgefahren sind, werden in der Politik nicht selten private Vermittler benötigt und eingesetzt. Führende Personen aus Handel und Finanzen haben schon oft diese Aufgabe erfüllt. Auch in Deutschland. Ich denke etwa an den Schiffsmagnaten Albert Ballin, der vor dem Weltkrieg an maßgeblichen Verhandlungen Anteil hatte.«

Albert Ballin war ein jüdischer Reeder gewesen, und dass Ardent ausgerechnet ihn als Vorbild hinstellte, empfand ich bei einem Nationalsozialisten wie ihm als erstaunlich. Mir fiel ein, dass Ballin am 9. November 1918 Selbstmord begangen hatte, an dem Tag, an dem er erfuhr, dass Kaiser Wilhelm abgedankt hatte und die Welt, die ihm so viel bedeutet hatte, in Trümmern lag.

»Leider hat Ballin den Krieg nicht verhindern können«, sagte ich.

»Auch wir streben nicht danach, einen Krieg um jeden Preis zu vermeiden«, gab Bassett freimütig zu. »Deutschland hat Feinde, nur ist es mein Wunsch, dass Amerika nicht zu ihnen gehört. Ich sehe mich als Vermittler zwischen amerikanischen und deutschen Belangen. Was auch immer der Zweck von Vermittlungen ist, es dürfte von Vorteil sein, wenn Personen da sind, die in beiden Lagern Vertrauen genießen.«

»Die Verhinderung eines neuen Krieges erscheint mir nicht minder wichtig als Deutschlands Größe und für Letzteres sogar eine Voraussetzung«, erwiderte ich. »Ein neuer Krieg macht die Menschen nicht glücklich, der Weltkrieg hat es bewiesen.«

Es war mir gleichgültig, ob meine Bemerkung bei Bassett Befremden auslöste. Ich sagte es eingedenk dessen, was

Leni am Herzen gelegen hatte, und auch, weil ich mir keine allzu große Zurückhaltung auferlegen wollte.

»Nicht wir, sondern das Deutsche Reich entscheidet, ob es einen Krieg führen wird oder nicht«, sagte Bassett. »Aber Sie kennen das schöne deutsche Sprichwort, dass der Frömmste nicht in Frieden leben kann, wenn es dem bösen Nachbarn nicht gefällt. Stammt es nicht von Schiller, Ihrem großen Dichter? Die Regierenden finden sich immer wieder vor die Frage gestellt, ob man einem Krieg, den ein anderer einem aufzuzwingen sucht, um jeden Preis aus dem Wege gehen muss. Die Entscheidung ist nicht leicht.«

Irene Varo hatte mit Konrad Frank abseitsgestanden und sich leise mit ihm unterhalten, doch inzwischen war sie in unserer Runde getreten und hörte uns zu. Konrad Frank war nicht mehr zu sehen.

»Die Bemühungen Ihres Hauses haben dem Reich in schwieriger Zeit sehr geholfen, Herr Bassett«, sagte Irene. »Mit dem, was wir auch dank Ihrer Hilfe erreicht haben, befinden wir uns dennoch erst am Anfang der großen Aufgabe, vor die die Vorsehung den Führer stellte. Damit Herr Hitler sie lösen kann, werden wir auch weiterhin auf großzügige Hilfe und Unterstützung unserer ausländischen Freunde angewiesen sein.«

»Wie Sie wissen, liebe ich Ihr schönes Land«, antwortete ihr Bassett. »Es ist wieder ein wunderbares Land und nicht mehr das Deutschland des ersten Jahrzehnts nach dem Weltkrieg, das zerbrochen, niedergeschlagen, niedergedrückt, mit einem Gefühl von Unvermögen und Furchtsamkeit dahinlebte. Es ist jetzt voll von Hoffnung und Vertrauen und lebt in dem Gefühl, sein eigenes Leben selbst gestalten zu können, ohne Einwirkung irgendwelcher Kräfte außerhalb seiner Grenzen. Das deutsche Volk steht hinter seinem Führer. Ich bin stolz darauf, dass meine Freunde und ich dazu beitragen konnten, das Rückgrat des deutschen Volkes wieder aufzurichten.«

»Auch Amerika ist ein großes und bedeutendes Land, Mister Bassett«, erwiderte Irene Varo, »aber in Deutschland stehen Männern wie Ihnen alle Möglichkeiten offen. Deutschland macht Sie nicht nur hier, sondern auch in Ihrem Heimatland groß – vor allem dort! Ich werde Sie unterstützen, wo immer ich kann. Wie Sie wissen, kämpfe ich auch im Ausland, auch in Amerika darum, die Menschen für die Sache des deutschen Volkes zu gewinnen.«

Ihre Nähe war für einen Normalmenschen nicht leicht zu ertragen. Sie war eine so außergewöhnliche Schönheit, dass ich wider Willen von ihrer magnetischen, kraftvollen Persönlichkeit beeindruckt war. Das Wissen um ihre Bosheit richtete dagegen nichts aus. Ich fühlte mich an diesem Abend nicht mehr von ihr bedroht, sondern hatte vielmehr Angst, ihrer starken Ausstrahlung und ihrer erotischen Anziehungskraft zu erliegen.

»Adolf Hitler belässt es nicht bei Worten«, sagte Frederic Lammert, »ich bewundere seine Entschlossenheit, seinen Mut, die notwendigen Dinge zu tun und das in die Tat umzusetzen, wovon andere nur träumen.«

»Die Politiker in der Zeit der Republik haben wohlfeile Reden geschwungen, aber nichts unternommen, um der Not des deutschen Volkes zu begegnen«, pflichtete Walter Ardent ihm bei. »Das ist vorbei, und diejenigen, die immer noch meinen, sich unserer gemeinsamen Sache verweigern zu müssen, werden erleben, welche bitteren Konsequenzen dies für sie haben wird.«

»Eingedenk der bevorstehenden Aufgaben ist der Führer darauf angewiesen, das ganze deutsche Volk hinter sich zu wissen«, sagte Irene Varo, »einschließlich derer, die jetzt noch zögern. Nur er ist in der Lage, das deutsche Volk, den arischen Menschen, zu retten; nur er ist befähigt, selbst das Undenkbare zu tun.«

»Ihr Führer hat Großes geleistet«, sagte Bassett. »Er verdient meine volle Unterstützung. Sie können weiterhin auf mich zählen, meine Liebe.«

Er hatte Irene fasziniert betrachtet, während sie gesprochen hatte, doch nun ließ er sie aus den Augen, wandte den Kopf herum und schaute mir direkt ins Gesicht.

»Sie haben mir noch nicht verraten, was Sie bewogen hat, für uns tätig zu sein, Herr Goltz«, sagte er, und ich hatte das Gefühl, dass er es nicht fragte, weil er mir misstraute, sondern weil ihm daran lag, das Gespräch in ein ruhigeres Fahrwasser zu lenken.

»Es ist interessant, für ein amerikanisches Unternehmen zu arbeiten, das sich so vielfältigen Aufgaben widmet, wie Ihr Konzern es tut«, sagte ich. »Wie so vielen liegt mir das Filmgeschäft besonders am Herzen.«

»Filme? Sie meinen Kinofilme?«

Lammert sprang seinem Geschäftspartner bei. »Herr Goltz und ich sprachen kürzlich davon. Wie ich selbst ist er ein großer Filmliebhaber und wäre wie ich gern in der Filmherstellung tätig.«

Bassett nickte einige Male bedächtig mit dem Kopf. »Ein Film ist teuer«, sagte er nach einer Weile. »Aber warum sollten wir nicht einen Film finanzieren? Ich wäre der erste, der sich gegenüber dem Aufsichtsrat dafür starkmachen würde, wenn der Film ein Erfolg zu werden verspricht.«

»Wichtig wäre, dass ein solcher Film sowohl das amerikanische als auch das deutsche Publikum in seinen Bann zu ziehen vermag«, meldete sich Walter Ardent zu Wort.

»Ich sehe keine Schwierigkeiten«, sagte Lammert. »Natürlich muss auf die Politik beider Produktionsländer in geeigneter Weise Rücksicht genommen werden. Ein gelungener Kinofilm kann die Werte, für die wir stehen, einem größeren Publikum nicht nur in Deutschland, sondern auch in Amerika vermitteln.«

»Es wäre sicher eine großartige Sache, durch einen Film zu einer Aussöhnung der beidseitigen Interessen beizutragen«, sagte Bassett, »wenngleich man die Möglichkeiten des Films nicht überbewerten sollte. Viele Amerikaner stehen dem neuen Deutschland aufgeschlossen gegenüber, aber leider gibt es auch Kräfte, die alle Bemühungen, ein fruchtbares Miteinander unserer beiden großen Länder herbeizuführen, nach Kräften behindern. Ob ein Kinofilm viel daran ändern kann, steht zu bezweifeln.«

»Ein gemeinsamer großer Kinofilm könnte immerhin etwas Verbindendes sein und auch in Amerika das Verständnis für die deutsche Sache fördern«, sagte Ardent. »Wir brauchen einen Mythos, der unsere beiden Länder zusammenbringt.«

Bassett wandte sich zu Lammert herum. »Suchen Sie einmal nach einem geeigneten Stoff, Lammert, dann befassen wir uns näher damit.«

»Ich werde darüber nachdenken«, antwortete Lammert.

»Der Wilde Westen«, schlug Walter Ardent vor. »Die deutschen Auswanderer, die in Siedlertrecks nach Westen vordringen, von Indianern überfallen und von Banditen bedrängt werden, so wie Karl May es in seinen Büchern beschrieb. Ein solches Projekt hätte gewiss die Unterstützung des Führers, von dem ich weiß, dass er die Romane des sächsischen Erzählers ganz außerordentlich schätzt.«

»Hollywood plant mehrere neue Wildwestfilme«, meinte Lammert. »Ich habe schon von dem Schriftsteller May gehört und von den vielen Westernromanen, die er in Deutschland geschrieben hat. Ein deutscher Nick Carter. Alle deutschen Jungen kennen seine Cowboy- und Indianer-Geschichten. Aber der Western ist etwas Ur-Amerikanisches. Mir schwebt eher ein Kriminalfilm vor, in dem Deutsche und Amerikaner russische Agenten bekämpfen.«

»Die Urbarmachung des Westens durch deutsche Siedler ist kein toter Mythos, sondern in Deutschland von größerer Bedeutung als in Amerika«, entgegnete Walter Ardent. »Richten Sie den Blick vom Westen nach dem Osten, so sehen Sie, warum.«

»Das ist allerdings sehr wahr«, stimmte Konzernchef Bassett ihm zu. »Der Lebensraum des deutschen Volkes lässt sich nur nach Osten hin erweitern. Was vor fünfzig oder hundert Jahren im Westen Amerikas gelang, sollte auch in den östlichen Steppen möglich sein. An dieser Stelle berühren sich die Interessen des deutschen Volkes mit denen meiner eigenen Landsleute.«

Es war erstaunlich, wie sie mit einem Mal alle das Projekt eines großen Kinofilms verfolgten und dabei zugleich das Bild eines großen Krieges vor Augen hatten, von dem sie sich offenbar vorstellten, dass Deutsche und Amerikaner ihn gemeinsam gegen den Osten, also wahrscheinlich gegen Russland, führen sollten. Es war natürlich einfach, das Ganze für ein Hirngespinst zu halten, aber ich spürte, dass sie den Spott von Zuhörern nicht zu fürchten brauchten. Es war leichter, von einem Film über den Krieg zu sprechen als vom Krieg selbst, besonders dann, wenn man in Wahrheit vor allem nicht die Finanzierung des Filmes, sondern des Krieges selbst betrieb. Dass Lammert und Frank sich als Filmleute ausgaben, obwohl die Gesellschaft, für die sie arbeiteten, allenfalls am Rande mit der Filmproduktion zu tun hatte, war keine so schlechte Tarnung, wie ich vordem gedacht hatte.

»In Mays Romanen aus dem Wilden Westen wird sich ein geeigneter Stoff finden lassen«, sagte Walter Ardent. »Damit wird man auch viele Amerikaner erreichen, die nicht deutscher Herkunft sind.«

In diesem Moment spürte ich, wie Irene Varo zuerst meinen Arm berührte und dann nach meiner Hand griff. Gegen meinen Willen empfand ich die Berührung nicht als unangenehm, und so zog ich die Hand auch nicht zurück.

»Ich möchte Ihnen den Herrn Juristen für eine Weile entführen«, sagte Irene zu den anderen Männern. »Verfolgen Sie derweilen ruhig Ihre Filmpläne weiter!«

Ich folgte ihr auf die andere Seite des Raums, wo ein Fenster den Blick auf die Baumwipfel des Tiergartens freigab.

»Ich freue mich, dass Sie Herrn Frank heute in den Grunewald begleitet haben«, sagte die Schöne. »Ihre Hilfe verdient Anerkennung.«

Sie sprach leise, mit zartem Ton und so, dass die anderen uns nicht hörten.

»Frank hat mich einfach mitgenommen«, sagte ich. »Ich wusste nicht, was geschehen würde, und dass ich Sie hier treffen würde, war mir auch nicht bekannt.«

»Nach allem, was Sie heute Abend erlebten, haben Sie es aber doch sicher geahnt, dass wir einander begegnen würden?«, sagte sie.

»Kam der Auftrag, in dem ich unterwegs war, von Ihnen?«

»Was zu tun ist, entscheide nicht ich.«

»Wer entscheidet es?«

»Lassen wir das im Moment dahingestellt sein.«

Natürlich wusste sie, was geschehen war. Arno, der Mann fürs Grobe, hatte bestätigt, dass der Befehl von ihr gekommen war. Wenn sie es nicht zugab, lag es wohl daran, dass es ihr im Moment darum zu tun war, mich ihr gewogen zu stimmen.

»Sie sind an den Entscheidungen beteiligt, nicht wahr?«

Sie nickte. »Man holt sich meinen Rat, das will ich nicht bestreiten.«

»Ich glaube, Sie wissen genau, was geschehen ist. Warum haben Sie mir das angetan?«

Sie zog die sanft geschwungen Brauen hoch, mehr amüsiert als überrascht. »Geht es Ihnen schlecht damit?«

Ich zögerte. »Eigentlich sollte es mir viel schlechter gehen, nach all dem Furchtbaren, das ich erlebte.«

»Sie sind ein seltsamer Mann«, sagte sie. »Sie fühlen sich gut und wünschen, es ginge Ihnen schlecht?«

»Ich bin ein Mensch mit Gewissen. Leuten von meiner Sorte kann es passieren, dass sie zwischen angenehmen Gefühlen und einem quälenden Gewissen hin- und hergerissen sind.«

»Was ist ein Gewissen?«, fragte sie.

»Wenn ein Mensch es nicht kennt, kann man es ihm nicht erklären.«

»Wie ich hörte, ist es eine jüdische Erfindung. Ich bin froh, es nicht zu kennen. Wir leben in einer Zeit, die einzigartige Möglichkeiten bietet, und es freut mich, dass Sie sich entschlossen haben, diese Möglichkeiten zu nutzen.«

»Sie meinen, es gibt einzigartige Möglichkeiten, Böses zu tun.«

Sie lächelte. »Sie scheinen einer fixen Idee verfallen zu sein.«

»Das Böse ist keine fixe Idee.«

Ich warf einen Blick auf die Runde der Männer auf der anderen Seite des Raumes, die weiter miteinander plauderten. Konrad Frank war nicht wieder ins Zimmer zurückgekehrt. Anscheinend hatte er die Suite verlassen. Sein Auftrag war offenbar nur gewesen, mich herzubringen, sodass er sich nicht einmal verabschiedet hatte.

»Was ist das Böse?«, fragte sie.

»Der Feind des Guten.«

Sie lächelte. »Was Sie das Böse nennen, ist das Bessere, Herr Goltz. Der Feind des Guten ist das Bessere!«

»Glauben Sie ernstlich, dass das, was Sie tun, das Bessere ist?«

»Schauen Sie sich die Welt an! Für die meisten Menschen ist das Leben im Großen und Ganzen eine Qual. Es geht immer so fort, Jahr um Jahr, Leben um Leben, Zeitalter um Zeitalter, und man nennt dieses Spiel gut, weil angeblich ein guter Gott es geschaffen hat. Dass ich nicht lache. Die Menschen, die sich für gut halten, glauben, es wäre gut, wenn sich das Spiel endlos fortsetzt, bis Gott oder die Sonne den absurden Unsinn ein für alle Mal beenden. Nein, so nicht! Wenn tatsächlich ein Gott die Welt ins Leben gerufen hat, dann hat er es ziemlich schlecht gemacht. Er hat eine schlechte Welt geschaffen, die man nicht so lassen kann, wenn man die Möglichkeit hat, sie zu verändern, sie zu verbessern. Verstehen Sie jetzt, weshalb nicht das Böse, sondern das Bessere der Feind des Guten ist? Das Gute ist nicht gut. Das angeblich Gute ist nicht wert, dass man es erhält.«

»Bisher hat es noch keiner geschafft, die Welt zu verbessern.«

»Dann wird es Zeit! Die Menschheit steht erst am Anfang. Wir unternehmen einen neuen Versuch.«

»Wann immer jemand diesen Versucht unternahm, hat er die Hölle größer und breiter gemacht.«

Ich sah zu den Bankettischen vor dem Fenster, den schweren bernsteinfarbenen Gardinen, unter denen der Marmorboden in schmale, schwarze Fliesen überging. Der Abend war vorangekommen.

»Kommen Sie«, sagte Irene Varo leise und ihre Augen leuchteten mich an. »Gehen wir zu den anderen zurück. Setzen wir die Plauderei noch ein wenig fort, aber nicht mehr lange, dann wollen wir zusammen fortgehen.«

Ich widersprach ihr nicht, während ich doch spürte, wie ihr Eros mir zusetzte und mich fast übermannte, und so erweiterten wir wieder die alte Runde, in der sich das Gespräch, wie zu hören war, gerade um den Führer drehte.

»Er hat etwas«, sagte Lammert. »Schwer zu sagen, was es ist, aber es ist nicht allein das Amt, das ihm diese Aura verleiht.«

»Er hätte das Amt nicht bekommen, wenn er nicht die Kraft besäße es auszuüben«, sagte Bassett. »Er übt es eben ganz anders aus als die Herren, die sich in der Zeit der Republik in der Reichskanzlei die Klinke in die Hand gaben.«

»Ich hatte gelegentlich mit Brüning zu tun«, gab Walter Ardent zum Besten. »Der Mann war ein Kanzlist, der es nicht verstand, sich gegen den Alten und seine Einflüsterer durchzusetzen. Nicht so Hitler: Zwar hat er Hindenburg stets mit Respekt behandelt, aber ihm wie auch allen anderen im Lande schnell klargemacht, dass er selbst das Land regiert und nicht der greise Feldmarschall.«

Bassett, Lammert und Ardent schwiegen und machten nachdenkliche Gesichter, und plötzlich war mir danach, wider den Stachel zu löcken.

»Sie vergessen die Weimarer Verfassung«, sagte ich. »Solange Hindenburg Reichspräsident war, lag es in seiner Macht, den Kanzler abzuberufen oder zum Rücktritt zu zwingen, wie es mit seinen Vorgängern geschehen war. Der Führer hatte 1934 großes Glück, dass es nicht dazu kam.«

»Daran sehen Sie, wie geschickt Hitler es verstanden hat, mit dieser schwierigen Situation umzugehen«, erwiderte Ardent. »Das ist eben das Besondere, das ihn von seinen Vorgängern unterscheidet und ihn vor ihnen auszeichnet.«

»Der Unterschied ist wohl der, dass er rücksichtsloser agiert als seine Vorgänger«, entgegnete ich. »Er hält sich nicht an Recht und Gesetz oder lässt die Gesetze gerade so beschließen, wie sie ihm passen.«

Walter Ardent hob die Augenbrauen. »Sie machen gern den Spielverderber, was, Herr Goltz? Ich nehme an, es liegt an Ihrem Beruf, dass Sie es nicht lassen können, den Advocatus Diaboli zu spielen.«

Der Konzernchef Bassett schaute mich an, nicht ärgerlich, sondern mit Neugier, falls er überhaupt etwas zeigte, denn viel verriet das Pokergesicht nicht.

»Der Führer Ihres Reiches braucht die Unterstützung aller Deutschen, Herr Goltz. Wir leben in einer Zeit, in der große Dinge möglich sind, wo die Entwicklung zehnmal schneller stattfinden kann als in normalen Zeiten. Herr Hitler muss sich energisch den Kräften widersetzten, die ihn dabei zu behindern suchen, und wenn dafür Regeln, die sonst Gültigkeit haben, außer Kraft gesetzt werden müssen, bleibt nichts, als es hinzunehmen. Da Sie für mich arbeiten, sind Sie auf unserer Seite, Herr Goltz, der Seite des Führers.«

Er blickte auf seine Armbanduhr. »Nun gut. Es ist alles gesagt, was zu sagen war. Herr Lammert, ich nehme an, dass Sie mich in die Bar begleiten werden. Schließt sich uns noch jemand an?«

»Ich bin gern dabei«, sagte Walter Ardent.

»Herr Goltz und ich haben unser Gespräch von vorhin noch nicht beendet«, erwiderte Irene Varo. »Wir werden es unten in der Lobby fortsetzen.«

Wir verließen die Suite und benutzten den Lift. Bassett, Lammert und Ardent gingen in den Palmenhof, Irene Varo und ich begaben uns in die Halle. Wir setzten uns in eine der dunklen Nischen jenseits der Leuchter, des Marmors und der roten Teppiche.

»Ich hoffe, Sie sind mit dem Abend zufrieden«, sagte Irene. »Sie scheinen mir trotz Ihres Widerspruchsgeistes auf dem richtigen Weg zu sein.«

»Es war bisher ein ereignisreicher Tag, aber er ist noch nicht zu Ende. Wo ist Leni? Ich möchte sie sehen.«

Die Schöne nickte, als hätte sie geahnt, dass ich sie nach Leni fragen würde. »Sie scheinen unsere Weisung, sich von der Tänzerin fernzuhalten, in den Wind schlagen zu wollen, Herr Goltz. Ich muss Sie warnen. Verbauen Sie sich nicht Ihre Zukunft. Vergessen Sie die Dame ein für alle Mal!«

»Hören Sie zu, Fräulein Varo! Sie werden sich denken können, dass mir Lenis Schicksal nicht gleichgültig sein kann. Ihr Wohlergehen ist mir wichtig. Ich kann sie nicht einfach vergessen oder zu den Akten legen wie die Polizei, wenn sie einen verschwundenen Menschen nicht aufspüren kann.«

Sie sah mich eine Weile stumm an. »Es war nie geplant, das Schicksal dieser Tänzerin ungeklärt zu lassen«, sagte sie. »Doch gut, wenn Sie es so sehr wünschen, sollen Sie die Dame sehen. Kommen Sie, begleiten Sie mich. Wir verlassen dieses Haus.«

Sie winkte einem der Pagen und bat ihn, eine Taxe für uns zu bestellen. Es dauerte nur ein paar Minuten, dann kam der Page zurück und erklärte, der Wagen stünde bereit. Der uniformierte Chauffeur war in die Halle gekommen, und wir folgten ihm durch den Eingang hinaus zu seinem Fahrzeug.

Als wir auf der Rückbank des Wagens saßen und Irene Varo dem Fahrer das Ziel nannte, fand ich mich in meiner Vermutung bestätigt, was den Ort anging, an dem man Leni in Schutzhaft hielt. Es war derselbe Ort, an dem man auch mich nach dem Reichstagsbrand tagelang eingekerkert hatte.

»Gern können wir einander wieder beim Vornamen nennen«, sagte meine Begleiterin leise, als das Taxi sich in Bewegung gesetzt hatte. »Wie damals in New York.«

»Einverstanden, aber es ändert sich nichts an meiner Einstellung. Ich bin auf Sie zugegangen, nun ist es an Ihnen, mir entgegenzukommen, Irene.«

Sie lächelte bezaubernd. »Was Sie persönlich angeht, gehe ich gern noch etwas weiter«, sagte sie, und ich konnte nicht verhindern, dass mich ein heißes Gefühl ergriff.

14. KAPITEL

Der Wagen fuhr durch die Berliner Nacht und hielt eine Viertelstunde später vor der schmiedeeisernen Einfahrt eines Grundstücks in einer Seitenstraße des Spittelmarkts. Es war ein vielstöckiger klassizistischer Bau, unten ein kleines, aber feines Hotel, darüber die Etagen der »Brüder und Schwestern vom Licht«. Diese okkulte Gesellschaft hatte in den Tagen, die der Ernennung von Adolf Hitler zum Reichskanzler vorangegangen waren, eine zwielichtige, schwer zu durchschauende Rolle gespielt.

Irene Varo bezahlte den Fahrer, und der Wagen brauste davon. Ich blickte zu dem finsteren, monumentalen Gebäude hinauf, das vor dem nächtlichen Himmel aufragte. In einigen der Fenster brannten Lichter. Das Haus strahlte etwas Böses aus, sodass es mir für ein paar Momente förmlich die Kehle zuschnürte. Der Eindruck kam nicht von ungefähr, sondern stand in Zusammenhang mit den furchtbaren Dingen, die sich in dem Haus ereignet hatten. Wenn es Orte gab, die eine positive Kraft ausstrahlten, so gab es auch das genaue Gegenteil davon: Orte, die eine dunkle Strahlung besaßen, und ein solcher Ort war das Haus am Spittelmarkt.

Irene öffnete das Tor mit einem Schlüssel und entriegelte kurz darauf die kleine, unscheinbarere Tür des Hintereingangs, wohl eines früheren Dienstboteneingangs, der in ein schmales Hintertreppenhaus führte. Ich erinnerte mich daran, dass man durch das Hintertreppenhaus nicht nur nach oben, sondern auch in den Keller unter dem Haus gelangte, der von den Räumen, die zu dem Hotel gehörten, separiert war. Von der Hotelhalle führten Lift und Treppe in die Räume über dem Hotel, aber das kleine Hintertreppenhaus war mit den Hoteletagen nur über den geheimen Zugang verbunden, den mir Frau von Tryska bei einem meiner früheren Besuche gezeigt hatte.

Die Erinnerung an meine früheren Aufenthalte in dem furchtbaren Haus drückten auf mein Gemüt, und ich musste daran denken, dass jeder dieser Besuche sich als schrecklicher erwiesen hatte als der davor. Das erste Mal hatte man mich nachts mit verbundenen Augen hergefahren, um mich an einem bizarren schwarzmagischen Ritual teilnehmen zu lassen; das zweite Mal war mein Zusammentreffen mit der Fabrikantenwitwe von Tryska gewesen, die mir bei dieser Gelegenheit die bedrückende Wahrheit über meine Schwester enthüllt hatte; und der dritte Besuch, der bisher übelste von allen, hatte zwei Tage gedauert und ich hatte ihn in einem Folterkeller unter dem Gebäude verbracht.

Irene ging wortlos voran, trat aber zu meinem Erschrecken nicht den Weg nach oben an, sondern stieg die Stufen nach unten in den Keller hinab, den Frau von Tryska mir als ein Labyrinth von Räumen beschrieben hatte, in dem man sich verirren konnte, sodass man ohne fremde Hilfe nicht wieder hinausgelangte, wenn man sich darin zu weit vorwagte. Angeblich existierte da unten ein geheimer Zugang zu einem unterirdischen Tunnelsystem, ein Zugang zur »hohlen Erde«, einer geheimen anderen Welt, an deren Existenz einige Okkultisten glaubten. Darüber, was diese okkulte Vorstellung bedeutete, konnte ich nur rätseln, doch aufgrund meiner früheren Erlebnisse hatte ich daran kein Interesse. Vermutlich handelte es sich um einen Geheimgang, der irgendwo in der Stadt einen Ausgang ins Tageslicht besaß.

Stufe um Stufe ging es hinunter, und indem die grässlichen Erinnerungen der letzten Februartage des Jahres 33 in meinem Geiste lebendig wurden, fragte ich mich, ob ich nicht dabei war, den größten Fehler meines Lebens zu begehen. Was, wenn Irenes charmantes Gehabe nur ein Lockmittel war, um mich ins Verderben zu stürzen? Wenn sie mich an einen Ort führte, von dem es keine Rückkehr für mich geben sollte? An den Ort, an dem sie mich haben wollte, um mich dort zusammen mit Leni in einem okkulten Ritual zu opfern? Natürlich hätte ich davonlaufen können, aber die Gründe, die mich hergeführt hatten, wogen schwer und übertrafen alle Bedenken. So wie die Dinge standen, blieb mir nichts übrig, als meine Befürchtungen beiseitezuschieben und der furchtbaren Frau in ihr unterirdisches Reich zu folgen.

Nach mehreren Windungen endete die Treppe vor einer Tür. Irene schloss sie auf, machte ein paar Schritte ins Dunkle und legte einen Schalter um. Lichter entflammten und erhellten einen Gang, der wie ein seltsamer Pfad ins Ungewisse erschien. Abgesehen von seiner Lage unter der Erde hatte das Untergeschoss nicht viel mit einem Keller gemein. An den tapezierten Wänden hingen Gemälde, die mit ihren apokalyptischen und surrealen Motiven an Kubismus, Futurismus und Expressionismus erinnerten und selbst im Licht meines Wissens um das Ungewöhnliche der unterirdischen Räume an diesem Platz etwas merkwürdig anmuteten. Der Kerker, in dem man mich damals gefangen gehalten hatte, musste sich ganz in der Nähe befinden. Genaue Erinnerungen hatte ich nicht, denn ich war damals blind gewesen vor Angst.

Nach mehr als zehn Metern führte der Gang um eine Ecke, und Irene öffnete die erste Tür, die auf der linken Seite lag. Es war ein Raum mit deckenhohen Regalen, in denen in Leder gebundene Folianten standen, die mit Goldlettern beschriftet waren. Das Licht, das sie angemacht hatte, war fahl, die Luft etwas muffig wie in einem selten besuchten Museumsraum. Auf einem runden Tisch lagen mehrere Bücher und Zeitungen. Darum herum standen ein Sofa und zwei Sessel.

»Warten Sie hier«, sagte Irene. »Ich bin gleich zurück.«

Sie verließ den Raum und zog die Tür hinter sich zu, und mit einer gewissen Erleichterung registrierte ich, dass sie die Tür nicht von außen verschloss, bevor sie sich entfernte.

Etwas versetzt an der Wand gegenüber der Tür war ein großer Spiegel angebracht, aus dem mich meine umschatteten Augen ansprangen. Auch in meinen Zügen schien der Schritt über den Rubikon eine dunkle Spur hinterlassen zu haben, einen veränderten Ausdruck, den ich im »Esplanade« noch nicht wahrgenommen hatte.

Gedanken an Fronteinsätze im Weltkrieg, an denen ich teilgenommen hatte, stiegen in mir auf, an feindliche Soldaten, die unter dem Feuer, das meine Kameraden auf sie abgegeben hatten, zusammengebrochen waren. Ich hatte nie erfahren, ob die Kugeln aus meinem Gewehr französische Frontkämpfer getötet hatten, hielt es aber für sehr gut möglich. Was ich an dem heutigen Tage erlebt hatte, war schlimmer – nicht im Krieg in Russland, sondern in der Heimat, mitten in diesem unheilvollen Frieden, war ich zu einem Menschen geworden, der über Leichen ging.

Nach ungefähr zehn Minuten kehrte Irene Varo zurück, sie war allein. Sie hatte den Mantel ausgezogen und hielt einen kleinen Korb in der Hand, in dem sich zwei Gläser und eine Flasche Wein befanden.

»Sie werden nichts dagegen haben, wenn wir es uns ein wenig gemütlich machen«, sagte sie und stellte Gläser und Flasche auf den runden Tisch.

»Wo ist Leni? Ihretwegen bin ich hier.«

»Sie werden sie bald sehen«, antwortete Irene und öffnete den Wein. Sie schenkte die Gläser halb voll und reichte mir das eine, um mit mir anzustoßen.

»Erinnern Sie sich an unsere letzte Nacht in New York?«, fragte sie, »als es gerade anfing, dass wir Freude miteinander hatten, und dieser verrückte Amerikaner auftauchte und uns alles verdarb?« Ihre Pupillen waren groß, die Iris schimmerte in einem dunklen Türkis.

»Ich erinnere mich gut an jene Nacht.«

Sie betrachtete mich eine Weile stumm, bevor sie leise sagte: »Ich würde gerne da weitermachen, wo wir in jener Nacht aufgehört haben.«

Die Unverblümtheit, mit der sie auf unser gefährliches Liebesspiel im »New Yorker Plaza Hotel« anspielte, machte mich für den Moment sprachlos. Ich trank einen Schluck aus meinem Glas.

»Was soll das heißen?«

»Ist das so schwer zu verstehen?«

»Wenn ich mir in Erinnerung rufe, was ich mit Ihnen in New York erlebte, habe ich ein Vergnügen vor Augen, für das ich einen hohen Preis hätte zahlen müssen, weil es wahrscheinlich mein letztes gewesen wäre. Sie hatten mich gefesselt und mir eine Schnur um den Hals gelegt.«

»Es ging darum, unser Liebesspiel reizvoller zu gestalten. Sie waren einverstanden.«

»Wenn ich damals gewusst hätte, wer Sie wirklich sind, wäre ich nicht einverstanden gewesen, ganz egal, auf welches reizvolle Erlebnis ich hätte verzichten müssen.«

Sie lachte und warf in einer provozierenden Geste den Kopf zurück. »Wären Sie damals schon der gewesen, der Sie hätten sein sollen, hätten Sie keine Befürchtungen haben müssen, was den Ausgang unseres reizvollen Erlebnisses anging.«

»Was wäre denn geschehen, wenn der Barbesitzer Shannon damals nicht dazwischengetreten wäre? Würde ich dann noch am Leben sein?«

Sie lächelte. »Vielleicht nicht.«

»Sie hätten mich erdrosselt, nicht wahr? So wie Sie es eine Stunde davor mit Florence gemacht hatten. In jener Nacht haben Sie Ihren Mordauftrag eiskalt in die Tat umgesetzt, zuerst Florence, und dann wäre ich dran gewesen, wenn Sie Ihren Plan bis zu Ende hätten ausführen können.«

Shannon, der Barbesitzer, hatte mir das Leben gerettet. Kurz zuvor hatte er die tote Florence Arnheim gefunden und anhand einiger Indizien durchschaut, was geschehen war. Er hatte den Tod seiner Schutzbefohlenen an der Frau rächen wollen, die er für eine Mörderin hielt, doch ich hatte Irene Varo vor dem ihr zugedachten Schicksal bewahrt. Irene war aus dem Plaza entflohen, und Shannon hatte mich vollständig ins Bild gesetzt. Von da an hatte ich gewusst, wes Geistes Kind die schöne Irene Varo war.

»Sie haben eine rege Fantasie, was meine Pläne angeht«, sagte sie in ihrem irritierend gleichmütigen Tonfall. »Es war alles offen. Ich habe es schon angedeutet: Es lag an Ihnen.«

»Es scheint keine so große Rolle für Sie zu spielen, ob Sie mich getötet hätten oder nicht.«

Ihr unergründlicher Blick fokussierte sich auf mich. »Wenn Sie damals gewusst hätten, wer ich bin, hätten Sie dann auch verhindert, dass Shannon mich hängt?«, fragte sie.

»Nein, ich hätte ihm sogar dabei geholfen«, sagte ich und war verblüfft über die Treffsicherheit ihrer Frage.

Sie lächelte zart, als ob meine Antwort ihr gefallen hatte. »Sehen Sie, so ist das mit Gut und Böse! Es ist eine Farce zu glauben, Sie seien besser als ich, Sie haben ein falsches Bild von sich selbst. Wenn Sie den Tod eines anderen Menschen für notwendig halten, ist es nichts als Feigheit, wenn

Sie nicht bereit sind, dabei zu helfen, ihn zu richten. Es ist zuweilen notwendig, dass jemand hingerichtet wird, um andere vor ihm zu schützen. Ob es in meinem Fall notwendig gewesen wäre, will ich nicht vertiefen. Aus Shannons und Ihrer Sicht wäre es wohl eher um Rache gegangen, also um Leidenschaft und nicht um Notwendigkeit. Immerhin: Wenn Sie sagen, dass Sie Shannon geholfen hätten, sind Sie auf dem richtigen Weg.«

Goldene Pünktchen vom Lampenlicht spielten sich in ihren Augen, während sie mich über den Rand ihres Glases hinweg betrachtete. Ich sah ihre Schönheit, die Anmut ihrer langgestreckten Kurven und Glieder. Es war immer eine Herausforderung, ihre Ausstrahlung mit ihrer Bosheit in Verbindung zu bringen. Wie war sie zu der Frau geworden, die sie jetzt war? Die Erinnerung an das junge Pärchen in jener üblen Kaschemme im Berliner Norden, in die sie mich vor ein paar Nächten geführt hatte, schimmerte gleich einer Antwort in mir auf, warf ein Licht auch auf den Werdegang dieser Frau und ließ erahnen, wodurch ihre guten Anlagen die Wendung ins Dunkle erhalten hatten.

Sie stellte das Glas auf den Tisch, dann erhob sie sich und trat zu der Wand, wo der Spiegel hing.

»Kommen Sie!«, sagte sie. »Sehen wir der Tänzerin eine Weile zu.«

Sie löste zwei Haken und klappte den Spiegel dann auf wie eine Tür, sodass ein quadratisches Fenster sichtbar wurde, durch das man in den Raum sehen konnte, der sich dahinter befand.

»Schauen Sie, wie gut es der Dame geht«, sagte sie, als ich neben sie trat.

Leni! Da war sie, aber was ich sah, machte mich schwanken. Das Licht im Raum fiel auf ihre anmutige Gestalt, leuchtete auf ihrem blonden Haar und betonte die klaren

Linien ihres makellosen Profils. Von der Decke kamen Ketten, die ihre Handgelenke mit metallenen Ringen umschlossen und ihre langen Arme über den Kopf in die Höhe streckten. Auf langen Beinen stand sie vor einer schmucklosen Wand.

Sie war nackt, und der Mann, der hinter ihr stand, war es auch. Es gab mir einen Stich zu sehen, wie er sie mit seinen Händen und Armen umfing und wie sie sich lustvoll unter seinen Berührungen streckte. Der Mann war Konrad Frank.

»Von der anderen Seite blickt man in einen Spiegel«, sagte Irene Varo. »Wir können nicht gesehen werden, aber sie wissen natürlich, dass man sie beobachten kann.«

Es war dieselbe Zelle, in der auch ich damals eingekerkert gewesen war, aber mir war damals nicht klar gewesen, dass man mich heimlich beobachtet hatte. Wie Leni hatte ich mich nackt ausziehen müssen. Eine Matratze, eine Decke, ein Eimer für meine Bedürfnisse, mehr hatte ich nicht besessen. In der folgenden Nacht waren sie gekommen, um mich zu misshandeln, und als sie gingen, hatten sie angekündigt, dass ich in der Nacht darauf sterben würde. Zur angegebenen Stunde waren sie tatsächlich erschienen, hatten mich aber nicht aufgeknüpft, sondern mir meine Kleider gegeben und mich auf die Straße gejagt. Wem ich meine Freilassung verdankte, wusste ich bis heute nicht.

»Sind Sie zufrieden?«, fragte Irene Varo.

Obwohl ich ahnte, dass man das Schauspiel vor meinen Augen für mich inszeniert hatte, verfehlte es nicht seine Wirkung. Dieser Schuft, dachte ich und biss die Lippen zusammen, dieser hundsgemeine Schuft! Leni war gefesselt und hilflos ihrem Peiniger ausgeliefert, und selbst wenn sie sich für das Liebesspiel freiwillig hatte fesseln lassen, so war es doch Gewalt, die Konrad Frank ihr antat, und es blieb auch dann Gewalt, wenn sie Lust dabei empfand. Wer konnte es ihr verübeln, dass sie das Beste aus allem machte, indem sie die Gewalt, die ihr angetan wurde, in eine Verführung verwandelte.

»Sie ist nicht freiwillig hier«, sagte ich, nachdem ich mich wieder gefasst hatte. »Kann ich sie mitnehmen, wenn das da drüben zu Ende ist?«

»Nein«, erwiderte Irene Varo kalt.

»Sie ist schwanger. Warum lassen Sie Leni nicht frei?«

Irene Varo betrachtete eine Weile stumm die Szene hinter dem Fenster. »Von einer Schwangerschaft ist bei ihr nichts zu sehen«, erwiderte sie. »Wer weiß, ob es stimmt.«

Leni war fast mager, ihre Rippen stachen unter ihrer Seidenhaut deutlich hervor, aber das war bei den Umständen ihrer Gefangenschaft kein Wunder und bedeutete nichts. Ihre Schwangerschaft war noch nicht weit.

»Hat Leni zu Ihnen von der Schwangerschaft gesprochen?«

»Sie hat es Frank berichtet.«

»Hat sie gesagt, wer sie geschwängert hat?«

»Ja, der, dem sie es berichtet hat.«

»Ist das sicher?«

Irene Varo zuckte die Achseln. »Was ist schon sicher bei einer Frau wie ihr?«

»Wenn Sie recht hätten, würde es bedeuten, dass Leni schon seit Längerem ein Verhältnis mit Konrad Frank hatte.«

»Natürlich hatte sie das! Was Sie gerade sehen, machen die beiden nicht zum ersten Mal.«

Ich musste schlucken, obwohl es mich eigentlich nicht verwunderte, so etwas zu hören.

»Und Frank? Was sagt er zu dem Kind?«

»Er bezweifelt es, er will kein Kind von ihr.«

»Hat Frank sie hierherbringen lassen?«

»Er hat den Vorschlag gemacht, sie hier einzukerkern, bis eine Entscheidung getroffen würde, was mit ihr geschehen soll. Es wurde so angeordnet, nachdem sicher war, dass sie Verrat begangen hatte und wir etwas unternehmen mussten.«

»Frank hat einen solchen Vorschlag gemacht, obwohl er eine Liebesbeziehung zu Leni unterhält?«

»Liebesbeziehung? Ich nenne es geschlechtliche Beziehung. Ihr Verrat betraf auch ihn. Frank sagte, sie hätte vorgehabt, sich von ihm zu trennen.«

»Warum halten Sie Leni hier fest?«

»Sie sehen es doch! Wäre es nach mir gegangen, hätte man sie längst gehenkt.«

Ich starrte sie an. »Leni lebt nur, damit Frank Sex mit ihr haben kann? Wollen Sie das damit sagen?«

Sie lächelte. »Es ist ein wenig wie in den Geschichten von Tausendundeiner Nacht. Doch die Zahl der Nächte ist begrenzt.«

Ich wandte mich ab. Es war kaum zu fassen, wozu diese Leute fähig waren. Am liebsten hätte ich Irene Varo gepackt und sie solange geschüttelt, bis sie schrie.

»Was soll mit Leni geschehen.«

»Sie ist eine Verräterin und muss sterben.«

»Meinen Sie das im Ernst?«

»Dass Verräter sterben müssen, ist selbstverständlich, ein unabänderliches Gesetz. Es ist nicht der einzige Grund. Die Tänzerin ist unzuverlässig und sie weiß zu viel. Wenn wir sie laufen ließen, würde sie versuchen, aus Deutschland zu fliehen, und ihr Wissen an den Feind verraten. Nicht ich habe ihren Tod beschlossen. Wäre die Entscheidung anders ausgefallen, hätte ich sie akzeptiert, aber ich bin der Meinung, dass das Urteil richtig ist.«

Der Opferer und sein Opfer, dachte ich, als ich wieder auf das bizarre Schauspiel sah, und in der Erinnerung an

Grünwedels Schriften begriff ich, was sie mit Leni vorhatten. Irene Varo hatte es mir vorgemacht, es ging um die geschlechtliche Erregung des Opfers, die Tötung einer schönen Frau auf dem Höhepunkt ihrer Lust. Was ich sah, war Teil eines grausigen heidnischen Kults. Leni sollte ein Opfer sein, durch das der Opferer sich selbst erhöhte.

»Und wenn sie doch schwanger ist?«

»Es ändert nichts.«

»Leni wird schweigen, ich verbürge mich dafür.«

»Sie können dafür nicht bürgen, das wissen Sie genau. Sie können ihr Leben nicht retten, geben Sie den Gedanken daran auf!« Ihre tiefgrünen Augen konzentrierten sich auf mich, bevor sie hinzusetzte: »Glauben Sie, diese Frau würde auch nur einen Finger für Sie rühren, wenn es anders herum wäre und Sie derjenige wären, der vom Leben zum Tode befördert werden müsste?«

Es war sinnlos, über diese Frage einen Disput zu beginnen. Meine Antwort hätte keine Rolle gespielt.

»Wer hat entschieden, dass Leni sterben muss?«

»Mein Auftraggeber. Seinen Namen kann ich Ihnen nicht nennen. Dazu bin ich nicht befugt.«

Leni hatte die Augen geschlossen, während Franks Hände über ihren Bauch und ihre Lenden strichen. Sie bewegte die schmalen Hüften und schien mit jeder Pore Ausdruck körperlichen Verlangens zu sein.

»Man kann es nicht mit ansehen, nicht wahr?«, sagte Irene Varo.

»Warum lassen Sie es mich dann ansehen?«

»Sie haben es doch so gewollt«, entgegnete sie, griff dann aber zur Seite und schob die Spiegelklappe wieder vor das Fenster.

»Sie wissen nun Bescheid. Ziehen wir uns aus und machen es so wie die beiden dort drüben.«

Ein Schimmer von Verlangen war in ihren Augen, als sie zu mir herschaute, sie wollte es wirklich, und sie wollte es von mir. »Seien Sie unbesorgt. Ich habe Sie nicht hierhergeführt, weil ich Sie töten, sondern weil ich mich Ihnen hingeben will. Nehmen Sie mich, meinen Körper, meine Seele! Es wird Ihnen helfen, bei sich selbst zu sein.«

Sie ging mir voraus zu dem Sofa, schlüpfte aus den Schuhen, streifte das Kleid über die Schultern herab und ließ es zu Boden gleiten, dann war sie nackt. Sie hob das Kleid auf und legte es auf einen der Sessel, dann kam sie auf mich zu, um mir aus meiner Kleidung zu helfen, was nicht nötig gewesen wäre, was ich mir aber ohne Widerstreben gefallen ließ.

Wer konnte einer Frau widerstehen, die wie eine Verkörperung des Eros selbst war, und dies in einer Stunde, die aufgeladen war von Begehren und Verzweiflung? Obwohl ich wusste, dass sie mich immer tiefer in ihre Absichten und Pläne verstrickte und mich immer weiter fortbrachte von dem, was mein eigentliches Anliegen war, kam ich gegen ihre Verführung nicht an. Was mich zu ihr hinzog, war nicht allein das erotische Begehren, sondern auch der dunkle Teil in ihr, der tief in meinem Inneren eine Entsprechung besaß.

Die Leidenschaft, die sich zwischen uns aufgestaut hatte, brach sich Bahn, es war, als forderten die dunklen Anteile unserer Seelen endlich ihr Recht. Keiner von uns beiden hielt etwas zurück, es zählte allein, dass jeder auf seine Kosten kam. Es war ein Rausch der Sinne, den wir in der folgenden halben Stunde erlebten, scharf, gewaltig und hemmungslos.

»Sie sind ein guter Liebhaber«, sagte sie, als es vorüber war. »Fühlen Sie sich erschöpft?«

Sie saß mir gegenüber und hielt ihre langen Beine noch um meine Hüften geschlungen.

»Ich könnte da weitermachen, wo wir aufgehört haben.«

Nicht nur, weil es stimmte, sondern auch, weil ich wollte, dass sie Farbe bekannte, gab ich es zu – weil ich wusste, dass ich ihr nicht würde entrinnen können, bevor sie mir nicht gesagt hatte, was ihr letztes Ziel war, auf das alles zulaufen sollte und das der eigentliche Grund dafür war, weshalb sie den immer engeren Kontakt mit mir gesucht und mich in ihre Abgründe verstrickt hatte.

»Es ist das, was ich mir von Ihnen wünsche«, erwiderte sie. »Sie sollen an der Stelle weitermachen, wo wir aufgehört haben, und zwar da, wo wir in New York aufgehört haben. Sie wissen, wie ich töte?«

Ich dachte an das aufreizende Bühnenschauspiel in Marthas Lokal, mit dem Irene Varos Versuch, mich von Leni zu entfernen, begonnen hatte, und ahnte, was sie von mir wollte. Was Irene Varo und Konrad Frank heute Abend in diesem furchtbaren Keller mit mir inszenierten, war der nächste Schritt, die Vorbereitung eines äußersten Rituals der Verkommenheit, der mit einer gewissen logischen Zwangsläufigkeit auf meinen Besuch in Marthas Lokal und meine Teilnahme an dem Mord an dem jüdischen Bankier folgen musste.

»Sie haben es mir in New York gezeigt. Warum fragen Sie?«

»Sie können – nein, Sie müssen – an Franks Stelle treten«, sagte sie. »Morgen Nacht wird die Tänzerin sterben. Sie können ihre letzte Liebe und ihr Tod gleichermaßen sein.«

»Ich soll Leni töten?«

»Sie wird sterben, so oder so, es geht nur noch darum, wer sie tötet, Frank oder Sie.«

An dem leidenschaftlichen Ausdruck ihrer Augen war zu erkennen, dass sie in ihrer ganzen unverfälschten Existenz eine dunkle Göttin von grausamer Schönheit, ja, die Verkörperung der dunklen Göttin Kali selber war.

»Soll ich Sie so verstehen, dass Frank Leni töten wird, wenn ich es nicht tue?«

»Wenn Sie nicht an seine Stelle treten, wird die Anweisung an Frank ergehen, die Sache zu Ende zu bringen.«

»Warum sollte ich anderen die Arbeit abnehmen?«

»Weil es keine Arbeit, sondern ein Gewinn für Sie ist.«

Ein Gewinn für Irene, dachte ich, weil sie mich dann zu einem Teufel gemacht hätte, wie sie einer war, zu einem »Teufel des Westens«, wie Grünwedel ihn in seinen Büchern beschrieb. Als der »Teufel des Westens« wurde man nicht geboren, man wurde von Anhängern des Teufels dazu gemacht.

»Es könnte sein, dass nicht Frank, sondern ich der Vater von Lenis ungeborenem Kind bin«, sagte ich.

Kaum hatte ich es ausgesprochen, wurde mir klar, dass dieser Umstand mir nichts nützen, sondern alles nur noch schlimmer machen würde.

»Dann müssen Sie es unbedingt übernehmen, die Tänzerin zu richten«, sagte sie. »Dann sind Sie es ihr schuldig, nicht nur ihr, auch dem Kind.« Sie machte eine Pause und setzte hinzu: »Und Sie sind es auch Ihrer Schwester Doris schuldig und dem Kind, das sie einst verlor. Doris wird Ihnen vergeben, was Sie ihr einst antaten, wenn Sie meinen Rat befolgen. Sehen Sie nicht, dass dies der Weg ist, den Sie gehen müssen, um sich selbst zu befreien und wieder ins eigene Gleichgewicht zu kommen? Geben Sie der Tänzerin den Tod und sich selbst den Sieg!«

Sie hatten alles geplant, ging es mir durch den Kopf, nicht nur meine Verführung, sondern auch die von Leni und wohl noch vieles andere. Wenn ich auch noch nicht alle Details überschaute, war ich mir doch sicher, dass es sich im Wesentlich so verhielt. Irene Varos Wunsch war es, aus mir einen Fürsten der Finsternis zu machen, einen teuflischen Liebhaber, der sich am Ende auf die dunkelsten sexualmagischen Praktiken verstand.

»Und wenn ich es nicht tue?«

»Sie wären ein Narr, wenn Sie sich dem letzten, alles entscheidenden Schritt verweigern würden. Was Sie eben mit mir erlebt haben, war nur ein Anfang, möglich ist noch viel mehr. Tun Sie es für sich und tun Sie es für Leni. Lieben Sie die Tänzerin ein letztes Mal – und dann geben Sie ihr den Tod – ihr und ihrem ungeborenen Kind! Erst dadurch werden Sie zu dem Menschen werden, der Sie in Wahrheit sind.«

Hatte man sich einmal mit dem Bösen eingelassen, gab es kein Halten mehr. Dann ging es immer auf dem eingeschlagenen Wege weiter voran, man kam nicht mehr dagegen an, selbst dann nicht, wenn man es wollte, und ganz egal, womit man es versuchte. Ich hätte nicht einmal sagen können, womit genau es begonnen hatte, dass ich ein Jünger des Teufels geworden war, aber auf meinem Weg geriet ich immer tiefer in die Machenschaften dieser Frau und ihrer Freunde, denen es normal erschien, einen Menschen, der sich ihnen gegenüber schuldig gemacht hatte, zu töten, selbst oder gerade dann, wenn man ihn liebte. Es war eine göttliche Anmaßung, die sie unternahmen: Der Teufel verlangte ein Opfer, so wie Gott einst von Abraham den geliebten Sohn.

»Morgen um die Mitternachtsstunde erwarte ich sie draußen am Tor«, sagte Irene Varo. »Dann können Sie zu ihr gehen und es zu einem rechten Ende bringen.«

15. KAPITEL

Haus »Vaterland« am Potsdamer Platz war ein mächtiges sechsgeschossiges Gebäude, das eine Reihe von Bars, Cafés und Restaurationsbetrieben und auch ein Kino beherbergte. Heiner Gempp und ich saßen in einem der Lokale, in dem es italienische Spezialitäten gab. Es war um die Mittagszeit, und wir hatten Teller mit Nudeln vor uns stehen. Mein Appetit war mäßig, und ich stocherte zumeist lustlos in meinem Essen herum.

»Der Führer rüstet auf«, sagte Gempp. »Er ist hierfür auf Devisen angewiesen. Das Devisenaufkommen in Deutschland ist unzureichend. Ausländische Geldgeber sind willkommen.«

»Soll das heißen, dass du mir nicht helfen kannst?«

Heiner Gempp rieb sich den Nasenrücken. »Deutschland steckt in einer Wirtschaftskrise, aber viele Leute haben es noch nicht bemerkt. Man kann eben nicht beides haben, Butter und Kanonen. Bis zum Ende der Olympischen Spiele hat man versucht, es zu kaschieren, aber irgendwann musste der Führer die Entscheidung treffen, ich meine die Entscheidung zwischen Rüstung oder Konsum. Gestern habe ich gehört, dass die Würfel gefallen sind. Es wird zu Konflikten mit anderen Staaten kommen, irgendwann zu einem größeren Krieg.«

»Gegen wen gibt es Krieg? Gegen die Bolschewiken? Gegen die Franzosen?«

Gempp zuckte mit den Achseln. »Der Führer plant den Krieg jedenfalls nicht gegen die Briten und die Amerikaner. Von denen möchte er sich den Rücken freihalten. Es bestehen vielfältige Verbindungen zwischen deutschen und amerikanischen Unternehmen. Hitlers Förderer finden sich zu einem nicht geringen Teil im angelsächsischen Ausland.«

Die Namen der Förderer und andere Details dieser Verbindungen mussten im Verborgenen bleiben, das wusste ich bereits. Wenn bekannt würde, wer Hitlers Herrschaft mit finanziellen Mitteln förderte, war das Wasser auf die Mühlen der Kräfte in England und Amerika, die nicht bereit waren, Hitlers Bestrebungen zur Ausdehnung des deutschen Einflussbereichs zu tolerieren. Die Russen waren daran interessiert, konkrete Beweise für die Verbindungen zu dubiosen Geldgebern in die Hand zu bekommen, um bei Bedarf von ihnen Gebrauch machen können. Die Deutschen wollten das verhindern. Deshalb hatten Michail Sapoznik und Leew Kogan sterben müssen.

»Wir leben in einer finsteren Zeit«, sagte ich, »und wenn es so ist, wie du sagst, war alles, was ich bisher erlebt habe, eine Art Vorspiel zu einer Geschichte von Krieg und Mord, die nur furchtbar enden kann.«

Heiner Gempp hob beschwichtigend die Hände und schaute sich um. Die Leute, die an den benachbarten Tischen saßen, wirkten unverdächtig und an uns nicht interessiert, doch das bedeutete nichts. »Halt dich etwas zurück, ich habe keine Lust, deinetwegen Schwierigkeiten zu bekommen.«

»Ich spreche leise, wie du hörst. Niemand belauscht uns hier. Es ist mir keiner gefolgt, und selbst wenn uns jemand beobachten sollte – wir sind alte Studienkollegen, die sich zum Mittagessen getroffen haben. Aber hat deine nationale Begeisterung denn noch keine Einbußen erlitten?«

Gempp schüttelte den Kopf. »Ich habe ein paar Illusionen verloren, das gebe ich zu, aber Reibungsverluste gibt es immer, wenn etwas Neues entsteht. Ich bin und bleibe ein Anhänger des neuen Deutschland. Es geht um etwas, das noch nie dagewesen ist, und ich möchte gern dabei sein.«

»Vieles ist altbekannt. Vor allem der Krieg, der letzte ist noch keine zwanzig Jahre her.«

Er seufzte. »In diesem Punkt stimme ich dir zu. Das Reich darf zwar keinen Konflikt mit seinen Nachbarn scheuen, aber es sollte ihn besser nicht suchen. Mir wäre es lieber gewesen, wenn die Entscheidung des Führers andersherum ausgefallen wäre. Butter statt Kanonen. Aber es ist nur ein Aspekt. Wenn wir den Krieg führen müssen, können wir ihm nicht aus dem Wege gehen.«

»Ich fürchte, du wirst noch ein paar Illusionen mehr verlieren.«

»Mal den Teufel nicht an die Wand.«

»Das ist nicht nötig«, erwiderte ich müde, »er ist schon da.«

War das, was sich in Deutschland ankündigte, noch aufzuhalten? Aber wer sollte es aufhalten? Wer sollte die Welt von der Größe der Bedrohung überzeugen, die der Kanzler des Deutschen Reiches für sie darstellte? Menschen wie Michail Sapoznik, die nach schriftlichen Beweisen für amerikanische Geldgeschenke an Adolf Hitler suchten? Oder ich, indem ich das Dokument, das ich besaß, interessierten Kreisen im Ausland zuspielte? Als ein Verräter an meinem eigenen Volk? Kein schöner Gedanke. Nein, ich würde es nicht sein.

»Hast du etwas über die Leute herausfinden können, deren Namen ich dir nannte?«, fragte ich.

»Mit Ausnahme der Frau, dieser Irene Varo, und ihres Bruders bin ich bei allen fündig geworden«, erwiderte

Gempp. »Der bedeutendste ist Walter Ardent, der bei der Dresdner Bank für internationale Kontakte zuständig ist. Frederic Lammert ist Mitarbeiter des Bassett-Konzerns und kommt aufgrund seiner perfekten Sprachkenntnisse in Deutschland an verantwortlichen Stellen zum Einsatz.«

»Im Bank- und Immobiliengeschäft?«

»Ja.«

»Sonst nichts?«

»Was meinst du?«

»Du bist wohl nicht zufällig darauf gestoßen, dass Lammert schon einmal einen Film produziert hat?«

»Einen Film? Hat er das behauptet?«

»Er hat diesen Eindruck erweckt, wenigstens sagte er, dass er welche plant.«

»Davon ist mir nichts bekannt. Der Konzern, für den er tätig ist, hatte bisher mit der Filmerei nichts zu tun. Sein Chef Arnold Bassett ist ein international tätiger Bankier und Geschäftsmann, der enge Verbindungen zu einigen amerikanischen Firmen unterhält und Beteiligungen an in Deutschland tätigen Unternehmen besitzt. Das Beteiligungsgeflecht seines Konzerns ist schwer zu durchschauen. Aber er steht auch in Verbindung mit deutschen multinationalen Unternehmen wie der IG Farben, der AEG oder der Deutsch-Amerikanischen Petroleum AG. Er spricht ein gutes Deutsch und wird von den Parteigrößen hofiert, wann immer er sich in Deutschland blicken lässt, was mehr als einmal im Jahr der Fall ist. Angeblich liebt er es, mit den großen Ozeandampfern auf dem Atlantik hin- und herzureisen.«

»Eine von Bassetts Tochterfirmen scheint sich in Deutschland auf einen ganz besonderen Teil des Immobilienhandels konzentriert zu haben. Sie kaufen Grundstücke von Juden auf, die aus Deutschland weggehen.«

Heiner Gempp nickte. »Wir kennen das Unternehmen. Die Grundstücke werden unter Preis an die Gesellschaft verkauft, die sie ihrerseits zu einem günstigen, aber höheren Preis an andere Personen veräußert. Die Gesellschaft macht Riesengewinne, aber das Geld, oder sagen wir, ein Teil davon, fließt in Form von Devisen wieder nach Deutschland zurück. Innerhalb des Konzerns ist diese Gesellschaft nur ein kleines Licht, Bassett selbst hat wohl direkt nichts mit diesem Geschäft zu tun.«

»Natürlich hat er direkt nichts damit zu tun, für die Dreckarbeit hat er seine Leute.«

Heiner Gempp machte eine hilflose Geste mit der Hand. »Dass seine Firmen Leute beschäftigen, die für das Grobe zuständig sind, liegt in der Natur der Dinge. Egal, was er macht, du kommst an Bassett nicht heran, ausgeschlossen.«

»Wie ist es mit den anderen?«

»Nicht besser.«

»Ich vermute, dass Rudolf Mantiss auch auf der Lohnliste dieses amerikanischen Konzerns steht. Ist er noch der Verbindungsmann zwischen Partei und Wehrmacht, als der er sich geriert?«

»Er hat seinen Einfluss noch ausgebaut. Als ehemaliger Reichswehroffizier und frühes Parteimitglied verfügt er über ausgezeichnete Verbindungen. Er ist ein hundertprozentiger Nazi, und wenn es darauf ankommt, steht er Gewehr bei Fuß. Auf den Mann ist Verlass.«

»Er ist ein Nazi durch und durch, aber dumm ist er nicht, sonst hätte er die ›Nacht der langen Messer‹ nicht überlebt. Jemand wie er kalkuliert stets ein, dass die Sache schiefgehen kann, gerade auch, was den Krieg angeht, den der Führer plant. Ich würde darauf wetten, dass er für diesen Fall Vorkehrungen getroffen hat. Seine guten Verbindungen zu Engländern und Amerikanern weisen bereits in die Richtung, wo man suchen müsste, um das Hintertürchen zu finden, das er sich geschaffen hat.«

»Über solche Verbindungen kann ich nichts sagen. Ich habe nichts darüber gefunden.«

»Es gibt sie bestimmt! In meinen Augen ist er der Schlimmste von allen, ein Unhold, wie er im Buche steht.«

Heiner Gempp grinste. »Ich fürchte, dass du etwas voreingenommen bist. Leute wie er sind wichtig. Seine Atlantis-Romane tragen dazu bei, der nationalsozialistischen Weltanschauung einen mythischen Überbau zu verleihen.«

»Seine Romane sagen viel über ihn aus. Wenn du ihn in seinen Romanfiguren suchen solltest, würdest du bei den finstersten Gegenspielern seiner Helden fündig werden.«

Ich sagte es, obwohl ich noch keines seiner Bücher gelesen hatte. Wahrscheinlich lag ich trotzdem nicht falsch.

»Nun gut, da er dein Schwager ist, kennst du ihn wohl besser als ich.«

Niemand glaubte mir, welch bösartiger Mensch Mantiss war. Es lag wohl daran, dass er mit Vorliebe im Hintergrund operierte. Er war sich nicht zu schade, selbst in die Bresche zu springen, wenn es sich als nötig erwies, aber in erster Linie war er ein Strippenzieher, der für viel Unheil, das in den letzten Jahren in Berlin geschehen war, die Verantwortung trug. Während meines Besuchs bei Doris und ihm hatte er so getan, als bestünden zwischen Irene Varo und ihm keine Verbindungen mehr, aber ich glaubte das nicht, und wenn ich mir im Nachhinein betrachtete, wie ich mich in den vergangenen Tagen immer tiefer in das dunkle Treiben von Irene und ihren Männern verstrickt hatte, würde es mich nicht wundern, wenn sich herausstellen sollte, dass dem ein Plan zugrunde lag, den er mit ausgeheckt hatte.

»Gibt es etwas über Konrad Frank?«, fragte ich Gempp.

»Bei dem passt es mit dem Film. Er stammt aus Braunschweig und hat eine Schauspielausbildung absolviert. In den frühen Zwanzigern hatte er Anstellungen an diversen deutschen Stadttheatern. 1927 kam er nach Berlin und hat sich neu orientiert. Ein Jahr arbeitete er für die Tobis Film, weiter ist nichts bekannt. Möglicherweise hat er noch immer Verbindungen zu diesem Unternehmen, das wesentlichen Anteil an der deutschen Filmproduktion hat. Er ist seit 1929 in der Partei.«

»Er scheint mir eine Art Glücksritter zu sein.«

»Ein Dandy und Frauenheld, der zu Bindungen unfähig ist, wie ich in einer Beurteilung las. Er gilt als skrupellos und kann durchaus als ein Mann fürs Grobe gelten, auch wenn er seine Aufträge mit einem charmanten Lächeln auf den Lippen erledigt.«

Was Heiner Gempp zu berichten wusste, bestätigte meine Befürchtungen, dass die Leute, mit denen Leni sich angelegt hatte, in diesem Land Narrenfreiheit besaßen. Von staatlicher Seite war keine Hilfe zu erwarten. Die Tatsache, dass über Irene Varo und ihren Bruder Roland kein Aktenvorgang existierte, gab mir zu denken. Sie schien besonderen Schutz zu genießen, noch größeren als alle anderen.

»Die Schergen, die die von dir Genannten einsetzen, um die Drecksarbeit zu erledigen, sind vor behördlichen Zugriffen genauso wie ihre Auftraggeber geschützt«, sagte Heiner Gempp. »Natürlich könntest du versuchen, einen Staatsanwalt zu finden, der Ermittlungen gegen den einen oder anderen einleitet, aber sehr weit würde der gute Mann nicht kommen.«

»Mir bleibt dafür auch keine Zeit«, murmelte ich. »Trotzdem danke ich dir, dass du an mich gedacht hast. Ich werde versuchen, mich irgendwie aus der Affäre zu ziehen, doch falls es misslingen sollte, wäre ich dir dankbar, wenn du alles dir Mögliche tun könntest, um mir zu helfen.«

»Ja, sicher«, sagte er, »aber es wäre besser, wenn du es gar nicht erst soweit kommen lässt, dass du Hilfe brauchst.«

»Es liegt nicht mehr in meiner Hand«, sagte ich und erhob mich vom Tisch.

»Wir sehen uns wieder«, sagte Gempp zum Abschied, dann gab er mir die Hand und klopfte mir auf die Schulter. Ich erwiderte die Geste und ließ ihn allein.

In den Straßencafés am Potsdamer Platz saßen schlanke, schwarz uniformierte Männer. Die Stadt war voll mit schwarz-weiß-roten Fahnen. Die Straßenbahnen bewegten sich wie gewohnt voran, genauso wie die Passanten. Alles hatte etwas merkwürdig Vertrautes, als ob normale Verhältnisse herrschten, aber die Verhältnisse waren nicht normal, das Bild war eine Täuschung. Die Umwälzungen, die Deutschland erlebte, fanden unter einer gefälligen Oberfläche statt, doch sie waren gewaltig. Immer mehr Menschen, denen diese Umwälzungen ihre Lebensgrundlage entzogen, wussten keinen anderen Ausweg mehr, als sich das Leben zu nehmen. Ihnen fehlte es nicht an Fantasie, einen Ausweg zu entdecken, aber in den meisten Fällen gab es ihn nicht.

Ich stieg in meinen Wagen und kreuzte ohne klares Ziel durch die Straßen der Stadt. Es zog mich zum Alexanderplatz, wo ich unweit des Polizeipräsidiums anhielt und eine Zeitlang auf den riesigen Backsteinbau starrte, den man die »Rote Burg« nannte. Ich stellte mir vor, wie ich die Kripo dazu brachte, den Keller des Hauses am Spittelmarkt zu durchsuchen, um Leni aus ihrem Kerker zu befreien. Es wäre ein Versuch, der gelingen könnte, doch ich gab mich keinen Illusionen hin: Es wäre nichts damit erreicht. Lenis Feinde würden zügig einen Haftbefehl gegen sie erwirken, ihre Hinrichtung bliebe nur eine Frage der Zeit. Nicht nur ihre, sondern auch meine Hinrichtung aufgrund eines Todesurteils, das wegen gemeinschaftlichen Mordes an Sapoznik und Kogan gegen uns ergehen würde.

Es gab Momente, in denen ich erwog, Leni ihrem Schicksal zu überlassen. Irene Varo hatte mich spüren lassen, dass die Bereitschaft zum Bösen auch in mir lebendig war. Nachdem ich die eiskalte Schöne in der vergangenen Nacht verlassen hatte, war es mir besser gegangen als vor der Begegnung mit ihr. Sie hatte es geschafft, dass ich keine Gewissensbisse wegen des Todes des jüdischen Bankiers mehr empfand und dass sich die Verknüpfung, die ich bis dahin zwischen Lenis und meinem Schicksal gezogen hatte, zu lockern begann.

Lenis Behauptung, sie würde ein Kind von mir erwarten, mochte nichts als ein Mittel gewesen sein, mich auf ihre Seite zu ziehen, und ob sie für mich einen Finger rühren würde, wenn ich Hilfe brauchte, war mir trotz all ihrer charmanten Zärtlichkeiten durchaus zweifelhaft. Sie besaß nicht mehr Moral als Irene Varo und hätte mich vor drei Jahren ohne mit der Wimper zu zucken dem Henker überantwortet, um einen Sündenbock für den Tod ihrer Kollegin von der »Scala« zu haben. Sie hatte mit hohem Risiko gespielt, als sie zur Verräterin an der Sache ihrer dubiosen Freunde geworden war, und dass man sie hinrichten würde, wenn es schiefging, hatte sie gewusst.

Ich fuhr wieder an und rollte langsam durch die Stadt nach Süden. Im Rückspiegel war nichts Auffälliges zu sehen. Ich hatte nicht das Gefühl, dass ich beobachtet oder überwacht wurde. Weder Arno noch Sepp noch ein andere Verdächtiger waren mir im Laufe des Tages aufgefallen, obwohl ich es mir angewöhnt hatte, auch die geringsten Auffälligkeiten zu beachten. Entweder geschah die Überwachung ganz heimlich und geschickt, oder Irenes Männer hielten mich bereits für einen der ihren, sodass sie glaubten, sich meine Überwachung sparen zu können.

Wenn Lenis Tod ohnehin nicht zu verhindern war, bedurfte es nur noch eines kleinen Schritts, bis ich ganz auf der Seite des Teufels stand. Etwas bloß geschehen lassen war an und für sich recht feige, mit dieser Ansicht hatte Irene Varo zweifellos recht. Wenn ich schon eine solche Wahl traf wie die, vor die sie mich stellte, wäre es allemal ehrenvoller, wenn ich die Rolle des Henkers nicht Konrad Frank überließ. Könnte ich es nicht tatsächlich selbst tun? Könnte ich nicht selbst ein Opferer sein, der am Ende vor keiner noch so bösen Tat zurückschreckte?

In Deutschland hatte der Pakt mit dem Teufel Tradition, und in der heutigen Zeit war er nicht nur Politik, sondern sogar Staatsreligion. Selbst in der Literatur war der Pakt anerkannt. Wenn ich Irene Varos dunklem Angebot folgte, hätte ich es nicht anders gemacht als Dr. Faust, der in Goethes Drama um der Freundschaft mit Mephisto und dessen Versprechungen willen das arme Gretchen seinem tragischen Schicksal überließ. Den zweiten Teil des »Faust« hatte ich nicht gelesen, aber ich meinte zu wissen, dass Faust am Ende trotz seiner Untaten die Erlösung fand.

Irene Varo hatte recht, mir ihr dunkles Angebot zu machen, und sie mochte wohl mit einiger Berechtigung vermuten, dass ich mich dazu durchringen könnte, auf ihr Ansinnen einzugehen, um all die Vorteile zu erlangen, die sie mir versprochen hatte: Freiheit, Macht und Privilegien, die Aussicht auf erotischen und spirituellen Gewinn, genug eigentlich, damit jemand wie ich einen Pakt mit dem Teufel schloss.

Doch etwas Wesentliches hatte die schöne Teufelin nicht bedacht, etwas, das sie wohl nicht verstehen konnte: Mochten Teile unserer Biografien einander auch ähneln, meine Herkunft war eine andere als die ihre, der Welt der dunklen Kulte und tabulosen Puffs gehörte ich nicht an. Es gab etwas in mir, das sich nicht manipulieren ließ – mein schlesisches Erbe oder irgendetwas anderes, das unzerstörbar war, eben dieses Gewissen, das für andere, zu denen nicht nur Irene Varo und ihre Männer, sondern auch meine Schwester Doris gehörten, bloß eine jüdische Erfindung war. Ich hatte mit Irene Varos Hilfe das Dunkel in meiner Seele aus dem Dornröschenschlaf geweckt, aber auch erkannt, dass die Verführungsmacht des Bösen in mir an eine Grenze stieß. Die Kraft in mir, die dem dunklen Anteil meines Wesens nicht das Feld überlassen wollte, erwies sich als zu stark. Für den helleren Teil in mir war es selbst in der Klemme, in der ich steckte, ganz ausgeschlossen, dass ich den Tod einer Frau hinnahm, die ich sehr gern hatte und die unter Umständen schwanger von mir war. Ich würde Leni nicht töten, sondern etwas versuchen, um sie zu retten, auch wenn die Folge sein würde, dass ich dabei zusammen mit ihr unterging.

Die Würfel waren gefallen. Ich wusste, was ich zu unternehmen hatte. Es würde nicht einfach werden, aber wenigstens besaß ich eine Chance. Ich war kein besonders mutiger Mann, aber alles hatte seine Grenzen, und wenn man sie erkannt hatte, wusste man genau, was zu tun war.

Als ich in meiner Kanzlei war, brachte ich ein paar Angelegenheiten in Ordnung, die mir wichtig waren, steckte alles Geld ein, das ich dort deponiert hatte, und kehrte am späten Nachmittag in meine Wohnung zurück. Meine Reisetasche hatte ich schon am frühen Morgen in den Kofferraum des Roadsters gepackt, zu einer Tageszeit, zu der die Chancen am größten waren, dass man mich nicht überwachte. Alles Geld, alle Dokumente und meine kleine Pistole nahm ich zu mir, der Roadster war vollgetankt und alle Straßenkarten, die ich besaß, waren darin deponiert.

Als es dunkel geworden war, machte ich mich auf den Weg. Nie zuvor in meinem Leben hatte ich mich so einsam gefühlt.

16. KAPITEL

Ein leichter Wind ging durch die Bäume am Straßenrand. Das Licht des Mondes erhellte die wenigen Wolken am Himmel und legte einen unruhigen Glanz auf den Kanal. Ich nahm nicht den direkten Weg zu meinem Ziel, sondern fuhr nach Norden, um mich in eingespielter Routine nach hinten zu vergewissern und einen Beschatter, der mich heimlich verfolgte, im Rückspiegel entdecken zu können.

Die Friedrichstraße mit ihrer bühnenhaften Atmosphäre, mit ihren Bars und Lokalen, Theatern und Kinos war wie jeden Abend ein Anziehungspunkt für Menschen, die auf der Jagd nach Unterhaltung und Vergnügungen waren. Trotz der Verbote konnte man in Hauseingängen junge Prostituierte mit ihren schönen, starren Mädchengesichtern sehen. Am Admiralspalast standen die Leute für Revuen oder Operetten an, auch vor dem »Franziskaner«, dem größten Bier- und Weinlokal der Gegend, herrschte reger Betrieb. Ich überquerte die Spree und fuhr auf der Oranienburger Straße nach Osten, bis ich die Überzeugung gewann, dass mir niemand folgte. Dann bog ich ab und wandte mich nach Süden, passierte den Dom und das ehemals kaiserliche Stadtschloss und erreichte schließlich die Gegend um den Spittelmarkt.

Unweit der Gertraudenstraße parkte ich den Wagen in einer Seitengasse und ging zu Fuß weiter. Von der nächsten Straßenecke aus konnte ich das Gebäude sehen, in dem sich der »Aranerhof« befand.

Beim Betreten der Hotelhalle stellte ich fest, dass die Uhrzeit für mein Vorhaben günstig war. Die Gäste machten sich ausgehbereit, trafen sich in der Halle, standen im Begriff, das hoteleigene Restaurant oder eines der Lokale in der nahe gelegenen Friedrichstraße aufzusuchen, es herrschte ein Kommen und Gehen. An einem Zeitungsständer blieb ich stehen und tat so, als ob ich die Schlagzeilen las. Der Portier an der Rezeption war mit einer Gruppe von Gästen beschäftigt, die ihn mit Fragen löcherten. Niemand schien mich zu beachten. Ich nutzte den günstigen Moment, nahm den Weg zur Treppe und stieg in das zweite Stockwerk hinauf.

Der Gang, in dem ich mich befand, war breit, tief und leer. Auf den Türen, an denen ich vorüberging, waren goldfarbene Ziffern auf weißem Hintergrund zu sehen. Am Ende des Flures befand sich eine unscheinbare Tür, die man als Gast nicht beachtete. Sie führte in eine Besenkammer, wo sich in einem Versteck ein Schlüssel befand, den ich brauchte. Ein Stück von der Besenkammer entfernt hielt ich inne und tat so, als ob ich in meiner Hosentasche nach etwas suchte, dabei blickte ich mich um. Zwei alte Damen gingen über den Flur zur Treppe, waren einige Augenblicke später verschwunden, dann war ich allein.

Die Tür zur Besenkammer ließ sich öffnen. Ich schlüpfte hindurch, machte die Tür hinter mir zu und schaltete eine Taschenlampe ein, die ich mitgebracht hatte. Mein Herz schlug heftig. Wenn sich der Schlüssel zum Treppenhaus nicht mehr in seinem früheren Versteck befinden sollte, hätte ich ein ernstes Problem. Ich räumte die Besen an der hinteren Seite weg, dahinter war die andere Tür, durch die wir damals gegangen waren, und neben der Tür erblickte ich das Kästchen. Gott sei Dank. Nicht nur ein Schlüssel, sondern ein ganzes Schlüsselbund befand sich darin. Damals hatte Frau von Tryska das Bund in der Manteltasche gehabt, als wir uns von ihrem Hotelzimmer aus auf den Weg zu den oberen Gesellschaftsräumen gemacht hatten, doch bei unserer Rückkehr ins Hotel hatte sie es in das kleine Kästchen in der Besenkammer gehängt. Auch andere auswärtige Mitglieder der Loge, die im Hotel wohnten und den Verbindungsweg kannten, durften diesen benutzen, hatte sie mir damals erklärt.

An dem Bund befanden sich vier Schlüssel, sie sollten reichen, um mir überall Zutritt zu verschaffen, so hoffte ich. Der zweite Schlüssel, den ich probierte, öffnete mir die Tür ins Hintertreppenhaus. Ich schlüpfte hindurch und befand mich in der unheimlichen Welt, durch die man den Keller der Okkultisten erreichte.

Die Ohren gespitzt horchte ich in die Dunkelheit, alles war still, die Luft schien rein. Ich hielt die gewölbte Hand über den Strahl der Taschenlampe.

Ich stand auf einer sich schmal nach oben wie nach unten windende Wendeltreppe. Langsam stieg ich die Stufen hinab, Windung um Windung, bis ich nach meinem Empfinden das Erdgeschoss erreicht hatte. Der Strahl meiner Lampe leuchtete die Wände ab, doch den Ausgang zum Hof konnte ich nicht finden. Irene Varo hatte irgendeine Vorrichtung an der Wand bewegt, bevor sie die kleine Tür von innen geöffnet hatte, erinnerte ich mich.

Eine Weile leuchtete ich hin und her, fand aber nichts. Ich schaute zurück nach oben. Hoffentlich würde ich die Verbindungstür zum Hotel ohne Weiteres wiederfinden. Schon aufgrund seiner merkwürdigen architektonischen Gestaltung war es ein schreckliches, ein fatal unheimliches Haus. Es schien von Leuten errichtet worden zu sein, die böse Zwecke verfolgten und ein Domizil benötigten, das über geheime Gänge und Türen verfügte, die für Unbefugte nicht zugänglich waren.

Nach ein paar weiteren Windungen stand ich vor der Kellertür und probierte die Schlüssel, einer von ihnen passte. Ich machte die Lampe aus und trat vorsichtig in den dunklen Kellergang, horchte eine Weile in die Finsternis, bis ich sicher war, allein zu sein. Ein Bild an der Wand, auf das der Strahl meiner Lampe fiel, als ich sie wieder anmachte, zeigte das düstere Panorama einer zerstörten Stadt. Ich ging denselben Weg wie in der vergangenen Nacht und kam zu dem Raum, in dem Irene Varo und ich mich aufgehalten hatten. Ich legte das Ohr an das Holz und lauschte, es war nichts zu hören.

Die Tür war nicht verschlossen, der Strahl meiner Lampe fiel auf das leere Sofa und die leeren Sessel. Ich trat an die gegenüberliegende Wand, löste die Verriegelung neben dem Spiegel und klappte ihn auf. Hinter dem Fenster war alles schwarz. Es schien mir nicht ratsam, die Taschenlampe zu benutzen, daher machte ich kehrt und trat in den Gang zurück, zog die Tür zu und ging weiter. Hinter der nächsten Tür auf der linken Seite musste sich die karge Zelle befinden, in der Leni gefangen gehalten wurde. Vorsichtig klopfte ich an die Tür. Drinnen regte sich nichts. Als ich die Klinke niederdrückte, stellte ich zu meiner Überraschung fest, dass auch diese Tür unverschlossen war.

Ich steckte den Kopf in den dunklen Raum und rief leise: »Leni? Bist du hier?«

Keine Leni antwortete mir. Der Strahl meiner Taschenlampe glitt über den Boden, fand die Matratze, neben der Leni gestern zusammen mit ihrem Liebhaber gestanden hatte, leuchtete weiter die Wände ab, zu allen Seiten hin, hinauf und hinunter, bis das Licht auf den Spiegel aus venezianischem Glas fiel und mich blendete. Ich trat vor, suchte nach Spuren, nach Gegenständen, die mir Hinweise auf Lenis Verbleib geben konnten, fand aber nichts, die Zelle wirkte schlichtweg unbewohnt.

Es war warm hier unten, und von meiner Stirn perlte der Schweiß, als ich den Raum verließ. Der Gang, der vor mir lag, hatte noch weitere Türen. Hatten sie Leni weggebracht, in einen der anderen Räume? Die nächste Tür, die ich probierte, war verschlossen. Ich lauschte und klopfte, nichts passierte, keiner der Schlüssel passte. Auch die weiteren Türen, an die ich kam, ließen sich nicht öffnen. Am Ende des Flurs stand ich vor einer letzten Tür, auch sie blieb mir versperrt.

Dass von dem Gang keine weiteren Türen abgingen, bedeutete nicht, dass es keine weiteren Räume gab. Irgendwo ging es in das verfluchte Kellerlabyrinth, von dem Frau von Tryska mir damals erzählt hatte, aber ich hatte keine Ahnung, wie ich dorthin kommen sollte. Nach den Erlebnissen der vergangenen Nacht war ich wie selbstredend davon ausgegangen, dass Leni in dem Kellerraum gefangen gehalten wurde, in dem auch ich eingekerkert gewesen war, aber nun musste ich mir sagen, dass es offenbar ganz anders war. Eingedenk meines Eindrucks aus der vergangenen Nacht, dass die Beteiligten das bizarre Schauspiel nicht nur zum eigenen Vergnügen, sondern auch als scheußliches Lehrstück für mich aufgeführt hatten, war es vorstellbar, dass Leni nur deshalb in die Zelle gebracht worden war, weil es dort die Möglichkeit gab, sie heimlich durch ein Fenster zu beobachten. Offenbar war sie gewöhnlich anderswo eingesperrt, und das musste nicht unbedingt in dem Keller sein. Sollte ich nicht besser in einem der Räume oben über dem Hotel nach ihr suchen?

Es war nicht so einfach, Leni zu befreien, wie ich mir gewünscht und vorgestellt hatte. Dass es schwierig und gefährlich werden könnte, mein Vorhaben in die Tat umzusetzen, war mir klar gewesen, aber dass ich im ganzen Haus nach Leni würde suchen müssen, hatte ich nicht eingeplant. Doch was blieb mir übrig? Hier unten war ich mit meinem Latein am Ende.

Auf leisen Sohlen schlich ich den Gang zurück, dem Strahl der Taschenlampe folgend. Als ich die Kellertür zum Treppenhaus erreichte und auf die Klinke drückte, erstarrte ich. Die Tür ließ sich nicht mehr öffnen.

Eine Weile kämpfte ich gegen das Gefühl aufsteigender Panik an. Was war passiert? Hatte mich jemand bemerkt? Unvermittelt befiel mich die Vorstellung, ein Schlüssel könne von außen stecken, sodass ich den meinen nicht mehr benutzen konnte. Oder hatte ich selbst die Tür von innen verschlossen und konnte mich nicht mehr daran erinnern?

Eine Minute, zwei, drei Minuten ließ ich verstreichen, dann nahm ich den Schlüssel, mit dem ich hereingekommen war, zur Hand. Meine Finger zitterten, aber der Schlüssel glitt in das Schloss und ließ sich drehen. Ich lauschte, hörte aber nichts. Es gab kein Zurück, sagte ich mir, die Hölle lag vor mir und ich musste hindurch, es wenigstens versuchen, auch auf die Gefahr hin, dass die Dämonen, die auf der anderen Seite lauerten, mir den Garaus machten. Ich machte die Taschenlampe aus und drückte die Klinke nieder.

Die Tür gab nach, dahinter war kein Licht, wachten auch keine Dämonen, jedenfalls keine, die man hätte sehen können, es gab nur die Dunkelheit des verschatteten Treppenhauses, das vor mir lag. Ich schaute nach oben. Von irgendwo kam ein wenig Licht, wahrscheinlich durch ein kleines Fenster, und nach einiger Zeit gelang es mir, die Umrisse der Treppe auszumachen. Da ich die Vorstellung hatte, ich könnte mich sonst für im Treppenhaus verborgene Gestalten sichtbar machen, wagte ich es nicht, die Taschenlampe anzuknipsen, und begann im Dunkeln den Aufstieg.

Windung um Windung, mehr tastend als sehend stieg ich leise hinauf, hörte nichts als meinen Atem, bis ich weit über mir das kleine Fenster erblickte, durch das schwach das Licht der Stadt hereindrang. Ich bewegte mich auf das Fenster und sein Licht zu, bis ich am oberen Ende der Treppe an der Tür anlangte, durch die man das unterste der über dem Hotel gelegenen Stockwerke betrat.

Einer der Schlüssel vom Bund passte ins Schloss der Tür, und schon war ich drin und stand in einem dunklen Flur, der zu dem Labyrinth aus Korridoren, Gängen und Treppen gehörte, das sich meiner vagen Erinnerung nach über zwei Etagen erstreckte. Ich knipste meine Lampe wieder an. An den Wänden, über die ihr unruhiger Lichtschein glitt, hingen Originalgemälde und Wandleuchter. Die Fußbodenbeläge wechselten von Parkett zu Marmor in unterschiedlichen Farbschattierungen, gelegentlich von teuren Teppichen bedeckt. Leise bewegte ich mich vor und erreichte nach ein paar Metern eine Doppeltür aus massiver Eiche, die mir bekannt vorkam und vor der ich stehenblieb. Die Tür ließ sich öffnen, aber als ich in den Raum dahinter blickte, blieb ich stehen. Der Raum wurde schwach von einem diffusen, schummerigen Licht erhellt, das irgendwo aus einer Ecke kam. Niemand war zu sehen.

Zwei Kronleuchter hingen von der Decke und das schwere Mobiliar warf monumentale Schatten auf die Wände aus dunklem Holz. Vor den Fenstern hingen schwere bodenlange Vorhänge, und auf dem Boden lagen bunte Teppiche. Der Raum sah so aus, wie man sich einen britischen Klub des 19. Jahrhunderts vorstellte. Mein Blick verharrte auf einem alten Gemälde, das ich bei einem meiner früheren

Besuche schon einmal gesehen hatte. Es zeigte einen Uroboros, der aus dem Kopf eines Mannes gebildet war, in den sich Vogelkrallen klammerten. Der Kopf des Vogels stellte die Haare des Mannes dar, der Kreis schloss sich, indem der Schnabel dem Mann in die Nase biss. Das Gesicht des Mannes war zu einem Grinsen verzogen, und auch der Vogel schien zu lachen. Das Bild gefiel mir heute noch weniger als beim ersten Mal.

Leni würde nicht allein sein, wurde mir klar, irgendwo auf diesem Stockwerk gab es jemanden, der sie bewachte und bei Einbruch der Dunkelheit das kleine Licht in der Ecke angemacht hatte. Ich konnte nur hoffen, dass ich Leni fand, bevor jemand mich entdeckte. Leise wandte ich mich fort, um den Raum zu verlassen.

»Bleiben Sie noch ein wenig«, hörte ich vom anderen Ende des Raums her eine Stimme.

Mehr als eine unwillkürliche Bewegung brachte ich nicht zustande, dann stand ich wie erstarrt, wagte es nicht einmal, mit meiner Taschenlampe in die Ecke zu leuchten, aus der die Stimme gekommen war.

»Wer sind Sie?«, fragte ich.

»Wilhelm«, kam es zurück. »Mein Name ist Wilhelm. Weshalb sind Sie hergekommen, Herr Goltz?«

Der Strahl meiner Taschenlampe leuchtete auf den Teppich vor meinen Füßen. »Ich suche eine Frau«, erwiderte ich, »vielleicht können Sie mir helfen, sie zu finden.«

»Eine Frau?« Der Mann auf der anderen Seite des Zimmers lachte. »Die Frau Ihrer Träume?«

»Ja, die Frau meiner Träume«, murmelte ich, während ich darum kämpfte, dem zur Flucht drängenden Impuls in meinem Inneren zu widerstehen.

»Wir suchen alle die Frau unserer Träume«, sagte der Mann.

Irgendetwas an der Stimme erschien mir bekannt, und doch war etwas daran fremd, sodass es mir nicht gelang, sie zu identifizieren.

Ich ging ein Stück vor und starrte in die Richtung, aus der die Stimme gekommen war. Eine blank geputzte Messingtischlampe mit grünem Schirm stand auf einem Tischchen in der Nähe eines Polstersessels, spendete Licht und ließ in seinem Schein goldene Staubpartikel tanzen. An der Wand hinter dem Sessel wurde ein Schatten sichtbar, und der Schatten nahm an Umfang zu, als sich die Gestalt, die zu ihm gehörte, aus dem Sessel erhob.

Es war ein hoch gewachsener korpulenter Mann mit strahlend blauen Augen unter struppigem blondem Haar, einer breiten Stirn und einem kantigen Kinn, der mir gegenübertrat. Mit einem Lächeln betrachtete er mich, während die Mündung der Pistole, die er in seiner Rechten hielt, vage in meine Richtung zeigte.

»Sie sind Wilhelm?«, drang es mir über die Lippen. »Warum nennen Sie sich Wilhelm?«

Frederic Lammert antwortete nicht, sondern genoss eine Weile die Überraschung in meinem Gesicht.

»Andere gaben mir diesen Namen«, sagte er. »Weil ich deutscher sei als jeder Deutsche, gefiel es ihnen, mich wie den letzten deutschen Kaiser zu nennen.«

Seine Stimme hatte den amerikanischen Akzent verloren, und ich begriff, dass er, wenn er nur wollte, die deutsche Sprache in Reinkultur beherrschte. Es war der fehlende Akzent, der verhindert hatte, dass ich die Stimme sogleich hatte zuordnen können.

»Es ist nicht ganz falsch«, fuhr Lammert fort. »Ich liebe Deutschland, trotzdem ich nicht immer hier leben kann, auch dann nicht, wenn ich es wollte. Es ist eben nicht die rechte Zeit, um in Deutschland eine neue Heimat zu finden.«

Fieberhaft überlegte ich. War Frederic Lammert allein? Was konnte ich tun? Er war mein Chef, fiel mir ein, der Mann, für den ich seit zwei Tagen arbeitete.

»Hat es mit Fräulein Varo zu tun, dass Ihnen Zweifel am neuen Deutschland gekommen sind? Sie sagten, die Tage der Dame in führender Rolle seien gezählt.«

Er nickte, wie um sich selbst zu bestätigen, dass er sich nicht irrte. »Ja, der Auftrag der Dame wird in ein oder zwei Stunden erledigt sein.«

»Es beruhigt mich, das zu hören«, erwiderte ich. »Wie wir besprachen, arbeite ich für Sie, nicht für Fräulein Varo.«

Seine Augen durchmaßen den Raum, bevor er den Blick an die Flügeltür heftete, die in der Wand links von mir viel Platz einnahm, als überlegte er, ob ich es wert war, dass er mir eine Antwort auf meine Bemerkung gab.

»Ich bin der Chef der deutschen Sektion«, sagte er. »Fräulein Varo ist eine Expertin in Dingen, die mir nicht so liegen. Nicht nur mit Politik, auch mit der Spionage kenne ich mich nicht aus, ich bin eben ein Geschäftsmann. Deshalb hat man sie mir zur Seite gestellt – vorübergehend – für eine Zeit, die nun zu Ende geht, mag sein, noch in dieser Nacht.«

Plötzlich erinnerte ich mich, wo ich mich befand. Es war derselbe zweiteilige Raum, in dem ich vor ein paar Jahren an der okkulten Einweihungszeremonie teilgenommen hatte, in deren Mittelpunkt Irene Varos Bruder Roland Olden und die junge Veronika Müller, Arnheims reizende Hausangestellte, gestanden hatten.

»Warum haben Sie diese Pistole in der Hand?«, fragte ich Lammert, um Zeit zu gewinnen. »Ich bin Ihr Mitarbeiter, nicht Ihr Gegner.«

»Mir scheint, Sie sind nur mein Mitarbeiter, wenn es Ihnen gerade in den Kram passt. Weshalb sind Sie hier?«

»Wie Sie sich erinnern werden, haben Sie mir versprochen, dafür Sorge zu tragen, dass ich mit Leni Ravenov zusammenkommen kann.«

»Sie haben die Dame gestern Abend gesehen.«

»Ich habe sie gesehen, aber sie hat mich nicht gesehen. Das ist keine Zusammenkunft.«

Er lächelte wieder. »Ganz der schlaue Anwalt. Leider auf der falschen Seite. Dabei ließ sich Ihre Arbeit gestern so gut an. Wirklich schade, dass unsere Zusammenarbeit schon wieder zu Ende geht.«

»Unsere Zusammenarbeit muss nicht zu Ende sein, ich habe unseren Vertrag nicht gekündigt.«

Lammert seufzte. »Die Tatsache, dass Sie sich hier hereingeschlichen haben, um die Tänzerin zu befreien, lässt leider nur den Schluss zu, dass Sie nicht bereit sind, sich an die Abmachungen und Regeln zu halten.«

»Fräulein Varo hat mich für heute Abend einbestellt.«

»Ja, draußen am Hoftor, in zwei Stunden. Wie mir berichtet wurde, sind Sie über einen geheimen Verbindungsweg hier eingedrungen und haben den Keller durchsucht, natürlich mit dem Ziel, Leni zu finden. Das hinterlässt keinen guten Eindruck bei mir. Was soll ich davon halten?«

Er war also nicht allein. Mindestens ein Gehilfe hielt sich irgendwo in diesen Räumen verborgen – jemand, der mein Eindringen bemerkt und ihn informiert hatte, jemand, der die Tür zum Keller hinter mir verschlossen hatte, wohl nicht ahnend, dass ich einen Schlüssel besaß, um wieder hinauszugelangen.

»Es ist legitim, dass ich mich um Leni bemühe«, gab ich zurück. »Meine Loyalität habe ich Ihnen gestern bewiesen. Nun sind Sie an der Reihe.«

»Wir drehen uns im Kreis, Herr Goltz. Sie müssen niemanden von Tatsachen überzeugen, die Sie zu Ihren Gunsten verdreht haben. Lassen wir das Geplänkel. Es führt nicht weiter.«

»Stehen Sie nicht mehr auf Lenis Seite?«

Sein Lächeln machte einem nachdenklichen Ausdruck Platz. »Lassen Sie uns hinübergehen«, sagte er nach einer Weile und wedelte mit seiner Pistole in Richtung der Flügeltür, durch die man in die andere Hälfte des Saales gelangte. »Sie werden bereits erwartet und werden drüben alles Weitere erfahren.«

Er trat zu der Tür, und noch bevor er sie aufschob, ahnte ich, was mich dahinter erwarten würde.

»Unser Besucher ist eingetroffen«, sprach Lammert in das Halbdunkel des anderen Raums hinein, wandte sich wieder zu mir und wies mit der Hand in Richtung des geöffneten Durchgangs. »Treten Sie ein, Herr Goltz.«

17. KAPITEL

Eine Wandleuchte sorgte für gespensterhaftes Licht, aber es war ausreichend, um die Personen, die sich in dem Raum versammelt hatten, deutlich zu erkennen.

Den Mittelpunkt der illustren Schar bildete Leni Ravenov, die als Einzige in einem Sessel saß. Ihr Gesicht war bleich, aber gefasst, sie schien zu wissen, dass ihre Hinrichtung bevorstand. Sie trug das knappe Kleid, das sie am Abend ihrer Entführung getragen hatte. Ihre schönen Arme ruhten auf den Sessellehnen. Es war kaum zu ertragen, sie in dieser Pose zu sehen, so überaus schön, so überaus reizvoll und so überaus verletzlich und vom Tode bedroht.

Schräg hinter ihr stand Konrad Frank, ihr Liebhaber aus der vergangenen Nacht. Anscheinend war er heute Lenis Bewacher. Etwas davon versetzt standen Irene Varo und ihr Bruder Roland Olden nebeneinander. Die Runde vervollständigte Arno, der sich ein Stück von den anderen entfernt nahe dem Fenster aufgebaut hatte und dessen Hände mit seiner Pistole spielten.

»Sie sind zu früh, Herr Goltz«, sagte Irene Varo, »zu früh, als dass Sie sich in der Uhrzeit getäuscht haben könnten, und zu früh, als dass mir etwas anderes übrig bliebe als festzustellen, dass Sie Ihre Wahl getroffen haben. Leider nicht in der Weise, wie ich es Ihnen geraten habe.«

Alle im Raum hatten die Gesichter in meine Richtung gewandt und starrten Lammert und mich stumm an. Es war warm, als würde der Raum schon beheizt. Was sollte ich sagen? Gern hätte ich Irene Varo irgendein Angebot gemacht, gern alles gegeben, was ich besaß, wenn man nur Leni und mir das nackte Leben gelassen hätte. Aber es gab nichts, das ich hätte anbieten können, und selbst das Wort »Guten Abend« hätte in diesem Moment unpassend geklungen.

»Wir haben uns natürlich gedacht, dass Sie einen Versuch unternehmen könnten, die Tänzerin nach Einbruch der Dunkelheit zu befreien«, sagte Roland Olden, der vormalige Mandarin-Tänzer. »Ich saß nur ungefähr eine halbe Stunde in einer Ecke der Hotelhalle, einigermaßen verborgen, aber doch so, dass ich den Eingang im Auge hatte, als ich Sie kommen sah. Haben Sie es sich wirklich so einfach vorgestellt?«

»Der einfachste Weg ist meistens der beste«, erwiderte ich. »Man kommt schneller zum Ziel.«

»Wenn der Tod Ihr Ziel ist, haben Sie recht«, höhnte Konrad Frank.

»Wir mussten prüfen, wie loyal Sie gegenüber unseren Forderungen sind«, sagte Roland Olden. »Sie haben die Prüfung nicht bestanden, Herr Goltz. Wir haben Sie mehr als einmal vor den Konsequenzen gewarnt, die nun auf Sie zukommen werden.«

»Immerhin sind wir nun vollständig«, sagte Irene Varo und sah mich an. »Nachdem Sie das Angebot, das ich Ihnen gestern unterbreitete, zurückgewiesen haben, ist der Zeitpunkt gekommen, die Angelegenheit zu einem Ende zu bringen.«

Und für mich der Punkt, alle Hoffnung fahren zu lassen, dachte ich.

»Es wird Ihr Schaden nicht sein, wenn Sie Leni und mir die Möglichkeit geben, in Ihren Angelegenheiten weiter in Ihrem Sinne tätig zu sein«, entgegnete ich dennoch, um Zeit zu gewinnen, wenn ich auch nicht wusste, was ich mit der Zeit anfangen wollte.

»Hohle Worte und leere Versprechungen, an die weder Frau Ravenov noch Sie sich halten werden, wie ich nur zu gut weiß«, sagte Irene Varo kalt.

»Versuchen Sie es mit uns. Wir werden Sie nicht enttäuschen.«

»Sie haben mich schon enttäuscht«, erwiderte die Teufelin. »Schwer enttäuscht. Ich bin es leid, mich hinhalten zu lassen, und setze mich nicht länger für Leute ein, die es nicht verdienen, dass man ihnen entgegenkommt. Ich habe einen Auftrag zu erfüllen.«

Zum ersten Mal bemerkte ich einen Anflug von Müdigkeit in ihrem Gesicht; vielleicht war es wirklich die Enttäuschung, von der sie gesprochen hatte.

»Lassen Sie mich mit Ihrem Auftraggeber sprechen, Irene, bevor Sie Dinge tun, die Sie nicht mehr ändern können.«

»Meine Arbeit ist getan«, bemerkte sie scharf. »Das Urteil über Frau Ravenov haben andere gesprochen, und es wird nun vollstreckt.« Sie schaute zu Leni. »Du weißt, was dich erwartet. Frauen erschießen sich nicht oder nur selten, daher wirst du gehängt. Nicht hier, sondern draußen im Park.«

Sie blickte auf die Uhr an ihrem Handgelenk. »Zwar hatte ich eine spätere Stunde vorgesehen, aber da es dunkel ist, gibt es keinen Grund, länger mit deiner Hinrichtung zu warten.«

Lenis Gesicht war weiß, dennoch ließ sie sich nicht aus der Fassung bringen. »Als ihr mich hochgeholt habt, hieß es, dass ich um Mitternacht sterben soll«, sagte sie. »Da noch Zeit ist, möchte ich, dass ihr es mir gewährt, allein von meinem Freund Eugen Goltz Abschied zu nehmen. Es ist mein letzter Wunsch.«

Wie hilfesuchend schaute ich mich um. Auf dem Marmorboden lagen orientalisch anmutende Teppiche, dick und weich, wie hergerichtet für ein Lager. Von der Decke hing ein schwerer, ausladend geformter Kronleuchter. Ich wünschte, er würde herabstürzen und die ganze grausige Verbrecherbande erschlagen. Aber Hilfe von oben schien es keine zu geben.

»Abschied für ein letztes Schäferstündchen?«, fragte Irene.

Leni warf unwirsch den Kopf zurück. »Es braucht dich nicht zu bekümmern, wie wir uns voneinander verabschieden.«

Lammert neben mir trat einen Schritt auf die Tänzerin zu. »Dafür ist keine Zeit, Leni. Wir bringen es hinter uns. Sei tapfer.«

Lenis grüne Augen funkelten ihn zornig an. »Ich bin tapfer, aber Zeit ist noch genug. Halt dich zurück, Frederic. Ich habe das Recht, von meinem Freund Abschied zu nehmen. Wie du weißt, ist es ein Abschied für immer.«

Lammert schwieg eine Weile, bevor er sagte: »Mit gefällt das nicht.«

Was waren das bloß für Menschen, dachte ich. Selbst Lammert, den ich bis heute für einen halbwegs erträglichen Zeitgenossen gehalten hatte, entpuppte sich als ein furchtbarer und gnadenloser Vertreter des Bösen.

»Hören Sie, Lammert«, sagte ich. »Gewähren Sie uns dieses Zusammensein. Sie haben es mir versprochen.«

»Frau Ravenov hat recht«, sagte Irene, ohne die Antwort von Lammert abzuwarten. »Es ist noch lange nicht Mitternacht. Gehen wir hinaus und lassen die beiden für eine Weile allein. Arno, du sorgst dafür, dass alle Türen des Zimmers verschlossen sind.«

»Kein Problem, Chefin«, erwiderte Arno. »Ich bewache das Liebesnest, solange sie miteinander turteln. Sie werden mir nicht entkommen.«

Irene Varo ging als Erste, und nach ihr verließen sie einer nach dem anderen den Raum. Der letzte war Arno, der hinter sich die Flügeltür verschloss und dafür sorgte, dass wir allein waren.

Eine Weile war es still, dann sah Leni zu mir her und versuchte zu lächeln. Ich bemühte mich, ihr Lächeln zu erwidern. Unser letztes gemeinsames Stündlein hatte begonnen.

»Tut mir leid, Leni«, brachte ich nach einer Weile heraus. »Ich hätte dir so gern geholfen, aber nun weiß ich nicht mehr, was wir tun sollen. Im Moment bin ich ratlos.«

»Noch sind wir nicht tot. Aber Fräulein Varo meint es ernst, daran zweifle ich nicht.«

»Die anderen auch, nicht wahr?«

»Frank kann es kaum erwarten, mich hängen zu sehen. Es tut mir leid, dass ich dich in diese Sache hereingezogen habe.«

»Ich liebe dich, Leni.«

Ihre Augen umwölkten sich. »Ich liebe dich auch, Eugen. Aber wir kommen nicht zusammen, es soll eben nicht sein. Vielleicht glückt es in einem anderen Leben.«

»Können wir nicht noch etwas tun?«, frage ich leise. »Für uns beide?«

»Woran denkst du?«

»Wer könnte uns helfen?«

»Von denen da draußen?«

»Ja.«

»Wenn überhaupt einer, dann nur Arno. Dem gefällt es nicht, dass sie mich hängen wollen, ich weiß das.«

»Er macht grässliche Sachen, aber wenn er uns retten könnte, würde ich ihn mögen. Ich bezweifle nur, dass er es kann, selbst wenn er es wollte.«

Sie lächelte. »Ich habe mit ihm geschlafen, das vergisst er mir nicht. Er ist mir dankbar.«

»Hast du es getan, damit er dir hilft?«

»Den Hintergedanken hatte ich wohl.« Sie zuckte mit den Achseln. »Warten wir es ab. Wir dürfen nicht aufgeben. Noch sind wir lebendig. Es sieht zwar nicht gut aus, aber ich weiß nicht sicher, ob ich sterben werde. Wenn doch, will ich mich bemühen, tapfer zu sein. Den Weg, den ich heute Nacht vielleicht gehen werde, muss irgendwann doch jeder beschreiten. Lass uns voneinander Abschied nehmen, bevor es zu spät ist.«

Sie warf mir einen Blick zu und war dabei selbst in diesem schweren Moment noch in der Lage, mir ein bezauberndes Lächeln zu schenken. Bei ihrem reizenden Anblick schnürte sich alles in mir zu. Sie rückte näher, legte sich in meine Arme, und ich presste sie fest an mich. Plötzlich begann sie zu weinen, und während sie schluchzte, küssten wir uns.

»Bist du wirklich schwanger?«, fragte ich sie irgendwann.

»Ich habe dich nicht belogen«, sagte sie. »Das Kind in meinem Leib ist von dir.«

»Ich hätte so gern mit dir eine Familie gehabt, aber nun müssen wir alle drei sterben.«

Sie wischte sich die Tränen ab. »Manchmal kriegt man sich nicht, auch wenn man sich noch so liebt. Die Zeiten sind, wie sie sind.« Sie öffnete eine Schleife und streifte ihr Kleid ab. »Ich möchte deine Haut spüren«, flüsterte sie und half mir dann aus Jacke und Hemd.

»Wenn Irene Varo uns beobachtet, hat sie uns da, wo sie uns haben wollte«, sagte ich. »So hat sie es von Anfang an geplant.«

»Es ist mir vollkommen schnuppe, ob sie uns beobachtet.«

»Du hast recht. Es spielt keine Rolle mehr.«

Unserer beider Augen und Lippen waren ganz nahe beieinander, und trotz der Nähe des Todes durchflutete mich die ganze Süße ihrer Existenz, sie war so herrlich, so wundervoll, so schön.

»Lass uns die Augenblicke genießen, die wir noch haben«, sagte sie.

Irgendwo hinter der offen stehenden Flügeltür läutete ein Telefon, und kurz darauf hörte man aus der Ferne die schwachen Laute einer weiblichen Stimme.

»Bis jetzt wusste ich nicht, wie sehr ich dich liebe, Leni«, sagte ich. »Erst jetzt, ganz am Ende, ist mir alles klar.«

»Am Ende eines Lebens entfaltet sich sein Sinn, habe ich mal gehört. Der Tod ist ein Teil des Lebens. Es ist schwer, keine Angst vor ihm zu haben, aber man braucht es nicht.«

Wir hielten uns so fest umschlungen, als ob wir miteinander verschmelzen wollten.

»Was ist der Tod? Was denkst du darüber?«

Sie lächelte zart. »Soll ich sagen, ich habe immer gewusst, dass es beschissen enden wird? Nein, so denke ich nicht. Trotz allem, was ist, hatte ich ein schönes Leben, und im Moment ist es immer noch schön. Weißt du, es gibt gar keinen Tod. Die alten Griechen haben sich geirrt. Sie haben den Glauben an die Zweiheit von Körper und Seele begründet, aber so ist es nicht, Körper und Seele sind eins.«

»Hilft es etwas, wenn es so ist?«

»Körper und Seele sind ein und dasselbe. Der Mensch verschwindet nicht, nur sein Schwingungszustand ändert sich, das Hüben ist schwer, das Drüben leicht.«

»Der Teufel hat sich geirrt, nicht wahr? Eine Seele kann man nicht rauben.«

»Wenn der Mensch eine wahre Person geworden ist, kann man ihm seine Identität nicht mehr nehmen. Was Frank und andere sich vorstellen, ist Unsinn.«

Ihre Zuversicht schien bei all der Trauer, die sie empfand, nicht bemüht, sondern ehrlich gemeint, und ihre Tapferkeit imponierte mir und gab mir Kraft.

»Ach, könnte doch der Tod in diesem Augenblick zu uns kommen und uns erlösen«, kam es über meine Lippen, »auf dass es immer so bliebe wie in diesem Moment.«

»Es ist im Tod nicht viel anders als im Leben, bloß besser.«

Das Wissen um die Gefahr des nahen Todes machte unser letztes Stündlein zu einer Zeit des Glücks, die durch das Wissen um unser Schicksal kaum beeinträchtigt wurde. Wie lange wir uns umklammert hielten, hätte ich nicht sagen können, als hinter uns ein Geräusch erklang, dem zu entnehmen war, dass jemand den Raum betreten hatte.

Es war Arno. Er wirkte verlegen, ein Zug, den ich ihm nicht zugetraut hätte.

»Ich störe euch wirklich nicht gern, aber die Chefin hat es befohlen. Die Zeit ist um.«

»Arno, hilfst du uns?«, murmelte Leni.

»Mal sehn«, brummte er kaum verstehbar zurück.

Leni und ich lösten uns vollständig voneinander und zogen uns an. Dann saßen wir nebeneinander auf dem Sofa und hielten uns an den Händen, sahen zu, wie einer nach dem anderen durch die Flügeltür wieder ins Zimmer trat.

»Steht auf«, sagte Irene Varo, und als wir der Aufforderung Folge geleistet hatten, setzte sie hinzu: »Fesselt ihnen die Hände auf den Rücken.«

Frank trat zu Leni und riss ihr die nackten Arme nach hinten, zog eine Fessel aus der Jackentasche und schloss sie um ihre Handgelenke. Dann kam er zu mir. »Los, Goltz, Sie auch, Hände auf den Rücken!«

Die Fessel schloss sich um meine Gelenke, und sie schoben mich neben Leni, wohl damit sie uns besser im Auge behalten konnten.

Irene Varo war vor uns stehen geblieben. Eine Weile betrachtete sie Leni und mich, dann wandte sie sich zu Lammert herum.

»Roland und ich können nicht dabei sein«, sagte sie. »Ich habe es eben durch den Telefonanruf erfahren. Bringt sie in die Hasenheide, es bleibt dabei, die Tänzerin wird gehängt!«

»Was machen wir mit ihm?«, fragte Arno.

»Was ihn angeht, habe ich keine Befehle«, erwiderte Irene. »Macht mit ihm, was ihr wollt! Du hast freie Hand, Arno. Hängt ihn neben Sie – oder übergebt ihn der Gestapo, was auch immer. Sein Schicksal geht mich nichts mehr an, und ich übernehme keine Verantwortung dafür. Wenn ihr wollt, fragt seine Schwester, ob sie damit einverstanden ist, dass er stirbt. Mein Auftrag ist erledigt. Roland und ich werden noch in dieser Nacht Deutschland auf einige Wochen verlassen.«

»Wir machen es nicht in der Hasenheide, sondern im Viktoriapark«, sagte Konrad Frank. »Zur rauschenden Musik des Wasserfalls.«

»Ist mir auch recht«, erwiderte Irene. Sie hielt Lenis Mantel in der Hand, den Lammert ihr übergeben hatte, und hängte ihr ihn um die Schultern, dann schloss sie einen der oberen Knöpfe, damit er nicht von Lenis Schultern glitt. Sie lächelte uns zu. »Dann wären wir soweit. Leben Sie beide wohl.«

Lenis Lippen bebten. »Sie auch, nutzen Sie die restliche Zeit, die Sie noch haben. Ich habe es bald hinter mir, Ihnen steht die Finsternis der Hölle bevor.«

»Wir werden es erleben«, erwiderte Irene kalt.

»Sie sagen es«, sagte Leni.

Roland Olden stand bereits an der Tür. Irene ging zu ihm. »Also dann, auf gutes Gelingen, Männer«, sagte sie mit einem letzten Lächeln zu ihren Leuten, »und gebt Acht, dass euch niemand sieht.«

»Wir sind ja nicht von gestern«, sagte Arno.

Einen Augenblick später hatte das schöne Geschwisterpaar den Raum verlassen.

Fünf Minuten später folgten auch wir anderen ihnen in das finstere Treppenhaus.

18. KAPITEL

Sie führten Leni und mich im Licht von Taschenlampen die schmale Wendeltreppe hinunter. Arno kannte den Ausgang und fand sofort die Tür, durch die wir in den dunklen, von den hohen Mauern umgebenen Innenhof gelangten. Die schwarze Limousine mit Sepp als Fahrer erwartete uns in der Nähe des Hauses. Ein weiterer Wagen war nicht zu sehen. Falls Roland Olden seinen kleinen Opel hinter dem Gebäude geparkt hatte, war das aparte Geschwisterpärchen bereits damit auf und davon.

Sie schoben Leni und mich auf die Sitze in der Mitte, während Frank und Arno sich hinter uns platzierten und Lammert neben dem Fahrer Platz nahm. Das schmiedeeiserne Tor zur Straße stand offen, und unter dem Torbogen hindurch ging es hinaus in die dunkle Berliner Nacht. Der Himmel war schwarz. Der Mond drang nur ab und zu einmal durch die Wolken, nirgendwo sonst da oben war ein Licht. Sepp fuhr zur Leipziger Straße und bog am Dönhoffplatz in die Jerusalemer Straße ab.

Im Wagen herrschte Schweigen, während es vorüber an den erleuchteten Schaufenstern von »Tietz' Warenhaus« und danach weiter durch das Zeitungsviertel nach Süden ging. Die Situation war von einer gespenstischen Unwirklichkeit. Es gab Momente, in denen mir war, als wäre ich bereits aus der Zeit herausgefallen, und dann fragte ich mich, ob dies wohl die ersten Anzeichen des nahenden Todes waren.

Am Halleschen Tor überquerten wir den Landwehrkanal und gelangten über die Belle-Alliance-Straße, die Gneisenaustraße und die Großbeerenstraße auf die nördliche Seite des Viktoriaparks, wo die Kreuzbergstraße seine Grenze bildete.

Sepp fuhr den Wagen in den Schutz der dunklen Bäume am Rande des Parks und hielt fast an derselben Stelle, von der vor ein paar Nächten unsere Fahrt in das seltsame Lokal im Berliner Norden ihren Ausgang genommen hatte.

Frank und Arno stiegen aus und zerrten dann Leni und mich aus dem Wagen. Als alle Insassen einschließlich des Fahrers die Limousine verlassen hatten, setzte sich unser kleiner Trupp parkeinwärts in Bewegung, Leni und ich in der Mitte, währen Konrad Frank die Tasche trug, in der sich auch der Henkersstrick befand.

Das Licht der Laternen streifte das Gewirr der dicht angelegten Wege, außerhalb davon war es finster, was die Einsamkeit des Ortes und der Nacht unterstrich. Das Rauschen des Wasserfalls, der sich in den Park hinein verströmte, übertönte bald die leiseren Geräusche in dem Schattenreich, durch das wir uns auf den gewaltsamen Tod zubewegten.

»Ich war heute Nachmittag hier und habe einen geeigneten Baum ausgesucht«, sagte Frank, als wir uns dem rauschenden Wasserfall näherten. »Darunter habe ich einen Baumklotz gelegt. Du stellt sich darauf, Leni, und wenn ich die Schlinge um deinen Hals schön straff gespannt habe, nehmen wir den Klotz unter deinen Füßen weg. Ich freue mich schon darauf, dich zappeln zu sehen.«

»Das hast du wirklich ganz toll geplant«, gab Leni zurück. »Du bist ein echtes Talent. In der Hölle warten schon deine Bewunderer, da brauchen sie noch einen wie dich.«

Frank lachte. »Auf dich brauchen sie da unten nicht mehr lange zu warten, Leni. Ob wir uns dort eines Tages wiederbegegnen, wird sich zeigen.«

»Sie sind widerlich, Frank«, hörte ich Lammert sagen. »Halten Sie endlich den Mund.«

Die Hoffnung, es möchten sich Spaziergänger im Park aufhalten, die wir um Hilfe anrufen könnten, erwies sich als vergebens, wir waren mutterseelenallein. Wahrscheinlich hätte uns sowieso niemand geholfen. So wie die Zeiten waren, sah man besser weg, wenn beunruhigende Dinge geschahen, sonst hatte man selbst schnell ein ernstes Problem.

»Ich hoffe, du findest den Baum schnell wieder«, sagte Lammert. »Nicht, dass wir ihn noch eine halbe Stunde suchen müssen.«

Frank lachte böse. »Für wen hältst du mich? Was ich vorbereite, ist nicht das Werk eines Stümpers. Wir sind schon fast da.«

Frank blieb stehen, als wir dem Wasserfall noch etwas näher gekommen waren. Fernes Laternenlicht drang herüber und beleuchtete einen schmalen Pfad, der durch flaches Buschwerk zu einer kleinen Lichtung führte.

»Hier ist der Baum«, sagte Frank, als sie uns hinter das Gestrüpp geschoben hatten. »Sepp, geh du zum Weg und pass auf, ob jemand kommt. Es wird nicht lange dauern, in zehn, fünfzehn Minuten werden wir fertig sein.«

Sepp verschwand, ohne einen von uns noch einmal anzusehen, und Frank kletterte mit seinem Henkersstrick auf dem Baumklotz und machte sich daran, ein Ende des Seils in einer starken Astgabel zu befestigen.

Mein Herz schlug heftig, meine Kehle war wie ausgedörrt, die Angst, die ich während der Fahrt im Wagen wie etwas Fernes erlebt hatte, war plötzlich wieder da und traf mich in ihrer ganzen grässlichen Vehemenz. Ich schaute zu Leni, die mit bleichem Gesicht, aber ausdrucksloser Miene Franks furchtbarer Verrichtung zuschaute. Sie wirkte in diesen Momenten teilnahmslos, als hätte sie schon mit allem abgeschlossen und als ginge das Ganze sie gar nichts mehr an. Mir selbst aber war, als ob ich mich in einem Albtraum befand, aus dem ich hoffentlich bald erwachen würde. Der Schweiß brach mir aus, und ich merkte, dass ich zu zittern begann. Hoffentlich ging es schnell und war bald vorüber.

Frank lächelte zufrieden, als er fertig war und von dem Holzklotz herunterstieg. Die Schlinge hing etwas über Kopfhöhe von dem dicken Ast herunter. Er trat vor Leni und öffnete den Mantelknopf vor ihrem Hals, nahm ihr das Kleidungsstück von den Schultern und warf es irgendwohin auf den Boden. Halbnackt und am ganzen Körper zitternd stand die junge Frau in der Nachtkühle ihrem Henker gegenüber. »Nimm mir auch die Fessel ab«, sagte sie. »Du willst doch, dass es aussieht, als hätte ich es selbst getan.«

»Dazu ist noch Zeit, wenn du hängst«, sagte Frank.

Ich spürte, dass es mir nicht mehr länger möglich war, die Ruhe zu bewahren. Wir mussten uns wehren, empfand ich ganz klar, obwohl mir die Hände auf den Rücken gefesselt waren. Eine weitere Gelegenheit würde ich nicht mehr bekommen.

Ich fokussierte mich zunächst auf Frank, der war der Schlimmste, Irene Varos rabiater Vertreter vor Ort, und der Einzige, von dem ich es für sicher hielt, dass er Leni hängen sehen wollte. Die anderen schienen mir mit dem Herzen längst nicht so entschlossen bei der Sache zu sein wie der vermeintliche Filmagent.

»Sie sind ein feiger Mörder, Frank«, rief ich ihm zu. »Sie vergreifen sich an einer unschuldigen Frau.«

»Halten Sie den Mund, Goltz. Leni wusste, was die Folge ihres Verrats sein würde, sie hat keinen Grund zu jammern, und sie tut es auch nicht. Seien Sie also ruhig.«

»Lammert, tun Sie etwas!«, sagte ich zu dem Amerikaner, der hinter mir stand. »Verhindern Sie, dass dieser Schuft einen schändlichen Mord an der armen Frau begeht. Erinnern Sie sich an die Abende im ›Mandarin‹, Leni ist eine Freundin.«

»Warten Sie es ab, Goltz«, gab Lammert zurück. »Es ist gleich vorüber.«

Frank ergriff Lenis linken Arm. »Steig hinauf, Leni. Ja, du hast es gleich hinter dir. Arno, nimm ihren anderen Arm.«

Leni schüttelte Frank ab. »Fass mich nicht an, du mieses Schwein, ich kann alleine gehen.«

»Los, Arno«, sagte Frank, »dann mach du es!«

Arno trat neben Frank.

»Einen Moment noch«, sagte der Mann fürs Grobe.

Frank wandte den Kopf zu ihm herum. »Was ist noch? Mach …«

In diesem Moment erblickte er die Pistole, die sich plötzlich in Arnos Hand befand und mit der er einen Moment später direkt auf Franks Kopf zielte.

»Es reicht!«, sagte Arno.

Franks Gesicht nahm einen ungläubigen Ausdruck an. »Was soll das heißen: Es reicht? Bist du verrückt?«

»Verrückt, ja, mag sein«, erwiderte Arno, »aber ich bin kein wahnsinniger Scheißsadist, so wie du.«

»Du kennst die Befehle«, zischte Frank. »Die Dirne muss hängen.«

»Ich weiß, das hättest du gern, du perverses Schwein.«

»Du dämlicher Idiot!«, rief Frank, dessen Augen von Arno fortglitten und den Blick des Amerikaners suchten. »Ich habe schon immer geahnt, dass du nicht ganz dicht bist. Lammert! Weisen Sie diesen Verrückten zurecht, er verdirbt uns noch alles.«

»Tut mir leid, Frank«, sagte Lammert. »Ich sehe das genauso wie Arno. Es geht nicht so, wie Sie sich das denken.«

Frank starrte den Amerikaner noch einen Moment an, dann hatte er die Verblüffung überwunden, packte Lenis

Arm und riss sie mit brachialer Gewalt zu dem Baumklotz hin, als wollte er sein Henkerswerk allein vollbringen. »Los, rauf da!«

Mit der linken Hand griff er in die Innentasche seiner Jacke, doch es gelang ihm nicht, seine Pistole herauszubekommen, weil Arno ihn unvermittelt ansprang und ihm mit der eigenen Waffe einen Schlag ins Gesicht versetzte.

Frank geriet ins Taumeln. Sofort war Arno wieder bei ihm und packte den Arm, der nach der Pistole hatte greifen wollen.

»Nicht sie, sondern du wirst hängen, Frank!«, fauchte Arno ihn an.

Franks Gesicht blutete, entgeistert starrte er zu dem anderen Mann an. »Hör zu, Arno, du scheinst lebensmüde zu sein, wenn die Chefin erfährt, dass du die blonde Dirne gerettet hast, bist du tot. Noch hast du die Chance …«

Arno lachte. »Du Narr! Die Chefin hat die Sache abgegeben, sie ist keine Chefin mehr. Jetzt gehorche ich mir selbst. Ich habe der blonden Süßen versprochen, dass ich ihr helfen werde, dafür, dass sie mir zu Willen war, und ich halte mein Versprechen.«

Frank machte ein ungläubiges Gesicht. Er schien kaum zu verstehen, dass seine Welt dabei war, aus den Fugen zu geraten. »Du bist so dämlich, dass mir die Worte fehlen. Wenn du nicht sofort …«

Weiter kam er nicht, dafür schrie er auf, weil Arno ihm mit brutaler Kraft den Arm auf den Rücken drehte, genauso, wie er es damals bei Leni gemacht hatte, als Sepp und er uns in ihrer Wohnung überfallen hatten.

»Dir werden gleich nicht nur die Worte fehlen, du Arschloch«, fauchte Arno dem Filmagenten ins Ohr und zwang ihn herum und ein Stück zurück in Richtung des Galgenbaums.

Lammert hinter mir war dabei, mir mit einem Messer die Fessel zu zerschneiden, und als es ihm gelungen war, trat er zu Leni, um auch sie von der Fessel zu erlösen. Ich rieb mir die Gelenke.

»Ihr werdet mächtigen Ärger bekommen, wenn ihr verhindert, dass die Dirne aufgeknüpft wird«, sagte Frank. »Überlegt euch, was ihr tut. Ihr könnt es ohnehin nicht lange abwenden, das Todesurteil über sie ist gefällt.«

»Sie irren sich, Frank«, sagte Lammert. »Es wurden längst andere Entscheidungen getroffen, Sie wissen nur nichts davon.« Er hatte inzwischen selbst eine Pistole in der Hand, sodass Konrad Frank in zwei Mündungen blickte.

»Ah, ich verstehe, ein abgekartetes Spiel.«

Lammert lachte leise. »Endlich haben Sie es erfasst.«

Arno hatte Franks Arm fest im Griff, während er ihm mit der anderen Hand die Pistole an die Stirn setzte.

»Du hast es doch neulich selbst gesagt: Ein Mann muss wissen, wenn es vorüber ist«, höhnte Arno.

»Du bist wohl komplett durchgedreht. Die Kugel hast du selbst verdient. Ist besser für dich als zurück in die Irrenanstalt, aus der du ausgebrochen bist.«

»Da du alles so schön vorbereitet hast, bekommst du keine Kugel, sondern den Strick ... ich hätte dir die Kugel gegönnt, aber so wie du mit den Frauen umgehst, hast du es einfach nicht besser verdient, außerdem ist ja auch noch der schlaue Anwalt hier, und für den müssen wir auch eine Verwendung finden.«

Arno warf mir einen Blick zu. »Nehmen Sie Franks anderen Arm, Goltz«, sagte er. »Sie können es sich aussuchen: Entweder helfen Sie mir, Frank zu hängen – oder Sie selbst müssen dran glauben.«

Frank ließ Arno aus den Augen und sah zu Leni. »Verfluchte Dirne«, schrie er, »ich hätte dich schon letzte Nacht im Keller aufknüpfen sollen.«

Er versuchte sich loszureißen, doch mit seiner hasserfüllten Äußerung hatte er mir das Stichwort gegeben, und ohne lange nachzudenken, sprang ich Arno bei, packte Franks linken Arm und wandte meine ganze Kraft auf, um seinen Widerstand zu brechen, damit Arno und ich ihn mit vereinten Kräften auf den Baumklotz schaffen konnten.

Frank wehrte sich heftig, versuchte mit den Füßen, den Holzklotz, auf den wir ihn zu heben versuchten, wegzutreten, doch er schaffte es nicht, weil wir Hilfe bekamen.

Es war nicht Lammert, sondern Leni, die uns beisprang und sich die vom dem Baum herabhängende Schlinge griff, und irgendwie gelang es ihr, sie über Franks Kopf zu bekommen. Dann stieg sie auf den Klotz und zog an der Schlinge, und nun hatten wir Frank in der Hand, seine Gegenwehr wurde vergeblich, Arno und ich hoben ihn auf den Klotz, und dann war es Lammert, der sich an dem Baumklotz zu schaffen machte und ihn beiseite stieß.

Um Konrad Frank war geschehen. Mit dem Kopf in der Schlinge stieß er seine Füße in die leere Luft. Der Mann, der Leni hatte hängen wollen, war selbst ein Sterbender. Wir anderen traten zurück.

Ein Geräusch war zu vernehmen. Wir fuhren herum, aber es war nur Sepp, der Fahrer, der zurückgekommen und aus dem Gebüsch getreten war.

»Soll ich mich an seine Füße hängen?«, fragte er.

Lammert brummte eine Zustimmung, doch dann ging es schneller, als ich befürchtet hatte. Frank zuckte einige Male heftig hin und her, aber gerade als Sepp zu ihm trat, wurde er plötzlich schlaff, dann war es zum Glück vorüber, der Körper hing still, Konrad Frank war tot.

»Keine Zeit zu verlieren«, sagte Lammert. »Arno, nimm die Tasche, wir machen uns davon.«

Er nahm Lenis Arm und zog sie mit sich, Arno und ich folgten ihnen. Eilig huschten wir durch das Gebüsch und über die Wege zurück zur Straße.

19. KAPITEL

Sepp setzte sich hinter das Steuer, Arno neben ihm auf den Beifahrersitz, Lammert, Leni und ich auf die hintere Bank.

»Der Viktoriapark hat einen Selbstmörder mehr«, sagte Arno, als Sepp angefahren war und die dunklen Bäume des Parks rechts liegen ließ. »Der Kerl war eine Last, endlich sind wir ihn los.«

»Wir haben ihn alle vier auf dem Gewissen«, meinte Lammert, »und so ist es gut. Es ging nicht anders, es war Notwehr. Er hätte uns am Ende alle umgebracht.«

Leni zitterte neben mir, es war wohl die Nachwirkung des Schocks.

»Wurde auch Zeit«, sagte sie. »Es gab heute Augenblicke, da habe ich geglaubt, dass ihr es nicht schafft, mich vor der Hinrichtung zu bewahren.«

»Ich habe einiges an Überzeugungsarbeit leisten müssen«, erwiderte Lammert. »Bedanke dich bei Bassett. Er hat sich gegenüber seinen deutschen Freunden durchgesetzt. Die waren dir nicht so gnädig wie er.«

»Was hätten wir nur getan, wenn Bassett die Leute nicht zurückgepfiffen hätte?«

»Wir hätten schon eine Lösung gefunden, nicht wahr, Arno?«, sagte Lammert.

Der Mann auf dem Beifahrersitz wandte sich nach hinten. »Na klar, Chef! Sie, Sepp und ich sind drei, mit dem Anwalt vier, mit dir, Leni, fünf. Wir hatten klar die Mehrheit. Wäre es hart auf hart gekommen, hätte ich Frank, Irene und den Bruder noch im Haus über den Haufen geschossen, dann ab in den Keller mit den Leichen und Feuer gelegt. Mit so was kenne ich mich aus. Wenn sie mich damals hätten machen lassen, wie ich gekonnt hätte, wäre die Quasselbude vollständig abgebrannt.«

»Quasselbude?« Lammert lachte. »Du meinst den Reichstag, nicht wahr?«

»Du sagst es.«

Die Nacht draußen schien undurchdringlich. So undurchdringlich wie die Seelen der Menschen und ihre geheimen Absichten und Pläne.

»Ich weiß, ich habe schlecht über dich gedacht und dich vor ein paar Tagen nicht gut behandelt, Leni«, sagte Arno. »Ich wusste es nicht besser, aber du warst stets gut und fair zu mir. Nie hätte ich zulassen können, dass sie dich hängen. Frank, der Schuft, hat es nicht anders verdient, eine Frau wie dich aufzuknüpfen, nein, das geht mit mir nicht.«

»Du bist in Ordnung, Arno«, sagte Leni. »Pass in Zukunft auf dich auf. Wenn Lammert und ich in Amerika sind, werden wir keinen großen Einfluss mehr auf die Dinge haben, die sich in Deutschland abspielen.«

»Was ist mit der Chefin?«, fragte Sepp. »Hoffentlich kommt sie nicht so schnell wieder. Ich möchte lieber nicht dabei sein, wenn sie erfährt, wie die Sache ausgegangen ist.«

»Sie hatte es nicht zu entscheiden«, sagte Lammert. »Sie hat akzeptiert, dass Frank beseitigt wurde, der Mann war ein Problem für alle und musste weg. Ihr habt einem Befehl gehorcht. Irene kann euch nichts anhaben.«

»Wenn das noch lange so weitergegangen wäre, hätte ich gekündigt«, meinte Arno.

»Du hast für mich gearbeitet, Arno«, sagte Lammert. »Ich habe dich bezahlt, nicht die Frau. Da ich zurück nach Amerika gehe, wird Bassett einen anderen Chef einstellen, das wird nicht Irene Varo sein, sondern ein Mann. Sie ist raus aus der Gesellschaft, ihre Zeit als Chefin ist vorbei.«

»Ich bin ehrlich erleichtert«, sagte Sepp.

»Und du, Leni, was wird aus dir?«, fragte Arno. »Willst du wirklich mit dem Chef über den großen Teich?«

Eine Zeitlang herrschte Stille im Wagen. Sepp bog in die Leipziger Straße ein.

»Es fällt mir schw mich wieder auf er, Berlin zu verlassen«, antwortete Leni, »aber es bleibt mir nichts anderes übrig. Es war eine der Bedingungen dafür, dass man mir das Leben ließ. Würde ich hier bleiben, käme ich über kurz oder lang doch unter die Räder, es ist besser so.«

»Leni und ich werden heiraten«, sagte Lammert.

»Na, dann kann man ja nur herzlichen Glückwunsch sagen.«

Leni warf mir einen Seitenblick zu. »Wir sprechen gleich darüber, Eugen, wenn wir alleine sind.«

Arno lachte. »Bei dir haben sich schon viele Hoffnungen gemacht, was, Leni? Sei froh, Anwalt, dass du sie mal hattest. Sieh es so wie ich. Wir beide haben mehr Glück gehabt als die meisten anderen Männer in ihrem Leben, Frauen wie Leni sind rar gesät.« Er seufzte, schien aber guter Laune zu sein. »Ist wohl auch besser, auf Dauer ist es anstrengend mit einer Frau wie dir, Leni. Oder man hat viel Geld, dann kriegt man sie alle, nicht wahr, Lammert?«

Die restliche Fahrt verging in Schweigen. Nicht lange, dann hatten wir das Hotel am Spittelmarkt erreicht, und Sepp fuhr durch das noch offen stehende Tor hinter das Haus.

Sepp und Arno blieben im Wagen sitzen. »Wenn ich mal nen Fall habe, komme ich auf dich zurück, Anwalt«, sagte Arno, drehte sich im Sitz herum und streckte mir die Hand entgegen. »Du gehörst jetzt ja zu uns.«

Ich nahm die Hand und schüttelte sie, und danach auch die von Sepp.

»Ist schon recht«, erwiderte ich und fühlte mich plötzlich müde. »Machen Sie beide es gut. Viel Spaß beim Wandern in den Bergen.«

Arno lachte. »Auf dem Watzmann, ja, ich hab's nicht vergessen. Den Spaß werden wir haben – mir zwoar – auf dem Watzmann, da gibt's koa Sünd. Hab ich es nicht recht gesagt, Sepp?«

»Ist schon recht, wir gehn da hinauf. Die Bergtour hab ich schon fest eingeplant.«

Lammert, Leni und ich stiegen aus, dann setzte die Limousine zurück, rollte auf die Straße und verschwand mit den beiden Männern in der Berliner Nacht.

Wir standen zwischen den hohen Mauern, Leni rieb sich die nackten Arme. Lammert holte den Mantel aus dem Wagen und half ihr hinein.

»Bevor Sie von meiner zukünftigen Gattin Abschied nehmen, noch ein Wort von mir, Goltz«, sagte er. »Ich habe mich nicht nur für Leni, sondern auch für Sie eingesetzt. Leni wird meine Frau, und ihr Kind wird in unserer Familie groß werden. Ich wünsche mir – nein, ich verlange von Ihnen – dass Sie einen Notar aufsuchen und eine Erklärung abgeben, worin Sie bestätigen, dass Sie mit der Adoption des Kindes durch mich einverstanden sind.«

Ich sah ihn eine Weile an, ohne etwas zu sagen.

»Wenn das Kind während der Ehe geboren wird, gilt es ohnehin als das Ihre«, erwiderte ich schließlich. »Jedenfalls nach deutschem Recht, aber in Amerika wird es sich kaum anders verhalten.«

»Mag sein, es ist auch nur für alle Fälle«, erwiderte Lammert. »Schicken Sie das Dokument zu meinen Händen an die Zentrale des Bassett-Konzerns in New York.« Er reichte mir einen Zettel mit der Adresse. »Sicher ist sicher. Sind Sie dazu bereit?«

Ich schaute zu Leni. Ihre Augen schimmerten rätselhaft, dann nickte sie. »Es ist besser so.«

Eine Weile kämpfte ich mit mir, dann gab ich mir einen Ruck. »Wenn Leni Ihre Frau wird, ist es für das Kind das Beste, wenn Sie der Vater sind. Sorgen Sie dafür, dass es dem Kind gut geht.«

»Es wird für alles gesorgt sein.« Er hielt mir die Hand hin. »Gut, dass Sie vernünftig sind, Goltz. Es hätte Ihnen nichts genützt, sich uns zu verweigern, sondern Ihnen neue Probleme verschafft. Leni und ich werden Deutschland noch in dieser Woche verlassen. Auch ich gehe ungern, aber für Leni und mich kann es nur in Amerika eine gemeinsame Zukunft geben. Im Moment ist alles zu Ihren Gunsten geregelt, Goltz. Halten Sie sich fernerhin aus allem raus, damit Sie nicht erneut in Schwierigkeiten kommen. Ich lasse Sie nun für zehn Minuten mit Leni allein, dann wird es für uns beide Zeit aufzubrechen. Ich wünsche Ihnen alles Gute, Herr Goltz, leben Sie wohl.«

»Sie auch«, murmelte ich. »Warten Sie nicht zu lange mit der Hochzeit.«

Er trat zur Seite und ging langsam davon, blieb aber in Sichtweite von uns stehen und zündete sich eine Zigarette an.

Nicht viel mehr als eine Zigarettenlänge blieb mir, um von der Frau, die ich liebte und die mein Kind in ihrem Leib trug, Abschied zu nehmen, und bei dem Gedanken überkam mich ein gewaltiger Schmerz.

Leni trat dich an mich heran, und ich nahm sie in die Arme.

»Ich habe es ernst gemeint, als ich zu dir sagte: Du bist mein Mann«, flüsterte sie. »Doch wir bleiben getrennt, es ist nicht zu ändern. Fredie ist kein schlechter Mensch, er ist in diese Kreise hineingeraten und hat mitgemacht, ähnlich wie du. Er wird gut für mich und das Kind sorgen. Hätte ich ihm nicht versprochen, seine Frau zu werden, wäre auch dein Leben nicht mehr sicher gewesen.«

Ich drückte sie noch fester an mich. Es gab nichts zu sagen, jedenfalls nicht viel.

»Du hast das alles getan, um Frank loszuwerden, nicht wahr?«

»Es gab mehrere Gründe«, seufzte sie. »Ich hatte mich in eine schlimme Geschichte verstrickt, sie steuerte auf mein gewaltsames Ende zu. Ich musste etwas unternehmen.«

»Es war der eigentliche Grund, weshalb du zu mir in Kontakt getreten bist, oder?«

»Ich tat es, weil ich dich in guter Erinnerung hatte und weil ich dich mochte. Wie sonst hätte ich mich dir so rückhaltlos hingeben können, wie ich es tat, sogar auf die Gefahr, dass ich schwanger würde? Das geht nur für einen Mann, den man sehr gern mag, jedenfalls bei mir.«

Es spielte keine große Rolle mehr, was sie genau geplant hatte und was ungeplant geschehen war, ich wollte es nicht einmal mehr wissen. Leni war ein hohes Risiko eingegangen, als sie die Seiten gewechselt hatte, aber am Ende war das Risiko nicht zu hoch gewesen – sie hatte ihr Spiel gewonnen; die beiden Russen waren tot, sie selbst aber lebte. Sie hatte es geschafft, gestärkt aus allem hervorzugehen, nicht anders als vor zwei Jahren in der Affäre mit der toten »Scala«-Tänzerin. Leni hatte es verstanden, sich einen reichen Amerikaner zu angeln, wenn sie erst in Amerika war, würde es ihr besser gehen als Irene Varo, die ihr Schicksal unweigerlich mit dem des Führers des Deutschen Reiches verknüpft hatte.

»Mir war nicht bewusst, wie sehr ich dich mag, Eugen, ich habe es erst vor ein paar Tagen entdeckt«, fügte sie hinzu. »Ich habe in meinem Leben nichts ausgelassen, was das Geschlechtliche angeht, aber ich habe die Dreißig überschritten und hätte gern mit dir den Rest meines Lebens verbracht, als treue Ehefrau und Mutter. Glaub es mir oder glaub es mir nicht, doch es ist die Wahrheit.«

»Schon gut, Leni! Ich weiß, wer du bist, und genauso liebe ich dich. Werden wir uns einmal wiedersehen?«

Sie lächelte mir zu. »Wer weiß schon, was kommt, und wie es in Deutschland weitergeht. Oder ob du nicht eines Tages nach Amerika kommst.«

»Überlassen wir es der Zukunft«, gab ich zurück. »Wenn du magst, kannst du dem Kind eines Tages von mir erzählen.«

Sie schluchzte auf und presste sich fest an mich. »Wir müssen es einfach der Zukunft überlassen, weiter ist nichts zu tun. Leb wohl, mein Liebster, leb wohl.«

20. KAPITEL

Langsam ging ich durch die dunklen Straßen zu meinem Wagen. Die Schwärze der Nacht war mit dem Schein der Lampen durchsetzt, die mir den Eindruck von Irrlichtern machten. Meine Erlebnisse erschienen mir merkwürdig fern, als hätte ich mit allem, was geschehen war, nichts mehr zu tun.

In mir war kein Bedauern, weder wegen der Trennung von Leni noch wegen meiner Mitwirkung an der Hinrichtung von Konrad Frank. Der Tod des Mannes war der Preis für Lenis Leben, und dass er ihn hatte zahlen müssen, war nur gerecht. Anders als bei dem Tod des alten Bankiers empfand ich keine Schuld. Das Leben war für mich leichter geworden, nachdem die Bedrohung, die von Frank ausging, verschwunden war.

Ich fuhr nach Süden in Richtung Hallesches Tor, kreuzte durch Straßen, die ich gut kannte, und hielt schräg gegenüber dem Haus, in dem ich wohnte. Die Straße lag einsam unter dem Nachthimmel und wirkte wie ein Bild aus einem Traum. Die Zeit um mich herum schien stillzustehen, nachdem ich aus dem Wagen geklettert war, wie geronnen zu einem unwirklichen Augenblick. Die Laternen zeichneten helle Flecke auf das Straßenpflaster, dahinter verlor sich alles im Ungewissen. Die Nacht war mild geblieben. Es ging ein leichter, angenehmer Wind.

Die Häuserzeilen, die zu den Seiten aufragten, wirkten wie riesige, düstere Monumente. Als ich die Straße überquert hatte, blieb ich stehen. Eine Erinnerung griff plötzlich nach mir. Sie betraf einen Eindruck, der mich getroffen hatte, als ich mit dem Roadster um die Ecke gebogen war.

Ich schaute zurück. Der unbestimmte Eindruck war keine Täuschung gewesen, und es ergriff mich eiskalt. Ich war an einem Opel vorbeigefahren, der zwanzig Meter entfernt am Bordsteinrand parkte. Ich kniff die Augen zusammen. Soweit ich es erkennen konnte, war der Wagen leer.

Das Auto konnte sonst wem gehören, sagte ich mir, es war eine Narrheit, bei seinem Anblick in eine Schockstarre zu verfallen. Ich hatte an diesem Abend Schlimmeres erlebt.

Die Erkenntnis half mir wenig und löste mein Unbehagen nicht auf – Irene und ihr Bruder, sie waren zurückgekommen, sie oder irgendjemand anderes, irgendjemand war hier.

Soweit das Licht der Straßenlampen reichte, war niemand zu sehen. Waren sie im Haus? Ich schaute hinauf. Oben hinter den Fenstern meiner Wohnung war alles schwarz. Doch das bedeutete nichts. Dem reizenden Pärchen traute ich zu, dass es sich heimlich Einlass in meine Wohnung verschafft hatte. Es sah ganz danach aus, dass ich dem Verhängnis nicht entronnen war. Konrad Frank war tot, aber die beiden anderen hatten mich nicht vergessen.

Wieder sah ich zu dem kleinen Opel. Zahlreiche Modelle des Fabrikats rollten durch die Straßen von Berlin. War der Wagen von Roland Olden schwarz wie dieser dort gewesen oder nicht vielmehr dunkelrot? Ich war mir nicht sicher.

Leni war außer Gefahr, nichts hinderte mich daran, in meinen Wagen zu steigen und mich aus dem Staub zu machen. Doch ich bewegte mich nicht. Flucht war nicht das Richtige, spürte ich. Nein, es blieb mir nichts anderes übrig, als den Dingen auf den Grund zu gehen.

Dann sah ich etwas. Einen Schatten, der sich aus dem dunklen Hauseingang löste. Der Teufel, dachte ich, als ich das Gesicht des Mannes erkannte, auf das der Schein der Straßenlampe fiel, der »Teufel des Westens« in eigener Person.

»Wie geht es dir?«, fragte der Teufel und trat aus dem Hauseingang auf den Bürgersteig. »Ich warte schon recht lange auf dich.«

Die eiskalten blauen Augen des Mannes musterten mich. Sein Auftreten hatte das Bild der Stille und der geronnenen Zeit endgültig zerstört.

»Interessiert es dich wirklich, das zu erfahren?«, fragte ich ihn.

Rudolf Mantiss lächelte mit den dunklen, markanten Zügen.

»Da du wohlbehalten zu Hause angekommen bist, nehme ich an, dass die Dinge wie geplant ihren Lauf genommen haben.«

Ich schaute mich um. Es gab keine weiteren Gestalten, die sich aus dem Dunkel der Nacht kristallisierten, um mich zu bedrohen, keine jedenfalls, die ich sah.

»Der Opel dort drüben unter der Laterne, gehört er dir?«

Mantiss nickte. »Er ist neu, ich fahre ihn seit dem Frühjahr.«

»Bist du allein?«

Rudolf Mantiss lächelte, als ahnte er, woran ich dachte.

»Wenn wir dir an dein Leben wollten«, sagte er, »meinst du, hier wäre der richtige Ort, am Rande der Straße, nicht weit entfernt von dem dunklen Kanal?«

In meiner Jacke spürte ich meine Pistole. Falls er Helfer in der Nähe hatte, die sich verborgen hielten, und es hart auf hart käme, könnte ich sie benutzen. Was hätte ich in diesem Fall noch zu verlieren? Es war ein Gedanke, der dennoch nicht weit trug. Ich wusste, dass ich nicht imstande war, zwei oder drei Menschen so mir nichts dir nichts über den Haufen zu schießen, und vermutlich wusste Rudolf Mantiss es auch.

»Du bist der Auftraggeber von Irene Varo, nicht wahr?«

Mantiss blickte zur Seite. In dem ungewissen Licht der Lampen verschwammen die Umrisse der Häuser, die Schatten in der Straße waren von samtartiger Schwärze.

»Es könnte endlich scheinen, als zögen wir beide am selben Strang«, sagte er, als ob das eine Antwort war.

»So scheint es, ja. Ich habe es heute Abend getan.«

Er nickte, als wüsste er, was mit Konrad Frank geschehen war.

»Uns zu helfen, war das Mindeste, was du tun konntest«, sagte er. »Wie ich hörte, hast du gestern eine Aktion geleitet, die den reichen Juden dazu brachte, selber Schluss zu machen.«

Ich ließ ihn aus den Augen. »Die Selbstmordserie dauert an. Zuerst die Russen, gestern der Bankier, heute Konrad Frank. Adolf Hitler ist der Herr dieser Stadt.«

»So ist es, und so ist es gut«, gab Rudolf Mantiss zurück.

»Warum mussten die beiden Russen sterben?«, fragte ich.

Er zuckte mit den Achseln. »Die Menschen ziehen die notwendigen Konsequenzen, wenn sie erkennen, dass sie sich verkalkuliert haben. Wenn sie schlau sind. Die Tänzerin hätte eigentlich denselben Weg gehen müssen wie dieser Russe, mit dem sie verbündet war. Sie ist besonders gewieft.«

»Verbündet? Wovon sprichst du?«

»Dir ist gut bekannt, wie es sich verhält.«

»Nein, nur so ungefähr.«

Er warf einen Blick nach rechts die Straße hinunter, als ob er nach jemandem Ausschau hielt, dann sagte er: »Sie hätten uns mit den geheimen Dokumenten erpresst, die die

Tänzerin Ravenov gestohlen hatte, nicht nur Geld erpresst, sondern – viel schlimmer – versucht, auf einer höheren, politischen Ebene Druck auf uns auszuüben. Ich habe großes Vertrauen zu Irene Varo, und so bat ich sie, etwas gegen diese Personen zu unternehmen, die Sache so zu regeln, wie es sich gehört. Verräter werden mit dem Tode bestraft, dies ist ein ungeschriebenes Gesetz. Irene hat alles Notwendige veranlasst. Ich habe sie auf die Spur der Tänzerin gesetzt, als bekannt wurde, dass sie mit dem Russen Sapoznik in Verbindung stand.«

»Woher wusstest du davon?«

Er lächelte gelangweilt. »Wir haben überall unsere Leute, auch unter den Angehörigen ausländischer Staaten. Es entgeht uns nicht, wenn jemand für beide Seiten tätig ist.«

»Spitzel überall«, murmelte ich. »An der russischen Botschaft, im ›Mandarin‹ und in der Welt der Finanz.«

Er schaute mich finster an. »Du kannst mir dankbar sein«, sagte er. »Ohne mich wäre die Tänzerin tot, und du vermutlich auch. Wir haben ausnahmsweise Gnade vor Recht ergehen lassen, weil wir eine andere Lösung finden mussten. Die Tänzerin hat großes Glück gehabt.«

Der Richter über Leben und Tod, so kannte ich Rudolf Mantiss. Es war eine Rolle, in der er sich gut gefiel. Selbst ein Richter, der gern Todesurteile fällte, musste gelegentlich einmal jemanden freisprechen, wenn er seine Berufung nicht verfehlen wollte. Ein eiskaltes Kalkül hatte ihn dazu gebracht, gnädig zu sein.

»Wenn du es sagst, muss ich es dir wohl glauben. Ja, also dann: Danke.«

Ich hatte keinen Grund, mich bei ihm zu bedanken, aber trotzdem tat ich es.

»Und Frank, der Mann am Strick? Was hat er falsch gemacht?«

»Den Bogen überspannt«, antwortete Mantiss. »Er stand einer vernünftigen Lösung im Wege. Ich habe nichts mit seinem Tod zu tun, aber die Tänzerin und Lammert wollten ihn aus dem Wege haben, um ihren gemeinsamen Lebensplan verwirklichen zu können. Ich musste das akzeptieren. Anscheinend hat Frank der Frau massiv zugesetzt. Er musste weg. Wenn es nicht weiter geht, muss eben ein Opfer her.«

»Dann steht ja alles zum Besten. Warum bist du hergekommen?«

»Um sicherzustellen, dass wir nicht erneut von Verrat bedroht werden können«, antwortete er. »Wir haben die Tänzerin dazu gezwungen, uns das Versteck des Dokuments zu bezeichnen, doch in ihrer Wohnung war das Buch, in dem sie es versteckt hatte, nicht zu finden. Du warst schneller als wir. Wo ist es?«

»Es ist in Sicherheit.«

Mantiss lachte böse. Seine Augen glitzerten. »Falls du denkst, dass du ein Pfand auf deine Sicherheit behalten kannst, irrst du dich sehr. Dein Leben ist unser Pfand. Wenn du mir das Dokument nicht gibst, werden sich deine schlimmsten Befürchtungen als begründet erweisen.«

Er sah zu Boden und dann zu dem Licht, das die Laterne auf das Pflaster warf. »Wärst du tot, wäre das Dokument weniger wichtig«, fügte er hinzu. »So aber – da du leben willst, brauche ich die Fotografie. Du hast die Wahl. Entscheide dich jetzt. Sonst ziehen wir nicht mehr am selben Strang, und Freunde werden zu Wölfen.«

Ich schaute zur anderen Straßenseite, wo mein Roadster stand. »Gehen wir dort hinüber«, sagte ich.

Mantiss folgte mir. Ich öffnete die Beifahrertür und nahm die Überweisungsfotografie aus dem Fach, dann reichte ich dem Mann das Dokument. Er faltete es auseinander, überflog den Inhalt. »Gibt es eine weitere Kopie?«

»Nein. Es ist alles, was ich habe, eine weitere Kopie besitze ich nicht.«

»Das ist dir zu raten«, entgegnete er. »Du würdest deine Torheit teuer bezahlen, sollte sich jemals herausstellen, dass es sich anders verhält.«

Er rollte die Fotografie zusammen und schob sie in die Innentasche seiner Jacke.

»Geh deiner Arbeit nach und halte dich bereit«, sagte er. »Die Weichen sind gestellt. Es gibt kein Zurück mehr für dich, keinen anderen Weg als den, den du eingeschlagen hast, um deinen Teil zum Erfolg beizutragen. Wer den Weg verlässt, ist ein Verräter, und du weißt, was mit Verrätern geschieht.«

Die Nacht, in der Leni mich angerufen hatte, um ihr bei der Beseitigung der Leiche zu helfen, lag erst eine Woche zurück. Wo hatte ich vor einer Woche gestanden, und wo stand ich jetzt? Es war erstaunlich. Der furchtbare Mann, der mir gegenüberstand, hatte mich in eine böse Geschichte verstrickt, er hatte alle Fäden gezogen, dessen war ich mir gewiss.

»Bist du dir eigentlich sicher, dass dein Weg dich zu einem endgültigen Erfolg führen wird?«, fragte ich. »Wird nicht der Tag kommen, wo wir selbst die Opfer sind?«

In einem verborgenen Teil seines Gehirns wusste Mantiss ganz genau, dass auf Verbrechen Strafe folgte, und bei all seinen Überzeugungen von der eigenen Überlegenheit und der seiner Brüder im Geiste war er klug genug, sich vorstellen zu können, dass die ganze Sache schiefging und er auf der falschen Seite stand.

Er grinste. »Wenn wir unsere Arbeiten stets so sauber erledigen, wie Irene es in den vergangenen Wochen tat, dann haben sich unsere Chancen auf den Sieg noch weiter verbessert. Gut, wer weiß schon sicher, was die Zukunft birgt.

Wenn Leute wie du und ich einander beistehen, sind wir auch dann nicht verloren, wenn sich die Dinge anders entwickeln sollten, als es der Führer beabsichtigt hat.«

So war das, wenn man den Pakt mit dem Teufel schloss, dachte ich: Der Teufel würde einem helfen, aber der Preis, den man für seine Hilfe zahlte, war hoch. Ich hatte alles versucht, dem Teufel zu entkommen, aber im Moment hatte er mich in seinen Klauen, und vorerst konnte ich nichts weiter tun, als gute Miene zum bösen Spiel zu machen. Ich hoffte, dass er am Ende nicht der Sieger war und dass das Leben mir eine Gelegenheit bieten würde, ihm zu entkommen.

»Die große Zeit hat erst begonnen«, fuhr Mantiss fort. »Die Deutschen lieben den Führer nach den Erfolgen dieses Jahres mehr als jemals zuvor.«

»Es ist spät«, sagte ich, »und ich bin müde.«

Rudolf Mantiss nickte. »Was ich loswerden wollte, habe ich gesagt, du kannst gehen.«

»Gute Nacht«, sagte ich und wandte mich von ihm weg.

Als ich die Haustür aufgeschlossen hatte, schaute ich noch einmal zurück.

Durch das Licht der Straßenlampen schritt Rudolf Mantiss davon zu seinem Wagen, der »Teufel des Westens«, der noch schlimmer war als die bösen Priester, die der Forscher Grünwedel in seinen Büchern beschrieb.

Weitere Krimis finden Sie auf den folgenden Seiten und im Internet:

WWW.GMEINER-SPANNUNG.DE

BERNWARD SCHNEIDER
Berlin Potsdamer Platz

978-3-8392-1401-5 (Paperback)
978-3-8392-4123-3 (pdf)
978-3-8392-4122-6 (epub)

TODESLISTEN Berlin, Juni 1934: Gerüchte über einen Putsch der SA zirkulieren in der Stadt, der Konflikt zwischen Hitler und Röhm steuert auf einen Höhepunkt zu. Als sich der Anwalt Eugen Goltz mit dem SS-Mann Zerner trifft, der geheime Hintergrundinformationen verkaufen will, geraten die Männer in die Fänge eines SA-Todeskommandos. Mantiss, der Anführer des Kommandos, übt grausame Rache an Zerner. Goltz überlebt und fasst den Entschluss, seinen mächtigen Widersacher Mantiss unschädlich zu machen …